白羊

杀虫队队员 著

十日终焉

江苏凤凰文艺出版社

图书在版编目（CIP）数据

十日终焉. 白羊 / 杀虫队队员著. -- 南京：江苏凤凰文艺出版社，2025.3（2025.4重印）
ISBN 978-7-5594-8564-9

Ⅰ. ①十… Ⅱ. ①杀… Ⅲ. ①长篇小说－中国－当代 Ⅳ. ①I247.5

中国国家版本馆CIP数据核字（2024）第065938号

十日终焉·白羊

杀虫队队员　著

责任编辑	周颖若
特约编辑	子　川
责任印制	杨　丹
出版发行	江苏凤凰文艺出版社
	南京市中央路165号，邮编：210009
网　　址	http://www.jswenyi.com
印　　刷	上海中华印刷有限公司
开　　本	880毫米×1230毫米 1/32
印　　张	11
字　　数	359千字
版　　次	2025年3月第1版
印　　次	2025年4月第4次印刷
书　　号	ISBN 978-7-5594-8564-9
定　　价	48.00元

江苏凤凰文艺版图书凡印刷、装订错误，可向出版社调换，联系电话025-83280257

"理论年"日历表

壹月

日	一	二	三	四	五	六
元旦春节	2	3	4	5	立春	7
8	9	10	11	12	13	14
元宵	16	17	18	19	20	雨水
22	23	24	25	26	27	28
29	30					

贰月

日	一	二	三	四	五	六
			1	社日	3	4	5
惊蛰	7	8	9	10	11	12
13	14	15	16	17	18	19
20	春分	22	23	24	25	26
27	28	29	30			

叁月

日	一	二	三	四	五	六
					1	2	上巳
4	5	清明	7	8	9	10
11	12	13	14	15	16	17
18	19	20	谷雨	22	23	24
25	26	27	28	29	30	

肆月

日	一	二	三	四	五	六
						1
2	3	4	5	立夏	7	8
9	10	11	12	13	14	15
16	17	18	19	20	小满	22
23	24	25	26	27	28	29
30						

伍月

日	一	二	三	四	五	六
	1	2	3	4	端午	芒种
7	8	9	10	11	12	13
14	15	16	17	18	19	20
夏至	22	23	24	25	26	27
28	29	30				

陆月

日	一	二	三	四	五	六
			1	2	3	4
5	小暑	7	8	9	10	11
12	13	14	15	16	17	18
19	20	大暑	22	23	24	25
26	27	28	29	30		

柒月

日	一	二	三	四	五	六
					1	2
3	4	5	6	七夕	立秋	9
10	11	12	13	14	中元	16
17	18	19	20	21	22	处暑
24	25	26	27	28	29	30

捌月

日	一	二	三	四	五	六
1	2	3	4	5	6	7
白露	9	10	11	12	13	14
中秋	16	17	18	19	20	21
22	秋分	24	25	26	27	28
29	30					

玖月

日	一	二	三	四	五	六
	1	2	3	4	5	
6	7	寒露	重阳	10	11	12
13	14	15	16	17	18	19
20	霜降	22	23	24	25	26
27	28	29	30			

拾月

日	一	二	三	四	五	六
		1	2	3		
4	5	6	7	立冬	9	10
11	12	13	14	下元	16	17
18	19	20	21	22	小雪	24
25	26	27	28	29	30	

拾壹月

日	一	二	三	四	五	六
						1
2	3	4	5	6	7	大雪
9	10	11	12	13	14	15
16	17	18	19	20	21	22
冬至	24	25	26	27	28	29
30						

拾贰月

日	一	二	三	四	五	六
	1	2	3	4	5	6
小寒腊八	9	10	11	12	13	
14	15	16	17	18	19	20
21	22	大寒	24	25	26	27
28	29	除夕				

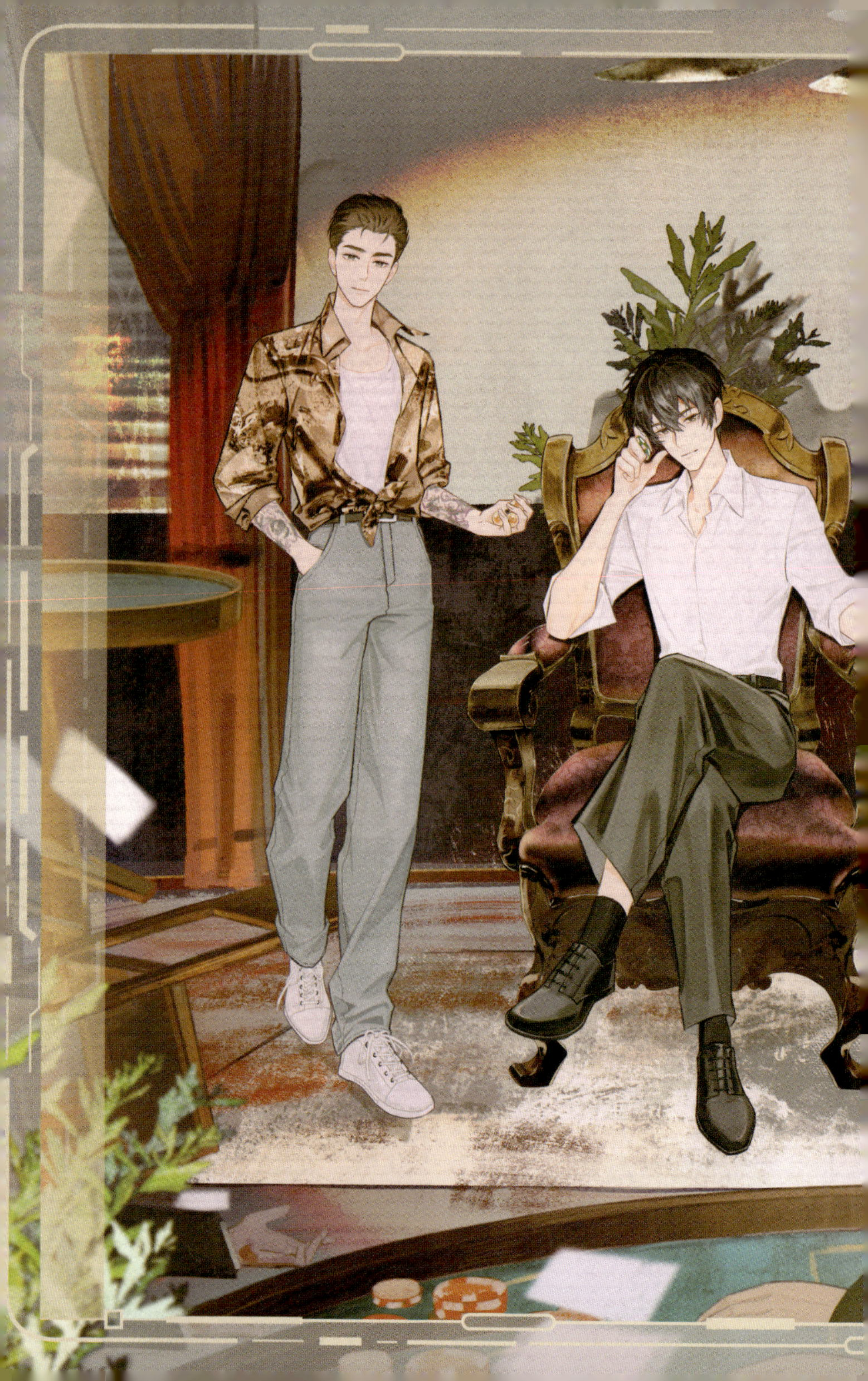

八场门票两颗道
出场赎身十颗道

朔望月
入场门票两颗道。
出场赎身十颗道。

目录

CONTENTS

尾声
地猴·朔望月
>>> 257

第8关
地猴的赌场
>>> 239

副本
列车·地鸡
>>> 225

第7关
天龙·梦
>>> 199

第6关
人猴·不插队
>>> 169

第5关
七个地级生肖
>>> 125

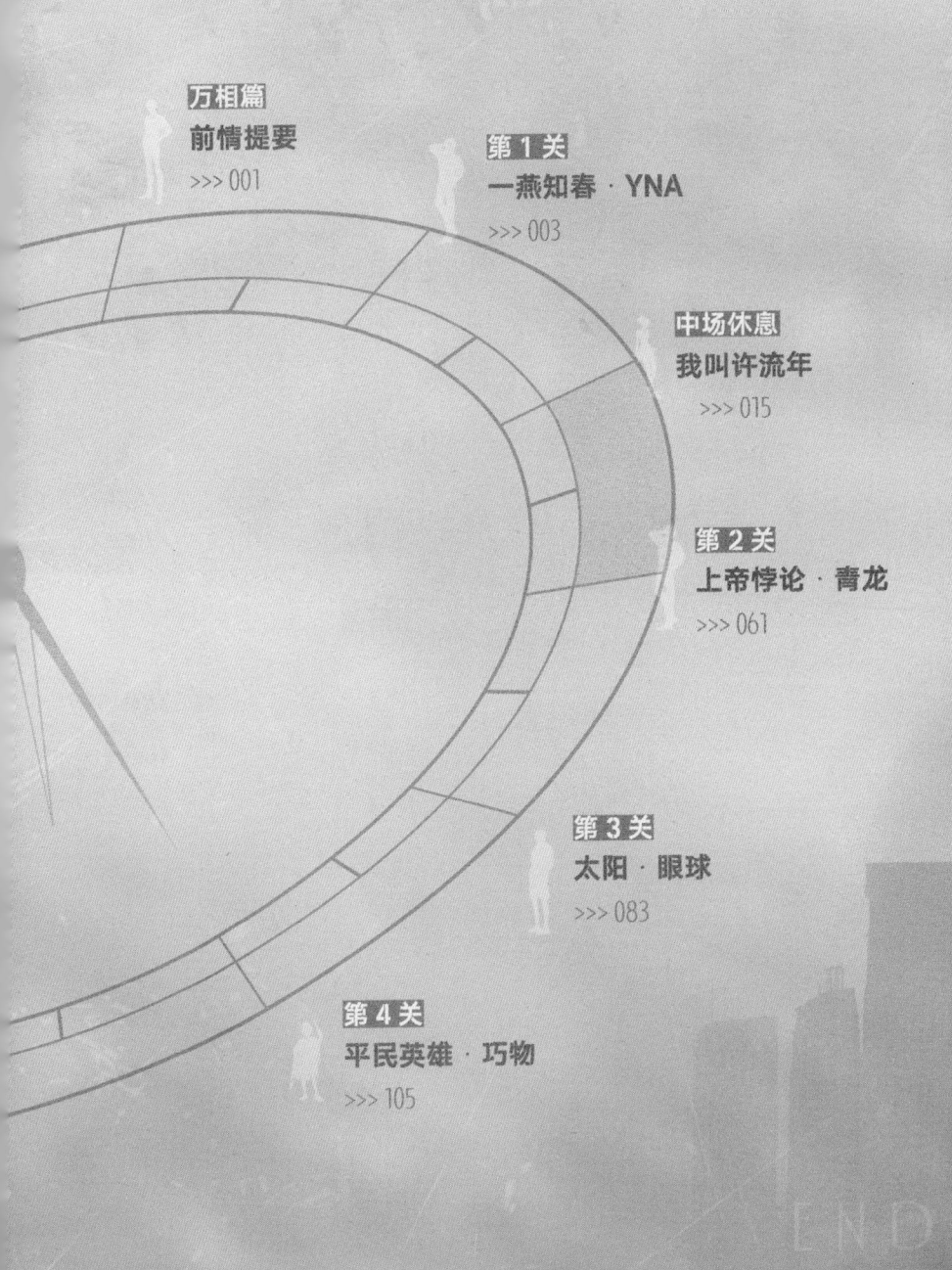

万相篇
前情提要
>>> 001

第 1 关
一燕知春·YNA
>>> 003

中场休息
我叫许流年
>>> 015

第 2 关
上帝悖论·青龙
>>> 061

第 3 关
太阳·眼球
>>> 083

第 4 关
平民英雄·巧物
>>> 105

就算人是棋子，

这盘棋你们也不配乱下。

这盘棋只能由我弃更来下。

——弃更。

END ON THE TENTH DAY

万相篇

前情提要

为了激发出猫队成员的回响，应对即将到来的天马时刻，齐夏、乔家劲、陈俊南兵分三路，各自带着几名猫队成员分别参加了地鼠、地马和地兔的游戏。游戏中，他们一边与地级生肖斗智斗勇，一边寻找合适的契机激发猫队成员的回响。

　　另一边，章律师只身一人回到天堂口，想从楚天秋和许流年口中了解关于文巧云的事情，并想办法让她从原住民变回参与者。然而，楚天秋告诉她，从原住民变回参与者是一个不切实际的幻想。

　　为了反抗神兽和天级生肖，齐夏、乔家劲、陈俊南前去寻找拥有"读心"能力的魏杨，然而魏杨在读出他们的想法后，毅然决然地拒绝了，双方大打出手。一番交涉后，双方不欢而散。

　　次日，天马时刻降临，大家开始四散而逃……

END ON THE TENTH DAY

第 1 关

·一燕知春·
YNA

齐夏已经汗流浃背，根本不记得自己奔跑了多久，他已经很多年没有这样透支过自己的体力了。他大口地喘着粗气，感觉口舌像沾了沙子。他只恨自己没有锻炼身体，但转念一想，如此长时间的奔跑恐怕只有专业运动员才能坚持得住，根本不是寻常的锻炼可以弥补的。

这一次天马时刻过后，终焉之地会变成什么样子？

这种属于天级的游戏虽然比不上天龙和青龙发动的大洗牌，但也足够让所有的参与者元气大伤，许多人将来不及获得回响，从而彻底忘掉自己积累起的经验。

齐夏皱着眉头，扭头看向身后，那古怪的黑线一直保持着不快不慢的速度，但依然肉眼可见地朝他逼近。这些黑线以头顶的太阳为支点，在两个小时内无限延长，人一旦丢失了它的踪迹，便根本不知道它们会从哪个方向袭来，也许一个晃神的工夫就会被杀掉。

"不妙……"齐夏咬着牙齿在心中暗道，"照这样下去我不可能坚持得住……可我的回响……"

正感觉天旋地转的时候，齐夏忽然看到远处有一个身穿白色连衣裙的女子拐过街角，在闪动了一下之后便消失了。

齐夏微微一怔，竟然在一时之间分不清自己是否在做梦。那件白色连衣裙他太过熟悉了，那个身影从街角消失的时候，他感觉像是丢了什么东西。

"安？"他用力地甩了甩头，确定自己还算清醒之后看向刚才那个女生消失的方向——她的身后飘着一根肉眼难寻的丝线，这说明对方根本不是幻觉，而是一个实实在在的人，这个人是参与者，她也在被丝线追逐。

一个穿着白色连衣裙……长发及腰的……参与者？

"我心底最痛的执念……"

齐夏面前摆着两条路，左侧是他计划前往的空旷地带，而右侧是白衣女孩前往的错综复杂的小巷。这是一次赌博。他并未回响，一旦选择进入右侧的小巷，迎接他的将是一条完全未知的路。可在这偌大的终焉之地中，恰好看见一个背影和余念安一模一样的人，概率有多大？

"既然我无论如何都无法获得回响……"齐夏抿了抿嘴唇，

"至少别让自己后悔……"

他沉了口气,用仅剩不多的体力快跑几步,拉开和身后黑线的距离之后从地上捡了几块废旧的大纸板,又随手抓了一把细沙土。将两样东西握在手中后,他稍微平复了一下呼吸,向着右侧的小巷迈步跑去,投入到那一片昏暗之中。

这是一条顶多两米宽的老旧胡同,方才的白衣女孩已经不见了身影,应当已经往胡同最深处跑去了。这里的太阳本就不够明亮,街上又没有任何有用的照明设备,明明是正午时刻,胡同里却昏暗无比,自然也很难看清那夺命的黑线。如果不能确定刚才的女孩是贴着墙壁前进还是在胡同中央前进,齐夏的每一步都将有生命危险。

好在他早有准备,顺手拿出了方才路边捡来的废旧纸板,随后将纸板竖起,如同扔扑克牌一般将纸板扔了出去。高速旋转的纸板在胡同之中呈曲线前进,直到飞过整条胡同,纸板都没有被任何东西切开。

齐夏有些紧张地回头看了一眼,追逐他的黑线已经距离他只有七八米远了。他来不及思考,将手中的另一块纸板朝另一个方向扔了出去,这一次纸板在飞到胡同中段的时候发出轻微的闷响,随后被切成两块落在了地上。

"原来如此……"齐夏点点头,看来方才的女孩是摸着胡同里左侧的墙壁前进的,追逐她的黑线也在靠左的墙壁旁。

确认了方位之后,齐夏将手中的细沙土顺着左侧往前抛洒出去,就算那根黑线再锋利,也不可能将飘散在空中的细沙土全部割开,有一些粉尘会沾到黑线上,这样就稍微明显了一些。

在确认自己前进的路线不会撞到黑线之后,他赶忙向前快步走去。

刚才他用两块纸板分别试探过,这条胡同之中只有左侧靠近墙壁的地方有黑线,应该没有其他的参与者经过,也没有第二根黑线悬在空中,目前看来是安全的。不过一旦他也进入了这条胡同,胡同左右两侧就都会出现黑线,往后再进来的人怕是只能认栽了。

齐夏几步路就走到了尽头,这里是个丁字路口,而追逐白衣女人的黑线明显转入了左侧。可左侧的围墙很高,几乎遮住了所有的光线,齐夏完全看不清前方的情况。

齐夏觉得有点奇怪,正常人在逃命的时候,会选择这么昏暗的地方吗?

现在的情况让齐夏非常纠结,放在以往任何时候,他都不会让自己主动陷入如此危险的境地，可是这一次的情况太特殊了。那种奇怪的感觉环绕在他身边，让他根本无法冷静思考。

余念安会不会真的存在于终焉之地？如果存在，她会不会丢失了记忆？

"无论如何，我要在今天解开这个心结……"

齐夏向前迈出的每一步都在接近死亡，一旦前方是死路，他绝对没有希望从这条胡同当中全身而退。

那个女孩明明走进了这条漆黑的胡同，可她人呢？此时一个念头出现在了齐夏脑海中。她难道……死了？如果她真的是余念安，确实有可能做出这种莽撞的事情。她会像个没头苍蝇一般闯入死胡同，最终被黑色丝线逼入死角，在任何人都看不到的地方悄悄死去。

齐夏的心中回荡着不好的念头，如果她真的死了，那这条路将通向一个最坏的结果，他不仅无法见到那个女孩的面容，甚至也会被牵连，在这种地方不明不白地死掉。

前面越来越黑，他感觉情况有些不对，他进入阴暗的环境已经有一段日子了，按理来说双眼应该逐渐适应黑暗，可为什么眼前还是这么黑？他总感觉自己眼前有什么东西，于是停下脚步，小心翼翼地伸出手，向前探了探。

不探不要紧，一探吓了一跳。

齐夏的手刚刚抬起来，瞬间感觉指尖一阵刺痛，先前追逐那个女孩的黑线竟然横在了他面前，恰好割破了他的手指。若是他没有停下脚步，现在脖子已经被切断了。

他思索了片刻，随后又伸出手，绕开了眼前的黑线之后再度往前摸了摸，可忽然背后一凉。他在黑暗之中摸到了一个人的肩膀，那个人就静静地站在他的跟前，和他相隔不足半米。

此时的齐夏仿佛置身在一片完全漆黑的宇宙之中，前后左右四个方向皆为一片漆黑，跟前还站着一个人。那个人不说话也不做出任何动作，只是静静地站着，齐夏搭在他肩膀上的手都不知该如何是好。

"你……是谁？"齐夏轻声问。

对方完全没有任何反应。一股不安萦绕在齐夏的心头，可就算这里真的是个陷阱，他现在也没了退路。

正在齐夏盯着一片漆黑思考接下来该怎么做时，隐约见到黑暗之中仿佛有什么东西伸了出来，瞬间抓住了他的衣领，他整个人被对方拉了过去,紧接着传来一声沉重的门响。齐夏刚要说点什么,眼前忽然亮起了一阵微弱的光芒,似乎有人点燃了打火机,他这才看清自己居然被人拉进了一间小型店铺中。

面前站着三个人,他将目光停在了中间那个白衣女孩的身上。女孩穿着和余念安一模一样的白色连衣裙,留着和余念安分毫不差的长发,甚至连身高和体形都和余念安毫无区别,可偏偏不是余念安。

这个女孩的长相也算秀丽,但此刻正一脸冷峻地皱着眉头,眉眼间透着一股深沉。她嘴唇严肃地抿着,一双眼睛不断地打量着齐夏,单从气质上看和余念安大相径庭。

她……是谁?

齐夏只感觉自己的大脑很乱,无数记忆碎片在脑海当中冲撞,可是一个都抓不住。

"你搞什么?"白衣女孩皱了皱眉头,"不知道现在是什么情况吗?居然往死胡同里跑?"

简短的一句话让齐夏根本不知道如何回答。

"我……你……"齐夏再次往前走了一步,借着微弱的打火机光亮打量着这个女孩,"我们见过吗?"

"见过?"白衣女孩疑惑了一声,随后立刻想到了什么,"你不会是跟着我来到这里的吧?"

"咦?!"她身边一个东北口音的男人看到齐夏的脸庞忽然疑惑了一声,"是你小子啊!"

齐夏循声望去,女孩的右手边站着一个消瘦的男人,确实有些眼熟。

"哎!我啊!"那人一伸手,手心便出现了一块圆滑的石头,"'原物'啊!我姓孙!"

此时齐夏才想起这个和自己有过一面之缘的男人,他曾经和潇潇、罗十一一起,对战乔家劲、张山、李香玲,在地虎的独木桥游戏中落败。

"你是那个能变出石头的老孙……"齐夏皱着眉头说。

"嘿!可不咋地!"老孙点点头,"我还说谁这么虎[①],嘎嘎[②]就往死胡同冲,原来是老弟你啊!"

[①] 东北方言,"虎"意为傻、缺心眼、天不怕地不怕。
[②] 东北方言中的程度副词、形容词,通常是对前后文的一种强调或补充,此处可以理解为"不要命似的"。

齐夏一皱眉头，又看向了白衣女孩身边另一个人，那是个看起来面容非常和蔼的矮胖大叔，他此刻正闭着眼睛念叨着什么，齐夏从未见过这个男人。这么紧急的时刻，这三人却一起躲在一个密不透风的小房间里，齐夏感觉不正常。

"你们都是极道？"齐夏问。

白衣女孩听后瞳孔一缩，随后露出了一丝笑容："哟，看来你不是普通参与者，知道得还不少啊。"

齐夏感觉很奇怪，奇怪的不仅是眼前三个极道者，而是自从进了这个房间之后，身后的黑线也停下了。难道小小的一扇门就可以挡住那些黑线吗？还是说……这是极道使出的手段？

"你们可以逃脱那些黑线的追捕？"齐夏又问。

"还说呢……"老孙摇了摇头，"老弟啊，要是没有你，我们估计能在这儿休息十分钟，你一来就打乱了我们的计划。"

说完之后，他看了看胖大叔："老邓，好了没？"

胖大叔继续闭着眼睛念叨了一会儿，随后睁开眼说："差不多……应该转移过去了。"

齐夏侧耳一听，外面传来了轻微的扑通声，似乎有什么东西倒地了。

"你们做了什么？"

白衣女孩看到齐夏的样子，并没有回答他的问题，反而慢慢将双手环抱在了胸前，轻声问："你叫什么名字？"

"齐夏。"

"齐夏……你认识我吗？"白衣女孩又问。

"如果你没有听过我的名字，那我们应该不认识。"齐夏眉头紧锁，"但是你的气质很熟悉。"

"你的气质也有些熟悉。"白衣女孩冷笑道，"你这双眼睛总会让我想起一些往事。"

白衣女孩的话让齐夏再度感觉事情并不简单，难道自己和她真的曾经见过？可她看起来明显城府很深，左右两侧都站着极道的成员，说明她在极道中的地位不低。

自己真的会和这些疯子有交集吗？

"我叫燕知春。"女孩说。

"一燕知春。"齐夏点点头，"好名字。"

"托我的福，你能够在这里休息几分钟。"燕知春回头从桌子上拿起一瓶水,转身递给了齐夏,"这里有个后门,一会儿你从那里逃脱就可以了,咱们萍水相逢,留个名字、留瓶水,我仁至义尽了。"

"难道你们恰好有可以克制天马时刻的回响吗?"

听到这句话的三人对视了一眼,燕知春往前走了一步,在齐夏面前缓缓说:"你好像太过聪明了,在这种地方太过聪明又不隐藏自己,处境会很危险。"

"怎么?"齐夏感觉对方话里有威胁的意味,但没有受到影响,"我看破了你们的秘密,所以现在要杀了我吗?"

"有意思。"燕知春点点头,"我很喜欢结识聪明人,尤其是像你这样桀骜不驯又狂妄自大的人。"

"我只喜欢结识真诚的人。"齐夏回道。

"所以你要不要留个地址?以后我们可以密切来往。"

"和你们极道吗?"齐夏瞬间想起了乔家劲和甜甜被极道杀死的场景,面容十分阴冷地说,"不需要,我只是有几个问题想要问你。"

"问题?"

齐夏也往前走了一步,死死地盯着眼前的姑娘,在二人相隔两步远的时候,齐夏嗅到了她身上的味道——一股松木香的洗衣液气味,夹杂着洗发水的铃兰香。一瞬间,他的大脑完全混乱,连思考的能力都要消失了。

这不正是余念安身上的味道吗?

"为什么?"齐夏怔怔地问道,"为什么会有这么多的巧合?"

燕知春不知齐夏到底是何意,只是冷眼盯着这个男人,总感觉他很疯癫。

"什么巧合?你到底想说什么?"

齐夏闭着眼睛,感觉余念安就站在自己的眼前,可是这个女人一开口便会让齐夏梦碎,毕竟她们俩的声音完全不同。

"燕知春,你的家乡在哪里?"齐夏问道。

"河北沧州。"

"河北……"听到这个答案的齐夏明显有些失落。

"你来这里之前是做什么的?"齐夏又问。

接连两个问题似乎让燕知春的面色有些难看,作为极道中数一数二的人物,她的行动准则向来都是隐藏和欺骗,眼前的男人却在一直窥探她的过去。

"和你有关系吗?"燕知春皱着眉头反问道,"你说你有问题想要问我,就是这些问题?"

"能不能算我欠你个人情?"齐夏说,"我真的很想知道答案。"

燕知春看到齐夏那冰冷的眼神中居然掺杂了一丝恳求,不由得心一软,鬼使神差地开口说:"我只是个英语专业的大学生,今年正在找实习单位,这个问题对你来说很重要吗?"

"这些问题都不是什么重要问题……"齐夏摇了摇头,"我最重要的问题是……你有没有听过余念安这个名字?"

燕知春听后低头思索了一下,随后摇了摇头:"从未听过,她是哪个房间的人?"

齐夏感觉眼前的女孩没有说谎,至少看她的表情不像在说谎。他曾经推断出的那些路,都没有再推断的必要了——它们只会通向错误的答案。

如果他的记忆可以被自己篡改,那么有没有这么一种可能……记忆中、梦境中的余念安,都不是她本来的样子?因为某些未知的情况,他将余念安的外貌做了改变……或许是为了伪装,又或许是为了逃避什么东西?

"还有问题吗?"燕知春问。

"没有了。"齐夏摇摇头,"朝闻道,夕死可矣。[①]"

"那你要跟着我们吗?"燕知春盯着齐夏说,"老邓的回响坚持不了多久,门外那些黑线杀死傀儡,马上就会来找你的。"

"傀儡……"齐夏似乎明白了什么,点了点头,"我休息得差不多了,咱们就此别过吧。后门在哪儿?"

燕知春转过身,伸手指了一个方向。可当她伸出手指的时候,齐夏的眼睛瞬间瞪大,耳畔也开始嗡嗡作响。

燕知春的食指侧面文着三个字母——YNA。

"夏,你看,我文了自己的名字。"余念安说。

"在哪里?"

余念安伸出食指,在靠近大拇指的一侧,有着三个漂亮的花体字母:YNA。

"好看吧?你快来跟我念!"她开心地伸手指着三个字母,

[①] 出自《论语·里仁》,意为早上得知真理,晚上死去也未尝不可。比喻对真理或目标的追求十分热切。

缓缓念道，"余——念——安！"

"好、好。"齐夏也笑着点点头，"以后你老了，记不得自己是谁了，我就指给你看。"

…………

"你骗我？"齐夏的眼神微微闪烁了一下，他看向了眼前的燕知春，"你怎么可能没听过余念安这个名字？"

"什么？"燕知春也一愣，"我为什么非得认识那个余念安？而且我们第一次见面，我和你撒谎的意义在哪里？"

齐夏用力甩了甩自己的脑袋，感觉耳边一片嘈杂。这一切肯定有哪里出了问题……

他一步走上前去，伸手抓住了燕知春的手腕，这个动作让一旁的二人一惊，也立刻上前来拉住了齐夏。

"哎！你干啥玩意啊？！"老孙大叫一声，"小伙子你好好说话，不兴动手啊。"

"我早就该意识到……"齐夏咬着牙说，"你们是极道……嘴里又能有几句实话？"

"啥啊？！"老孙被说蒙了，"我们是极道咋了？我们打你了还是骂你了？"

齐夏没有理会老孙，只抓着燕知春的手臂，仔细地看了看那三个字母，这和余念安手指上的文身分毫不差。

齐夏嘴唇颤抖着说："这个你怎么解释？你不是叫燕知春吗？"

"我叫燕知春，和我手指上文了什么字母有什么必然关系吗？"燕知春没好气地说，"你果然是疯了……"

"是……我感觉自己马上就要疯了……这里到底还有什么东西是真的？"

燕知春眉头一皱，轻轻活动了一下手指，齐夏立刻放开了她，做出了一模一样的动作。

"齐夏，看你是个聪明人我才对你以礼相待，可你这么想死吗？"

燕知春伸手捋了一下自己的头发，而同一时刻，齐夏也伸手捋了一下不存在的长发。通常情况下，燕知春在使出自己的"夺心魄"时，诡异的能力必然会让对方震惊不已，可齐夏没有。他根本不在乎自己的身体出现了什么异样，也不在乎自己到底被什么东西控制了，只是目不转睛地盯着燕知春的手指。

"你到底是怎么回事？"燕知春见到眼前的男人并没有攻击

性，随后撤去了回响，可齐夏依然一动不动。

"不……我……"齐夏感觉自己的大脑再度回到了一片堵塞的状态，赶忙改口道，"这个问题真的对我很重要……如果吓到你了，我提前跟你说声抱歉……只不过那个文身……"

燕知春捏着有些发痛的手腕，再度好奇地打量齐夏，而一旁的老孙和老邓也有些摸不着头脑。

"你以为我文的是余念安？"燕知春皱着眉头说，"余念安到底是你什么人？"

"是我妻子……"齐夏声音低沉地说，"我在找我的妻子……她的手指上，有着和你这个一模一样的文身。"

"一模一样？"燕知春一愣，低头看了看自己手指上的文身，"你确定吗？"

此时她也感觉有点奇怪，她连齐夏都不认识，更别说他的妻子了，她也不记得谁的手指上文着和她一模一样的文身。

"我的文身和余念安一点关系都没有。"燕知春回答说，"我怀疑你的记忆出现了错乱。"

"那这个 YNA……"

"是英文。"燕知春说，"'你不孤单'①的缩写，这是我为了安慰自己而文的。"

"你不孤单……"听到这四个字的齐夏眼睛直接失了神，余念安的声音也不断地在耳边回荡。

"夏，你有我，你不孤单啊。"

"夏，如果没有我，你该有多么孤单？"

"为什么又是这个结果？"齐夏浑身颤抖着说，"只要我探寻答案，就必然是这个结果……我连一条路都没有剩下……我连……"

齐夏感觉自己头痛欲裂，眼看又要昏倒了。

"知春。"老孙道，"咱们也该走了，时间差不多了。"

燕知春点点头，三人不再理会一脸痛苦的齐夏，纷纷走到后门，推门走了出去。

齐夏抓着自己的头发，等待着那一阵剧烈的头痛过去。

此时，他已经可以清楚地听到耳后传来了窸窸窣窣的声音，仿佛那些黑线已经穿过木门钻入屋内。

"我还不能死……"齐夏艰难地站起身，朝着后门的方向跑

---

① "你不孤单"的英文：You're not alone。

了过去。

幸亏这栋建筑物后门通向一条比较宽阔的巷子，这条巷子里多少有点光亮。齐夏开始重新奔跑，可是仔细看去就会发现他的表情像是一团死灰。

"我的回响契机不在了……"他一脸绝望地喃喃自语，忽然感觉气息不顺，肋间猛然一痛，脚步也在此刻放缓了。

"糟了……"他艰难地挪动着脚步，感觉到身后的线已经近在咫尺了。

齐夏抬起头，一脸阴沉地说："你要是再不现身，我可真的要死了……"

话音一落，远处的路口传来了一阵汽车引擎的轰鸣声。

齐夏知道这可能是他唯一的机会了，见到那个人，至少会得到一个答案。想到这里，他赶忙挪动脚步向着引擎声传来的地方跑去，没多久，那辆老旧的出租车便飞速开来，稳稳地停在了他的跟前。

"乘客，去哪儿？"许流年摇下车窗说。

"逃离。"齐夏回答。

"那我做不到。"许流年微微一笑，"带您兜兜风吧？"

齐夏听后二话不说打开车门坐在了副驾驶上，此时他感觉浑身都在痛，尤其是肋间和胸口。

许流年熟练地挂上了挡杆，一脚油门带着齐夏逃离了。

齐夏大口地喘着粗气，汗水从他的下巴不断滴落，心跳如擂鼓般清晰可闻。

"多狼狈啊。"许流年笑道，"大名鼎鼎的齐夏，差点死在一场慢跑游戏中。"

齐夏没有搭话，只是呆呆地看向窗外，亲眼见到几个参与者被黑线刺穿了头颅……

许流年一边轻微转动着方向盘，一边目视前方面带微笑，就像跟朋友聊天一样问："这位乘客，你有心事吗？"

齐夏慢慢倚在后座上，声音略带沙哑地问："许流年，你的最终目标是什么？"

"我？"许流年听后轻笑一声，"你可真的是太出乎我的预料了，居然从我的最终目标切入？"

"除此之外我想不到其他的原因了。"齐夏回答说，"表面上看你是楚天秋的人，可你在帮我回响，你不仅在打乱楚天秋的计划,也在打乱我的计划,所以你既不想让某个人成为'万相',也不想让某个人逃离。"

"也不能完全这么说。对我来说,谁成为'万相'、谁逃离都不重要,但我一定要毁了这里。"

"毁了这里……"齐夏总感觉这个最终目标自己听过。

曾经有个人也和他说过:"齐夏,我们一起毁了这里吧。"

是林檎?

"这个地方已经失控了,连这里的建造者都没想到最终会变成这副样子,现在这里完全就是世界上第二个地狱。"

齐夏感觉眼前的女人知道的东西很多,她甚至还知道这里的起源。

"什么叫第二个地狱?"齐夏问。

"我便来自地狱。"许流年笑道,"当然,这只是个比喻。但和你想象中不同,我没有多么大的本领,毕竟连我也被困在这里了。"许流年摇了摇头,脸上的表情不知是疯癫还是悲伤,"我一直都知道,不可能有任何人来这里救我的。我们出不去,外面的人进不来,终焉之地是一座染血的围城,想要结束这一切,只能毁掉这里。"

曾经有许多人都跟齐夏说过他们出不去,但是齐夏从来都没有相信过。可不知为何,这段话从许流年的嘴中说出,莫名地让人信服。

"所以你到底要怎么毁掉这里?"齐夏问。

"凭我自己完全做不到。"许流年说,"如果有需要的话,我会尽可能地给这里的强者提供帮助,只要能有人击杀那个人,这个地方也就失去存在的意义了。"

"强者?"

"你和文巧云。"

听到"文巧云"三个字,齐夏明显愣了一下。

"我和……文巧云?为什么不是楚天秋?"齐夏皱着眉头看向许流年,感觉稍微有点奇怪,难道在许流年这么长久的记忆当中,那个叫文巧云的女人比楚天秋还要强大?

此时有一个参与者看到了在街上行驶的汽车,瞬间张大眼睛,跑到马路中间挥起了手。他仿佛看到了激流当中漂浮的一根木桩,只要能够抱住这根木桩,便能活下来。

可是,许流年就像什么都没有看到一样,直直地撞了上去……

END ON THE TENTH DAY

中场休息

我叫
许流年

我叫许流年。

我说谎了。

若许流年，老了红颜闲却梦。①

我常在想，父母给我取出这个名字的时候，一定希望我的一生是安定而平凡的。我也如同他们期待的一样，一生都是个平凡的人。

从小到大，我有着平凡的长相、平凡的身高、平凡的学习成绩和再平凡不过的家境。我也没有比别人多学过什么特长，别的小孩小时候都会学绘画、钢琴、舞蹈，我却都没有学过。当我反应过来身边很多人都比自己优秀的时候，很多事情也已经来不及了。

于是我只能寻找着平凡的工作，过着平凡的生活，试图度过平凡的一生。

可我的父母绝对不会想到，我这平凡的人生会彻底改变，经历寻常人永远都不会经历的事件，他们更不会想到，我最终沦落到这种地方，然后在这里生，在这里死。就连我在奉上司的命令押送数万人进入空间列车，前往这座桃源时，也不可能预料到会有这么可怕的结果在等着我。

无论是谁也不可能预料到桃源有朝一日会变成这副样子，也没有任何人能想到我会成为一个彻头彻尾的癫人。

可好在我等到了。就在成为癫人两年后，我终于等到了这个将我唤醒的人。

在他出现之前，我以为自己已经回到我该去的地方了，我开上了自己的出租车，在路边等活儿而已。当时的我脑海当中只有一个念头——这里明明就是现实世界啊。

直到他三言两语，彻底将我眼前的虚幻瓦解，我才明白这一切有多么可笑。

我在现实世界中怎么可能是一名出租车司机？这种我随意扯出的谎言，究竟在什么时候变成了我真正的人生？如果我只是个寻常的出租车司机，为什么我会同意冒这么大的风险，哪怕变成

---

① 引自中国楹联论坛佳联"若许流年，老了红颜闲却梦；那些旧事，落于文字化成烟"。

原住民都要探寻一条新的路？

尽管我的前半生平凡无比，可自从我来到桃源后，一切都不同了。好在我的体质本就和这里的所有人都不同，癫人的影响不甚深远，我还保留了最后一丝理智。

"你在路边不吃不喝不睡……等了两年？"那时的男人问。

"是这辆车……我在城市中见到这辆车的时候，整个人就像着了魔一样……"

"这辆车有什么古怪吗？"

"我怎么可能在这里见到这辆车？我根本就不——"我猛然回过头，却发现身旁的男人快死了，"你受伤了？"

事后想想，幸亏被他那骇人的伤势打断了思路，要不然我一定会脱口而出——我根本就不是出租车司机。

那时的我总感觉自己的思维很奇怪，明明还是个癫人，能够和人进行最简单的沟通，可是这些理智仿佛是暂时的，它们正在慢慢消失。当时，那个人见到了城市外面四通八达的道路，他呆呆地望着远方的高楼，良久之后像是受到了什么打击，直挺挺地倒在地上，我才发觉他有点眼熟。

这不是齐夏吗？

幸亏我没有多说那句话，否则他一定可以抽丝剥茧般将我的秘密全部洞察，之后打乱我真正的计划。在他的记忆中，我只是个普通的出租车司机就好。我有我的职责，我要捣毁这个诡诈的桃源，给所有人一个交代。就算我自己也深陷其中无法逃脱，我也不能放任不管，这便是我的使命。

我把齐夏的尸体挪到一边，不由得叹了口气，就算你再厉害又如何？不幸者终归就是不幸者，你只能像条野狗一样死在城市边缘，无人问津。

我有了一个新想法，从内部瓦解这个世界。如此违背天理的事情一定会引起上面的人注意，就算这里是游离在所有世界之外的独立空间，也一定会有人注意到的。

对，没错……我沉了口气，走到车旁，正要打开车门的时候，却感到精神一阵恍惚。

等一下，我……是谁来着？我在这里的理由又是什么？

对了……我是一名出租车司机……我现在……要去等活儿……

我刚要上车,忽然看到不远处的尸体旁边站着一个人,那个男人穿着一件诡异的白色长衫,样式非常简单。他有着一头及腰的长发,似乎很久都没有修剪过了,他在脑后随意地扎了一条长长的辫子,看起来竟有几分仙风道骨。隐隐看去,那人的长发还是肉眼难以分辨的墨绿色。

"你……"我感觉自己好像在哪里见过这人。

他缓缓转过身,露出一张清冷苍白的脸,此时我才注意到他前额有一道墨绿色的纹路。

"许流年?"那人说。

他的声音很奇怪,在他张嘴的同时,男声和女声同时出现,似乎身体里面住着两个人。短短三个字让我心头一颤,马上就要丧失的理智此时又恢复了一些。

"你怎么变成这副样子了?"那人又问。

看着他一步一步向我走来,我有点害怕,虽然我想不起他具体是谁,可我知道他不是寻常人。直到那人停在我的眼前,我才发觉他眉头微蹙,眼神也变得复杂了起来:"你的理智呢?朱雀带走了?"

"朱雀?"

还不等我回答,他便伸出手在我的眉间轻轻点拨了一下。一瞬间,大量的记忆疯狂地涌入我的脑海,所有的迷雾在此时烟消云散,那些混乱的记忆全都回来了。

"青龙?"我想起了眼前之人的容貌,顿时放下心来,"还好是你……"

"这次不错,没把我认成天龙。"青龙点点头。

"我不会再错了……"

我平复了一下心情,感觉一阵后怕,若是自己没有见到青龙,现在又会失去理智,不知道游荡在何处。这便是原住民要走的路。

"许久没见到你,没想到你竟成了癫人。"他神色复杂地说,"朱雀连你都敢下手吗?"

"没什么所谓吧。"我摇了摇头,"在这里众生平等,我也是众生一员,况且朱雀也不认得我是谁。"

"跟你说声抱歉,但朱雀不归我管。"青龙面无表情地看了我一眼,"你的理智已经还给你了,就此别过吧。"

可我现在不能走。青龙极少现身,他在此时此刻出现在城市边缘，站在齐夏的尸体身边，定然有什么理由。他要做什么？

见到我没有离去的意思，青龙也不再说话，再度回身看了看齐夏，很快他的表情就变化了一下，随后伸手触摸了齐夏的脖颈。

"还没死？"他轻声叨了一句。

"青龙……你到底为什么来这里？"我还是没忍住，问出了自己心中的疑惑，毕竟青龙比天龙更好接触，这是个难得的机会。

"我……"青龙男女参半的声音在喉咙中一响，随后他沉默了几秒，略微地挥动了一下手指。我只感觉我们二人瞬间被一种奇妙的力场包围了，听不见周围任何声响。

"许流年，你帮我个忙吧。"

"什么？"

他站起身，再度伸手抚摸了我的额头，我的脑海中瞬间出现了一个陌生女人。

"用你的回响变成这个女人的样子。"青龙不容拒绝地说，"这个人还没死，你来他面前亮个相。"

我在脑海中回忆着那个女人的样貌，她五官完美，笑起来甜美可人，穿着一身洁白的连衣裙。青龙似乎灌输了很多记忆给我，变成她的成功率很高。

"可是青龙……你是在命令我吗？"

"不。"青龙用一双满是悲伤的眼睛看向我，"最近这些年过得太平静了，我想掀起一层浪。如果你能帮我，对你也有好处。"

青龙一直都是这里的另类，从某些方面来说他和齐夏很像。我总是看不透他们做事的动机。

"时间很紧迫。"青龙又说，"你再不来，他就要死了。"

我权衡了再三，还是决定先变成那个女人的样子，也算是还青龙一个人情。既然他帮我恢复了理智，那我也帮他做一件事。

我默默闭上了眼睛，在脑海中回忆着那个女孩的身影，青龙给我灌输的记忆非常多，我感觉自己好像很了解那个女孩。她活在我的记忆中，就好似我真正的朋友。几秒之后我睁开眼，感觉自己连身高都变了。

这个女孩真的很漂亮，如果我天生就是这副样子该有多好？

"来，许流年。"青龙走到齐夏身边招了招手，"来这里。"

我低下头，慢慢走到了青龙身边，看了看自己身上的白色连衣裙。现在，我就是余念安。

我来到齐夏的身边蹲下，青龙便随意挥了一下手，齐夏的双眼也在此刻睁开了。但他的双眼无神，和死了没有什么区别。我蹲在他旁边盯着他，见到他那双无神的瞳孔微微活动了一下，他从我的左眼，缓缓望向了我的右眼。这双处于弥留之际的眼睛，散发着难以压抑的悲伤。

"你在做什么梦？"我笑着问道，"梦里有我吗？"

齐夏的眼角凝聚了一滴泪，但迟迟没有流下来。所以他的梦，到底是甜的，还是苦的？

"别多说。"青龙打断了我的话，"我快听到了。"

"听到什么？"我问。

"快听到他的回响了。"青龙回答说，"这回响的频率非常奇怪，数十年来似乎只听过一次。"

我们默默地待在原地，只可惜我和青龙都在期待的钟声最终还是没有到来，齐夏闭上了双眼。

他死了。

我已经在这里见证过太多次的死亡了，于是只能摇了摇头："只能期待他会做个好梦，然后丢掉这一切记忆，满怀热情地回到这个凄凉之地。"

"不……"青龙慢慢咧开了嘴，他喉咙里的男声女声都在笑，"他同频了，我已经听到了声音。"

"同频了？"我有些好奇地看向青龙，"那是什么意思？"

"他死之前，周遭的声音变了，只不过啊……"青龙回过头看向远处，"不知道他自己建造的钟能不能捕捉到这么高频率的声音，毕竟那已经超过人类所能听到的范围了。"

他说完之后顿了顿，又开口道："当然也有第二种情况……那就是这短暂的声音根本无法传到巨钟那里，只有我能够听到。"

我听完默默闭上了双眼，变回了自己的样貌，然后开口道："所以你是在让齐夏回响？他不是不幸者吗？"

"哦？不幸者？"青龙轻笑一声，"这地方哪里有真正的不幸者？他回响时声音的频率非常高，看着吧，我们口中的桃源，他们口中的终焉之地马上就要变天了。"

"你到底有什么目的？"

"我想知道齐夏和楚天秋到底谁更强。"青龙说，"有没有办法让他们斗一场？"

听到青龙的话，我也略微沉默了一下。如果有可能的话，我应该不会回到楚天秋那里——毕竟楚天秋实在太过心软，他对所有的参与者都太好了，如此善良的人并不是我心中毁灭这里的最佳人选。

"有什么必要吗？"我反问道，"楚天秋就像是开设在这里的一个救护所，他会帮助那些所谓的新人熟悉这里，然后拿出物资救济他们……这样的一个人要跟齐夏比一比谁更强吗？齐夏可是曾经站在你和天龙面前的人啊！"

青龙听后微笑一声："所以呢？楚天秋怎可能止步于此？命运的齿轮开始毫无道理地转动，众人铺设的道路也会从此刻开始展现，我们的桃源会化作坟墓，将我们所有人都埋葬在这里。"

我缓缓地咽了下口水，这个男人就像以前一样，说着我完全听不懂的话。

他顿了顿，又说："只不过……我不确定这一次会不会像以前一样，以大量的强者陨落而告终。这里的天空都被血肉染红了，还能再承受几次这样的变迁？"

"所以……你想让我做什么？"

"无所谓。"青龙摇摇头，"不论你用什么方法，只要能让他们二人出现裂痕，然后随意斗上一斗，对我来说就是一场精彩的大戏。比如……使用你的回响，假扮楚天秋来离间他们。"

说实话，我不太理解青龙的意思。

他打开了一个奇怪的力场，让我们二人的交谈成了秘密，也就是说他所说的话不可以让其他任何人知道。可他为什么要离间齐夏和楚天秋呢？这二人都不是什么坏人，他们如果联手，自然会所向披靡，不仅有可能再度站到天龙面前，更有可能将这里彻底毁掉。

"我不太明白。"我说，"青龙……你也是想要毁掉这里的吧？"

"当然。"青龙点点头，"但碍于我的身份，我所能做的事情有限，我可以帮助别人毁掉这里，而我自己不行。"

看到我犹豫不决，他走了几步站在了我的身前。

"许流年，你本就是不老不死的吧？"他伸手捋了捋自己的长发，"所以你要永生永世在这种地方循环吗？不准备解放自己？"

"青龙，我的不老不死，有一半都是拜你所赐……可你不是也一样吗？"

"一样？可我和天龙有什么区别？我们杀不死任何的参与者，只能等他们有朝一日杀到我们的面前。"青龙脸上逐渐露出了绝望的笑容，"与其被一众凡人推倒，不如我们主动毁了这里。"

"可天龙根本不是这么想的。"我开口打断他，"天龙一直都认为他是这里的主宰啊！他怎么可能会让你毁掉这里？"

"所以我才打开了'缄默'。"青龙又露出了那副让我无论如何都琢磨不透的表情，"许流年，还记得咱们第一次见面的时候吗？那时你跟我说你并不是被押送来的，而是负责押送的工作人员，哭着喊着要我把你送出去……"

是的，我记得，那时候的我很失态，但我确实没有任何办法。这里实在太可怕了，初见仅是桃源，再见却已是深渊。

我负责押送数万人到达这里，任务完成之后却发现根本没有出去的路。这里的天空也在几十年间变得血红无比，每一次呼吸都带着腐烂的碎肉粉末，让我感觉自己的五脏六腑全都堵塞了。

究竟为什么会这样呢？我跟着列车来到这里，为什么没有回去的路了呢？我的上司不可能出卖我，可现实世界当中到底发生了什么事，才让我们断绝了一切退路？

对于外面的人来说，桃源的时间是静止的，就算我被困在这里一千年一万年……他们也只以为我消失了一瞬。他们又怎么可能会来救我？

我好不容易被人重用，却辜负了信任我的人，现在想要结束这一切，就一定要想办法毁掉这里。就算这里所有的人都魂飞魄散也没关系。

计划早就失败了。天龙撒了谎，他撒了天大的谎。女娲游戏已经被他废弃了，他的最终目的根本不是打造一个"万相"。他并不想帮我的上司、他的主人来挑选一个"万相"，而是想自己成为"万相"。

他在这里设立了无数个谎言，让所有被押送来的人都选错了目标，大家都在奔波着，收集着各种不一样的东西，所获得的力量也只是昙花一现。这种地方怎么可能有人逃得出去？就算是如同青龙这般强大的人也不可能逃脱，毕竟连列车都停了下来。

我们最好的结局就是死在这里。只要照着这个目标去努力，是不是有的人会显得壮烈一些？这样我的人生也不会太过平凡，算是为了我的上司做了一些力所能及的事吧，更何况，我亲自押送的人出了问题,我理应负责。

"青龙。"我声音低沉地喊他。

"怎么?"

"在这么久的观察后……你认为楚天秋和齐夏之中,会出现一个最终毁掉这里的人吗?"

"说来也巧。"青龙轻笑一声,"这两个人所选择的路完全不同,但他们都会威胁到天龙的地位,我和天龙无法搏杀,所以我只能借助参与者的手,达成我自己的目的。"

"那你想好了吗?"我深吸一口气,"天龙如果死了……你怎么办?"

"我会跟着他灰飞烟灭。"青龙面无表情地说,"我倦了,该散了。"

我真的从他的眼中看到了想要求死的神情。思考了几秒,我答应了他的请求。

"既然如此……"我沉了口气,说,"我需要点东西,这点东西恐怕在这桃源里,只有你能拿得到。"

"哦?"青龙看了我一眼,"这么说吧,除了天龙和神兽的头颅,没有什么是我拿不到的。"

"那可正好……我需要几个地级的头颅。"

"地级的头颅?"青龙听后思索了好几秒,"这不难,因犯规而死的地级我那里有不少,只不过快要腐烂了。"

"没关系。"我摇摇头,"我在这儿等你,拿来之后放到我车上吧。"

在和青龙告别之后,我马不停蹄地赶回了天堂口,只不过那里已经荒废了。我跟几个带有记忆的参与者打听了一下,才知道天堂口已经搬离了原始地点,现在已经将根据地搬入了一所学校中。看来楚天秋表面上一直都在坚持他的想法,他想要彻底杀死这座城市的所有生肖。

"可现在我回来了……"我喃喃低语地说,"天秋,原住民的路根本就不通……"

大约走了一下午,我才终于来到了新的天堂口。这里不仅有一个广阔的操场,还有着四五层楼高的教学楼。许多教室中亮着篝火的光,看起来人数依然不少。

不知道云瑶还好吗?不知道张山他们还好吗?

没走几步,我就看见学校门口站着一个没见过面的年轻人,应当是在我之后才来到天堂口的。

"你好。"那个年轻人看起来白白净净,不像个坏人,"需要帮助吗?"

"你是回响者吗?"我问道。

"啊,以前是,但这一次我还没有获得回响。"年轻人回答。

"好,我想见楚天秋。"我开门见山地说。

"见首领吗?"年轻人点点头,"你怎么称呼?"

"我叫许流年。"

年轻人点点头,跑进了教学楼中,没一会儿便带着那个我熟悉的身影走了过来。

楚天秋一点都没变。说得也是,在这种每十天就会刷新自己肉体的地方,还有谁会变吗?

他还是老样子,他披着一件外套急切地向外跑着,眼中充满了担忧。

"小年……"他老远就叫道,"你终于回来了……"

我也笑了一下,往前走了几步,然后掏出了早就准备好的匕首,干脆利索地割开了他身旁年轻人的喉咙。那个年轻人到死都没有明白自己为什么会有如此下场。当他瞪着眼睛倒下去的时候,楚天秋的神色也变了。

"小年……你……"

"天秋,我有话对你说。"

楚天秋看着倒在夜幕之中的同伴,表情复杂至极。

"你在搞什么?"他的眼睛渐渐眯了起来,"这人还没有回响……他的记忆都会消失的。"

"那样正好。"我点头说,"天秋,这一次我回来不能被任何人发现,我有一个新的计划。"

楚天秋看起来根本理解不了我在做什么,组织了好久语言才缓缓说:"小年,你消失两年……回来第一天就杀死我的队友,你让我怎么接受你的新计划?"

他的眼神里写满了对我的不信任,可我还有更好的办法吗?

"因为我没有其他的路可以选了。"我伸手用袖子擦了擦匕首上的血迹,然后将它收回腰间,开始低头搬运那人的尸体,几步之后我又抬起头来看向楚天秋,"愿意跟我走一趟吗?我不会杀你的。"

楚天秋皱着眉头思索了一会儿，随后慢慢咧开了嘴，露出了一个让我感觉有些怪异的笑容。在我的记忆中，他从来都不会这么笑。

"我当然知道你不会杀了我，要不然刚才被抹掉脖子的人就是我了……"他直勾勾地看着我，随后轻笑一声，"可你怎么敢肯定自己的新计划会被我采纳？"

此时我才发现楚天秋好像变了。似乎正有两个人格在他身体里打架，一个是良人，一个是癫人。

"你只要听了……一定会感兴趣的。"我回过神低下头，继续拖动着尸体。我庆幸自己来到这里时已经是黑夜了，此时没有任何人看到我回来，我的计划应该可以顺利进行。

楚天秋毫不犹豫地跟着远离了学校，然后我们拐进了一个小巷，我找了一张硬纸板将尸体盖住，这才抬起头来看向他。还未等我说话，他便先开口了。

"所以小年……成为原住民，到底是什么感觉？"

我沉默了一会儿，说："很遗憾，所谓原住民，就是失去所有的理智，模糊对周围环境基本的认知，我以为我已经回到了现实世界，过着和现实世界当中一样的生活，那时我一直在路边的出租车里等着拉活儿。"

从始至终，楚天秋都以为我只是个落魄的、在横店等活儿的出租车司机，我怎么可能告诉任何人我来自地狱？

"是吗？"楚天秋的眼神冷了一下，整个人居然在此时散发出了一股独特的气质，随后他又露出一脸笑容说，"我有一件事一直很好奇。"

他的语气让我感觉有些不安："什么事？"

"你在现实世界中，真的是个出租车司机吗？"他问道。

"没错。"我皱了一下眉头，随后回答他。

"那可真是奇怪了。"他微笑着说，"前几天我忽然找到了一份笔记，上面记载的东西很有意思啊。"

"笔记？"

楚天秋面带笑容地伸手摸了摸自己的口袋，然后又露出一脸懊恼的表情："不好意思，我没有带在身上……但是笔记上的内容我都还记得呢。"

"写了什么?"

"可能是谁挑拨离间吧?"楚天秋往前走了三步,来到了我的眼前,他距离我非常近,让我感觉有点危险,"那笔记上记载了和我同一个房间八个人的姓名和回响……可奇怪的是……上面没有你呀。"

听到这句话的我略微一怔。我本就不是参与者,又怎么可能和楚天秋来自同一个面试房间?我不知道他已经猜到了哪一步,可想要改变初始房间的布局,在如今的终焉之地只有一个人可以做到。

他会猜到这都是青龙的手段吗?

"小年啊小年……"他看到我的表情,再度露出笑容,然后伸手从我的肩头拿走了一根脱落的头发,"你说说这可怎么是好?你不仅忽然来到了我的面试房间成了我的队友,更是从原住民变回了参与者……"

"我……"我没有想到楚天秋的城府比两年前更深了,所以一时之间不知该用什么借口来回答他的问题,只能思索了一会儿说,"两年前我们决定走原住民这条路时,你也是同意的……"

"可已经过去了两年。"楚天秋笑道,"这两年来我每一天都在探求从原住民变回参与者的办法……只可惜这件荒唐的事没有任何先例……所以你到底是怎么做到的?"

他直直地盯着我,我感觉自己马上就要被他看透了。是我太久没有见到楚天秋了吗?还是说这两年来发生了什么变故?为什么楚天秋给人的感觉和两年前完全不同了?

"我……也不知道自己是怎么做到的。"这句话出口的时候,我知道自己已经输了。

楚天秋是什么等级的人物?这种低劣的谎言完全没有办法瞒过他。

"有点意思。"楚天秋点点头,"既然你不愿意说,我就自己猜。"

他看我没有任何反应,于是开口说:"所有的参与者都做不到的事,你却可以做到,只能证明你不是参与者。"

我眉头一皱,此时我才知道我被他骗了。他真的有那种笔记吗?他只是想要诈我,可我的微表情第一时间把我出卖了。我不是房间里的人,他本来还无法确定,但此时已经确定了。

我并不是现在输的,而是一开始就输了。这个人变得可怕了起来,他现在的气质正在接近齐夏——或者说,他本来就是这样?

"你既不是生肖的人,也不是参与者的人……"楚天秋苦笑了一下,"我大胆猜猜……你该不会是第三方势力吧?"

我伸手打断了楚天秋的话。

"这件事不能说。"我咽了下口水,说,"你若是再说下去,我和你的处境都会很危险。"

楚天秋听后也变了表情,似乎确认了自己内心的想法。

"果然啊……你可真是个深藏不露的人。"隔了几秒,他再次露出微笑,"既然如此……说说吧,你那个全新的计划。"

看到楚天秋答应了,我才靠近他的耳边,轻声地说出了我的想法。虽然在心理博弈层面上我不是对手,但总有东西是我擅长的——比如我认识这里更多的上层人物,而楚天秋不认识。我所知道的情报和他不在一个等级,在他猜测出一切之前,足够我完成我的计划了。

"楚天秋,我要你招揽齐夏到天堂口。"

我不知是他本来就猜到了我要说什么,还是早就已经打算招揽齐夏,他居然并不感到惊讶。

"你说招揽齐夏是你的计划?"他轻声反问了一句,"那我想知道……招揽这个人对我有什么好处呢?"

"你不是想要攻破所有生肖吗?"我问道,"我可以帮你搞到地级的头颅。"

"地级的头颅?"这五个字甚至比招揽齐夏更让楚天秋心动,他将期待全都写在了脸上。

"没错。"我盯着楚天秋那略带疯癫的双眼说,"你应该知道……这几颗头颅虽然没有什么实质性的作用,但可以成为你的底牌。"

"没错……"楚天秋看向地面,随后点了点头,"确实是可以成为我的底牌啊……"

我知道他已经明白了我的意思,只要天堂口一直有三颗地级头颅坐镇,便可以一直吸引强者。

"成交。"楚天秋笑道,"你给我地级的头颅,我便尽快招揽齐夏。"

"好,那些头颅在我车子的后备厢里,你去拿吧,另外……"我把车钥匙递给楚天秋,又说,"你要招揽齐夏,最快也要下个循环了。"

"哦?"他面无表情地接过钥匙,"他死了吗?"

"是的……怎么,你好像知道?"

"是,他来过了。"楚天秋将车钥匙放进口袋中,再度扭头望向了我,我始终看不透他在想什么,"小年……你为什么不希望暴露自己回来的事实呢?"

"我想参与其中。"我果断地说,"这一次我想扮演你,和你一起进行这个计划。"

"扮演我?"楚天秋听后微微一笑,"有点意思啊,看来你的计划不仅仅是招揽齐夏,还有什么别的目的吗?"

"楚天秋,我不如你聪明,但我有我的优势。"我跟他摊牌,"让我们斗一斗,就算我们互相死在对方的计谋中,我也不会后悔了。"

我和他站在逐渐变得暗淡的小巷之中沉默不语,我不知道他在想什么,他会猜到我的想法吗?

"可是……你真的能扮演我吗?"

我似乎在楚天秋的眼中看到了一丝诡异的亮光。如今连楚天秋也变了,一个曾经可以让任何人都放心依靠的领袖,现在也变得疯癫。这样也好,本来我还有一点不忍,但现在不会了。就算真的按照青龙的指示,让楚天秋和齐夏好好地斗一番,无论这俩人谁最终会彻底消失,对我来说也没有心理负担了。

"我会试着扮演曾经的你。"我回答道,"现在的你……我已经不了解了,但你曾经做过的事我都历历在目。"

"良人王?"楚天秋轻笑一声,"本来是想马上把这个名号扔掉的,没想到你回来了……那就让它再生效一次吧。"

我以为刚才听错了,楚天秋连良人王这个名号也要抛弃了吗?

"所以你要扮成我招揽齐夏?"楚天秋确认道。

"没错。"我点点头,"这件事需要你的支持,否则我会举步维艰。"

"你和齐夏打过的交道不多吧?他甚至能够通过一个眼神来看破你。"楚天秋饶有兴趣地来到了我身边,"你就算能够变成我的样子,又要怎么得到齐夏的信任?"

"这……"听到这个问题,我也有些犹豫。

虽然我曾经也变作别人的样子进行欺骗,可欺诈的都是一些泛泛之辈,又有几个能跟齐夏相提并论?

"那你的意思是……我不能扮演你?"我问道。

"不不不……"楚天秋伸手推了一下眼镜,冲我笑道,"我在想……既然你无论如何都会露出破绽,不如主动卖个破绽给他。"

"什么?"

"下一次你们见面时,我要你扮作高高在上的样子,给他一个恰到好处的下马威。"

"比如说?"

"比如你可以直接控制住他的队友,然后再告诉他你的规矩就是规矩。"

听到这句话我慢慢皱起了眉头:"可是这样一来我扮演你还有什么意义?"

"怎么会没有意义呢?"楚天秋摇摇头,笑容越发诡异了,"齐夏可是第一次见到我,无论他之前听到过我的什么信息,以他的为人也肯定相信眼见为实,换作是你……发现一个被人传得神乎其神的领袖其实虚有其表,你会怎么做?"

我思索了一会儿,得到了答案:"我会看不起他。"

"你会轻敌,可齐夏不一定会。"楚天秋说,"他有可能会试图掌控主权,期待利用我来完成他的计划。"

我答应了楚天秋的请求。

仔细想想真是可怕,我一边答应着青龙的要求,一边又试图打入楚天秋和齐夏的争斗,我们四人博弈,实力是不是太过悬殊了?我犹如在刀尖上舔血,又好似拿着一把破旧的小刀冲入了几个强大的怪物之间,他们随意撕咬对方时若是不小心误伤了我,我会瞬间粉身碎骨。在这种看不见形状的旋涡之中,我到底要怎么全身而退?

好在目前看来,楚天秋的计划和青龙的计划有一部分是相通的。青龙想要楚天秋和齐夏斗上一斗,而楚天秋也希望我能够给齐夏主动露出破绽。这样看来的话,只要我做好他们二人期待我做的事,应当可以勉强在其中周旋。

这种感觉真的让我毛骨悚然。

无论是齐夏还是青龙,我一个都看不透,现在连楚天秋的双眼也蒙上了一层薄雾。正如我所说,我从始至终都是一个平凡人,和这些天生就是怪物的人完全没有办法相拼,但我会在力所能及的范围内做好我的一切。要么我来想办法毁掉这个地方,要么让这个地方毁掉我。

接下来的日子，我一直都努力扮演好楚天秋，而楚天秋则去到了他在坟墓之中搭建好的避难所隐藏自己。

天堂口也与以前不同了。这里的人虽然还在按照楚天秋——也就是我的指示行事，但他们好像已经没有了灵魂，两年前的天堂口绝对不是这样，那时每个人都有前进的动力，我也能在他们的眼中看到的光。

现在光已经没有了，就连张山也不再像以前那样干劲满满。

虽然很多人都不记得曾经发生的事，但那些隐藏在内心深处的绝望感依然会保存下来，萦绕在每一个人的心头。

要说整个天堂口的成员当中谁的眼中尚有光芒，那自然是云瑶。她眼中的光芒比任何人的都要强烈，她比任何人都想要出去，并且坚定无比。

第二次循环，我按照楚天秋的指示在齐夏等人出现的地方等待着，并且直接邀请对方加入天堂口。计划比我想象中的还要顺利，毕竟我扮演的楚天秋真的毫无破绽，我会使出楚天秋的招牌笑容，以儒雅的亲和力去面对每一个人。

在他们到达天堂口时，我当即派出张山前去控制乔家劲，并且成功激怒了齐夏。只不过我没想到齐夏也变了。以前的齐夏虽然聪明过人，但都会尽可能地对身边人伸出援手，在我的记忆中，齐夏绝对不会一言不合就将对方打倒在地。

他第一时间举起了石头，想要将我这个楚天秋彻底击杀。他的身上有一股以前从未有过的绝望，这股绝望让他变得狠辣无比。

他怎么了？我仅仅是两年没有出现，为什么所有人都变了？

楚天秋经历了什么？齐夏又经历了什么？

"楚天秋，你在跟我装什么？"齐夏问。

"装？你说我在装？"

我努力挤出一丝微笑，可是心中却非常忐忑，他为什么会认为我在装？这个男人到底是怎么回事？难道他看透了我？

他冰冷地看着我，继续说："我不管你是天堂口的领袖还是什么，你既然招惹了我就该做好心理准备！"

"我……我哪里招惹你了？"

齐夏简短的一句话几乎让我的汗毛根根竖立，他到底是真的知道些什么……还是随口乱说的？我感觉自己的大脑越来越混乱，这场博弈似乎只有我被蒙在鼓里。他们三个人实在是太强大了，我完全不是对手，我有预感，我好像……已经进入某个人的局里了……可现在到底是谁的局？

齐夏？

楚天秋？

青龙？

齐夏说这话，眼神当中满是杀机，我感觉自己真的要被他杀死了。可我这次还没有和青龙见过面，这一次我若是死了，便有可能永远消失。毕竟他没有许诺给我参与者的身份，我若死了，那便真的死了。

既然如此，我到底该怎么办？

无数个想法席卷了我的大脑，我也瞬间萌发了一个新的念头。等一下……我可能还剩最后一条路可以走。那就是现在和齐夏坦白。

既然已经不能游离在几人的博弈当中了，那我就主动攀附于其中一方，若是齐夏能够知道楚天秋和青龙的计划，以他的性格，也足够让这里天下大乱了！

"你……你等等……你听我说，我这么做都是有原因的！"我赶忙高喊道，此刻齐夏若是有一丝犹豫，我便跟他和盘托出。

"只可惜你没有提前告诉我原因。"齐夏果断回答道，"我这一生最讨厌的事，就是超出我预料的事。你可能觉得这样故作神秘会让你显得很强大，可在我看来十分幼稚。接下来不管你说出多么让人震惊的真相，我都准备打破你的脑袋。"

他真的要杀了我。幸亏云瑶在一旁赶忙拉住了他，苦口婆心地劝说了他几句。而我也真的被他吓到了，他变得不像从前了……到底为什么会变成这样？

本以为云瑶已经劝住了齐夏，可没想到他依然举着石头。

"没关系，反正我们死了都能活，这一次我打烂你的脑袋，让你长个记性，下次别再招惹我。"

"别……我现在还不能死……"

我真的不能死，齐夏，你不能这么做。楚天秋可以死，可我不行！我会消失的！

就在我万分恐慌之时，那石头落在了我的耳边的地面上，激起了一片尘土。

楚天秋让我给齐夏一点恰到好处的下马威，可我差点被齐夏的马踩死。不过这样也好，这已经是我身为一个普通人所能做出的全部努力了。

楚天秋让我尽量给齐夏露出一些破绽，现在我发现，就算我什么都不做，仅仅站在齐夏面前，我便已经满是破绽。我越想扮演楚天秋，露出的破绽就会越大。

齐夏不止一次地问我："楚天秋，你真的是个聪明人吗？"

每当听到这种问题时，我的回响都险些被破除，好在我始终坚信自己就是曾经的楚天秋，毕竟从某些角度来说，我和楚天秋的最终目标是一样的，所以我们信念相通，我是他，但他不是我。

那时的齐夏也给了我一个非常诡异的消息，让我不得不重新审视起整件事情的局势。

他们的房间里有十个人。难道有人和我一样，与青龙做了什么交易，潜入到了齐夏的房间之中吗？

这听起来实在是太荒唐了，齐夏的房间中没有任何人变成癫人，换言之他们房间的面试官会杀死多余者，潜入者危险性极高，可以说是必死。到底是要多么疯癫，才会在房间已经饱和的情况下潜入其中？

只可惜我不是楚天秋，我根本不记得齐夏原本的队友是谁，这一次跟着他一起过来的八个人当中……有一个人是多余的吗？

我忽然感觉有点害怕，原来这个地方不只有我想到了潜入其他人的房间中，更有其他人追随了我的脚步，大家都在拼了命地想尽办法逃出这里，我却整整两年什么都没做。

我潜入房间中是为了打入楚天秋的团队，从而进入天堂口，那齐夏房间里多出来的那个人……是为了潜入齐夏的队伍当中吗？

我感觉这个桃源已经没有任何人敢来涉足了，古怪的生态环境造就了一批又一批的怪物。之前的日子里，"只有一个人能出去"的谣言四起，使得我们没有办法相信任何人。况且就算是再信任的队友，也有可能会在某一天忽然失去所有记忆，就此与我们两不相干。

那时候楚天秋第一个站了出来，他不仅建立了组织，一次一次想尽办法保留了所有人的记忆，更是在所有人心境动荡之时拿出了一份笔记。他告诉众人笔记上记载的事情，能够从这里逃走的不止一人，因为有人曾经成功过，所以参与者们必须团结起来。

虽然楚天秋从来没有提过，但我们很多人都已经猜到那份笔记是他自己编造的。但那又有什么关系？将一盘散沙组织起来，提供食物和住处，还要负责让所有人都获得回响，楚天秋在这里的每一天活得比任何人都累，又怎么会有人想要戳破这层透明的窗户纸？

不管楚天秋手中的笔记是什么东西，哪怕只是一页白纸，只要他握在手中，那便是天堂口所有人的信仰，人们会为了那一张虚无缥缈的纸而前赴后继。在一个充满绝望的地方，没有人会去质疑一份希望的重量。

所以我才主动找到了一个机会，在楚天秋房间中的众人同时失忆的时候潜入进去，顺利成为他们当中的一员。如此说来，潜入齐夏房间的人，目的又是什么呢？

我以前见过齐夏几次，不过时间太过久远了，久远到天堂口还没有建立。

七年前的齐夏给我留下了极深的印象，但他已经消失了这么久，我原以为他也成了癫人，可仔细想想，这里除了我，会有任何人能变成癫人后再恢复理智吗？青龙不会做这种冒险的事，朱雀更不会。

也就是说齐夏这些年来一直都在桃源走动，可如果他真的是个厉害人物，为什么这么久一直销声匿迹，甚至连天堂口都没有加入过？就算他性格孤僻，楚天秋也绝对会向他伸出橄榄枝。

所以这件事情会跟他们房间之中的潜入者有关吗？

后来我才知道，潜入他们房间的不是外人，而是一个老熟人。

这件事先按下不提，当时的我只有一个念头，我要先稳住齐夏，他的能力上限还有待观察，我要趁此机会好好地了解这个人。于是我跟他讲述了回响的机制和天堂口的最终目标，我们要依靠回响者攻破所有的游戏。但我要做的不仅如此，我还要告诉他关于我自己的事——我是说，关于许流年的事。

一个这么聪明的人，不可以让他不明不白地死在和地级生肖搏命的游戏中，我要让他以许流年为戒，谨言慎行。

我绘声绘色地给他讲述了一个假故事，毕竟我在短时间内不会再用许流年的身份出现了……我下次出现的时候，应当就会彻底挑起齐夏和楚天秋之间的战争。

现在我也有些好奇了……这两个人，到底谁才会带领众人毁掉这里？

让我感到诧异的是，齐夏居然真的保留了上一次的记忆。他果然获得了回响，青龙的计划已经成功了。一个不幸者居然获得了回响，齐夏的回响到底是什么？

接下来的日子里我努力熟悉着桃源的变化……不好意思，我总是改不了口，我是说，终焉之地的变化。

当天晚上我去那个阴暗恶臭的地下室见到了楚天秋，隔着门跟他讲述了今天的情况。

齐夏来了，还带来了其他八个队友。

楚天秋并没有询问关于齐夏队友的事，只是不断地盯着我笑，笑得我心里发毛。

"怎么了？"我忍不住地问道。

"小年，能不能再帮我个忙？"

"你说。"

"我想知道他们身上是什么气味。"

"气味？"楚天秋的一句话让我彻底摸不着头脑了，"你是指齐夏？"

"不，不只是齐夏。"楚天秋笑道，"我想知道齐夏房间里，所有人身上的气味。"

"可我不懂……"

"不需要你懂。"楚天秋笑道，"你帮我去嗅一嗅他们身上的气味，然后回来和我描述，越详细越好。"

还是那句话，我猜不透楚天秋在想什么。

"那我知道了，我去让他们全都集合起来。"

"不，要保密。"楚天秋打断道，"这件事不能被任何人知道。"

"你……"

保密？意思是我必须去偷偷嗅一嗅齐夏房间所有人身上的味道，还不能被他们发现。我一时之间居然不知道现在是什么情况——到底是谁在和谁谈条件，又是谁利用了谁？

"小年，你知道的吧？如果现在我把你拆穿，吃亏的并不是我。"楚天秋似乎看出了我心中所想，随后微笑一声，慢慢靠近了门口，"我可以不需要你，但你现在需要我的外壳，我委屈自己藏身在这阴暗的地下室中,你也应该为我付出些什么。"

听到这句话,我深叹了一口气,随后点了点头。

是的,楚天秋并没说错,主动权在他手中,他若是一心想要拆穿我的身份,吃亏的只能是我。但这种情况不会持续太久,我也不可能永远这么被动。

"我知道了,这就去。"我答应道。

"等一下,走的时候把门锁上。"楚天秋又说。

刚要离去的我听到这句话却缓缓停下了脚步,然后低头看了看这地下室的门锁。门锁只能从外面锁上,里面的人会完全走不出来。

"天秋,为什么每次我离开时,你都让我锁门?"

"自然是为了让你放心。"楚天秋回答说,"你把门锁上,我便出不去了,你要做的所有事情我都不会干涉,这不是表明了我的诚意吗?"

想来也是奇怪,他明明是要我锁住他,可我总是有种不祥的预感,仿佛这个锁头一旦锁上,被囚禁的人就变成了我自己。可我锁住他……到底会对自己造成什么影响?我想了无数种情况,都没有想到对我不利的结局,于是果断锁上了地下室的房门。

"这才对,小年。"楚天秋隔着门板微笑道,"我们就是要拿出彼此的诚意,才能完成一场双方都满意的合作。"

我二话不说离开了,然后开始思索一个对策。

幸亏齐夏房间内的所有人都住在一个房间里,只要我能够想办法潜入他们的房间,应该可以一次性收集到所有人身上的气味。只不过我还是不懂——楚天秋为什么会忽然对他们的身上的气味好奇?

虽然我们一直都在终焉之地循环,可我们的肉体是在不断刷新的,始终都带有现实世界的气味,难道楚天秋想要通过气味来了解他们的过去?

我带着自己常用的匕首,然后从仓库拿了一根绳子,趁着夜色来到了走廊上,此时所有教室的篝火都已经熄灭了。我提前将绳子横绑在走廊上,然后来到了齐夏的房间。

扭动门锁,随着清脆的一声闷响,我踏入了房间之中。虽然能见度很低,但我明显感觉到他们正在沉睡,于是往前几步,走到了最靠近门边的一个人身旁。

我伸手摸了摸那人的头发，感觉出她是个女生，然后低头嗅了嗅，她没有任何味道。我没有多想，很快来到了第二人身边，这人身形庞大，睡觉时传来阵阵鼾声，应当是个孔武有力的男人。我刚想要闻闻他的气味，却忽然感觉不太对。

刚才那个女生身上，为什么会没有任何味道？作为一个人，会有可能不存在任何味道吗？她若是在不久之前洗过澡或者换过衣服，身上至少也应该残留一些余香，若是她很久都没有打理过自己，身上的气味自然有些难闻。可她为什么没有任何味道？

"奇怪……"我轻声念叨了一句。

我知道此次机会稍纵即逝，就算对方身上没有任何气味我也没有必要纠结，只需要原原本本地报告给楚天秋即可。想到这里，我又嗅了一下眼前的体形健硕的男人，他身上的味道不太好，有着很大的烟味和汗臭味，像是好多天没有洗过澡。

我转过身，大约是眼睛习惯了黑暗，我逐渐看清了屋内的情况，屋子里居然只有八个人。

我脊背有些发凉，外面已经漆黑一片了，难道有人趁着大半夜出门了吗？有可能是我眼花了，我伸出手指，非常认真地数了数，确实是八个人。有一个人没有睡在这里。我瞬间放弃一切，冲着身后的房门急速跑去，而此时一个黑影也瞬间开始行动，同样跑向了房门。他的目的是关门，我只要比他快一步就好。

他发现已经来不及关门时，伸手抓向了我，而我也在第一时间闪身躲避，随后向走廊飞奔而去。

我听到他大喊了一声"站住"。那声音果然是齐夏，像他这般聪明的人自然不可能做无用功，他的目的并不是叫停我，而是惊醒天堂口所有的人。在他看来只要能够将这份有人闯入的危机感传遍天堂口，捉住我自然不是什么难事。但他还是失算了，他没有足够的情报，便没有办法做出最好的判断。

我不是一个闯入者，而是此刻天堂口唯一的王。

那天晚上我顺利逃脱了，也没有再去见楚天秋。我感觉事情变得奇怪了——楚天秋有没有可能是在耍我？他根本不需要知道这几个人身上的气味，他需要的只是降低齐夏的安全感，然后挑起一场争端。而我又再一次成了枪。

第二天的迎新会上，齐夏就推断出了我的身份。

"我要和真正的楚天秋谈话，接下来的事情你做不了主。"

他冷言说出这句话的时候，我只感觉浑身一凉。

在他说出"曾经是演员的许流年女士"几个字时，我的信念瞬间崩塌，露出了自己的本来面貌。好在我已经熟练掌握自己的回响了，仅仅几秒，我便再度变回了楚天秋。

"齐夏，别闹了，我不能在这里暴露身份。"我当时感觉自己的大脑都要空白了。

"你帮过我一次，所以我不为难你，让我见楚天秋。"

我……帮过他？齐夏的话让我心头一惊，我帮了他什么？难道他已经知道我变成了余念安的样子站在了他的眼前吗？不……那是不可能的。他就算能耐再大，能够保留上次所有的记忆，也不可能在弥留之际还有如此清醒的意识。所以他说的帮，仅仅是我将他带到城市边缘这件事。

我准备将计就计，他越是想要见到楚天秋，我就越要卖他一个关子。

"不行！"我压低声音说，"你应该知道他的记忆是逃出这里的关键，他已经整整两年没有失忆过了！你这么做是要把他置于危险的境地里！"

看吧，你以为我在前面挡枪，而楚天秋在暗地里策划，殊不知这都是我红口白牙扯出的谎，没错，你就这么误会下去吧——楚天秋利用了我，将我推到台前，自己却躲了起来，这样的一个人，如何配做一个领袖？

我故意露出了一丝委屈的表情，对齐夏说："齐夏，你确实不能见他，若你有什么计划，我可以帮你转达。"

这才是一个合格的傀儡应该说出的话，不知道楚天秋能不能够想到我在这里摆了他一道？

"也罢……"齐夏思索了一会儿对我说，"你帮我问他一个问题就好。"

"什么问题？"

"帮我问问楚天秋，你来这里多久了。"

听到这个问题我明显愣住了。到底是为什么？我为什么已经绞尽脑汁了，却还是猜不透眼前的男人在想什么呢？此时此刻他既可以告诉我他的计划，又可以询问一些至关重要的问题，可他偏偏挑选了这一个。

"若是楚天秋这一次回答错了，我便让他彻底出局。"齐夏说完之后便转身离开了，可我的内心却一直都有波澜。虽然我被迫加入了他们二人的局，但这个问题我参不透。

再三考虑之下，我还是来到了地下室，可我始终不知道该怎么开口。

"他有个问题……想要问你。"我说。

"让我猜猜……"楚天秋主动开口打断了我的话，"该不会……是想问问我来这里多久了吧？"

当听到楚天秋的话时，我知道在加入这个局的时候我就已经输了。他们二人甚至可以通过我直接传递信息，可我完全不知道他们所传递的内容是什么。这种人之间的博弈甚至不需要加密，而我也彻底成了傀儡。

"没错。"我低声说。

"真是太有意思了啊。齐夏，这样才对啊……"

此时的我到底要做点什么，才能重新加入这个局？

我思索了一会儿，说："都是我不好……没想到让齐夏看出了破绽。"

此时我和楚天秋姑且站在同一边，所以可以主动卖个破绽。

"和你无关。就算可以瞒住所有的人，也不可能瞒住齐夏，他早晚都会发现的，只不过比我预计的早不少。"

听到这句话我再度沉默了，原来楚天秋从一开始就知道齐夏会发现我的伪装，那他这样做的目的何在？原以为我不是挡枪者，挡枪者只是我随意扯出的谎。可现在看来我真是太可笑了，和出租车司机一样，我说的谎又再一次成为现实。

楚天秋一直都在拿我挡枪。

"所以这个问题要怎么回答？"我几乎是心如死灰地问，"他说若是你答错了，就让你彻底出局。"

我甚至都不知道他和齐夏入了什么局，更不知道他们要出什么局。

楚天秋没有直接回答，却接连问了我几个问题，我只记得他问我："林檎是不是加入天堂口了？"

在我点头之后，他居然提出要见林檎一面。

"可……可她是极道者啊！"我的声音里有一丝慌乱，因为我隐藏了一个重点没有讲。

她不仅是极道者，更是勾结了青龙出现在齐夏面试房间之中的人，这个人大有问题。但好在，在这个巨大的旋涡之中我划着小桨，唯一的优势便是我的情报比其他人更多。

所以我选择隐瞒。

"齐夏的问题你到底要怎么回答？"

楚天秋微笑一声，和我说："这不难，你告诉他……我从未离开。"

这个答案和我预料之中的没有什么区别，我根本不懂他们二人在交谈什么。

告别了楚天秋之后，我爬上了屋顶，在一片漆黑之中闭上了双眼。现在的情况有些棘手，我必须要马上见到青龙。

"青龙……你听得到我的声音吗？"我张开嘴喃喃低语。

天空之中吹来了一阵风，可没有任何人出现。

"浑蛋……你该不是要放弃我了吧？"我有些失神地说，"你明明能听到终焉之地的一切声音……现在给我装死？"

我对着天空低声骂了一通，就在我眼皮一开一合的工夫，他就站在了我的面前。

青龙的眼神一直都很冰冷，让我看一眼便会觉得有些难受。

"夜已经很深了。"青龙男女参半的声音在我耳边响起，"你不去睡觉，在这里辱骂我？"

"青龙，别多说了……先把我变成参与者。"我说。

青龙听后点点头："你已经是了。"

"好。"我深呼了一口气，压在心头的石头终于落下了，"我有两件事需要问你。"

"问我？"

"一件事关于林檎，一件事关于齐夏。"

青龙听后露出一丝异样的笑容，和楚天秋脸上的笑容如出一辙。随后他伸出手，轻轻地打了一个响指。连我都没想到，仅仅是提到这两个名字，青龙便会使出"缄默"。

这两个人身上到底有着多么大的秘密？

"许流年。"青龙说，"我感觉我对你付出得足够多了……你的计划还未完成，便又把我叫了过来询问问题，你应该知道我是个什么样的人。"

是的，青龙从任何角度来看都不能算是一个好人。他可以根据自己的喜好来随意打乱整个终焉之地的格局，就算他比天龙理智一些，但也是个十足的疯子。就算我的身份跟所有的参与者不同，在这里我也完全不敢招惹这个男人，毕竟他随时都可以杀了我，不需要承担任何责任。

我思索了片刻，开口说："青龙，把你叫来实属迫不得已，我两年未曾在终焉之地活动，现在对这里的了解实在是太少了。"

"所以你最想问的问题就是林檎和齐夏？"

"是的。"我点点头，"你有'灵闻'在身，应该对这里所有的事情了如指掌，如果我们要进行合作的话，我需要足够的情报，毕竟情报是我唯一的筹码了。"

青龙盯着我的眼睛看了几秒，随后露出了一丝难以琢磨的微笑。

"林檎是我安排的。"青龙说，"这个姑娘很有趣，她也是一枚齿轮。"

"什么？"我感觉有点诧异，我是和青龙做了交易才可以进入楚天秋的房间，而林檎却是青龙直接安排的？

"她和你没什么区别。"青龙说，"从某些角度来说，她既不是参与者，也不是管理者。"

听到这句话的我慢慢瞪大了眼睛："你在开什么玩笑？！林檎也是上面派来的人？！你是在骗我吗？"

"哈哈哈哈！"青龙听后仰天大笑了几声，"那你真是多虑了，林檎可没有办法撼动你那微不足道的可笑地位。"

"你……"

青龙走到我面前，浑身散发着冰冷无比的气息，然后对我说："林檎不属于任何人，她是我的人，只听令于我。"

虽然青龙已经把话说得这么明白了，可我还是搞不懂。

"所以她是你插在齐夏身边的一根针？"

"是，也不是。"青龙点头之后又摇了摇头，"这种奇妙的感觉该怎么形容呢？连林檎自己都不知道自己是一根针，她有完整的记忆和真实的人生，在她眼里，我只是这里一个陌生的统治者而已。"

我联想到先前在齐夏的房间中，那个身上没有任何气味的女生。难道她就是林檎吗？

"那齐夏呢？"我又问道。

"齐夏……"青龙负手而立，语气淡然地说，"关于齐夏的事情说来真的是话长了，不知你究竟想要问什么？"

我有很多的问题想问，但青龙不见得都会回答。对他来说，我只是一个心血来潮握在手中的棋子,他若是忽然放弃了我,我就会尸骨无存。想要在这里生存下去,我只能在这几个怪物之间当墙头草,不断地依附他们,让他们榨取着我身上为数不多的价值,直到我没有任何作用,直到我被随手抛弃。

"我想知道齐夏的回响是什么。"

"哦?"青龙听后微微一笑,然后说,"这件事对你很重要吗?"

"没错。"我说,"就算显示屏没有任何提示,你也应该能够听得到他回响的名字吧?他传承了谁?"

"这……"

我看到青龙的表情明显变化了一下,但很快他又装作无事发生,冲我露出了那一直挂在脸上的笑容。

"说实话……我是第二次听到这个名字。"青龙轻笑道,"我甚至怀疑自己听错了……但若这四个字是真的,那我就已经找到终焉之地的终极答案了。"

"终极?"

"是'生生不息'。"青龙慢慢露出了一脸苦笑,"这四个字把所有人都困在了这里。"

"生生不息?"我从未听过这种回响,"你……你知道这是什么能力吗?"

"是,我有可能是目前为止,整个桃源唯一知道'生生不息'可怕之处的人。"青龙苦笑道,"我在七十年前曾经听到过一次它的回响频率……当时甚至连天龙都没有察觉。"

"七十年前?"

那不正是我们刚刚来到这里的时候吗?

"从那天开始,我们所有人便都在这里生,在这里死,我们循环不止,亦生生不息。"

"你是说……"

"是的,他可以用信念或是潜意识,将某个人复活,换句话说……只要他不想让你死,你就会一直活下去。"

我再一次怔住了。

这"生生不息",分明是我们挥之不去的诅咒啊!

"许流年……我现在很苦恼。"青龙在夜色下慢慢抬起了他那双带着亮光的眼睛。

"苦恼什么?"

"我在想要不要将这里的四个巨钟打碎。"青龙说。

"你要毁掉这里的钟?"我试探性地问了一句,"原因呢?"

"许流年……你当时死了,不知道钟的由来吧?"

"是,我不知道。"我摇摇头,"但你说过是齐夏建造的。"

"准确来说……是齐夏率领一众参与者建造的。"青龙说,"他是个心思极其缜密的人,居然能够想到在城市中建立四座巨钟来极大地增加众人回响的可见性。"

"所以呢?"我感觉青龙说的话有些自相矛盾,"既然如此,你不是更应该保留这四座巨钟吗?这样参与者才能够在某一天重新站在你们面前。他们终有一日会想办法杀死你和天龙,从而完全解放这里。"

"从某些角度来看你说得没错。"青龙点头答应道,"多亏了这四座巨钟,如今只剩这座城市还没有完全疯癫,但也正因如此,所有生肖的注意力都聚集在了这座道城,但……"

青龙意味深长地看了我一眼,随后摇了摇头:"不说了,毕竟我不想破灭所有人的希望。"

虽然青龙没有讲明,但我也大概猜到了——当天龙和青龙真的被杀死了,这个地方就可以解放了吗?如果齐夏的回响真的是"生生不息"的话,我们到底如何才能解放?

"我只是想毁掉那四座钟。"青龙又开口说,"这个做法虽然会让所有的参与者陷入危险,但可以保全'生生不息',他才是我们所有人解放的关键。"

"可我始终觉得这样做……太危险了。"我说,"就算齐夏真的是'生生不息',可他到底对这个能力运用得如何?他一共就保留了一次的记忆,你指望他的回响能够达到什么程度?他还不够疯癫。"

"我……"青龙听到我的问题明显沉默了,毕竟他能听到齐夏的一切动作,自然知道齐夏现在还算正常。

"青龙,如果你毁掉了所有的钟,那这座道城很快就会像隔壁的玉城一样,所有人都变成无头苍蝇一样在街上游荡,能够听到众人回响的只有你,不管齐夏能不能够脱颖而出,剩下的人也一定会迷失的。"

思忖了片刻,青龙缓缓说:"实不相瞒,玉城要沦陷了。"

"你说的沦陷是指?"

"良人不足一成,天龙准备开启屠杀,届时会有九成的参与者直接消失,剩下的人将永远走不出面试房间,五座城会沦陷四座,这里将会是所有参与者最后的希望。"

"什么?"我慢慢瞪大了眼睛,"涡城也在这两年间沦陷了?"

"没错,当天龙将注意力从玉城转移到道城时,自然会发现齐夏才是最大的威胁,那时候没有人能保得住他了。"

青龙的一番话让我慢慢地捂住了额头。时间并不是一直循环的,而是一直向前的。我们以为时间还有很多,我们以为时间一直都在循环……但现在天龙要赢了。只要他能彻底杀死所有的参与者,他就真的赢了。不管他到底会不会成为"万相",这座桃源也只会属于他一个人。

"所以真的没有任何办法了吗?"我小声问道,"一旦你打碎了四座钟,等于所有参与者在不知情的情况下和天龙开启赌命……我们的胜算有多少?"

青龙听后转过身去负手而立,站在天堂口的屋顶上不知看向何方。

"许流年……或许还有一个办法。"他低声说。

"你说。"

"你刚才说的话点醒了我……"他喃喃自语,"既然这是一场由齐夏发起的、面对天龙的战争,自然不可以让所有人毫不知情。"

"所以呢?"

"所以你们可以直接打明牌。"青龙微笑一声,"四座钟就堂堂正正地放在那里,一旦有前所未有的钟声敲响,那便是战争开始的号角。"

我听后深吸一口气,虽然我拒绝拆掉四座钟,但青龙的想法实在是太大胆了。

"让齐夏觉醒……"青龙慢慢地露出诡异的笑容,"让巨钟作响!让四座巨钟在终焉之地摇摆!让那金属碰撞的声音唱给我听,唱给天龙听!"

还不等我说什么,他忽然回过头来,异常兴奋地瞪着双眼对我说:"你说得对啊!许流年!之所以我七十年来这么孤单……就是因为只有我自己听见了当年的巨响……这是不对的……你们都应该听到!就让所有的参与者听到!让天地人听到!让四神兽听到!这样才对啊!"

"你等一下……"我咽了下口水说,"青龙,就算你真的要我们和天龙打明牌……又要怎么让齐夏获得回响?战争的巨钟会这么容易就开始摇摆吗?"

"我们试试啊!"青龙大叫一声,眼中的神色也逐渐开始癫狂了,"首先要试试那个巨钟到底能不能够接收到这么高频率的声音!毕竟人类根本捕捉不到这种声音……我不确定齐夏当年有没有这么缜密,可以提前预料到超频声音的出现。"

"那……我们到底要怎么让他回响?"

"有你啊!"青龙说,"许流年,你不是还在我的计划之内吗?我们来重新做一笔交易……如果这一次你不能让齐夏获得回响,下一个循环开始,我便不会再许诺给你参与者的身份……你的生死自有天命,如何?"

"什么?你……"

我终究还是上了疯子的船。这哪里是什么交易?分明是威胁。

"你说……要我自己想办法让齐夏回响?"

"是啊……你成功过一次的。"青龙伸出一根手指轻轻地点了点自己的太阳穴,"用这个人,用他最痛的执念来让他回响,这该是一件多么有意思的事情?"

我答应了青龙的请求,并不是因为我对这件事多么感兴趣,而是身份太过悬殊,我根本拒绝不了。

接下来的日子,我一直都在思考一个能够让齐夏回响的办法。楚天秋会在晚上给我一些他提前写好的计划,以保证第二天所有天堂口的成员能够按照计划激发他们的回响。由于他对天堂口众人的回响契机比我更加了解,于是我完全相信他的安排。

可他陷害了我。

之前他给了大家人龙的游戏地图,直接害死了齐夏的队友以及天堂口的元老金元勋和"小眼镜",齐夏也将所有的怒气撒到了我的身上。好在我确实不知情,就算齐夏再厉害,也不可能从我的语气和神态当中看出破绽。

从那天开始,我便不再听从楚天秋的安排,我决定对一切事情亲力亲为。可在我钦点张山、乔家劲、李香玲三人去进行地虎游戏时,又被云瑶怀疑了。

我不如楚天秋那么聪明,所以不管怎么样都会暴露破绽。这是迟早的事情,我能够预料到,可我们已经没有时间了……我们仿佛在跟神明赛跑，每走出一步路都极其危险，就算我是假的……我们也没有时间纠结于这个问题了。

那一天，齐夏解决了肖冉变成人兔的事件，回到天堂口时，他和我说："许流年，跟我合作的人是楚天秋，可你是你，咱们是三个独立的人。"他还说，他可以和楚天秋合作，自然也可以和我合作。

那时候我才隐约地发现，齐夏的这扇门向我打开了。可他向我伸出的并不是什么橄榄枝，而是一根沾血的荆棘。我已经跟不上他们所有人的步伐了，无论这一根荆棘会在我的手臂上留下多少伤口，我也一定要拉住它往上爬。

可我不能直接答应，毕竟我的智慧、城府都不如他。

"齐夏，你是一个很难让人相信的人，我远不如你聪明，所以更不敢相信你，我害怕你会把我拖入地狱。"

"你不相信我是对的，毕竟我是个骗子，我的话你只能信一半。"

"既然如此，我又要怎么跟你合作？"

齐夏跟我讲述了他的目的，他想要集道，而我可以帮他保全队友，在他看来我们的目标是一致的。可是齐夏啊……你还是不了解我，我们的目标从来就不是一致的。甚至连楚天秋也不知道，我最终的目标是毁掉这里，而不是逃出这里。

齐夏露出了破绽，而这个破绽足以让我达成目标。

他说想看看我的能耐，我正有此意，我一定会让他看到我的能耐的，毕竟我有一张对他极其致命的底牌——余念安。可现在还有一个问题急需解决，那就是齐夏具体的回响契机，综合上一次的情况来看，最直观的契机有两个：濒死和见到余念安。

既然齐夏已经死过很多次，那濒死应该不是必然条件，余念安才是。可是一个这么强大的回响，难道只需要见到余念安就可以吗？保险起见，我准备等待一个机会，那就是完全复刻上一次的情况，我要让他在濒死时见到余念安，这样他获得回响的概率应该会增加。

现在我需要等待一个机会，那就是楚天秋也向我伸出一根荆棘，只要这两个人同时为我打开一扇门，我便可以游走其中。

当天晚上我又来到了地下室见楚天秋，可让我有些好奇的是……地窖的门根本没锁。我一时之间有些恍惚，究竟是我忘了锁门,还是楚天秋自己打开了门?

"小年,你来了。"楚天秋在门里笑。他坐在餐桌旁边,似乎从未离开过。

"你今天似乎很开心。"我说。

"是啊。"楚天秋点点头,"你呢?今天发生了什么事吗?"

"今天……"我思索了一会儿,将齐夏和我的谈话隐去,大体讲述了一下天堂口发生的事情,"有不少伤者,李香玲伤得最重。"

"李香玲?"楚天秋扬了一下眉毛,"接下来……她还能参加游戏吗?"

"应该是不能了。"我说,"她需要静养。"

"好……"楚天秋点点头,然后站起身走到墙边,伸手拉开了一个柜子的抽屉,从里面掏出了一根针管。

"你要做什么?"我轻声问道。

"天堂口运营了这么多年,我们的药物正在减少。"楚天秋将针管拿在眼前看了看,然后伸手弹了弹针尖,"有时候我们不得不做出一些抉择,你应该明白的吧?"

看着楚天秋那冷峻的表情,我意识到情况不太对。他甚至已经开始主动杀人了吗?

"你要杀了李香玲?"

"我?哦,不是,当然不是。"楚天秋摇摇头,将针尖的保护套装好,然后揣到了自己口袋中,"我只是想给李香玲注射一些抗生素,所以今晚不要锁住我了,我要出去一下。"

可他说的话我又怎么能相信?他第一个问题是李香玲还能不能参加游戏,知道答案后执意要摸黑出门,并且带着针筒冒险去给她注射……他怎么可能不是为了杀人?

"小年。"楚天秋在经过我身边时叫住了我,语气平淡地对我说,"今天晚上我要血洗天堂口。"

"嗯?"我感觉自己听错了,似乎有什么不应该在楚天秋嘴里出现的词刚刚灌入了我的耳中。

"我雇用了猫,让他们杀死天堂口的所有人。"他微笑解释道,"一旦到了午夜时分,这里的人就不可能再跑掉,建议你早点逃吧。"

看着他真切的眼神,我知道他绝不是在危言耸听,他有可能真的想杀了整个天堂口的成员,可他做这种事的意义是什么?

短短几秒,我的思绪忽然被打开了。如果楚天秋说得不假,那这并不是一场灾难,而是他向我抛出的荆棘。

离开了那阴暗的地下室,我迎着夜色变回了我的本来面目。今夜空气中的气味很不寻常,带有暴风雨来临之前的闷热。可是一会儿要到来的可能并不是暴风雨,而是腥风血雨。我的手心不断地冒着冷汗,虽然不知道青龙、齐夏、楚天秋到底在谋划什么,但我知道这可能是我唯一的机会。就算猫真的要杀到这里,屠尽所有的天堂口成员,我也绝不能从这里遁走。

猫就算再强,也不见得能够百分之百杀死齐夏。而我要留在这里,保证齐夏一定会被杀死,在他濒临死亡之际,我会化身成余念安。

这一次,我要让齐夏看看我的能耐。

只有我在,你才能够回响,就是这么简单的道理。

我将自己的随身匕首装在腰间,在教学楼里找到了一间空闲的教室,在里面静静地等待一切发生。没多久之后,一楼传来了嘈杂的声音,我隐匿在窗口处向下看了看。对面一楼有人打开了手电筒。

齐夏居然看破了楚天秋的行动,还聚集了一大群人,将楚天秋团团包围。由于距离太远,我根本听不清他们在教室中交谈着什么,没多久的工夫,楚天秋便把手上的针筒交给了赵医生。又过了一会儿,众人居然纷纷散去,只留下了齐夏、乔家劲和李香玲还在教室中。

这是怎么回事?楚天秋到底是靠什么化解的危机?齐夏的这步棋已经被楚天秋躲过了?

教室中的人四散开来,仿佛在寻找着什么东西。若我没猜错的话……他们找的应该是我。虽然我不如楚天秋聪明,但事情已经明显到了这种程度,我也该猜到了。不管他手中拿着的是毒药还是抗生素,此时此刻都可以将黑锅甩到我的头上。他只要告诉众人我将他囚禁,并且主导了这一切,那众人燎原的愤怒之火就会转移到我的身上。

楚天秋让我每次都将门锁上也是在等待着这一刻,若是有人提前发现他被人锁在地下室中,他也可以顺理成章地把一切安到我头上。

"真是可怕的一夜……"我看着对面嘈杂的人群不禁喃喃自语。

在这个晚上,同时出现了三个小局、三个中局与三个大局,所有的局交相呼应，缠绕在了一起。

三个小局分别是齐夏想除掉楚天秋、楚天秋想除掉我，而我想杀了齐夏。我们三人形成了一个诡异的闭环，并且在痛下杀手之前，都曾假意和对方合作，然后在同一个晚上单方面撕毁了条约，露出了各自的獠牙。

三个中局为齐夏要占据天堂口的主导地位、我要挑起齐夏和楚天秋的争端、楚天秋企图血洗天堂口。我们在做这三个中局的时候，都有着更深的目的，击杀对方只是一个引子，只要能够完成中局，事情的发展则会向我们的大局迈进一大步。

至于三个大局……齐夏想要逃出此地，我想要毁掉此地，而楚天秋想要成为"万相"。

青龙曾经说过，楚天秋和齐夏选择的路都会威胁到天龙的地位，如此想来，留给楚天秋的道路只有成为"万相"这一条，否则他无论如何都无法撼动天龙。

这已经是目前的我，绞尽脑汁能还原出的真相了。假如他们二人比我想象中的更加可怕，在大局之上还有最终局，那也是我没法参透的。

在众人四散而开之后，我发现有人开始往操场的方向前进，几秒之后，操场上忽然传来了剧烈的爆炸声，这显然是宋明辉的手段。

猫来了。

虽然一切都和楚天秋所讲的一样，但我感觉现在还不是时候。齐夏的房间中还有乔家劲，虽然我也很久没有见过这个人了，但记忆中他非常强大，他身上带着最正宗的搏击技术，和我这种武行出身的演员不同。

齐夏本来就没有完全相信我，我潜入室内直接用刀子刺杀他的概率非常渺茫，要是乔家劲也在的话，这次任务和自杀没有什么区别。

此时的脑海中萌生出了好几个计划……如果我直接伪装成余念安走进房间，成功的概率会有多大？齐夏自然不可能对我动手，那乔家劲呢？

正在我踌躇间，乔家劲从门里走了出来，然后一脸严肃地朝着爆炸声传出的方向跑了过去。他要加入战斗了。是啊，我都忘了，他就是这样的人。

属于我的机会真的来了。迎着漫天的爆炸声和厮杀声，我推门进入了走廊，往前走了几步，现在，我是宋明辉。

就在这时，前面的拐角处传来了慌乱的脚步声，还有女性惊恐的喘息声。我握紧了匕首躲在拐角的另一侧，待到那人显出身形时，我冲上前去将她扑倒在地，刀子也在此时掖入了她的脖颈。是我最敬爱的童姨啊。

虽然很遗憾我们以这种形式见面，但此刻我不是许流年，我是宋明辉。

她瞪大眼睛看着我，直到完全咽了气。我站起身甩了甩匕首上的血渍，绕开了纷乱的战场，又从几个猫成员当中穿过。

我来到了齐夏所在的教室外，慢慢闭上了眼睛。刚才的爆炸让我受伤颇重，这一场仗无论如何都打不赢了，我需要赶紧回来救齐夏。现在，我就是乔家劲。

我伸手正要敲门，屋里传来细小的声音。

"安？"听起来像是齐夏的声音，"余念安？"

"什么安？"另一个女生的声音从门里传了出来。

"安……你真的在这里？"

门里的对话让我一时之间摸不着头脑，齐夏居然在里面见到了余念安？！可我刚刚站在对面看过，门里一共就只有两个人！

等一下……此时的我恍然大悟，门里有两个人，另一个人是谁？李香玲？

从某种程度上来说，李香玲的"显灵"对齐夏来说，与我的"化形"有着同样的杀伤力。她可以让齐夏看到想念之人的幻象，而如今李香玲的回响契机是遭遇战火，她正在回响。

"这样的话……"我扶着额头开始思索了起来，李香玲在这种关键时刻成了我无形之中的一个帮手，只要她的情绪波动足够大，便能够一直发动"显灵"。

既然如此……要怎么尽量放大她的情绪？在思索了几秒钟之后，我的思路豁然开朗。

此时房间门正好打开，齐夏居然探出了半个身子。我知道自己的时机来了，立刻伸手按住了他，将他推了回去并关上了门。

从这一刻开始，谁都跑不掉。

"齐夏！我丢①……外面太危险了，要小心啊！"我转过身来说。

---

① 粤语中比较常见的口头禅，可以表示骂人、惊讶或感叹等。

齐夏看到我身上的伤势，不由得一惊。我稳住他，并且试图让他相信我准备带他离开屋子。其间我不断地用余光打量李香玲，她眼神之中连一丝怀疑都没有，只要我能第一时间掏出刀子，我便占据了绝对的主动权。我要让齐夏彻底知道我的能耐，我不仅能够让他死，还能够让他回响。下一次他向我抛出的就不再是荆棘了，而是真正的橄榄枝。

可我刚摸到匕首，后背就传来了难以想象的重击。一把椅子抡在了我的后背上，随即撞了个粉碎。

我有想过齐夏会怀疑我，但没想到他下手会这么狠辣。他骑在了我的身上，然后掐住了我的脖颈，就跟他第一次见到我扮演楚天秋时一样。

"你在找死吗？居然连乔家劲都敢冒充，你把他怎么了？！"

我扮作一个对他来说十分陌生的楚天秋都会被看破，更别说乔家劲了。

"嘿……嘿嘿……"我努力露出了一丝笑容，握住了口袋中的匕首，"看破了也无所谓，齐夏，我找到证明自己能力的办法了……"

他依然掐着我，逼问我把乔家劲怎么了。搞笑，谁要管那个人怎么了？我将匕首掏了出来："我意已决，只有在这里杀死你，才能让你明白我有几分能耐。"

"喂！我说够了，听不懂吗？"

"我不想再装下去了，我不想成为任何人的棋子，我只想做我自己。"

我扮演了这么多年别人，没有一次这么想做回自己。让我消失，或者让我回到原来的生活吧，无论怎么样都好，我不想再继续下去了。

我将刀尖反转，对准了自己的心脏，这一次的任务变得简单了。

齐夏，你若见到了无缘无故就想杀死你的玄武，怎么可能听之任之？你会不反抗吗？李香玲的情绪波动到时也会达到顶峰，然后幻化出你朝思暮想的余念安。这个余念安甚至比我扮演的还要逼真，她不会有任何的破绽，因为她是你心中所想。

连老天都在帮我。濒死、余念安，我推断的两个契机都已经存在了。现在只要我能将刀子送入自己的心脏，一切都会结束。

齐夏根本没有想到我会有此一计，一时之间来不及阻挡。是的，对他来说今天的变故已经很多了，他又怎么可能猜得到每一件事？他还没有想明白闯入者是谁，我便来到了他面前将刀子插入了自己的心脏。

感受到一阵剧痛之后,我看到齐夏的眼神明显疑惑了,趁此机会,我将一颗道塞进了他的口袋中。心脏受伤真的是很痛苦,我感觉自己的意识在飞速地远离自己。

…………

再睁眼时,我已经坐在楚天秋身旁了。这个面试房间我已经来过无数次,可没有任何人发现我根本就不属于这里。楚天秋就像什么都没有发生一样,和我亲切地打着招呼,但他的眼神比上一次更疯狂了。他好像见到了什么非常有趣的事情,迫不及待地想要马上离开面试房间。

我又扭头看了看另一侧的云瑶,她的眼神也很复杂。对了,这是她时隔两年来第一次见到我,虽然我已经见过她很多次了,但那都是以楚天秋的外表。

"云瑶!"我开心地叫道,"好久不见!"

云瑶没有任何反应地看了我一眼,非常敷衍地点了点头。此时我也大概明白了一切,楚天秋真的出卖了我,而云瑶也因为此事对我冷眼相待。终焉之地哪儿有什么真正的友谊?我们都是为了各自的利益在奔波罢了。

像是在看一本翻了无数遍的书一样,楚天秋带领众人熟练地通过了人猪、人马、人牛的游戏,然后来到了小巷之中。落地之后他让我们先行前往天堂口,而他也在等到金元勋之后,马不停蹄地赶往齐夏将要出现的区域。

看来齐夏真的回响了。

楚天秋放弃了我,他不仅没有提及上一次发生的任何事,也没有再跟我提过合作。我落寞地走在去天堂口的路上,没有任何人与我为伍。我从一开始便是这样,我在加入楚天秋的阵营之前便一直都是孤单的,而现在也只是回到了之前的状态。况且我本来就居心叵测,如今的下场也是我应得的。

当我来到天堂口的时候,看到了此生都难以忘怀的景象。在那沾满了鲜血的塑胶操场上,许多具李香玲的尸体堆起了一座小小的尸山。此时李香玲抱着李香玲走向李香玲,这一幕,便给我完整展现了令人窒息的"生生不息"。

看来齐夏不仅回响了,而且威力巨大,这场上除了一堆李香玲的尸体,还有横在各处的乔家劲的尸体。正如青龙所说,只要齐夏希望一个人活着，那他无论如何都不会死，他会因为"生生不息"的存在，一次次复活。

所以我的计划勉强算是成功了，无论是我自己的目的，还是青龙的目的，都已经借助这次天堂口的混乱而达成了。这场三人合作而成的局，每个人都或多或少地达到了自己的目的。

李香玲将她自己的尸体一扔，抬起头来和我对上了视线，表情极为复杂。在她看来，我是导致这件事发生的罪魁祸首，也是杀死齐夏的元凶。她并没有说什么，但我明白天堂口已经没有我的容身之所了。

我从食堂取了几个罐头，来到了天台之上，这里没有任何人能够看得到我，我却可以俯瞰整个天堂口。

下午，齐夏的团队终于离开面试房间，加入了天堂口。此时李香玲也开始搬运乔家劲的尸体，乔家劲上前帮忙。我打开一罐啤酒轻轻抿了一口。现在的感觉很奇妙，我不知道自己还有没有用，也不知道自己是否被抛弃了。

齐夏、楚天秋、青龙三个人既没有直白地宣布我出局，也没有再向我抛出橄榄枝。所以我到底处在一个什么样的境地里？

一直到天黑，我都是这天堂口可有可无的一分子，没有任何人询问我是否还在，也没有人注意到我消失了，我成了一个透明人，站在天台之上等待落日。

"青龙，你想要的实现了吗？"我喃喃自语。

话音一落，"缄默"便包围了我。

"还是很模糊啊……"男女参半的声音忽然在我身后响起，"楚天秋和齐夏都很有趣，我一个都割舍不了。"

我并没有回头，只是望着前方喝了一口酒，这种感觉真的很难受。他继续在我身后说："目前来说……齐夏在我这里的得分更高。"

青龙来到我身边，拿起了我旁边的一个罐头，打开之后闻了闻，随后厌恶地将酒倒在了地上。

"为什么呢？"我问。

"你说一个人的心思到底为什么可以缜密到这种程度呢？"青龙将空罐头随手一撇，回头看向我，"他在建立巨钟的时候，居然能够提前算到将来有一天会出现超频的声音，他自己完全无法听到。"

"所以那天晚上屏幕上到底显示了什么字？"我有些好奇地看

向青龙,此时才发现他的表情和原先有些不同。他比之前更兴奋了。

"我看到了'生生不息'的激荡……"青龙说完之后微微咧开嘴,露出了一个略带癫狂的笑容,"太有趣了,当年我为什么没有知道这个信息?他当时也使出了'缄默'吗?"

"看到?"我也跟着一愣。显示屏几十年来显示的一直都是听到,何来看到?

"我想想……"青龙伸手摸了一下自己的前额,"齐夏本就是'灵闻',可他在听到三字回响的频率时,就已经能够预料到他捕捉不到四字回响的频率了……"

"什么?"

"就是这样!"青龙转头看向了我,一双眼睛由于兴奋而瞪得很大,"他在建造巨钟的时候给自己加入了一个保险啊!"

他看起来极度兴奋,似乎和楚天秋的状态差不了多少。若不是他们二人有着完全不同的样貌,我简直以为他就是楚天秋本人。

"你说的保险是指……"

"就是'灵视'!"青龙喊道,"那巨钟里根本就不止一个人的灵魂,里面还有着一个'灵视'……齐夏……你太有趣了……"

青龙仿佛在回忆一件曾经见到过的艺术品一样,眼中散发着光芒。

"你早就料到仅靠三字回响的频率根本无法撼动我和天龙的地位,你早就料到会出现超频回响,那时候你不可能听到,只能期望让别人看到。所以你说服了另一个人,他的意识也迁入了巨钟,愿意陪你永生永世站在那里……"

青龙三言两语,已经让我明白了整个事情的大体经过。

齐夏在几十年前,将他的一部分意识封入巨钟的时候,就已经在为几十年后的今天铺路了。

我咽了下口水,认真地瞪着青龙问道:"所以……天龙听见了吗?"

"当然!"青龙笑道,"天龙已经茶饭不思了,现在正在找一群天级商讨对策,桃源真的要变天了。"

"但是天龙并不知道这个人是谁,对吧?"

我忽然感觉青龙的计策是对的,齐夏的钟声居然能够让天龙乱了阵脚。

"天龙当然不知道,这是齐夏唯一的底牌。"青龙微微一笑,

"现在天龙已经聋了,齐夏的存在不可能这么容易捅到他那里,接下来就看事情如何发展了。"

我刚要说点什么,却忽然发现不太对。

"青龙……既然你是整个终焉之地唯一的耳朵,又为什么要打开'缄默'?"

青龙听到这个问题,慢慢转过头看向了我。他之前眼中的兴奋和癫狂全都消失殆尽,取而代之的是冰冷的杀意。

"许流年……你好像比以前聪明不少?"

"有可能是因为我不需要失忆。"我定了定心神,说,"青龙,终焉之地不只有你这一双耳朵,对吧?"

青龙面向着我,负手而立。然后,他将一颗道掏了出来,随意地扔在了地上。我和他谁都没有说话,仅仅是互相望着对方。过了一会儿,不远处传来窸窸窣窣的声音,一只蝼蚁从墙壁上爬了上来,如同饿虎扑食一般地扑向了青龙脚下的道。可在将它握在手中后,蝼蚁又扭头爬走了。

"许流年,你也知道的吧,天龙将所有人都视作蝼蚁。"他说。

我不明白青龙究竟何意,只能点了点头:"对于他来说,连我都是蝼蚁。"

"好,既然这个道理你懂了,那我再问问你……对于我来说,你们是什么?"

话音一落,青龙又将手揣入怀中,随后拿出了一大把的道,伸手扬了一下,将道抛洒在了学校的天台上。

我感觉到背后发凉,虽然那些人形虫子一般不会咬人,可他们根本抵挡不住道的诱惑。没多久,窸窸窣窣的声音从四面八方传来,他们各自取得了一颗道之后又消失在了夜色中。

我想我大概明白了青龙的意思。人命对他来说虽然不是蝼蚁,但也并不重要。

"许流年,人命对我来说就是棋子。"不等我猜出答案,青龙便主动开口了,"这便是我和天龙最大的不同,他认为自己做一切的事情都不需要人的帮助,可我不同。"

他眺望了一下远处正在阴暗处急速爬走的蝼蚁,又低声对我说:"我希望人命能为我所用,我想要他们做什么,他们就做什么。就算他们都已经变成了蝼蚁,也要出现在我希望他们出现的地方,做我希望他们做的事。"

听到这句话我的我深吸一口气,然后说:"所以你从来没有打算用真心和任何人合作吗?这样的话和天龙又有什么区别?"

"许流年,你若是想要跟我合作,便要摆好你自己的位置,我有我自己的打算,也有我自己的战略。每一个下棋的人,都不会喜欢自己的棋子拥有主观意识,这些主观意识不仅会打乱我的计划,更会害了你。"

虽然青龙的语气格外平淡,但我听得出,这是一句威胁。如果我再胆敢猜测青龙的计划,那他随时都可以除掉我这枚棋子。他甚至都不需要动手,只要不再让我拥有参与者的身份,在第十天结束时,我就会永远消失。

"我知道了……"我茫然地点了点头,可我不知道现在的自己到底还有什么用处。

我和青龙沉默了几秒之后,他又开口了。

"看来玉城命不该绝。"他微笑道,"这次循环本来应该将玉城所有参与者屠戮殆尽的,可齐夏的出现恰好救了他们一命,我有预感,这个巧合将会对未来产生至关重要的影响。"

"所以我们现在该怎么做?"我问完之后感觉不太对,又改口道,"我是说我应该怎么做?"

"我们要好好利用齐夏。"青龙说,"我想知道他的能力上限到底在哪里……仅仅是让某个人永生不死……这对我来说并不是个强大的能力。"

"可'生生不息'不就是这个意思吗?"

"我们所见到的皆为不息,而非生生。"青龙再次变得疯癫,再度露出了让我害怕的眼神,"我想让齐夏创造出一个完全不存在的人,让这个诡异的地方加入新鲜血液。"

"创造一个人?"他的话让我一怔。

"是啊,他潜意识中认为一个人活着,那这个人就会活着……"青龙负手而立,静静地说,"既然如此,那他潜意识认为一个人存在的话……那个人会存在吗?"

"你要创造……谁?"我问道。

"谁都行,只要是棋子。"青龙回答,"哪怕是文巧云都行。"

我感觉青龙的想法有些奇怪:"文巧云现在应该还作为癫人活在终焉之地吧?你明明动动手指就可以让她恢复原状,又为什么要创造一个她?"

"此言差矣。"青龙摇摇头,"文巧云之所以会作为癫人活下去,正是因为她还不够强大,我需要一个更加强大的文巧云,这件事谁都没有办法做到,唯有齐夏可以。"

青龙的话有一定的道理,但仔细想想却难如登天。这一次循环不仅要让齐夏获得回响,还要让他相信终焉之地有个非常强大的人叫文巧云,随后再让齐夏成功发动回响,将文巧云创造出来……这每一步都是地狱级难度。

"青龙……你是在耍我吗?"我的嘴唇微微一颤,说出了心中所想,"你给我的任务一次比一次困难……这样下去总有一天我会被你抛弃的。"

"不,许流年,你不会再接到下一次任务了。"青龙扭过头笑着对我说,"你这一次将会和齐夏频繁接触,而对他来说,他只会认为你是终焉之地一个平凡的参与者。"

"什么?"

"只要他的这个想法在大脑之中盘旋一圈,你就会永远成为参与者。"青龙哈哈大笑了起来,"多有意思啊……以后再也不需要我给你承诺了,只要齐夏心念一动,你就会彻底改变,这个地方也终有一天会因为他的潜意识而变得井井有条。他认为的统治者就是统治者,他认为的参与者就是参与者。"

"你……"我不禁破口大骂,"那样的我还是我吗?真正的我会永远消失在这里的!"

青龙伸出一只手,将手慢慢地放到了我的头顶,随后露出了一副略带宠溺的恶心表情,低声对我说:"许流年,你在做什么美梦?真正的你,早就消失了。"

说完,青龙就像他来时那样自顾自地离开了。我们之间这层薄如蝉翼的联系就像是我和他之间的合作,他想来便来,他想走便走,我只能竭尽自己所能跟上他的脚步,一刻不敢疏忽。

青龙的话让我对齐夏的能力有了一层新的审视——"生生不息"的可怕之处远超我的想象。当齐夏在回响时,他的思维可以创造一切,这层关系已经不单单是他认为我还活着这么简单了。

由于我们每十天就会重来的特性,齐夏甚至可以给我们创造新的身份。他认为我是参与者,那下一次循环我便一定会是参与者;他认为我是生肖,那我下一次就会作为生肖出现。

就像青龙所说的,只要齐夏回响的次数足够多,这个地方总有一天会因为他的思绪而变得井井有条。他认为天龙是这里的至高无上者，那作为至高无上者的天龙就会出现。

齐夏越害怕天龙，天龙的实力就会越强。这是多么可怕的巧合……偏偏让"生生不息"遇到了循环不止。从这两个特性相遇的那一刻开始，一加一等于无穷大，我们每个人都有无限种可能。我甚至无法替齐夏想到这件事的解决办法，作为一个人，真的能够控制自己的潜意识吗？

思索了几分钟，我感觉自己想得还是太多了。我的智商和脑容量无法支撑我同时思索这么多的东西，既然同样都是利用齐夏，我有没有可能从两个角度出发、双管齐下呢？

一方面，我会按照青龙所说，想尽办法在齐夏的潜意识当中创造一个文巧云。由于齐夏回响的特性，这件事将变得非常抽象。青龙想要的并不是一个文巧云，只要齐夏能够创造出一个比他更强的人，不管那个人是男是女，不管那个人长相如何，又有着什么样的经历，那个人就是文巧云。对于青龙来说，文巧云只是一个代号，而不是真正的人。一旦这个计划成功，齐夏的能力对于青龙来说便是一把刮骨钢刀，齐夏不是"万相"，却能够创造出一个"万相"，这便是"生生不息"。

另一方面，我可以铺设属于我自己的路。我一定要想办法告诉齐夏我来自地狱，我要让他的潜意识把我送出去。我不能作为一个永生永世循环不止的参与者活在这里，我要作为来自地狱的许流年活在外面。会不会有那么万分之一的可能——我的某个复制品由于齐夏的影响去到了外面，并且她保留了我在终焉之地的所有记忆，然后想办法向上面的人求助，从而解放这里？

我感觉大脑有些断片儿，不由得摸了摸自己的额头。终焉之地仿佛一直都是这样，它建立在无数的悖论之上，这种用脑过度头顶发凉的感觉，就是齐夏和楚天秋每天的日常状态吗？他们靠着自己的头脑在这里周旋，然后为自己铺设了一条又一条的道路。

我开始静下心，仔细地思索这件事的可行之处。

假设十天之后我真的出现在了现实世界之中，那我要如何证明之前的一切不是梦境，又要如何证明还有另一个我在这里？这件事比我想象中的还要困难。理论上来讲，由于信息差的存在，两个我永远不可能有交集，也永远不可能达成战术统一。外面的我进不来，里面的我出不去，我们都没有办法证明对方存在。

换句话说，就算有一个我从下一个循环开始去到了外面，也依然会有一个我留在这里遭受循环之苦。想到这里我慢慢瞪大了眼睛，随后有一种毛骨悚然的感觉侵袭了全身。我的思绪犹如陡然间爆发的火山，在一瞬间倾泻而出，可这座火山喷射的不是滚烫的岩浆，而是冰凉的寒意。

这里面好像有一个更加可怕的问题！以上所述的情况假如已经发生过了呢？假如已经在所有人身上发生过了呢？我们来自不同的时间线，时间线是无穷无尽的。那会不会有这么一种可能——每个人都有很多个复制体，有的逃了出去，有的留在了这里，而在终焉之地的我们都是被宇宙万物抛弃的孤儿，也是最惨烈的一批复制体？

我只恨自己没有早点接触到"生生不息"，否则一定会更早参透这个问题。

"我如何证明我没有逃出去？"我浑身开始不受控制地发抖。多么可笑啊……这样一来似乎一切都解释得通了……难怪他们不会前来救我……难怪青龙会说真正的我早就消失了……

我根本没有办法证明我是不是真的逃出去了，而逃出去的我也根本没有办法证明还有一个我还活在这里。我们如同三维空间当中两条永不相交的直线，每隔十天朝着不同的方向飞射出去。

在有了这个假设之后，我感觉自己的情绪几近崩溃。到底有没有办法能够终止这一切？

这里的我，和外面的我……谁才是复制品？

在确定对策之前，我必须要先搞清楚这个最基本的逻辑问题。

我虽然称呼她们为复制品，可归根结底，我和她们一模一样，甚至连记忆都分毫不差，所以到底谁是真的，谁又是假的？我想不出自己和她们的任何区别，毕竟真正的我早在七十年前，众人第一次死亡时就已经消失了，从那之后我以诡异的状态活着。

我和她们都认为自己是真的，但是能够参透这个问题的人少之又少，毕竟没有几个人真正了解"生生不息"的能力。

假设以上所有的推断都是正确的，那么只要一个我能够在终焉之地灰飞烟灭不再复活，关于我的所有悲剧就都会终止。不再有任何一个我拥有终焉之地的记忆，她们会在各自的时间线里照常活下去。

我实在不够聪明，所以找不到解放所有人的办法，也找不到破坏这里的办法。但我找到了可以解放自己的办法。这样一来，无数个我都会以为自己曾经出去了。

七十年，两万五千五百多天，死亡两千五百余次。那两千五百个我或许都在过着幸福的生活吧？只有我是一直都被剩下的那一个，既然我找不到这件事的源头，那我就把它的底给补上。

我将喝完的空啤酒罐捏扁，无论这一次成功与否，我都准备在终焉之地彻底消失。

我有可能会是整个终焉之地第一次主动消失的参与者，但我也会在离开之前，尽我所能地为其他人铺下一条路。我要让齐夏彻底创造出一个活着的余念安，一个符合他心中所想、真真正正的余念安。

只要有余念安在齐夏身旁，他定然所向披靡，他将用自己的潜意识将所有的人都送出去，然后悟到我所悟到的事情，再带着大家灰飞烟灭。

是的，这才是我自己的路。

这样一来，大家就算作逃脱了吧？

只可惜我选择的这条路对我来说非常可悲，它和我并没有什么直接关系，反而要全部依靠"生生不息"，只要齐夏不答应我，我便会彻底失败。

青龙想利用"生生不息"将这里管理得井井有条，天龙和楚天秋想用"生生不息"让自己成为"万相"，而我想用"生生不息"将所有人复制到外面去。

那一天，我见到章晨泽来找楚天秋，我便假意路过门口，或许连上天都在帮助我。章晨泽正在问楚天秋关于文巧云的事，还提及了我。

等到她出门来，我三言两语就诈出了她的来意。

"我是许流年，你在找我吗？"

"我……你怎么知道？"

章晨泽的表情和我预测的一模一样，我该怎么形容这种感觉呢？只能说终焉之地有自己的食物链，齐夏和楚天秋可以毫不费力地拿捏我，而我也可以仅用一句话就欺诈别人。

我告诉章晨泽，我们需要创造一个新的文巧云，而这个人不管长成什么样子，带有什么记忆，只要能够比齐夏强大，那就一定是文巧云。

章晨泽是齐夏的队友，她为人正直，容易博得齐夏的信赖，这件事由她去做，比我自己上场成功率更高。而且青龙又怎么可能把这么棘手的任务只交给我一个人来做？

　　所以我又赌了一次，我告诉章晨泽，生肖那边我已经交代过了，现在只差最后一把火，只要她们能够添上这把火，这件事便有极大的可能成功。

　　看着她的表情，我知道她动摇了。这样是对的，青龙需要帮手，我也一样需要。保存记忆最少的人，只能待在食物链的最底端。

　　正如我所说，连上天也在帮我。

　　我收拾完自己的行囊准备前去寻找齐夏时，恰好透过窗口见到了潇潇和江若雪，按理来说极道和天堂口是死敌，这二人无事不登三宝殿，必然有什么情况发生了。

　　我靠在门外，听到了他们谈话的内容。

　　天马时刻要来了。不，应该是我的东风要来了，作为一个普通人，想要在这一层层巨浪当中达成自己的目的，我只能借助东风。而这次的天马时刻将是我最佳的表现时机。

　　齐夏作为一个擅长运用脑力的人，绝对不可能在长达两个小时的奔跑之下活命，而我就是他这次的救命稻草。

　　我当即离开了天堂口，一路前往城市的边缘。如果想要拯救齐夏于天马时刻，我需要我的那辆出租车。那辆出租车既是我们二人的开始也是我们二人的结束，我将铺下我所有的路，然后壮烈牺牲。

　　我绝对不会告诉齐夏我是一名参与者，我会跟他说我来自地狱。除了这一句是真话，我可能会说很多的谎。

　　俗话都说人之将死，其言也善，可我偏偏相反。

　　齐夏，我多么希望我接下来说的话你一句都不要信，可那不行。就算我一直都在骗你，我也绝对没有恶意。我最终的目的是希望所有的人都逃出去。

　　我不想再做棋子了，我只想做我自己。可你会记得我的名字吗？我不是其他人，我也不是棋子。

　　齐夏，如果有一天我彻底消失了，你一定要记得我。

　　我的名字叫许流年。

　　我要开始对你说谎了。

第2关

上帝悖论·青龙

齐夏和许流年已经在路上行驶一段时间了。许流年的驾驶技术不算太好,她虽然在尽力躲开横在路上的黑线,但还有一些肉眼难寻的黑线划破了车身,让这辆本来就有些破旧的车子更加伤痕累累。

其间齐夏多次看向她,发现她的眼中已经没有丝毫求生的欲望,反而充满了悲伤。

"许流年,你说你要毁了这里……"齐夏低声问道,"我搞不清楚这里面的逻辑关系,毁灭这里和救我之间有什么必然联系吗?"

"说不定我需要救你,然后才可以毁灭这里呢?"许流年笑道。

"我毁灭这里?"齐夏微微皱起了眉头,"毁灭这里对我来说没有什么意义,我想做的事没有做完,想找的人也没有找到,如果要选择的话,我更倾向于保护这里。"

"你不用再找了。"许流年打断道,"余念安根本不存在。"

"余念安"三个字一出口,齐夏瞬间皱起了眉头。

"等下。"齐夏的一双眼睛瞬间变得冰冷无比。

"怎么?"

"不管余念安存不存在……你又为什么要来专程告诉我呢?"齐夏扭头看向许流年,"你在动乱的天马时刻中绕开所有危险,驱车来到我面前,然后告诉我余念安并不存在,你的动机和方式会不会太刻意了?"

许流年听后嘴唇微抿,她知道要跟齐夏撒很多的谎是一件难度极大的事情。

"齐夏,我想让你完全崩溃。"许流年伸手抓着方向盘,面无表情地说,"所以我不得不在这里告诉你,余念安是虚构的,你每一次见到的余念安都是回响的产物,或是我,或是李香玲,或是你自己,或是其他任何可以达到同样效果的回响,总之没有一次是真的。"

听到这句话的齐夏瞳孔微缩了一下,耳畔也开始传来杂音:"许流年……你设计我?"

"是,我设计你。"许流年点头,"不管是你的第一次回响还是第二次回响,我都在其中推波助澜。"

齐夏慢慢坐直了身体,仰靠在副驾驶柔软的座位上,他的眼神看起来非常可怕。

"许流年……"齐夏缓缓地吐出三个字,甚至连声音都有些变了。

许流年微微咽了下口水,她感觉到齐夏身上散发出的危险气息已经充斥了整个车厢。

"你说你在拿我最重要的东西……一次又一次地耍我?"齐夏再次问道。

不知是因为许流年的双手在发抖,还是有着什么未知的变故发生了,这辆出租车居然如水蛇般左右晃动起来,许流年试了好几次才将车身拉稳。

"所以呢?"许流年紧抿着唇,嘴角微微下沉,额头上布满了细细的汗珠。

车内的空气似乎正在变得稀薄,让人感觉稍微有些窒息。稀薄的空气混杂着车内沉闷的气息,散发出一种不安。许流年感觉自己正在唤醒一头真正的怪物。

齐夏的表现确实有些超乎许流年的预料,他依然冷静得可怕。他没有当场发疯,只是将杀意隐藏了些许,而后开口说:"尽管你和我摊牌了,我也不是很相信。我不相信你能够用余念安来耍弄我,在我心中,你不是一个工于心计的人。"

"是啊……"许流年苦笑一声,随后慢慢闭上了双眼,"那齐夏,这样又如何呢?"

在齐夏的注视下,一个眨眼的瞬间,许流年彻底幻化成了余念安。她一身白衣,耳畔的长发不断飞舞,一股松木香夹杂着铃兰香,击破了终焉之地的刺鼻腥臭味,灌入了齐夏的鼻腔。

"余念安"正双手扶着方向盘,面带忧伤地看向前方的地平线。

齐夏此时大脑一片空白。

"夏,你知道吗?""余念安"开口说,"这世上的道路有许多条——"

"够了……"齐夏赶忙打断她的话,但他的神色看起来已经不再淡定,取而代之的是一脸痛苦。

"夏,我买了你最爱吃的花生。""余念安"又一脸悲伤地说,"你跟我回家吧。"

"别说了……"齐夏感觉到自己所有的信念都在崩塌,他心心念念、朝思暮想的人，他心底最深最痛的执念，既不是存在的，也不是不存在的，她居然是别人扮演的一个角色。

她只是个角色而已。

"许……不……"齐夏想要当场杀死眼前的许流年，可每当看到她的面容又下不了手，"安……"

就算她是假的，她也至少真过。

"现在你相信了吗？"开车之人说，"我就是余念安，一直都是。无论是你的梦里还是你的记忆中，一直都是我。"

听到这句话的齐夏鬼使神差地伸出手，想要触摸"余念安"的脸颊，这恐怕是唯一一次不在梦里，而是在真实世界中能够触碰到一个真正的余念安。可就在齐夏的手指马上就要接触到"余念安"的脸庞时，他的耳畔陡然响起如同鬼魅般的声音。

"门外不是我。"

简短的五个字让齐夏如同触电般愣住了。

"什么？"他仔细环视了一圈，发现眼前的许流年并没有开口说话，但是余念安的声音一直都在耳畔响起。

"夏，门外的人，不是我。"

齐夏缩回了手，捂住了自己的双耳，感觉自己已经彻底疯了。

"安……门外的不是你……哪里的才是你？"

耳畔的声音没有给齐夏任何回答，似乎根本听不到齐夏的声音，她只会不断地重复着同样的一句话："门外的不是我……夏，门外，不是我……"

"我知道、我知道……"齐夏捂着自己的双耳，努力地捕捉着这如同鬼魅的声音，他只感觉自己双手冰凉，忍不住地颤抖，"安……你被困在了哪里？门又在哪里？"

咚咚咚……

耳畔的声音越来越清晰，齐夏能感觉到余念安似乎想要跟自己传达什么信息。

"安，我在，告诉我你在哪里？"齐夏问道。

"门外，不是我。"余念安缥缈的声音传来，紧接着又是接连不断的"咚咚咚"的敲门声。

齐夏感觉自己的大脑马上就要分裂了，可他又隐约发觉自己好像抓住了什么缥缈的线索。这世上有一个真正的余念安，她就在某处，这个余念安既不是回响的产物，也不是眼前的许流年假扮的,而是一个真正的人。

齐夏想起了余念安第一次跟他说"门外不是我"的时候。

按照许流年所说,当时她正在扮演余念安,想来应该是他第一次坐上她的出租车时。当时他陷入了弥留之际,然后做了一个梦。梦里她和余念安回到了现实世界,并且过上了原本的日子。可那时的许流年正在扮演余念安,导致梦中的余念安不断地提示他"门外不是我",她说了一遍又一遍,可当时的他并不理解这句话。

当时,余念安非常着急,急到迎着午夜的月光泪流满面。

"你被困住了……是不是?"齐夏将捂住自己耳朵的双手放了下来,抬起头说,"你需要我去救你,是不是?"

"夏,只要想念,就会相见。"

听到这句话的齐夏慢慢眯起了眼睛,他感觉自己的大脑像是一条落满碎石的隧道,此时正有一丝光亮从石缝当中透过来。

空气仿佛在这一刻凝固了。

许流年感觉不太对,此刻的空气在凝固之后竟然开始晃动起来,她立刻伸手关上了车窗。

铛!

两侧车窗闭合的瞬间,骇人的巨响爆炸开来。许流年整个人仿佛被震丢了魂魄,此时连车子都在跟随着地面一起颤抖,街上正在逃跑的参与者也被震翻在地,由于他们一直都在透支力量逃跑,倒地之后还来不及重新爬起来,瞬间就被黑线击杀。

"生生不息"伴随着众多参与者的死亡气息轰然降临。

齐夏低头看了看自己的身体,外观上毫无变化,但他感觉自己的思维有点不同了。

许流年知道自己的第一个目的已经达成,但她还有第二个目的。

对她来说,现在的每一步都是一场豪赌,如果见好就收,她不会损失惨重,可如果选择加注,高回报的同时自然伴随着巨大的风险。她决定孤注一掷。

"对不起,齐夏,我骗了你。"她说。

"骗我?"齐夏已经恢复了冷静,他静静地坐在副驾驶上,散发着冰冷的气场,犹如一位刚刚下凡的神明。

"余念安是存在的。"许流年苦笑道,"我之所以说谎,正是为了激发你的回响,每次提到关于余念安的事,都是你情绪波动最大的时刻。"

"哦?"齐夏点了点头,眼眸如同浩瀚宇宙,让人无法看透分毫。

"所以……真正的余念安在哪儿?"

"在玉城。"许流年压抑着心中的恐惧,"余念安根本就不是这座城市的人,所以你才一直无法见到她。"

"玉城?"齐夏慢慢皱起了眉头。

"没错,那座城市的所有人都需要收集玉来逃脱这里。"许流年眨了眨眼,褪去了余念安的外表变回了本体,"你下一次一定要记得去玉城看一看,真正的余念安就在那里。"

"一座需要收集玉的城啊……"

"所以,齐夏,我真的很开心。"许流年又说,"能够让你们这样强大的人物获得回响,距离所有人逃脱又更近了一步。无论是你,还是玉城的文巧云……"

齐夏问:"玉城到底在哪里?"

"就在咱们第一次见面的地方,顺着公路一直走,十几公里就会走到另外一座城。"许流年努力地控制着自己的情绪,对着齐夏娓娓道来,"那里人人都是不输于你的强者,他们马上要突破这个地方的一切规则了。"

"人人都是强者?"齐夏用一双充满悲悯的眼神看向许流年,"原来是这样吗?"

"是的。"许流年点点头,"而文巧云便是整个玉城最大的首领,她的强大超乎任何人的想象。"

齐夏伸手摸了摸下巴,随后扬起了嘴角。

"信息差战术,是吧?"他轻声问道。

"什么?"

"许流年,你想要在我和楚天秋之间周旋,唯一能够利用的武器就是信息差。"齐夏说,"只可惜信息差是把双刃剑,你以为自己掌握了足够多的信息,便能够靠自己掌控这里,却不知道信息每个人都会有,我已经了解了你所说的玉城,那地方已经彻底沦陷了。"

"你……"

"而这一次,不过几天之间,我忽然听到很多人跟我提起文巧云这个名字,我现在有一个大胆的假设……"齐夏伸手打开了车窗，让腥臭的微风灌进了车内，"你该不会在有计划、有组织地利用我，让我创造出一个叫文巧云的女人吧？"

齐夏一针见血地扯下了许流年的所有伪装，无论是看得见的，还是看不见的。

"你到底是个什么怪物？"许流年有些失神地说，"你说你靠猜？！你就单纯地靠猜能算到这一步吗？！"

"那我能依靠什么？"齐夏看向窗外，淡然地回答道，"靠武力？靠信息？靠人脉？靠回响？"

许流年紧紧地抓住方向盘，一言不发地抿着嘴唇，望着前方。

是的，齐夏几乎没有能够依靠的东西，他能够依靠的仅有他自己的大脑。

"我还有什么呢？"齐夏慢慢眯起眼睛，眼中只剩一望无际的绝望，"能够看得见的东西我一个都没有，现在连看不见的东西都要失去了。"

"看不见的东西……"

"人类就是这样。"齐夏轻声解释道，"当对一切东西都感到绝望时，会妄图寻找一个精神寄托；但很多时候这个所谓的精神寄托既看不见也摸不到，它只是人心底里一个关于生的线索而已，但是这个线索对我来说越来越缥缈。"

齐夏望向车窗外的身影格外落寞，他仿佛是在无边漆黑的宇宙当中孤独燃烧的小小烛火。

"所以你的意思是？"许流年知道现在的每一句话都需要万分谨慎，毕竟齐夏正在回响。

他的心念一动，整个终焉之地就会动。他的每一个念头、说出的每一句话都有可能彻底改变整个终焉之地的格局。

"我很想念她。"齐夏低声说，"我所有的动机，我拼尽一切，都是因为她还在，所以你们怎么耍弄我都可以，唯独不可以拿余念安耍弄我。"

"齐夏……我没有耍弄你的意思……"许流年听到齐夏所言表情也变得失落起来。

这个男人或许根本不像他自己表现出来的那么坚强，这里的人无论最终目的是什么，都需要踩着齐夏才能够达成目标。所以齐夏并不需要犯什么错，只要他还是齐夏，就必须要承受所有人设的局，即便他有可能彻底死在这里。

他看似只是某个局中的一环，但实则关联了千千万万个局。

"但你真的不相信文巧云比你更强大吗？"许流年最后一次试探性地问道，"她当年也站在了青龙和天龙面前，或许只是因为一次小小的差错，导致她没有一直活跃——"

"这是上帝悖论啊，许流年。"齐夏打断了许流年的话，随后叹了口气，依然看向车窗外。

"上帝悖论？"

"没错。"齐夏点点头，"假如这个世界上有一个无所不能的神，那么他能够创造出一块自己搬不动的石头吗？"

许流年听后仔细思索了一下。假如无所不能的神能够创造出这块石头，那他无法将石头举起来，就证明他不是无所不能的，他若创造不出来，依然不是无所不能。

"所以你在指什么？"许流年问道，"上帝悖论又能代表什么？"

"代表了我创造不出文巧云。"齐夏转过头，用那双悲伤的眼睛看向许流年，"我若认为整个终焉之地有人比我更强，我便不可能如此绝望，也不可能获得如此强大的回响。所以我是神，而文巧云便是我搬不动的石头，这么说你明白了吗？"

听到这句话的许流年骤减车速，隔了好几秒才重新稳住方向盘，绕过了几条横在道路中央的黑线之后重新加速。

"你是说……正是因为你比所有人都要绝望，所以才会获得'生生不息'……"

"我有依靠吗？"齐夏反问道，"我们在这里的时间已经超过三十年了吧？若这里真的有一个依靠，可以让我全力辅佐或是稍微安下心来，我又怎么可能走到今天这一步？"

此时许流年才彻底明白自己在这场所谓的局当中到底有多么的无力。她的记忆保留了几十年，每一个循环她都在重新考虑前进的路；而齐夏的记忆几乎保存不住，却在几十年前为他以后铺下了一条路。

这就是她和齐夏的差距。

"我输了。"许流年说。

齐夏听到这三个字，慢慢转过头来，沉声问道："我没有和你对赌，谈何输？"

"我不是输给了你，而是输给了这个世界。"许流年苦笑道，

"齐夏,你真的很厉害,现在我只剩最后一个计策了。"

"计策?"齐夏扬了一下眉头,"对我的?"

"没错。"许流年点点头,"我现在要对你使出一个计策,这个计策是我们能否逃出这里的关键。"

"好,你说,我听。"

"我有一个计划,这个计划或许听起来会非常离谱,但也是一条我们能够逃出去的路。"

齐夏没有说话,只是伸出一根手指,轻轻地敲打着车窗。

"去思考吧……齐夏……只要你能用潜意识告诉自己,我们所有的人都已经逃到了外面,那按照'生生不息'的特性来说,外面一定会出现我们的复制品,那时候我们……我们……"

许流年的表情越来越痛苦,双眼也逐渐泛红。

"那时候我们就成了复制品。"齐夏说,"这样对吗?"

"不对吗?"许流年带着哭腔苦笑一声,"我们还有什么其他的办法吗?现在所有人都想要利用你的能力……而我也是其中一员,虽然我不如他们聪明……我……我……虽然……"

许流年将车子缓缓停下,然后将头深深地埋下去,她鼻子一酸,泣不成声。

"齐夏,我不知道你相不相信我……就算我不如这里所有的人聪明……就算我的做法看起来很傻……但我的最终目的绝对是最无私的那个……我设立的所有局,从头到尾都没有把我自己考虑在内,我只希望整个终焉之地能结束这一切,哪怕是用一个众人都不接受的方法……哪怕我粉身碎骨,哪怕我灰飞烟灭……"

许流年趴在方向盘上痛哭流涕:"但我真的很无能……不仅我所做的局能够被人看破,就连我现在说的每一句话都会被上面的人听到……"

"可我们不能认输。"齐夏轻声说,"作为复制品在这里活着,然后结束自己荒诞的人生,你甘心吗?"

"我能怎么办?!"

许流年的情绪有些失控了,她记得自己在终焉之地的几十年里从未哭过,可这一次真的不一样。她准备告别这个世界了,但她知道自己不是凯旋,而是被终焉之地彻底打败,最后夹着尾巴仓皇逃离这里。

"把你知道的告诉我吧。"齐夏轻声说,"把你的武器交给我,让它成为我的武器。"

许流年睁着一双哭红的眼看向齐夏,她比谁都明白,她唯一的武器就是信息。齐夏仅仅靠猜测已经走到了这一步,如果他知道得更多,会不会开拓出一条全新的路?

"齐夏,你真的觉得我们还有希望吗?"许流年声音颤抖地问道,"我们能打破这一切诡异的循环,然后站到阳光之下吗?"

齐夏没有回答,只是反问道:"许流年,你在终焉之地行走了这么多年,若是让你说出自己悟出的一个道理,你会说出哪个?"

"我……"许流年伸出手指轻微擦拭了一下眼泪,思索了几秒,然后说,"或许是所有人都死不足惜吧……"

齐夏听后点了点头,说:"虽然这也是终焉之地的法则,但不是我所悟出的最终道理。"

许流年慢慢皱起了眉头,看着齐夏:"那按你说……我们应该悟出什么道理?"

"是只要想念,就会相见。"齐夏说。

"什么?"许流年从未听过这句话,这居然就是齐夏悟出的终焉之地的最终道理?

"这个地方建立在信念之上,每个人的回响都是自己的信念所在。"齐夏认真地对许流年说,"而在这种规则之下,我们绝对不能承认自己已经死了。"

"你是说……'我思故我在'[①]?"

"字面意思是对的。"齐夏点头道,"你问我我们是否还有希望,所以我只能告诉你,只要你的信念强大,那我们便在这里永生不死,可一旦你认为自己死了,那你就真的死了。所以我们死去的从来都不是肉体,而是信念。"

齐夏的话让许流年感觉自己上升到了一个前所未有的思想层面。

"齐夏……你到底是什么时候想到这一层的?"

"刚刚。"齐夏叹了口气,再次望向了许流年,"众人只能够看到在这里循环的痛苦,却没有看到这里赐予我们的希望。"

"所以你认为……我们的信念是我们的希望吗?"

[①] 出自笛卡尔《谈谈方法》的第四部分,是笛卡尔全部认识论哲学的起点,也是他"普遍怀疑"的终点。直译为"我思考,所以我存在"。

"难道不是吗？"齐夏说，"连你都是一样吧？你思，所以你会变成别人的样子。当我们离开了终焉之地，回到现实世界的时候，又有谁能够靠信念获得力量？"

许流年沉默地低下了头，似乎已经想明白齐夏话中的含义了。

"所以不要放弃。"齐夏说，"我们的路还很长，我们可以被这个地方打败，但是不能逃离。"

听到齐夏话中的鼓励，许流年沉重地点了点头。

"所以把你的力量交给我。"齐夏说，"我会带着你的力量奋战到最后一刻，然后和你一起遍体鳞伤、肝胆俱碎、魂飞魄散，这样的结局你能够接受吗？"

许流年带着眼泪，挤出了一丝笑容。

"我本来就想今天灰飞烟灭的……"她不断地挤出笑容，眼神却犹如死水，"我没有退路也没有去路……"

"可我不相信你来自地狱。"齐夏沉声说。

"什么？你……"

齐夏的这句话断送了她所有的希望，就连彻底死亡都已是痴人说梦。

"我绝对不相信你来自地狱。"齐夏重申道，"在我的眼中，你一直都是个普通的参与者。"

"齐夏……你终究还是给我抛来了一根带血的荆棘。"许流年低着头，让齐夏看不清她的表情。

"我本就缠满了荆棘。"齐夏回答道，"所以现在能交给我了吗？你的武器。"

四周的空气霎时间安静下来。

许流年思索了良久，最终点点头，缓缓开口说："齐夏……我下面说的话，有可能会激怒上层，在讲述之前，必须要让你知道后果。"

"他们还不够愤怒吗？"齐夏嘴角一弯，"开始吧。"

许流年将车子重新发动，伸手挂上了挡杆："既然如此，我就加入这条亡命之旅。"

她一脚油门踩到底，短短几十米就已经挂上了四挡，车子在破旧的道路上飞驰，仿佛在逃避什么看不见的东西。

"齐夏，我来自幽冥管理局，负责押送极罪之人！"

话音一落，车子前方几十米处陡然出现一个男人。那男人长发过腰，面带笑容，眉间一丝青痕，正意味深长地看向许流年。而齐夏也在见到这个人时瞬间瞪大了眼睛，这个人的眼神让他毛骨悚然。

"许流年！"齐夏低喝一声。

许流年猛打方向盘之后拐入了左侧的小道之中，轮胎与地面摩擦传来了刺耳的声音。

她沉住呼吸继续说："七十年前，我押送五万极罪之人来到此地，此地当时名为'桃源'，是正常人所接触不到的世外之人所建立的，目的为创造'万相'！"

车子正在疾驰，沿途激起一片石子，而青龙也陡然在小道尽头出现。

"可是天龙背叛了'万相'！"许流年急踩刹车之后，向右拐去，她浑身都在发抖，仿佛在与全世界搏命。

齐夏也在车子疾驰之间让大脑飞速地运转，许流年的每一句话都超出他的想象。

"天龙根本不想创造一个'万相'，因为在他的心目中，他才是成为'万相'的唯一人选！"

许流年一路撞开所有的障碍物，车头已经严重受损，可现在的她一刻不能停。

"只要天龙能够杀死这里所有的人，他做的事情就不会败露！可你的出现打破了他的计划，你让我们永生不死！所以连天龙都被困在了这里！"

话音一落，青龙再度出现，这一次直接站在了出租车前。许流年二话不说急踩刹车，而后伸手挂挡，侧身向后看去，将车子急速倒退。

齐夏看向许流年，却发现她浑身都在发抖。

"齐夏！"许流年连声音都有些颤抖了，"桃源有特殊的能力加持，可以让身处其中的人在极端情绪之下获得超凡能力，这个计划原先叫作'女娲游戏'，可是最初的裁判都被天龙杀死了！他换上了自己选拔的人，彻底统治了这里！"

在退出小道的第一瞬间，许流年将车子原地掉头，冲着大路的方向飞驰而出。

"所有生肖，所有神兽，统统都是谎言啊！我们没有一个人能够从这里逃脱！"

话音一落，二人面前的土地忽然开始颤动起来，大量的巨石拔地而起，挡住了二人的去路。许流年见状不妙，挂上倒挡之后再度回过头。回过头的瞬间，四周骤然安静下来，青龙已经坐在了车子的后排座位上。

这辆动荡的出租车犹如在巨浪当中抛下了船锚的轮船，此刻停在原地，摇摆不前。

齐夏见到许流年的眼神大变，不由得也回过头去，正巧和青龙对上了眼神。

"我似乎有说过……我不喜欢棋子有自己的意识。"青龙男女参半的声音缓缓响起，齐夏感觉分外耳熟。这个声音和他在梦境当中听到的声音一模一样，只不过梦境中的声音会让人感觉毛骨悚然。

"齐夏……"许流年望着青龙许久才缓缓开口道，"让我给你介绍……天龙最得力的助手，青龙。"

齐夏听后，仔细地打量了青龙一番。

许流年顿了半天又说道："我的时间不多了，现在告诉你我的最终猜想。"

青龙没有阻拦，只是静静地看着许流年，似乎在看一只上蹿下跳的猴子。

"你说。"齐夏沉声道。

"我们是因为你的力量而诞生的复制体，真正的我们早就已经从这个鬼地方逃脱了。"她努力地理顺自己的思路，一字一顿地对齐夏说，"我怀疑我们每次循环都有人逃脱，但因为你的'生生不息'，所以总有一个复制体留在这里承受循环之苦！"

齐夏听到这句话眯起眼睛，然后又扭头望向青龙，他发现青龙的笑意更胜，仿佛真的将许流年当作跳梁小丑。

"说完了吗？"青龙问。

"我……"许流年不知青龙是何意，只能向副驾驶座的齐夏投去求助的目光。

可齐夏一脸平静。

"许流年，你真的太让我失望了。"青龙慢慢伸出了手，放在了许流年的前额，"仅仅让你恢复理智二十多天，事情便开始失控，我又为何要留你？"

齐夏见到许流年浑身止不住地颤抖，可眼前的情况，他不知要如何介入。

许流年在决定说出她的猜测时，无论它是错是对，都会完全激怒青龙。如此看来，她曾经听命于青龙，但并不是完全听命于青龙，在执行青龙的命令时，她也会偷偷实行自己的计划。

"等一下。"齐夏开口叫停了青龙。

青龙微微一顿，扭头看向齐夏，随后慢慢咧开了嘴："你让我……等一下？"

一股极其霸道的威压从青龙身上迸发而出。齐夏一时之间皱起了眉头，若他还是个普通人，估计会被青龙的气势直接震退，可现在他拥有了回响，那便有了和青龙谈判的筹码。

"没错，我让你等一下。"齐夏冷言说道。

"有点意思……有点意思……"青龙点了点头，但并未收回手，而是用一双墨绿色的眸子盯着他，"我在等什么？你又要做什么？"

"青龙……我的回响是'生生不息'。"齐夏说道，"你杀不死许流年的。"

青龙听到这句话，手上的动作果然停了下来。

"不管你要做什么……"齐夏继续补充道，"许流年都是一个普通的参与者，她会带着回响复活，你杀不死她的。"

"哈哈哈……"青龙收回了手，双眼之中满是癫狂，"真的是你……七十年前是你，七十年后还是你……"

"是我？"齐夏感觉有些不解。

"齐夏，现在我要给你讲两个笑话。"青龙往前探了探身子，贴近了齐夏，"若你没有自以为是地说出刚才那句话，许流年就已经彻底解脱了。"

"什么？"

"我再给你讲第二个笑话。"青龙伸出一根手指放在了齐夏的眉心，而齐夏并未闪躲。

"齐夏，若不是你自以为是地在七十年前放出大话，所有人都不会遭受这循环之苦。"

在青龙触碰齐夏眉心的瞬间，一段诡异的记忆忽然在齐夏脑海之中迸发。记忆中，齐夏浑身是血，站在一个面容模糊的男人身前，青龙站在那个男人的身后。而齐夏的身后，数万人的尸体堆砌成山。

那时的天空蔚蓝无比。

齐夏慢慢低下头,咬着牙说道:"天龙……我们不可能就这么死掉的……我发誓,所有的参与者会再度回来,而回响者们会带着这些惨痛的记忆领导着众人不断前进,直到将你彻底打倒。"

话音一落,天龙身后的青龙忽然捂住了双耳,表情极度痛苦。

"怎么?"天龙回头问。

隔了很久,青龙的面色才慢慢缓和,思索了几秒之后他摇了摇头:"没事。"

齐夏看了看青龙,随后露出一丝笑容,喷出一大口鲜血,然后直直地倒在了地上。

这段回忆戛然而止。

齐夏慢慢瞪大了眼睛,他扭头看向青龙,咬着牙问道:"你在跟我开什么玩笑?你说这一切是因为我?"

"难道不是吗?"青龙笑道,"我听到了啊……这声音频率如此之高,连你自己都听不到。"

"可笑。"齐夏怒笑一声,"就算是因为我他们才循环不止,这又有什么不对吗?难道我们作为人,就活该被你们屠戮殆尽,连反抗的机会都不配有吗?"

青龙听到齐夏的话,慢慢咧开了嘴,随后打了个响指。齐夏只感觉整辆车子都被诡异的气场包围,像极了"缄默"。

"当然可以啊!齐夏!"青龙大笑道,"反抗啊!杀了他啊!!"

"什么?"齐夏没想到青龙竟是这个态度,一时之间不知如何应答。

"你们当然应该奋起反抗啊!"青龙大叫道,"只有这样才足够精彩啊!为什么只有我们可以从这里走出去?这不对啊!"

齐夏正试图用最短的时间了解青龙的性格,但他很快就发现这是徒劳的。这个看似清高冷漠的男人情绪并不稳定,让人捉摸不透。

"青龙,你到底想要什么?"齐夏问道,"你难道不是来阻止许流年的吗?"

"阻止许流年?"青龙似乎忽然想起了什么,"对对对……虽然大象不会专程来杀死蚂蚁,但立威还是必要的。"

"立威?"许流年一怔,"什么?"

"我所认为的棋子必须是棋子。"青龙说道,"这世上谁都没有例外,只要被我钉上了,那便是我的棋子,所有的棋子必须按照我的指示行事,这个规矩绝不能破。"

说完他又向许流年伸出手,指尖凝聚着一股异样的力量。

"放心,许流年,我不会让你死的。"青龙笑道,"我只是想把赐予你的理智收回来,让你彻底成为癫人,从此之后不会有任何人再来帮你,也不可能有任何人将理智还给你,这便是忤逆我青龙的下场。"

许流年慢慢瞪大了眼睛,若她从未变成过癫人,自然不会如此恐惧;可那两年间浑浑噩噩的日子恐怖至极,她始终记在心间。

"不……不行……"许流年摇着头,不断地向后挪动着身体,随后又赶忙伸手去开车门,可车门似乎被人施了什么魔法,如同浇筑了水泥一般动不了分毫。

"杀了我!我宁可你杀了我,也不要你夺走我的理智……"

青龙冷笑一声:"那可由不得你。"

"我说过了,等一下。"齐夏伸手握住了青龙的手腕,这个动作让青龙感受到了极大的挑衅意味,甚至让他的手臂都退缩了一下。

"你……碰我?"青龙皱着眉头问。

"青龙,你夺不走她的理智的。"齐夏眼神一冷,嘴角上扬道,"你若是夺走了她的理智,我便立刻手刃她,下一个循环开始,作为参与者的她依然会回到这里,你赢不了我的。"

许流年听到齐夏的话略微一愣,他坚信她是参与者,这个看似将她逼入绝境的选择在此时居然起到了至关重要的作用。

"齐夏,你不仅命令我,甚至还触碰了我……"青龙喃喃自语道,"就算我对你如此客气,但也不代表你可以越级,作为参与者,你不可以用肮脏的躯体触碰我。"

"可笑。"齐夏依然抓住青龙的手腕,丝毫没有松开的意思,"你算个什么东西?就算你能够将人当成棋子玩弄于股掌,现在不还是坐在一辆老旧出租车的后排座位上跟我谈判吗?"

"放肆……"青龙的面色瞬间冰冷无比,眼中尽是杀意。

"青龙……你连我也杀不死。"齐夏笑道,"这一次循环当中我经历的东西足够多了,接下来便该是你们后悔的时候了。"

"什么?"

"你说有没有这么一种可能，"齐夏扬起嘴角，眼中居然同样充满了杀意，"我之所以获得了'生生不息'，并不是我有多强，而是你们赐予了我足够的绝望？"

"所以呢？"青龙问道。

"所以我大胆猜测，从下一次循环开始，我将更容易熟悉这种感觉，从而更容易获得回响。若我从今日开始不再丢失记忆，你和天龙到底要怎么拦住我？"

齐夏接连几次逼问让青龙的表情不断变化。

"你说你从今日起不再失去记忆？"青龙皱着眉头一直打量齐夏的双眼，仿佛在判断齐夏话中的真伪。

"齐夏……很高兴你会这么乐观。"青龙顿了半天，最终摇了摇头，"看来你始终不知道跟我的差距在哪里。"

青龙手腕一颤，直接将齐夏的手掌震开，然后轻声说道："我们要杀死参与者根本不需要那么麻烦，甚至可以在面试房间中直接动手，因为我和天龙就是这里的规矩，无论我们做出什么都不会有人干涉。"

齐夏嘴角慢慢扬了起来："可笑啊……青龙，你是在试图欺骗我吗？"

"你……"

"你和天龙的规矩就是规矩？"齐夏完全没有把青龙放在眼里，反而怒笑道，"太可笑了！既然天龙的最终目的是杀死所有参与者，那他何必要制定这么复杂的规矩？他明明可以让你直接收走所有人的理智，等待所有人都变成原住民后，再亲手将众人屠戮殆尽。"

青龙听后慢慢皱起了眉头。

看着青龙疑惑的眼神，齐夏趁热打铁道："青龙，你不会以为我在虚张声势吧？"

齐夏回过身，望向了车窗前方，他发现天马时刻快要结束了。

"无论你们想在我身上用什么计策，我都会让你们一败涂地。"齐夏的脸上也露出了一丝癫狂的笑容，"在整个终焉之地，我能够相信的只有一件事——我才是最强者，下一个循环根本不会出现一个比我还强的文巧云，只会出现一个比我还强的我！"

简短的一句话让青龙和许流年都愣在了原地。

而齐夏则伸手打开车门，走到了空旷的街道上。他抬起头来望着天空,似是对话青龙,又像是说给天龙听。

"就算人是棋子,这盘棋你们也不能乱下。这盘棋,只能由我齐夏来下!"

天空中无比安静,只有太阳安静地摆在那里。

"安,我会打破这里的一切,然后救出你。"齐夏对着天空说。

土黄色的太阳似乎听到了齐夏的话,随后陡然收缩了一下。

青龙轻轻一眨眼便站在了齐夏身前,他看着齐夏癫狂的笑容,不禁有些忐忑。他庆幸自己提前发动了"缄默",否则情况将会变得一发不可收拾。

"齐夏……你确定能够打败天龙吗?"青龙轻声问道,语气回归平淡。

"我会拼尽自己的一切。"

青龙听后微微点了点头,而后回头看了一眼许流年,思索了几秒之后,表情再度变得癫狂。

"哈……"他仿佛想到了什么极其有趣的事情,随后也掩面癫笑起来。

许流年在车子里见到青龙和齐夏背对背站着,二人散发着完全不同的气场。

"齐夏,我想和你玩个游戏。"青龙盯着许流年,轻声说道。

听到这句话,齐夏略微一顿,问道:"为什么连青龙也有游戏?"

"我的游戏并没有那么正规。"青龙说道,"只是一场属于我和你的游戏,但比任何一种游戏都要致命,你敢吗?"

"致命?"齐夏慢慢眯起眼睛,"你应该知道,在你们的桃源中,致命根本不足以威胁到我。"

"当然。"青龙点点头,"所以我所说的致命,是真正能够威胁到你的致命。"

"你……"

"齐夏,看看这份地图。"青龙一甩手,一张纸便飞到了齐夏眼前,缓缓地悬浮在了他的眼前。

这是一幅异常详细的城市地图,甚至在很多路口和建筑物前写着"子丑寅卯"等十二地支字样,其中一部分字是红色的。

"是生肖地图?"齐夏皱眉问道,"红色字体是地级?"

"不，地图上的所有生肖皆是地级。"青龙说道，"红色则是目标。"

"目标？"齐夏感觉情况有些不对。

"四天时间，我要你将我标记的八个地级全部杀死。"青龙笑道，"这八个生肖按照十二地支的顺序，对应着你面试房间之中的八个队友。"

"什么？"

"从你的左手边算起……"青龙继续意味深长地说，"你每放过一个我标记的生肖，我便消灭你房间中那个与之对应的队友。"

"消灭？"齐夏感觉这个词值得琢磨。

"齐夏，你敢和我赌吗？"青龙笑道，"若我取走了他们的理智之后痛下杀手……你有百分百的把握救下他们吗？就算你是'生生不息'，可你敢赌吗？"

"你……"齐夏的眼睛慢慢眯起来，他快速思考着这场赌局的可行性。

在四天时间内接连杀死八个地级，整个终焉之地应当从未有人如此干过。

"可是这场游戏对我来说没有任何好处。"齐夏说道，"你这和威胁我有什么区别？因为无法撼动我，所以就拿我的队友下手，你看起来像是发了疯的泼皮无赖。"

"哈……"青龙怒极反笑，"所以就算我消灭你的队友，你也不会在意吗？"

齐夏皱着眉头，慢慢转过身，盯着青龙的背影说："你觉得我会为了那些陌生人而卖命吗？"

"你会。"青龙笑道，"齐夏，你绝对会。"

许流年看着二人泰然自若地交谈，心提到了嗓子眼。她一句话也插不进去，只敢在一旁静静地听着。

"你不了解我……"齐夏说道。

"我很了解你。"青龙也转过身来和齐夏四目相对，"齐夏，我换个说法，不要把它当作威胁，它只是我们的一次合作。"

"合作？"

"没错。"青龙甩了甩衣袖，将双手负在身后，"我地图中所写的八个生肖，皆是天龙最信赖的人，你若把他们全都赌死，则天龙会无依无靠,你的赢面又大了一分。"

"扯淡。"齐夏打断道,"就算我赌死了终焉之地全部的地级,天龙身边依然有十一个天级,这种低劣的谎言,也想骗到我?"

"我想把你变成棋子,总得有个借口吧?"青龙再度挥了挥手,将地图召唤到了齐夏面前,"不如你去见见他们?"

齐夏仔细思索了一下青龙的话,感觉青龙的目的似乎并不单纯。

此时的"缄默"依然持续着,他到底在隐瞒什么?

"见见他们?"齐夏伸手摸了摸下巴,仔细思索着青龙的动机。

此时天马时刻已经接近尾声,终焉之地的大部分人都已死亡,就算他真的要去连续赌死八个地级,没有其他人的帮助也难如登天。

乔家劲、陈俊南会活下来吗?

齐夏闭上眼睛,随后缓缓地吐出一句话:"他们都比我强,一定会没事的。"

"哈……有意思……"青龙说道,"很漂亮的频率,所以你是答应了?"

齐夏伸手将地图握住,随后卷成筒状塞进了口袋中。

"青龙,我会去见见他们,但你别想太多。"齐夏回答道,"你或许不知道主动权掌握在谁的手中。"

"哦?"青龙微笑一声,四周的气场居然在此刻震荡了一番,"齐夏,你该不会要说……现在的主动权掌握在你手中吧?"

"这我可说不准。"齐夏回答道,"我可以利用回响让自己的队友们活下去,信念已经足够强大了,说不定也可以创造一个更强大的你,让他站在我这边,然后取代你。"

"可你……做得到吗?"青龙往前迈了一步,身上恐怖的气场爆发出来,让齐夏不禁后退了半步,"你的潜意识在害怕我,你认为我来自上层,你认为我是此地的主宰之一,又怎么可能、怎么敢轻易创造一个更强大的我?"

"呵……"

"所以主动权既不掌握在你手中,也不掌握在我手中。"青龙伸手点了点自己的太阳穴,"反而掌握在你的潜意识手中。齐夏,不要控制,尽管恐惧我的存在。"

齐夏微微咽了下口水,仔细思考了一下,就算他能用"生生不息"重塑一个青龙，他又有多大的把握让这个青龙站在他的阵营里？

"看来你明白了……"青龙笑道，"所有的回响都是双刃剑，上到'生生不息'，下到'灵闻'，没有一个会是例外。"

齐夏无话可说，只能站在原地低头思索着。他本感觉"生生不息"彻底开发了大脑，让他可以想到无数条新的路，可现在看来，他必须要控制自己的思绪，否则一切都会失控。

正在此时，远处钟声陡然作响，虽然不如齐夏的回响声音大，但听起来至少是"双生花"级别的声波。

"痛苦吧？"青龙听到这个声音，缓缓走到齐夏身边，探身到他耳畔轻声说，"如果太痛苦，就去找'破万法'。"

"乔家劲？"

"齐夏……要解放这里，我们要靠乔家劲啊。"青龙说道。

齐夏记得白虎曾经说过类似的话，只不过当时的他刚刚来到终焉之地，对一切都不太了解。

看到齐夏没搭腔，青龙又说道："你被现有的思路禁锢住了，站在回响的角度去看看……只要乔家劲能对你说一句'别出老千[①]'，循环便会终止，'生生不息'就此停摆，大家一起迎接终焉……多么简单？"

"你……"齐夏略微一怔。

用"破万法"破除"生生不息"，竟然是离开这里最快的一种办法？

所以当时的白虎说要离开这里还需要借助乔家劲的力量，根本就不是什么希望，反而是一条全员毁灭的绝望之路。

"连底牌我都送给你了。"青龙说，"其他的天级生肖乃至神兽，会像我这般掏心掏肺吗？齐夏，这就是我与你合作的诚意。"

一旁的许流年只感觉浑身冰凉。齐夏和青龙的每一句对话都让她浑身颤抖不已。

事情到底是失控了……还是水落石出了？

"你们这群疯子……"齐夏低下头，前额的刘海也挡住了眼睛，"真的是没完没了……"

"每一条路都在你眼前，你要怎么走啊？"青龙仰天大笑，"哈哈哈哈！真的是太有趣了！天龙也不算一无是处啊！至少让

[①] 意为不许作弊。

我看了七十年的笑话。"

　　齐夏咬着牙抬起头，却发现眼前的青龙已经消失了。

　　许流年赶忙打开车门走了下来，站到了齐夏身边。

　　"齐夏……现在该怎么办？"

　　齐夏只感觉自己的大脑有些混乱。青龙似乎交代了很多的事情，可为什么自己的思绪会更加混乱呢？

END
ON THE
TENTH DAY

第3关

太阳·
眼球

陈俊南和乔家劲在路上跌跌撞撞地奔跑着,二人看起来都已经濒临极限了。

"老……老乔……"陈俊南大口喘着粗气,只感觉两眼发黑。

"咩事①?"

乔家劲捂着自己的肋部,眉头紧锁。二人已经连续奔跑了将近两个小时,双腿几乎全靠惯性在移动。

"你小子……现在认输吧……"陈俊南说,"小爷我……我不笑话你……"

"咩?"乔家劲脚步未停,依然边走边说,"咱们可说……说好了……谁跑不动谁就是粉肠②……"

"你……你别啊……"陈俊南跑了几步之后捂着肚子低下头,大口呼吸了几次,然后回头看了看越来越近的黑线,"小爷我……一世英名,不能以……以粉肠的身份死啊……"

"那……那你就跑……"乔家劲努力调整着自己的呼吸,"别停……停了就跑不动了……"

"我跑个屁啊……"

二人正用尽他们最后的力气在街上踉跄地跑着,乔家劲的状态看起来要比陈俊南好一些,他此时正不断回头望向陈俊南。

"俊男仔……真的不能停下啊……会死的……"

"你以为我想停啊?"陈俊南感觉自己每说一句话,肺部的空气就损失一部分,眼看就要窒息了,"没事的老乔,我没事……别管我……"

陈俊南虽然嘴上一直都在说没事,可脑海当中已然灌满了死亡的念头。他们这一路已经见到了太多人死在身后的黑线之下,他知道自己生存下来的机会极其渺茫,现在也只剩下最后一招了。

远处忽然传来了巨钟的声响。

铛!

二人身形本就已经不稳,此刻更是被强烈的声波震得东倒西歪。

乔家劲向一侧歪了几步之后眼看就要摔倒,而陈俊南则是直

---

① 粤语,意为什么事。咩在粤语中一般表疑问。
② 粤语,意为傻瓜、白痴。

接扑在了地上。

"俊男仔！快起身啊！"乔家劲扶稳身形之后大叫一声，"好端端的，扑街①做什么？！"

陈俊南不知是撞到了哪里，看起来表情极度痛苦，而乔家劲则望向远处钟声传来的方向，感觉这阵声音有些熟悉。

"这声音在天堂口阵地战的时候听过一次……"

"小爷我不跑了！"陈俊南在地上翻了个身，随后大口地喘着粗气，"还以为隔了这么久能有点变化……哈……结果还是一样啊……"

乔家劲缓了一下呼吸，趁着黑线还没追到眼前，赶忙过去拉住了陈俊南的胳膊："不要扑街啊！同我走啊！"

陈俊南几乎是被乔家劲生拉硬拽地从地上拖了起来，他根本没想到乔家劲此时居然还有这么多力气。

"老乔……你不会在等我吧？"陈俊南感觉有些不对，"你这么有力气为什么会跑得这么慢？！"

"别多讲了啊……"乔家劲拉住陈俊南用力向前一推，"要活一起活，要死一起死。"

陈俊南跟着乔家劲又在街上跑了几分钟，越想越不对劲。

"老乔……你怕我自己扛不住，所以一直压着步伐等我？"陈俊南略带生气地问道。

"咩啊？"乔家劲擦了擦额头上的汗珠，"俊男仔你别多想，我就是单纯跑得慢，我们别停啊。"

只可惜乔家劲说谎的本事实在不怎么样，一眼就让陈俊南看出了破绽。

"原来是这样……"他的脚步一次比一次缓慢，七步之后停在了原地。

"什么原来是这样？"乔家劲回过头来叫道，"别停啊，俊男仔！"

"因为小爷我一个人孤单地跑，随时都有可能放弃……所以你小子故意放慢脚步和我一起……"陈俊南露出了一丝苦笑，"我就说老乔你逃跑的路线怎么这么奇怪，一直都在我身边……"

"呃……这……"乔家劲还未想好怎么解释，却看到陈俊南身

---

① 粤语，指人扑倒在街上，含任人作践和倒霉、该死等意思，熟人之间也可用作玩笑话。

后的黑线已经近在咫尺了,"俊男仔!你先动起来,要是想要骂我的话,等结束再说……时间差不多了,一会儿就要结束了……"

虽然乔家劲嘴上说着没事,但陈俊南发现他的双腿都在颤抖。明明可以快速奔跑,他却偏要压住自己的脚步。

"你是要气死小爷吗?"陈俊南慢慢俯下身,双手撑在自己的膝盖上,看起来格外生气,"你要是死在这儿了可怎么办?"

"不会啊!俊男仔!"乔家劲挤出一丝笑容,"我们都不会死的……"

他说着便走上去,再度抓住了陈俊南的胳膊:"相信我,我们就要成功了!"

陈俊南感觉乔家劲抓住自己的手都在颤抖,随后露出了一丝冷笑:"真是气死小爷了……"

"气死?"

"老乔!你自己滚吧!"陈俊南一把推开乔家劲的手,"小爷生气了,烦了,不跑了。"

乔家劲看到陈俊南摆烂①,一时之间不知该如何是好。他思索了几秒,随后走到了陈俊南面前,背对着他,膝盖半曲。

"俊男仔,我背你走!"乔家劲一脸严肃地说道,"再不走就真来不及了……我们都会——"

"你不会。"陈俊南站直了身子,回头望向那缓慢伸来的两根黑线。

"咩?"

"老乔,你不会死的。"陈俊南带着一脸疲惫微笑道,"你的死,小爷替你扛了。"

乔家劲听后瞬间瞪大了眼睛:"不对吧?俊男仔,你凭什么替我——"

话音未落,乔家劲眼睁睁地看着原本应该伸向自己的黑线陡然之间转向,向着陈俊南飘了过去,向着陈俊南的眉心逐渐汇聚。

两根带着死亡气息的黑线仿佛将陈俊南包围了起来,这就是两只寻觅猎物的秃鹰,正在半空之中盘旋靠近。

"再见了,老乔。"陈俊南坦然地一笑,死亡对他来说似乎如同睡觉一般平常,"小爷死后,记得告诉老齐小爷的飒……"

陈俊南没有将话说完,便无奈地摇了摇头:"算了,老乔,

---

① 意为破罐破摔、自暴自弃。

就这样吧。"

一股失落感从他周身散发而出，让乔家劲感觉有点难过——难道自己又要看着队友在自己身边死去吗？就因为这可笑的黑线游戏……

"不行。"乔家劲皱着眉头忽然开口说道，"俊男仔，我不准。"

"不准？"陈俊南一愣。

"我不准你替我死。"

铛！

远处陡然传来一阵响亮的钟声，虽比齐夏的回响声音差一些，但依然震耳欲聋。

陈俊南的眉毛皱成了八字："老乔，你有病啊？！你又来？！"

"俊男仔，你不准出老千！"乔家劲一脸认真地说，"我的线就是我的线！因为我从小很穷，所以属于自己的东西不可能分给别人的！你管好你自己的那一根，不要抢我的。"

"你说什——"

陈俊南刚要破口大骂，其中一根黑线在马上就要接近他眉心时，忽然之间扭转方向，绕开了他的头颅向着乔家劲飘了过去。乔家劲将线吸引过去之后扭头便跑。

"你……"陈俊南简直要被气死了，他本就不想奔跑，可现在不赶紧追上那根线，乔家劲八成会死。

他要救人，却要追着对方救。世上怎么会有这么荒唐的事情？

"俊男仔！快跑啊！"乔家劲带着他的线一边向远处跑一边喊，"停下你可就死了！"

"我本来就要死啊！"陈俊南扯着嗓子大叫一声，"你又用'破万法'破我的'替罪'，你到底会不会用你自己那个破技能啊？！"

"我不管！"乔家劲大喊道，"你要抢我的黑线就来追我！"

"我追你大爷啊！"陈俊南虽然嘴上在骂，但沉重的脚步已经动了起来，"老乔你先等等……你听我说……"

"来追我啊！"

"你变态啊？！"陈俊南感觉自己肺都要被气炸了，"你跟个夕阳下的少女似的一直笑嘻嘻地跑，我追个屁啊我追……"

"俊男仔！你比刚才更有精神了！太好啦！"乔家劲在远处喊道，"生气了就来打我呀！"

陈俊南急得狂抓自己的头发："啊——老乔！小爷说过了，

你的死我替了！你别再让我跑了！小爷要累死了！"

话音一落，乔家劲身后的线再度掉转方向，向着后方的陈俊南再度飞来。

"不可以出老千！"乔家劲回头喊道。

"我替了！"

"不可以！"

"我替了！"

"不可以！"

半空之中的黑线犹如受到了狂风的吹袭，在空中不断地掉转方向。

"俊男仔小心啊！"乔家劲也有点着急了，"你别光控制我的线啊，你身后还有线呢！"

"你……"陈俊南一回头，发现身后的黑线几乎要贴到脸上，吓得他赶忙一缩身，用尽最后的力气跑了起来。

楚天秋、赵医生和韩一墨静静地坐在教室中。

此时正是哀鸿遍野的天马时刻，可三人坐在椅子上一动未动。三根黑色丝线伸入门中，却总在靠近他们时化作黑色粉末，地上也堆起了三座黑色粉末形成的小山。

"赵医生……你这也太厉害了……"韩一墨动了动嘴唇，"你能将所有的东西都化作粉末吗？"

"所有的东西？"赵医生摇了摇头，"我做不到。"

"可你的能力这么强大！"韩一墨说，"你坐在这里什么都没做，这些黑色丝线一直都在粉碎！你好像一个救世主，救了咱们三个人的命！"

"救世主？"赵医生苦笑一声，"你抬举我了，我能够救下咱们三个人的命，应当是走了狗屎运[1]。"

"哦？"楚天秋轻笑一声，"什么狗屎运？"

"我只是希望这三根黑线粉碎。"赵医生无奈地说，"可它们看起来似乎是一直都在生长，所以形成了这个诡异的局面。它一边生长，一边粉碎，此时粉碎的速度恰好和生长的速度持平，所以黑线看起来既没有前进也没有后退，像停在了半空中。"

"所以你的'离析'在不达成目的之前会永不休止……"楚

---

[1] 俗语，反讽人运气好。

天秋咧着嘴角点了点头,"赵医生,你觉得自己什么时候才可以'离析'人类?"

"'离析'人类?"赵医生听后略微一愣,"不是吧……楚天秋,你在想什么?你要用这个能力来杀人?"

楚天秋伸出一只右手握成拳头,然后放在自己的眼前:"杀人?不,杀人自然不是我的目的。我只是在期待啊,期待你有一天会将这里所有的上层……咻!"他猛然将手张开,纤细的手指指向五个方向,似是在模拟一场诡异的爆炸,"仅仅心中念头一动,便把他们都化作粉末。"

"不可能的。"赵医生说道,"虽然这么说有些不合时宜,但我曾经真的想过用这个能力杀人,事实是我做不到,所以我断定这个回响只能够瓦解无生命的物体。"

赵医生回想起他第一次和齐夏参与地鸡的兵器牌游戏,他曾试过用"离析"瓦解对手,可无论怎么尝试都无法发挥效果。

"是因为你自己不信啊……"楚天秋扶着自己的眼镜说,"你心底里在排斥这件事情,你本能地认为一个活生生的人不应该化作粉末,你还不够疯。从某些方面来说,你真的应该跟韩一墨好好学学。"

"我?"韩一墨一愣。

"是啊。"楚天秋笑道,"我要带你们突破心中的枷锁,第一步,便是从自己的字典里删除三个字。"

赵医生皱着眉头看向楚天秋:"哪三个字?"

"就是'不可能'。"楚天秋回答道,"自从开始接受整个终焉之地的设定,我便再也没有说过这三个字,毕竟在这里万物皆有可能。你们潜意识当中最大的枷锁,就是会下意识地认为某件事情是不可能的。"

"可这太荒谬了吧……"

"不荒谬。"楚天秋摇头道,"在这里,人们的身体上可以长出锋利的刀片,眼睛里能淌出泥沙,嘴巴里能喷出无数条断裂的舌头,这些东西都能接受的话……人又为什么不能化作粉末?"

赵医生跟韩一墨听后互相看了一眼,表情都略显复杂。楚天秋也第一时间看出了二人的顾虑。

"等一下……"楚天秋伸手慢慢扶着自己的额头,哑然失笑道,"你们露出这么震惊的眼神,让我感觉仿佛找错了枷锁。"

赵医生越发感觉眼前的男人有点可怕,他似乎能够洞察人心。

"你们内心的枷锁,该不会认为自己还算是个好人吧?"楚天秋话音未落,他便忍俊不禁,"造黄谣的作家和杀了人的医生……居然在我面前把自己当作好人?"

"楚天秋,你连我们的过去都知道……"赵医生皱着眉头说,"所以在你看来,我们不能算作好人吗?"

"好人?"楚天秋微笑一声,"你是指造了女生黄谣极力想要挽救她,最后疯了杀人全家的韩一墨……还是你这个不自量力、收了红包坚持要做手术,最后将患者治成植物人的赵海博呢?"

赵医生听后低下头,表情格外难过。

"所以好人和坏人到底怎么区分?"韩一墨的眼神也失落了起来,"我们一生都没有妨碍过任何人,努力地想过好自己的日子,却因为一件错事就被定义成了坏人。"

楚天秋站起身,慢慢走到三根黑线旁:"这世上哪有什么好人啊?只不过每个人坏的程度不同罢了。"

"没有好人……"

赵医生跟韩一墨听到这句话后,只感觉心中所坚持的最后一点东西也崩塌了。

"人生在世几十年……你们难道没有过一丝不好的念头吗?"楚天秋伸手摸了摸眼前的黑线,随后看了看自己的手指,"这世上哪有圣人?圣人怎么可能会有好下场?"

他看起来比韩一墨和赵医生还要失落,似乎话中另有所指。

众人沉默了几秒,楚天秋再度露出笑容,开口说道:"不过还是托赵医生的福,我大概已经弄懂这个天马时刻是什么东西了。"

楚天秋伸手从地上捏起一把黑色的粉末,然后用食指和拇指用力地捏了一下,发现那些粉末似乎刺进了皮肤中,让人感觉生疼。

"什么东西?"

二人都走过来看了看楚天秋的手指,仔细看去,那些黑色的粉末如同一根根小小的棍子,此时一半插在手中,一半露在外面。

"是头发。"楚天秋笑道,"是坚硬如铁,能够刺进皮肤的头发。"

"什么?"二人一愣。

"我懂了,是'硬化''寻踪'和'疯长'啊……"楚天秋慢慢咧开嘴,"能够杀死所有人的天马时刻,细分下来居然原理如此简单……"

"什么疯长？"赵医生皱着眉头问道，"你不是说这些东西是头发吗？"

"难道头发不能疯长吗？"楚天秋问道，"当一个人的头发被施加了'硬化'和'寻踪'，此时仅需要一个'疯长'便可以成为绝佳的杀器。"

楚天秋将手中的粉末吹了几下，然后走到窗边，望着天空之中的土黄色太阳。那太阳背后伸出了无数细小的黑线，此刻遮蔽了整个天空。这些诡异的头发不仅有着极强的韧性，甚至变粗了，若是没有亲手触摸过，他们根本不会发觉是头发，只会认为是一根黑色的丝线。

楚天秋眯起眼睛望着那毫不耀眼的太阳，口中喃喃自语："太阳长出的头发……所以你就是童姨口中的母神吗？"

如果是，那母神好似一个布满了黑线的巨大球体，此刻正飘荡在半空之中，挥舞着她那一头浓密的头发，屠杀着她所有的子民。

楚天秋低声呢喃被韩一墨听到了，他也慢慢抬起了头，望着天上的太阳。

"天上的太阳有什么古怪吗？"韩一墨问道。

"她美吗？"

楚天秋简短的问题让韩一墨一怔。

"我……早就觉得这里的太阳很美……"韩一墨似乎着了魔，同样低声念叨着，"它就好像……就好像……"

"眼睛。"赵医生说道，"它好像一只巨大的眼睛。"

三个人不约而同地点了头。那土黄色的太阳外围带着丝丝黑线，此刻正向内部蔓延，看起来确实如同一颗巨大的眼球，而那些黑线正像是眼球上层层铺开的巨大血管。本来应该是纯白色的眼球，在终焉之地暗红天空的映射之下居然呈现出了诡异的土黄色。

可到底是从什么时候开始的？

到底是从什么时候起，这里的天空不再蔚蓝，诡异的土黄色巨大眼球升空而起？

"所以，我们的一举一动，都被一颗巨大的眼球盯着。"韩一墨喃喃自语道，"是'神之眼'……眼睛的背后是什么？"

"可是瞳孔呢？"赵医生问道，"如此巨大的一颗眼球，竟没有瞳孔。"

说来并不奇怪,若是这巨大的眼球有瞳孔,或许参与者们早就意识到它并不是太阳了。恰好因为它是一颗土黄色的眼白,挂在天空之上的感觉像极了太阳。

二人感觉楚天秋确实给他们打开了一个癫狂的思路,如果这里的一切都可以用回响来解释的话,那确实没有什么东西是不可能的。

"巨大的、没有瞳孔的眼球……"楚天秋眯起眼睛,仿佛在思索着什么,"'神之眼'……这难道就是我的路吗?"

"你的路?"

二人同时看向了楚天秋。

"多么美妙的毁灭之路……"楚天秋哑然失笑,"这就是成神之路……"

"成神?"

"二位,我要成神,成为他们口中的'万相'。那不就是神吗?"楚天秋疯了一般地说道,"我要收集够这里所有的回响,然后踏上一条至尊之路。"

楚天秋的话让二人的面色不太好看,他们之所以加入天堂口,最终目的都是逃离,可是这个组织的首领却根本不想逃离。

"不必紧张。"楚天秋继续说道,"只要我成了这里至高无上的存在,便可以自由决定你们的去留,但在我成为'万相'之前,还需要你们二人的帮助。"

赵医生皱着眉头思索了一会儿,然后问道:"为什么是我们俩呢?天堂口能人异士如此之多,又为什么偏偏是我们?"

"因为我和那些人太有感情了。"楚天秋笑道,"害死谁我都于心不忍,只能害死你们俩。"

"什么?"

"你想想小说里怎么写的,电影里怎么演的,成神之路怎么可能一帆风顺呢?我需要极其有力的帮手。"楚天秋的目光从赵医生的身上挪向韩一墨,"而你们二人则是我选中的帮手,我将踩着你们二人的碎骨,踏上这条登顶之路。"

"你疯了吧?"赵医生有些失神地说道,"你知道自己在说什么吗?这就是你寻求合作的态度?你想成神,还要踩着我们二人的碎骨?我们到底会多么疯狂才会答应你这个请求?"

"别怕死。"楚天秋说道,"在这里你们可以惧怕任何事情,唯独不能怕死。"

见到二人没有说话，楚天秋伸出两只手，分别放在了二人的肩膀上："正常人选择自己的工具时喜欢选择矛与盾，可我不同，我喜欢火炮和炸药。你们二人就是我的火炮和炸药，能够粉碎的东西就粉碎，若是遇到无法粉碎的东西，我们便和对方同归于尽。"

韩一墨听后苦笑一声，说："楚天秋，我原以为你会是救世主，可没想到你是毁灭者。"

"这个想法非常好。"楚天秋笑道，"只有保持这个想法，才会让我跟齐夏在最关键的时刻分庭抗礼。我说过，你们不需要惧怕死亡，但你们要惧怕我。"

说完，他将手伸进了上衣口袋，缓缓地掏出了一串血淋淋的东西。韩一墨和赵海博看后瞬间倒吸一口凉气，二人不禁小退了半步。

楚天秋的疯癫程度在二人眼中似乎又上了一个台阶。

楚天秋的手中，是一串散发着恶臭、腐烂流脓的像眼球一样的东西。

它们大小有些区别，但同样都在流血溃烂，被楚天秋用一根绳子穿成了项链模样，细数有十几颗。他伸手抚摸了一下这条诡异的项链，手掌上沾满了黏稠的黑血，然后将头发向后抄去，露出了沾血的额头，接着伸出一根食指，在眉心画了一道血痕。

将纷乱的秀发定型之后，楚天秋将眼镜摘下，随手丢在了一边。他的气场有些变化了，起先只是他的气质有些疯癫，可现在连外表也变得怪异了。

还不等韩一墨和赵医生开口说话，楚天秋又将项链挂在了自己的脖子上，精致的衬衫也在此时被弄得污秽不堪，此时的形象看起来与韩一墨口中的毁灭者格外契合。

"楚天秋……你……"赵医生嘴巴微动，一时之间不知该说些什么。

"所以你们决定好了吗？"楚天秋回过头，微微一笑，舔了一下嘴唇说道，"如果不抓住我这只疯鹰的翅膀，你们又要怎么去目睹天上的眼球？"

"你……"二人看着气质完全变化的楚天秋，一句话都说不出来。

一只疯鹰，这个形容简直太适合现在的楚天秋了。他的眼神格外锐利,身上带着扑面而来的血气。这只疯鹰的翅膀上会挂着炸弹和火药,它不寻觅猎物,反而朝着天空之中最危险的太阳飞去。

要么毁灭太阳,要么成为太阳。

楚天秋身后的二人不约而同地咽了下口水,赵医生率先说话了:"你说你需要我们的帮助,那你要我们……去做什么?"

"去猎杀回响者。"楚天秋说,"我需要大量的回响者。"

赵医生听后眉头一皱:"楚天秋……你……你需要他们的尸体?然后放在你的地下室里供你吞噬?!"

这句话把韩一墨吓了一跳:"什……吞噬尸体?!"

"哈……"楚天秋露出一丝笑容,瞟了一眼赵医生之后目光又看向了韩一墨,"韩一墨,你觉得吞噬尸体的人算是好人还是坏人?"

"怎么可能算好——"

韩一墨话还未说完,楚天秋便从口袋中掏出了一枚金元宝。那元宝形呈马鞍,两端圆弧,中间束腰,此刻正在楚天秋手中散发着灿灿金光。

"韩一墨,在你的小说中,什么人可以获得这枚金元宝?"楚天秋问道。

韩一墨听后慢慢瞪大了眼睛,伸手拿过了那枚金元宝仔细端详了一下,随后口中念念有词:"被裁定善之人,赏纹银一两七钱,被裁定恶之人,被七黑贯穿丹田……江湖侠客初七,用七黑剑一生赏善罚恶无数,只有一次给了对方金元宝。"

"是哪一次?"楚天秋问道。

"对方一颗赤子之心,为人好似璞玉浑金,此生行善无数,从未做过任何错事。"韩一墨有些不可置信地说道,"这种人……这种人现实之中应该是不存在的……"

"所以七黑剑会说谎吗?"楚天秋继续问道,"它认为我有资格获得这一枚金元宝,有可能是个误判?"

"不……"韩一墨皱着眉头回答,"自从初七死后,七黑剑便带着初七的魂魄在武林之中翱翔,它能够看清一个人的过去,也能够洞察一个人魂魄的善恶……所以它应该是……"

"所以我算是个好人。"楚天秋睁着一双略带猩红的眼睛说道,"我一生同样行善无数,尽我所能地帮助任何我所能帮助的人,但迄今为止没有获得任何回报,甚至已经遍体鳞伤。"

"你……"韩一墨似乎有些不相信楚天秋的话，可他手中的这枚金元宝格外真实，跟七黑剑故事里写的如出一辙。

难道楚天秋……真的是个好人？连他自己也说过，这世上没有什么好人，只是坏的程度不同罢了。难道他一生没有做过任何错事吗？

"所以你是无罪之人？"赵医生微微一怔，"不对吧……楚天秋，你若是一生未做过错事，为什么会在这里？"

"呵……"楚天秋望着赵医生，脸上的表情越发扭曲，随后他重重地吐出几个字，"我也想知道……"

"什么？"

"我也好想问问他们！"楚天秋忽然大喊道，"我比你们任何人的疑问都要多！我到底犯了什么错，才让我在这种地狱里不断地循环？！这就是我一生行善最后修来的善果吗？！这就是我大公无私之后的报应吗？！我此生助人无数，就算到了这里还在坚持帮助所有困难的人找到希望……可我的希望呢？！这里给我留下的路呢？！"

楚天秋不断地咆哮着，被定型的头发散了几缕到额前，让整个人看起来更加的癫狂。

"为什么啊？！为什么会有这么多苦难在我人生的路上等着我？这是我应得的吗？！"他握紧了拳头，浑身都在发抖，"一生行善二十八年，在我的人生刚要开始时，大脑被查出了肿瘤。本以为这里会让我得到救赎……可我所坚持的东西在这里只是笑话，我爱上的人在这里变成了怪物，我的善在这里一文不值！我的肿瘤一直都在痛，从未有半刻让我清闲……"

"肿瘤？"赵医生感觉有点奇怪，他先前替楚天秋解剖过齐夏的尸体，齐夏的大脑当中也有一颗恶性肿瘤。

肿瘤是什么巧合吗？可按照肿瘤的情况来看，若楚天秋和齐夏的病情一样，他们二人的寿命最多只有半年。

"怪不得你不想逃离……"赵医生听后点了点头，"因为逃离这里就是死。"

"我做得够多了……"楚天秋说道，"我已经在这里作为一个灯塔，照亮大家很久了……现在我想为自己做点事……"

"所以你要做的事，就是收集他们的尸体……"

"不。"楚天秋摇了摇头，再度恢复了冷漠的表情，"我不再需要尸体了，我需要他们的眼睛。"

"眼睛？"

二人不约而同地看向了楚天秋脖颈上挂着的项链。

"我需要大量的眼睛。"楚天秋略带悲伤地说，"只要你们能帮我收集到回响者的眼球……我便不会亏待你们，可若你们不能每天给我带回十只眼睛的话……我便不再需要你们了。"

"十只？"二人相对一望，"也就是说……我们每天至少要杀死五个人……还是五个回响者……"

"没错，你们放心，只要你们能够达成要求，每天我都会给你们发放大量的奖励。"楚天秋笑道，"无论是食物还是其他资源，只要我有的，都可以给你们。"

"那样的话我们的手上会沾满鲜血。"赵医生皱眉说，"我们就算逃出去了，也不再是以前的我们了。"

"哦？"楚天秋用落寞的眼神看向二人，"你们俩明明都杀过人……现在在说什么风凉话？"

"可……"赵医生紧锁眉头，思索了半天才说出一句话，"可我们都是间接把人害死的……说白了，我们没有主动杀人……这性质是不同的……"

"如果非要强词夺理，你们现在也不需要主动杀人。"楚天秋叹气道，"那些人不会死在你们的手里，而是会死在回响之下，所以杀人的不是你们，而是回响。更何况这些力量都是终焉之地赐给你们的，说白了，他们都是死在终焉之地的规则之下，无论如何惨死，他们下一次都会复活，所以你们不需要有任何心理压力。"

二人呆呆地站在原地，居然发现楚天秋的话有几分道理。

"就把这里当成一场游戏。"楚天秋说道，"这一回合死掉的人下一回合会原封不动地回来，你们没有杀人，只是在这一回合淘汰了他们，仅此而已。"

赵医生还是觉得不太妥当，可当他回过头看去时，韩一墨的眼神当中已然多了几分坚定。

他接受了这场诡异的游戏。

"这就是小说里经常出现的设定啊……既然救世主不再帮助主角，主角就有极大的可能黑化……"韩一墨慢慢挤出笑容，嘴中念叨着，"这种桥段我曾经看过，它确实是有可能发生的。所以让我们放手一搏吧……赵医生……"

"放手一搏……简直荒唐！"赵医生的眼睛瞪得很大。

"我最后问个问题……"他咽了下口水，看着楚天秋说道，"你让我们去帮你杀人，那你自己要做什么？"

"我？"楚天秋思索了一下摇了摇头，"我的双手从未沾染过鲜血……以前是这样，以后也是这样。"

"你甚至连装都不愿意跟我们装一下……"赵医生此时心中非常犹豫，对方哪怕给他编造一个台阶，他都有可能会答应这个请求，可楚天秋从头到尾都在把他跟韩一墨当枪，并且毫不隐瞒。

"我不需要装。"楚天秋说道，"狮子和兔子合作，从来不会为了假装无害而收起獠牙。这一点意义都没有。"

赵医生彻底没了话，而韩一墨却在此时问道："我们应该去哪里杀人？又要从谁开始下手？"

楚天秋没有回答，只是微笑一声，说："我有点事要出去一下，接下来你们自便。"

他伸手推开二人，直接走出了教室，然后在二人的注视下穿过操场，走出了天堂口。

"他到底是什么意思？"韩一墨不解地看向赵医生，"问他要去哪里杀人，他竟然直接走了。"

"意思很明白了吧……"赵医生默默低下头，"天马时刻结束了，附近的参与者会逐渐回到天堂口。他让我们直接在这里动手。"

"直接杀天堂口的人？"

"多好的计策啊……"赵医生说道，"不管我们成功了还是失败了，身为首领的楚天秋都不在这里，他可以装作毫不知情，也可以告诉别人我们二人反水……正因为我们是齐夏的人啊，所以不管做出什么事情，楚天秋永远都有退路可走。"

"你是说他一开始就已经思考好这个对策了吗？"韩一墨问道。

"是，他从头到尾都在利用咱们。"赵医生叹了口气，"他看中的是你和我回响的破坏力，我的精准而隐蔽，你的声势浩大、带着无差别的毁灭性，这正是他拉拢咱们的原因。"

"那不是正好吗？"

"什么？"

"被利用了……那不是说明我们还有被利用的价值吗？"韩一墨转过头，用一双略显呆滞的眼睛看向赵医生，"在现实世界中从来不会有人因为我的能力而利用我，这难道不是一件好事吗？"

赵医生感觉自己已经陷入疯子的理论当中且很难自拔，楚天秋如此疯癫，韩一墨亦是如此疯癫。

或许有一天他会变得和他们一样疯癫，到时候……他应该就可以"离析"人类了吧？

"所以你准备下手吗？"赵医生略带悲伤地说道，"就算明知道楚天秋把你当枪用，你也会义无反顾地用你的能力去击杀其他人？"

"把我当枪用……"韩一墨微微念叨着这几个字，随后缓缓露出笑容，"你太天真了啊，赵医生。"

"什么？"

"在所有的故事中，把主角当枪用的人会有什么好下场？"韩一墨的笑意越发瘆人，"他只是个毁灭者，他以为自己在拿捏主角，可总有一天主角会成长起来，最终让他后悔。"

赵医生感觉自己在试图说服一个完全无法沟通的人，韩一墨已经不止一次地在他的面前表现出疯癫的状态。

"赵医生，难道你不想锻炼自己吗？"韩一墨望着天空微笑道，"这正是一条怪怪升级的路啊！我们可以在无数次战斗中熟练地掌握回响的用法，若是再遇到什么机缘巧合的事，你和我的实力又会更上一层楼，那时不就可以手刃楚天秋，自己主导这里了吗？"

"我的天……"赵医生慢慢坐到椅子上，伸手捂住了双眼，他感觉自己的处境非常不妙。

韩一墨早就疯了，他能够熟练地召唤一把不存在的剑来杀人；可赵医生尚存一丝理智，这丝理智让他痛苦不堪。

他知道齐夏和楚天秋是两个疯子，无论跟着谁都不可能保证他有什么好结果；可除了他们俩，还有谁能带来逃出这里的希望？

"咱们分明是绝配啊……"韩一墨又说道，"只要有你在，我的七黑剑就可以在绝对安全的情况下杀死任何人。"

"绝配……"赵医生苦笑一声，"你说咱们俩？"

"是啊。"韩一墨点点头，"我们二人组队可以无往不利。"

"可我不想杀人。"赵医生摇了摇头，"一点都不想。"

"是的，所以我才说咱们是绝配。"韩一墨伸手放在了赵医生的肩膀上，"你根本不需要杀人啊……只需要救人就好，我是主角，杀人的事情让我来。"

"我救人？"赵医生有些跟不上疯子的思维，一时半会儿大脑堵塞。

"你是医生，所以负责救人才是你的人设。"韩一墨笑道。

"可我们的目的是挖出死者的眼球，我救人又有什么用？"

"谁让你救那些人了？"

"那你的意思是？"

"我一旦有了害怕的情绪，七黑剑便会划破长空来到我身边，杀光一切有罪之人……"

"可你跟我都是有罪之人。"赵医生说道。

"所以才需要你的'离析'……"韩一墨笑道，"你是我的保命绝招啊……我可以一个人杀掉所有的人，而你只需要在七黑剑想要杀死我们二人的时候将我们救下即可，就算我的七黑剑粉碎了也没关系，我可以召唤出无数把，我们一次一次地尝试，总会杀光所有人的。"

赵医生听后叹了口气："所以你只希望我能救下咱们二人？"

"没错。这样一来你不需要动手，却依然可以完成任务，何乐而不为？"韩一墨笑着冲赵医生眨了眨眼，"你不想跟着楚天秋，但可以跟着我啊。"

赵医生只是感觉太过荒唐了，韩一墨到底是有多自信，认为自己能够跟楚天秋分庭抗礼？

"我没有别的去处了。"赵医生喃喃说道，"虽然每隔十天就会复活，可我需要食物。"

"那你就是答应了？"韩一墨看起来非常高兴，说道，"恰好今天遇上了这个要人命的天马时刻，我们可以在这里等着，那些筋疲力尽的参与者，总有人会回来的，那时候就是我们大开杀戒的时候。"

"你说什么？"

"说错了，不好意思。"韩一墨笑了笑，"那时候就是我一个人大开杀戒的时刻。"

…………

楚天秋离开了天堂口，孤单地走在布满了黑线的街道上。

此时的黑线正在逐渐向天空之中收拢，而街道上布满了参与者和原住民的尸体。

这便是天级时刻。

只要这些天级愿意，整个终焉之地就会尸横遍野，数万人的生与死，仅仅取决于他们的一个念头。就算有参与者在地级游戏之中投机取巧，用所谓的战术和头脑侥幸地活下来，他们也绝对不敢保证能在天级时刻中全身而退。

他踩着黏糊糊的地面不断地前进着，留下了一个个黑红色的皮鞋脚印，伴随着天空之中收回的黑线，形成了一副极其诡异的画面。他静静地走在混乱不堪的大街上，犹如在狂风暴雨之中逆行的孤舟。

一个多小时后，楚天秋来到了一间破旧的便利店门口。

这里似乎也遭到了黑线的追逐和屠杀，墙壁上留下了几道深深的刻痕。

楚天秋沉思了片刻，推门进去，发现便利店内空无一人之后，又来到了柜台之后，伸手打开了员工休息室的屋门。

一个瘦到不成人形的女店员坐在床边，嘴中正念念有词地说着什么。见到有人进屋，她慢慢抬起头，双眼闪烁了一下。

"我来送货了。"楚天秋微笑道。

"送货？"女店员怔了一下，随后摇了摇头，"不对的……送货的不是你……你们不一样……"

楚天秋的笑容当中带着压抑不住的悲伤，随后他从口袋当中掏出一个罐头，静静地摆在女店员的床边。

"可我送来的货是一样的。"楚天秋回答说，"是我现在的样子把你吓到了吗？"

"你……"女店员抬起头，仔细地看着眼前这个人。

虽然她的理智基本不在，但还是能感觉出眼前之人的变化。他没有戴眼镜，头发全都梳到了后面，不仅眉间有着一个红印，脖颈上还戴着一串奇怪的项链。这和以前文质彬彬的送货员有着天壤之别。

"这可能是我最后一次给你送货了。"楚天秋带着一丝哽咽说道，"一旦我踏出这扇门，便不可能再回来了。"

女店员听后似懂非懂地点了点头，表情呆滞地问道："你不会再来了吗？"

"嗯。"楚天秋点点头，俯下身子来握住了女店员的手，"巧云，我唯一能想到的拯救你的方式，就是让你死在这里。"

"让我死在这里……"

文巧云的表情略微一愣，但很快她就觉得这不是什么大不了的事情，随后又轻声问道："死在这里不要紧，只是……你以后真的……再也不来了吗？"

"是。"楚天秋声音颤抖地点了点头，"今天就是我们此生最后一次相遇了。"

"真的……再也不来了？"

文巧云的眼神似乎有点变化，她伸出脏兮兮的手，轻轻地触碰了一下楚天秋的脸颊，嘴中喃喃地重复着这句话。

"真的要再见了。"楚天秋点着头，声音越来越小，"这扇门我早就应该关上的……却因为我的自私一直都在开着。"

"嗯……"

文巧云点了点头，她的思维已经无法支持她做出其他更多的表情，只能木然地点头。

虽然大脑一片空白，但她依然能够感受到心间有什么重要的东西正在飘散，抓不住、留不下。

血腥味不断飘到房间之内，带着些许嘲讽的意味，在二人周身盘旋一圈之后沉淀在这里。

"或许是我说错了。"楚天秋苦笑一声，"不该讲再见，因为不管是这里还是外面……我们永远都不可能再见的。"

说完他便站起身，轻轻地推开了文巧云的手。

"别……别走……"文巧云嘴唇一动，四周的空气也停滞了一下。

楚天秋回过头，看着神色有些慌乱的文巧云，他想要说什么，却只是张了张嘴。

"我……我请你吃小猪崽……能不能别走？"

文巧云用自己最后的一丝理智说出了心中的话，可这句话碎成了一根根尖刺，在楚天秋的内心扎满了孔洞。

"巧云，你解脱了。"楚天秋苦笑道，"以后所有的苦，你都不用再受了。我们不是再见，而是诀别。"

"不……我……我的小猪崽……我们的……"文巧云的双手颤抖着，一直都在眼前比画着，可她什么都说不出来，"他……

他是我们的……"

她仿佛想做出什么表情，可展现出来的是无尽的木讷。

悲伤是什么？难过又是什么？

她只是一个弄丢了自己情绪的孩童，眼中唯独留下了无助。

"巧云，你一直都是我心中最耀眼的太阳。"楚天秋眼中闪烁着温柔而绝望的亮光，"我不应该让你苟延残喘地延续光芒，所以只能在这里跟你告别。你应该死去变成白骨，而不是站在这里变成白骨，这对你不公平。"

文巧云听后默默低下了头，似乎明白了告别的含义。

"那你……"她声音略微颤抖着，本来就有些笨拙的嘴此时什么都说不出来。

"我会努力。"楚天秋点点头说道，"就算前方的道路有万条荆棘，我也会带着你的光芒和遗憾踏平这里。"

"你一定会的。"文巧云点点头，"一定可以的。"

"一旦切断了你……我在终焉之地就没有任何可以留恋的东西了。"楚天秋惨淡地一笑，"我只不过少了一个伤心时可以说话的人……少了我的太阳……仅此而已……"

"太阳……"文巧云听后用力地挤出一丝笑容，随后小心翼翼地伸出自己的拳头，慢慢举到了头顶，"你说的……是这种太阳吗？"

看见她用力地比画着，楚天秋的泪水夺眶而出，曾经的记忆陡然闪现在眼前——

"巧云，若是说不出话，你可以借助双手的啊……"

"巧云，跟着我比画……"

"对！这样的话我就知道你在说什么了！"

"没关系的，没关系的巧云，比画不出来也没关系的……"

"只要看着你的眼睛，我什么都能懂的。"

"我？我只是个……只是个送货员罢了。"

"所以……你还记得我吗？"

楚天秋用力地咬着牙，只感觉齿缝间不断传来血腥的味道。文巧云都记得……她记得他说过的每一句话。

"去吧……你去吧……"文巧云伸出手不断地推搡着他，"太阳……不会失去的。它在的……"

"在哪里？"

文巧云伸出干枯的手，放在了自己的胸前："一直都在这里……"

楚天秋咬着牙忍住自己的泪水，可是这种感觉真的难过至极，他根本救不回文巧云。

文巧云不应该清醒，因为她不该再接受这一切。她也不该再迷失，因为她是最耀眼的太阳。可一想到这是自己此生最后一次见她，楚天秋就感觉胸口压住了什么坚硬的东西，连呼吸都变得沉重了起来。

要割舍掉自己的一切，比想象中的难太多了。

楚天秋知道他坚持的东西早就已经崩塌了，可他还是如同幼稚的孩子一样在此地摸爬滚打。在这个鬼地方，善永远结不出果，为别人奋斗的人只有同样一种下场。

文巧云是这样，他也是这样。

"不哭……"文巧云将手伸过来，轻轻地擦拭着楚天秋的脸颊，"不哭……不哭……"

听到她的话，楚天秋皱着眉头不断地颤抖啜泣着："巧云……太难了……这一切真的是太难了……"

"会好的……我们都会好的……"文巧云露出了此生最纯洁无瑕的微笑，脸上干枯的皱纹也在此刻荡平，她慢慢往前走了一步，将楚天秋拥在了怀中，"没事的……会好的……一切都会好的……"

楚天秋靠在文巧云的肩头痛哭流涕。

自从踏入终焉之地的第一天起，他就在不断地付出与失去。付出的东西日益增多，失去的东西也难以计数。现在连文巧云他也要失去了。

当他走出这扇门，迎着天上的太阳走向深渊时，便会连最后的自己也失去。

END ON THE TENTH DAY

第4关

平民英雄・巧物

天马时刻落下帷幕。

整座城市肉眼可见地沉寂下来，虽然天上到处乱飘的黑线没有将这里所有的人杀死，却足以让他们安静。苟活下来的人正躲在角落中大口地呼吸着终焉之地恶臭的空气，他们看起来比尸体还要沉默。

无数的回响者在濒临死亡的情况之下觉醒，然后带着记忆悲惨地迎接着他们的归宿。整个终焉之地如同经历了一场旷世大战，不仅血流成河，大量的建筑物也被破坏了。只可惜这里本就满目疮痍，好似在垃圾场中丢下了一团纸巾，根本体现不出变化。

所有人都需要喘息，可唯独终焉之地不需要。对它来说，毁灭众人的天马时刻仅仅是漫长历史当中的一段小小插曲，午时一过便会被遗忘。

一间废弃的建筑物中。

"你还好吗？"小男孩看着眼前的年轻女人轻声问道。

"我还好……"女人一边喘息一边苦笑了一下，然后伸手擦了擦额头上的汗水，"小弟弟，你为什么要救我？"

小男孩没有说话，又从身后的小背包当中掏出了一瓶水递给女人："你喝吗？"

女人伸手接过瓶装水，感觉眼前的孩子有些奇怪："我叫甜甜，你可以喊我甜甜姐，你叫什么？"

"我……我是英雄。"小男孩伸手扶正了脑袋上用报纸折成的王冠，像是在自我介绍，又像是在回答问题，"我之所以会救你，正因为我是英雄。"

"英雄？"甜甜微笑一声，随后点了点头，转眼望了一下郑英雄身后不远处，倚放在墙边的老旧自行车，"你可真是个奇怪的孩子，为什么会在天马时刻里骑着一辆自行车啊？"

郑英雄从身后扯过他的披风，然后一脸严肃地擦了擦脖子上的汗，说道："平民，你也很努力，若不是后半段你帮我骑，恐怕我也活不了。"

"平民？"甜甜哑然失笑，将手中的水瓶递了出去，"这是什么称呼呀？小英雄，你要喝水吗？"

"英雄……英雄是不会渴的。"郑英雄抿了抿嘴唇，虽然眼中满是期望,但还是摇着头。

"噗……"甜甜被眼前的小孩逗笑了,"英雄不会渴?难道英雄就不是人了吗?"

"英雄是人?"郑英雄略微一怔,随后摇了摇头,"不不不……平民,英雄和人,本质上是不同的,我会戴王冠,披着披风,用手中的宝剑拯救所有的臣民于水火之中……"

"咦?"甜甜挠了挠头发,略微思索了一下,说道,"我懂了……既然如此的话……"

甜甜俯下身,半跪下来,然后双手捧起了水瓶,面带笑容地低下头:"英雄大人,这瓶水是我这个平民姐姐献给你的,就请你勉为其难地喝了吧。"

"啊……"郑英雄显然吓了一跳,赶忙去伸手扶起甜甜,"姐……平民,你不用跟这样的……我……我喝。"

"乖啦。"

见到郑英雄将瓶子拿了过去,甜甜笑着捏了捏他的脸,一直都带有阴霾的表情也在此时舒缓了一些。

郑英雄明显是渴坏了,将剩下的半瓶水一饮而尽。

在街上遇到甜甜之前,他一直在用自己幼小的身躯蹬着那辆老旧的自行车。在满是黑线的城市当中连续骑行并躲避一个多小时,对于一个十多岁的孩子来说实在是有些勉强。在他马上就要坚持不住的时候,恰好见到了奔跑到极限的甜甜。

二人经过了短暂的交流之后,甜甜让郑英雄坐到了后座,随后她蹬着自行车,带着郑英雄甩掉了那些黑线。在确认所有的黑线都已经停止了移动之后,他们才推着已经濒临报废的自行车来到了这间屋子中。

这一带的建筑物非常奇怪,放眼望去所有的房屋似乎都已经损坏了,唯独这一栋屹立不倒。

"还说不渴呢,傻孩子。"甜甜伸手摸了一下郑英雄的头,"英雄不喝水的话,你为什么要带着背包和水逃命啊?"

"这是那些猫准备的……"郑英雄说道,"也是一群很有实力的平民……每个人身上都带着香味。"

"有香味的猫?"甜甜无奈地皱起了眉头,似乎不管什么话从这个孩子口中说出来都有点难懂。

"嗯。"郑英雄点点头,"平民,你人很好,你要小心那支队伍。"

"队伍？"甜甜思索了一下,"所以你说那些猫是支队伍？"

"没错。"郑英雄十分严肃地说道,"要小心的是其中一个人,他身上带着浓浓的恶臭……他的臭味很——"

话还没说完,郑英雄的鼻子里缓缓流下了鼻血,整个人的脸色也苍白了几分。

甜甜吓了一跳,赶忙按住了郑英雄的鼻子。

"孩子,你这是怎么了？"

"我没事……老毛病了……"郑英雄推开了甜甜的手,"我不要紧的……"

"听话！"甜甜不管三七二十一,直接将郑英雄拉了过来,然后强行将他的头仰起,王冠也掉落在了地上,"现在你还不能当英雄,你受伤了,等你什么时候鼻子不流血了再当英雄吧。"

郑英雄一时之间有点局促,他想要反抗,可又感觉甜甜的动作十分温柔,憋了半天才缓缓说道:"可……可是有人跟我说过,如果把头仰起来,鼻血会灌进胃里,造成——"

"那我不管！"甜甜佯装生气地说道,"我没有文化,管不了那么多,我只知道这样能最快止住你的血。小时候我流鼻血,父母就是这样让我止血的。"

郑英雄眨了眨眼,竟然格外听话地仰着头,一动未动。

"这样才乖！"甜甜笑着说道,"等你好了之后,我再和你玩扮演英雄的游戏。"

二人静静地坐在一起。

甜甜有些担心郑英雄脖子会累,便从后面托住了他仰起来的头。而他从头到尾都没有反抗过,其间只是静静地问了一句:"姐……平民,你能不能帮我个忙？"

"什么姐平民？"甜甜叹了口气,"叫我声姐姐就那么难吗？"

本以为郑英雄有些顽皮,故意扮演着英雄的角色,可没想到他接下来说的话让甜甜完全摸不着头脑。

"我……可以吗？"

"可以？"甜甜皱着眉头看了看他,"什么可不可以？"

"我可以叫你姐姐吗？"

"叫我姐姐还有人不准吗？"

"那……姐姐……你可不可以帮我个忙？"

"真受不了你这孩子,怎么这么奇怪？"甜甜苦笑着摇了下头,"咱俩都是生死之交啦还这么客气,你要我帮什么忙?"

"我……我的王冠掉了……"郑英雄笑了一下说道,"能不能帮我把我的王冠捡起来?"

"王冠?"甜甜扭头看到了那静静躺在地上的报纸折成的王冠,不由得有些好奇,"这顶报纸王冠对你很重要吗?"

"嗯,是另一个姐姐送我的。"郑英雄点了点头,"王冠对我不重要,那个姐姐对我很重要。"

甜甜听后,心头略微被触动,然后她弯腰捡起了地上的王冠,轻轻掸掉了上面的灰尘,放到了一旁的桌子上。

过了一两分钟,郑英雄的鼻血止住了,他慢慢低下头,看了看甜甜的手。

"姐姐你的手脏了……"

"你别管我。"甜甜伸手在裙子上抹了一把,擦去了部分血液,"你好点了?"

"嗯,谢谢姐姐。"郑英雄微笑一下,但很快就觉得不太妥当,随即收起了笑容,"我好了。"

"倔强的小孩……"甜甜无奈地摇了一下头,"我有个弟弟,和你差不多大。"

"嗯?"

"是不是很巧?你有个姐姐,我有个弟弟。"甜甜伸手摸着郑英雄的头,"上次在天堂口的时候见到你,便觉得你蛮亲切的。"

"天堂口……"郑英雄听后若有所思地眯起了眼睛,"姐姐,天堂口里也有一个人,身上环绕着浓重的臭味,和那个猫的人身上的臭味不同,但都很臭……"

"嗯……"甜甜不知道该怎么评价眼前的男孩,他似乎总是在聊气味,于是她问他,"小弟弟,这里不只是人很臭,连空气都很臭的,为什么你要纠结人身上的气味呢?"

"不……每个人身上的气味都有所不同。"郑英雄摇了摇头,像是在跟甜甜科普,"有的人身上是清香,而有的人身上是恶臭。"

"哈……"甜甜微笑一声,他总感觉眼前的少年像极了自己顽皮的弟弟,"那你说说,姐姐的身上是什么味道?"

"你……"郑英雄耸起鼻子闻了闻,发现没有任何味道,"你的味道还没来。"

"没来?"甜甜第一次听这种形容,只能摇了摇头,"好吧,

109

小弟弟，你待会儿有地方去吗？"

"我应该要回到猫那里。"郑英雄抬起头，"姐姐，你以前从来没有听过猫吗？"

甜甜思索了一下，确实对这个名字没什么印象："从没听过。"

"那你想逃出这里吗？"郑英雄又问。

"我……"甜甜淡然一笑，"不想。"

"和我一起走吧。"郑英雄拿起王冠重新戴在了头上，"那里听起来很适合你，我既然是英雄，就自然要安排每个平民的去处。"

"跟你走？现在吗？"甜甜站起身，捶了捶有些酸痛的腿，"如果有自行车的话也不是不行……你不要再休息休息吗？"

"我——"

郑英雄还未说完话，建筑外面便传来了人交谈的声音，二人都稍微一怔，顺着窗口向外一看，发现不远处有三个男人正在靠近。

两个中年人身后跟着一个年轻人，三人正一边交谈一边向屋内走来。

甜甜伸出手，将郑英雄默默地拉到身后，虽然在这个地方见到其他人并不奇怪，可陌生人总让人莫名不安。

"这黑线居然还有停下的时候……真是难得……"其中一个中年人说道。

"老子脚都要抽筋了……赶紧找个地方休息一下，老子要把鞋脱了。"另一个中年人回道。

"这地方真奇怪……"年轻人也跟着说，"方圆几百米的建筑全都塌了，就剩眼前这一栋房子了。"

"走走走，那些黑线看起来一时半会儿动不了，老子真的要累死了。"

三个人靠近建筑物，大摇大摆地推开了门，这才发现屋内的甜甜和郑英雄。

双方的神色皆是一愣。

"啊！"领头的中年人率先开口，随后慢慢伸出了手，"别紧张！我们不是坏人！"

甜甜一言不发地将郑英雄护在身后，她见过的人实在太多了，一般情况下不要听对方说什么，而是要看对方做什么。

领头的中年男人穿着一件黑色的T恤，外面套着一件灰色的西装，头发也仔细梳理过，看起来还算体面。可他身后那个中年男人只穿了一件破旧的背心，露出了臃肿的胳膊。二人身后站着一个个子很高的年轻人，他身材清瘦，看起来年纪不大，眼神之中还有些许稚气，像是个大学生。

甜甜没有跟几人攀谈，只是站起身，拉着郑英雄说："走吧。"

郑英雄也点了点头，回头就去推自行车。

"哎！等下！等下！"穿着背心的猥琐中年人上前挡住二人的去路，甜甜见状又把郑英雄往身后拉了拉。

"怎么？"甜甜皱着眉头问道。

"小姑娘，你怎么见到我们就走啊？我们长得像坏人吗？"

甜甜泰然自若地摇了摇头，说道："当然不是，几位大哥看起来就不是坏人，只不过我们休息够了，现在要回去了。"

"多见外啊！"背心男走上前来拉住了甜甜的胳膊，而甜甜全程都未躲避，"妹子，我们真不是坏人，你们就在这儿休息，我看谁敢动你们！"

甜甜眯起眼睛看了看眼前的三个男人，他们的表情各不相同，应当都有各自的心思。

"这么小的建筑物哪能容纳这么多人？"甜甜依然微笑着说道，"各位大哥，你们休息吧，我们给你们腾位置。"

"嘻！"背心男依然死死地抓住甜甜没有松手，"大妹子，真的见外了，地方小，你可以坐哥腿上啊！"

说完他就原地坐下，一只手抓着甜甜，一只手不断地拍打着自己的大腿："来来来！"

"喂，老方。"身后穿西装的中年男人开口喝止道，"别动手动脚的，老毛病什么时候能改？"

听到西装男人的话，被称作老方的男人立刻松开了手，然后回头笑道："我这不跟妹子开个玩笑吗？你俩知道的，我就是爱开玩笑的人。"

西装男人径直走进屋子，然后环视了一下屋内的环境，在确定没有其他人之后也缓缓地坐了下来。

"妹子，对不住啊。"他抬头对甜甜说道，"我们不想骚扰你们的，你们自便。"

"好，谢谢了。"

甜甜感觉这个穿西装的男人似乎还能够沟通，随即点头表示感谢，然后拉着郑英雄，郑英雄回头拿上了他的背包。

二人从三个男人的身旁穿过，正要离开的时候，西装男人却忽然开口了："等等。"

甜甜微微一怔，随后回过头，发现他正盯着甜甜放在地上的塑料水瓶。

"哦，妹子。"西装男笑道，"我没有什么别的意思……刚才看你们在喝水，只是想问问还有多余的水吗？"

眼前三个男人皆是汗流浃背的状态，此时的一口水对他们来说比黄金还要珍贵。

"我……"甜甜顿了顿，俯身下来问郑英雄，"小弟弟，你那里还有水吗？"

郑英雄听后认真地从后背拿下了背包，仔细地翻了翻，随后抬起头说道："没了。"

"嗯……"甜甜点点头，对西装男说道，"大哥，对不起了，我们只有一瓶水。"

"行，把包留下，走吧。"西装男说道。

简短的一句话让甜甜一怔，但她很快反应过来，跟郑英雄对了个眼神之后，将他的背包从后背拿下，小心翼翼地放在了地上，说道："包里有些吃的，你们要的话就拿去，我们先走了。"

"姐姐，那——"

"没关系。"甜甜开口打断了郑英雄的话，然后伸手摸了摸他的头，"这几位叔叔伯伯也要吃东西的，既然我们还不饿，就先给他们吃吧。"

甜甜的话铿锵有力，像是在跟郑英雄说，也像是在跟几个男人表明她的态度。

郑英雄非常识趣地点了点头，随后也不再说话，二人推着自行车就要出门。

"自行车也留下。"领头的西装男人又说道。

甜甜这下才发现三个人当中最不好惹的人，既不是那个高个子的年轻人，也不是那个穿着背心的猥琐男，反而是这个看起来一脸正直的西装男。

空气一时之间有些凝固。

"大哥，我们的据点离这里有些距离。"甜甜笑道，"这附近也没有什么可以避难的房子了，我们要在天黑之前赶回据点，必须得靠这辆自行车的。"

"我说让你把自行车留下。"西装男冷眼抬起头看向甜甜,"我不管你有什么理由,我只看结果。"

甜甜知道自己和郑英雄势单力薄,只能乖乖地将自行车倚靠在墙边,然后转过头试图和男人沟通:"这辆自行车已经很老旧了,承受不了两个成年男人的重量,估计也只有我和这个小朋友可以用,你们有三个人,确定要吗?"

甜甜的一句话同时表明了多个客观问题,并且巧妙地将矛盾插在了三人之间。

他们都不知道黑线是否会再次追逐他们,万一再次追逐,三个成年男人只有一个人能骑自行车逃走,这种僧多粥少的局面,他们为了活命自然会大打出手。

"你……"西装男人不知道是不是看破了甜甜的伎俩,只是眯起眼睛望着她一言不发。

"我知道了。"甜甜不给对方太多反应时间,立刻开口说道,"自行车给你们,我们走了。"

"绑上!"西装男人一声令下。

"啊?"

甜甜一怔,穿着背心的中年男人就已经兴高采烈地冲了上来:"哈!我早就等不及了!"

他伸出油腻肮脏的手冲着甜甜的胳膊抓去。

"姐姐小心!"郑英雄见状不妙,立刻将甜甜向身后一拉,随后大步踏上前去抽出了腰中的宝剑猛然一挥。

只可惜宝剑是用报纸折成的,当它狠狠地抽在男人腿上的时候,甚至连他裤子上的褶皱都没有打平。

"滚你的!"背心男一巴掌将英雄打倒在地,随后抬脚就踹了过去,"你以为还在外面呢?你以为这儿还有人惯着你这种熊孩子呢?"

郑英雄被打倒在地,却依然一脸坚毅地抓着手中的短剑,一声未吭。背心男用力踹着他,他却一步一步平爬向掉落的王冠。

"熊孩子!熊孩子!"

看见被称作老方的背心男越来越用力,甜甜壮着胆子叫了一声:"住手!"

老方气喘吁吁地停了下来,而郑英雄也终于咳出声,看起来刚刚他一直在咬着牙硬挺。他第一时间爬过去抓住了地上的王冠,然后小心翼翼地折起来塞到了口袋里。

三个男人抬起头看向了甜甜，而甜甜也知道如果动起手来自己无论如何都不是对手。

只见她咬了咬嘴唇，面色平淡地说道："你们让那个孩子走，接下来你们叫我做什么都可以。"

"姐姐……"郑英雄抬头不可置信地望着甜甜，"你才应该快走……我是英雄……"

场上的众人没有任何人搭理郑英雄，反而都在盯着甜甜看。

"做什么都可以？"老方笑眯眯地走上前去，"小姑娘，你可太天真了，知道接下来会发生什么事吗？"

"知道。"甜甜沉声回答道，"无论发生什么都可以，但是一定得先放走这个孩子。"

见到几人没回话，甜甜又重申道："无论怎么说，我才是对你们最有用的吧？你们把他留在这里没什么意义。"

"可你要是不听话……"老方开始在甜甜身上动手动脚，却发现甜甜一点反应都没有。

"听话？"甜甜有些不理解，"这个方案是我自己提出来的，我有什么可不听话的？"

"你……"老方一愣，随后回头看向西装男和年轻人。他似乎从未见过这样的女孩——她太过配合了。

西装中年人一直皱着眉头看向甜甜，似乎也在思索对方的动机。

此时一直都没有说话的高个子年轻人开口了，他的表情看起来有些不自然："方叔……刘叔……要不算了吧？咱们这样做和畜生有什么区别？"

老方开口呵斥道："我俩是畜生？我俩偷来的东西你吃了没？你喝了没？"

"我……"年轻人被老方堵得有些语塞，"两位大叔，之前偷东西的时候我也制止过你们很多次了，可你们总拿自己的经验和资历来跟我谈……那些都过去了，不提了。现在你们要做什么？抢劫？强奸？杀人？"

"小程，你在旁边老实待着。"老方说道，"同样都是犯法，可是在这里没有任何人会管我们……我们在现实世界已经活得够憋屈了，难道在这里也要憋屈吗？"

他说着便回头看了看甜甜，然后伸手摸了摸她的脸："这种成色的姑娘你们在现实之中有几个人睡过？啊？机会摆在脸上都不知道用，难道真要等逃出这里了之后，做回一个失败者，然后再后悔当初为什么没做吗？啊？！"

"不……不对吧？"被称作小程的男生眉头紧锁，"不管你怎么说……强迫别人就是不对……她也是人，不是工具啊！"

"强迫？"老方的手掌慢慢挪到了甜甜的颈部，然后轻轻地捏住了她的喉咙，"姑娘，我在强迫你？"

甜甜见识过太多这种场面了，只能慢慢闭上眼睛说道："没有，我自愿。只要你们愿意放走这个孩子，接下来我完全自愿。"

甜甜的话让三个男人再次迟疑了一下。为什么她这么配合？

"她肯定在耍鬼点子。"西装男说道，"把孩子绑了，要不然她会想跑。"

"什么？"这下轮到甜甜不解了，"你们有毛病吗？！我都已经这样说了……你们还不放过这个孩子？！"

"没……没关系的……姐姐……"郑英雄从地上爬了起来，鼻子和嘴巴都在流血，"我会保护你的……"

甜甜的脑海当中瞬间涌现出无数个念头，眼下到底有没有一个办法，能够既救下郑英雄，又让她全身而退？

"不……我可以不用全身而退……"甜甜喃喃自语道。

郑英雄再次颤颤巍巍地举了手中的报纸短剑："我是……英雄……"

"熊孩子……"老方看起来很讨厌小孩，他看着郑英雄的眼神都在冒火，"看我今天不把你腿打断……"

他说着话便扑了过去。郑英雄也在千钧一发之际扔掉了手中的短剑，直接抱住了他的手臂，随后狠狠地咬下了一口。

"哎哟！"老方吃痛惨叫了一声，可还没来得及还手，郑英雄又猛然撞向了他的裆部。

短暂的一两秒内，郑英雄居然将身材臃肿的老方放倒在地。

甜甜愣了一瞬，随后立刻伸手去拉郑英雄："快跑！"

二人扭头就冲向了门口，西装男见状不妙起身就要追，而一旁的年轻人赶忙拦住了他："刘叔！要不然——"

"滚！"被称作刘叔的男人一脚将年轻人踹倒，随后从地上捡起了一根棍子追了上去。

甜甜和郑英雄体力本就不占优势，很快就被西装男追上。他抡起木棍冲着甜甜狠狠地挥去。郑英雄惊呼一声，立刻回头飞扑上来，撞在了他的胸前。

可老刘明显比老方强壮得多，他神色微顿，立刻抡起棍子再度打了下去。郑英雄就在身前根本无法躲避，额头狠狠地吃了一击。

这根腐朽的木棍在他幼小的脑袋上炸开了花，可他的身体依然屹立不倒，殷红的鲜血从额头上流下，甜甜倒吸一口凉气，大跨一步挡在了英雄身前，她的身高虽然比郑英雄高一些，但面对人高马大的老刘还差一大截。

老刘手中握着断裂的木棍看向甜甜："我让你走，你就可以走；我不让你走，你就只能死在这儿。"

"我错了……哥……"甜甜浑身发抖地将郑英雄拦在身后，"我们不跑了……这孩子已经受伤了，你别再打他了，你让我做什么我都做。"

甜甜发现眼前的男人无动于衷，赶忙伸手拉扯着自己的衣服："你看，哥，我可以的，我什么都可以做的。"她的手一直都在颤抖，眼神之中已经完全没有了之前的淡定。

"有点意思。"男人将手中断裂的木棍随手丢了出去，饶有兴趣地看着眼前衣衫不整的甜甜，"你这么保护那个孩子，他是你什么人啊？"

"就是萍水相逢。"甜甜说道，"他救了我一次，我也救他一次。"

"姐姐……不用管我，我来保护你，我可以死在这里的……"郑英雄在甜甜身后小声念叨着，"你跑就可以了……我会拦住他的……"

甜甜听后赶忙回过头，伸手擦了擦他额头上的鲜血："你这孩子怎么那么傻？到底为什么要保护我这种人啊？没有必要的……"

"姐姐，早就跟你说过了，因为……我是英雄。"

郑英雄给甜甜一种非常古怪的感觉。

"要活就一起活吧……"甜甜苦笑一声，随后转身对老刘说道，"大哥，我说过什么都愿意做，但我不想让这孩子见到我的样子，所以能让他在这里等着，我跟你们进去吗？"

"不行。"老刘果断说道，"他要是跑去叫你们的同伴……最危险的还是我。"

"我们的同伴？"

甜甜知道对方是把自己和郑英雄当作同一个房间里跑出来的

队友了，难怪从刚才开始就不允许任何人独自离开。

"本来你们是可以跑的。"老刘笑道，"只不过看你们身上即带着干粮又带着水……想来肯定是有组织的吧？要不然我没法想象一个娇弱的女人和一个十来岁的孩子能够自己搜集来这些东西。所以现在你们谁也不能走，走了的话反而会让我们陷入危险。"

甜甜从未想过郑英雄的背包居然成了二人死亡的导火索。

"所以你要杀了我们？"甜甜问道。

"不，我要物尽其用。"老刘笑道，"在这里，漂亮女人有漂亮女人的用处，小孩有小孩的用处，以后你就会懂的。"

"根本不需要等以后……"甜甜一脸失落地回答道，"这世上肮脏的事情我见得比谁都多……"

"哦？"老刘显然有些不信，"你个细皮嫩肉的小姑娘在我这里装什么深沉？"

"我这么说吧。"甜甜的眼神忽然之间阴冷下来，整个人的气场仿佛变化了一下，"我知道自己指定是跑不掉了，但你们还有得选，一会儿如果想好好快活一番，就按照我说的做，让这个孩子走，要不然我指定会在你们最快活的时候让你们死……"

虽然嘴中说着最卑微的话，可甜甜的气场还是让眼前的老刘感觉有些不妙，他担心眼前的女人是个有着什么诡异能力的回响者，毕竟她从一开始就波澜不惊，实在不像个寻常姑娘。

老刘一言不发地盯着甜甜的双眼。想要知道一个人是否在说谎，通常可以从她的眼神中分辨出来，而甜甜眼神最深处的一丝慌乱被老刘捕捉到了。

她的语言就算再过冷静，表情也骗不了人。她根本没有底牌，她所有的底牌，仅仅是刚才话语当中的一丝威胁而已。

此时老方和小程也已经来到了老刘背后，两个人正带着不同的表情思索着。

"她在撒谎。"老刘笑道，"把孩子杀了，把女人捆了。"

甜甜瞬间瞪大了眼睛，而老方已经带着一脸癫狂的笑容走到了郑英雄面前。

"别……"甜甜有些慌乱地拽住老方，"你们可以杀我，但是不要杀他……"

"去你的！"老方一脚将甜甜踹开，"一会儿有你好受的！"

甜甜扑倒在地上，整个人都开始颤抖。这世道到底是怎么了？

现实世界和终焉之地的区别到底在哪里？似乎哪里都是一样，弱肉强食才是生存的唯一法则。

老方狠狠地掐着郑英雄的脖子，将他从地上拽了起来，而郑英雄也不断地用手中的报纸短剑抽打着老方。

"方叔！"叫作小程的年轻人往前一步拉住了老方，"真的够了！为什么一定要对孩子动手？"

老刘冷哼一声，直接掏出一把刀子抵在了小程的腰上："小程，你是活够了吗？知不知道自己为什么活到今天？"

"我……"赤手空拳的小程一时之间也不知所措，只剩下一脸不甘的表情。

看着郑英雄一点一点憋红的脸颊，甜甜万分焦急。无条件对她好的人太罕见了，所以她格外珍惜。现在云瑶下落不明，共患难的小男孩也要不明不白地惨死，这让她的心头蒙上了一层深深的绝望。

她不想逃离这里，现在看起来也不能在这里生活。难道只有毁灭这里才是正确的答案吗？

铛！

钟声响起，抓着郑英雄的老方浑身一震。郑英雄依然憋红着脸，闭着眼睛挥舞着手上的短剑。

一剑，两剑，三剑……

老方的衣服被切开，鲜血从他的身体里溅射出来，没几秒的工夫，他整个人失去力气，松开了抓住郑英雄的手，仰面倒在了地上。

老刘略微一愣，看了看眼前沾满了血的郑英雄，一时半会儿居然说不出话。

郑英雄落地之后用手中的剑撑住身体，努力地恢复着呼吸。几秒之后，他用鼻子闻了闻，目光锁定在了甜甜身上："我闻到了……'巧物'的清香。"

老刘、小程、甜甜愣愣地看着郑英雄手中的短剑。郑英雄发现几人异样的目光，也低头看了一眼，然后不敢置信地瞪大了眼睛。

刚刚还软绵绵的报纸短剑不知从何时起变成了一把完全由机械零件和齿轮组装而成的精密武器——颜色各异的电线连接着电路板，大小不一的齿轮此刻还在转动，剑刃则是不知名的玻璃状材料。

"好厉害……"郑英雄似乎完全忘了自己身上的伤痛，盯着手中的宝剑打量着，"这到底是什么东西？"

而这件巧物的制作者甜甜看起来比郑英雄还要吃惊，她只觉得这东西有点眼熟，可它怎么会是一把剑的形状？

"果然有点能耐……"老刘瞬间露出凶相。

就算眼前的小孩能够侥幸杀死老方，可他毕竟是个孩子，想要再次拿起这把剑，杀死一个全副武装的中年人可能性为零。趁着郑英雄不注意，老刘上前一把踢走了他手中的剑，随后举起尖刀就要刺下去。

甜甜一时之间大脑一片空白，她还未研究透彻自己的能力该怎么使用，眼前的郑英雄已经再一次受到了死亡威胁。

就在二人毫无对策之时，一旁的小程却忽然之间冲了上去，在尖刀即将刺中郑英雄的时候直接将老刘扑倒在地，然后两人在地上扭打了起来，他们互相抓着对方的手，谁也没有退步的意思。

"小程……你疯了……"老刘说道。

"我忍不了了……"小程咬着牙说道，"这种日子我早就受够了……"

"嘿……嘿嘿……"老刘青筋暴起，但还是挤出了一丝笑容，"好小子，咱们可是一个房间的啊，敢惹我，我有的是时间对付你……"

小程看起来完全失去了理智，他死死抓着老刘的手臂，二人僵持不下，不断地在地上翻滚。

甜甜拉起郑英雄就往自行车跑去。

"姐姐……那个哥哥……"

"我管不了那么多……"甜甜有些慌乱地说道，"小弟弟，你先骑车走，你走了之后我想办法去救他……"

"可……"

"听话！"甜甜将郑英雄扶到自行车上，"我没有办法确定那个男生是因为私人恩怨还是其他的原因出手帮我们，我现在唯一能做的就是让你走！"

还不等郑英雄说点什么，远处扭打的两人传出了惨叫，叫声太过凄厉，竟听不出来到底是谁受了伤。

"我去了！"甜甜说道，"小弟弟你自己小心！"

甜甜一脸慌乱地跑了过去，发现老刘已经占据上风，他压在小程身上，借助着全身的重量将小程的双手压在地上。小程用手掌挡下了刺向胸口的尖刀，鲜血染红了他的衣裳。

"小程……你还挺有劲……"老刘咬着牙用着力,仿佛已经杀红了眼,"以后我会让你永远待在面试房间里……一辈子都出不来……"

"不可能的……"小程也咬着牙说道,"只要我这次能回响……下次也不可能让你得逞……我会领导其他人一起反抗你们两个的……"

"你不可能回响了……你现在就给我死……"

甜甜没有犹豫,立刻冲到一旁捡起了方才郑英雄使用的宝剑。她本以为这把由精密零件组装起来的宝剑会有些沉重,可没想到它十分轻巧,也难怪刚才郑英雄可以用娇小的身躯单手挥舞。

甜甜抓起这把宝剑冲向了二人,既没有犹豫也没有说话,直接将剑刺进了老刘的肋间。

这把剑比她想象中的还要锋利。

"啊!"老刘惨叫一声,瞬间失了力。

小程也在此时翻身而起,从他的手掌上抽下了尖刀,扑在老刘的身上接连捅了几刀。这个年轻人看似被压迫已久,刀刀直插要害,让对方连一丝生的希望都没有。

见到老刘没了动静,年轻人也像完全失力一样地坐在了地上,他的手掌一直在流血,表情却完全呆滞了。

甜甜小心翼翼地走了过去,然后将剑从老刘的身上拔了出来。

"对不起……"小程一脸懊恼地说道,"真的对不起……你们快跑吧……"

甜甜没搭话,盯着他一步一步地向后退去。

虽然这个男生在关键时刻救下了她和郑英雄,可他刚才每一刀都是刺向老刘的要害,她很难相信他手上没有沾染过血。

"姐姐!"郑英雄将自行车骑到了甜甜身后,说道,"我们走吗?"

坐在地上的男生听到自行车的响动,慢慢抬起了头,表情复杂地盯着二人。

甜甜立刻警惕起来,将手中的剑横在身前。

男生眼神怪异地盯着自行车看了一会儿,咽了下口水说道:"虽然……虽然这么说有些不合时宜……但你们能不能把自行车给我?"

"抱歉。"甜甜说道,"虽然你和这个孩子都受伤了,但我不认识你……而且，我得赶紧带他去包扎。"

"等……等一下……"男人晃晃悠悠地站了起来，看表情并不打算放弃。

甜甜早就料到会有这种情况发生，手中的短剑一直都横在身前。

"你救了我们一命。"甜甜皱着眉头一脸警惕地说道，"我不想和你起冲突……"

"不……不是……"男人连忙摆了摆手，"我不是想抢你们的自行车，只是有个提议……"

"你有什么提议？"甜甜问。

"我……我是这么想的……"男人按住了手上的伤口，"姐，我受伤了，那孩子也受伤了……你不想让他死，而我也有不能死的理由……所以能不能……"

"嗯？"看着男人支支吾吾，甜甜追问，"那你想做什么？"

"能不能我带这个孩子去治伤，你在这里等我们？"

"啊？"甜甜一愣，"你带他去治疗？"

对方提出了一个她无论如何都没有想到的方案，她觉得有些离谱。

"是的……虽然听起来很荒唐，但我真的有必须活下去的理由……"男生按压着受伤的手掌，想要止住血，可是尖刀贯穿了它，血根本止不住。

"可那是不可能的……"甜甜将郑英雄护在身后，"我们第一次见面，我怎么确定你是真的想救这个孩子？你的动机实在是太让我迷惑了……"

"我要杀你们的话早就杀了！"男生也有些着急了，"实不相瞒，我和那两个大叔来自同一个房间，我早就想反抗他们了……可他们二人沆瀣一气，几乎统治了我们的面试房间。他们已经回响了，可我还没有！如果我不能带着记忆去到下一个循环，肯定会被他们俩整死的！"

"你……"甜甜感觉眼前的男生并不像在说谎，但把一个受伤的孩子交给一个陌生人实在太过危险了。

"所以我一定要活下去，我现在要马上止血！"男生说道，"我还要在剩下几天内想办法让自己回响，虽然我现在的伤口不严重，可如果不处理的话接下来几天我什么都做不了……"

听完他说的话，甜甜心中也大概有了眉目。他明明可以直接抢夺自行车,却一直在卑微地谈着条件,想来他还有底线。

"就算……"男生默默低下了头,"就算你们不答应也没什么关系,这只是我的一个请求罢了。毕竟也是我们的出现才给你们添了这么大的麻烦……"

"姐姐,可以答应他。"郑英雄坐在自行车上轻声说道。

"什么?"甜甜一怔,回过头去看向郑英雄,"小弟弟,这件事你别插手了……人与人的关系不像你想象中的那么简单……"

"姐姐,我是'灵嗅'。"郑英雄一脸认真地回答。

"灵嗅?"甜甜眨了眨眼,"那是你的能力吗?'灵嗅'又代表什么?"

"我能闻到他身上的气味。"郑英雄笑着说,"他的气味很干净,和刚才的两个伯伯很不一样。"

"干净?"甜甜仔细斟酌了一下郑英雄说出的这两个字,感觉还是有点难懂,"所以你相信他?"

"嗯。"郑英雄用力地点了点头,"他身上的气味和姐姐你一样,很干净,让人很安心。"

听到郑英雄这么说,甜甜才稍微放下心来,仔细想想他确实从头到尾都在纠结于气味的问题,难道他的能力是可以分辨出一个人的善恶吗?

"可你们……要去哪里治疗?"甜甜又问道。

"不远!"男生见到事情有转机,赶忙说道,"刚才那些黑线追着我们的时候,我们一直都在围着我们的据点跑,现在骑车回去的话差不多四十分钟……"

"可就算你能找到一些物资,又要如何——"

"我是中医药大学的学生!"男生赶忙解释道,"虽然外科不是我最擅长的领域,但多少也会一些的!我肯定会把自己和这个小弟弟的伤口全部处理好,这个你可以放心的!"

看到甜甜半天没有搭话,男生又说道:"真的拜托了,如果没有交通工具的话,走回去需要将近两个小时的时间……我的血止不住……"

"我答应。"甜甜说道,"既然小英雄都这么说了,你们就一起行动吧,只不过……"

甜甜无奈地叹了口气:"这辆自行车本来就很老旧了,能够坚持到现在实属不易,如果能找地方维修一下就好了,否则我怕

122

一会儿……"

她低下头来,看了看自行车的链条,随后慢慢瞪大了眼睛。原先松动的链条和踏板,此时居然安装好了齿轮和电线,而这些齿轮居然都附着在电路板上,看起来有些怪异。

"咦?"甜甜一怔,走上前去检查了一下这辆自行车,"真的太奇怪了……这到底是怎么回事?"

"姐姐,你身上的气味在波动。"郑英雄笑着说道,"是'巧物'在生效。"

"巧物?"甜甜抬头看向郑英雄,"那是我的能力?"

"是呀。"郑英雄点头道,"但是我只能闻得出名字,没有办法知道具体的能力,具体要怎么发动,还得看姐姐你在现实中经历过什么事情。"

"我的……经历?"甜甜一怔,"原来如此……难怪这些配件……"

"姐……"男生走上前来对甜甜说道,"时间有点紧张,我可能得先告辞了……"

甜甜一怔,回过神来说道:"能不能不要叫我姐?"

"啊?"年轻人一愣,"我今年十八岁,刚刚大一……你呢?"

"我……"甜甜神色略微有些尴尬,"我二十一。"

"所以,大三……吗?"男生追问道。

"我……"甜甜神色有些闪躲,"算了,你们快去吧……哦,先给我张地图,我待会儿步行过去。"

"好的……好的……"

男生从地上捡起一块废旧木板,在上面简单地刻画了一下路线。

郑英雄也从地上拿起了他那怪异的宝剑。他的状态很不好,走路都在摇晃。

男生见状,从老方的尸体上掏出了一捆便携式的户外绳索,将摇摇晃晃的郑英雄抱上自行车后座,将他和自己绑在了一起。

"姐,把这孩子交给我,没问题的。"男生擦了擦脸上的汗珠,"还不知道你怎么称呼?我叫程敖宇。"

"张……甜甜。"甜甜说道,"叫我甜甜就行。"

"好的甜甜姐,那我们晚点在据点见,你放心,据点应该只有我自己,那里很安全。"

坐在后座的小英雄也挥了挥手:"姐姐再见。"

123

甜甜见着慢慢远去的二人，喃喃自语道："巧物？电子产品？"

她定了定心神，回到方才的建筑物中，在旁边的角落里发现了一台诡异的老旧液晶电视。电视已经不成型了，显示屏缺失了一块，缺失部分居然是一把剑的形状！

她捡起一枚生锈的钉子，熟练地撬开电视的后壳，看了看内部构造。这电视的电路板和电线居然全都消失了，就好像被人拿去制作了什么东西。

"齿轮……"甜甜又忽然想到了什么，"齿轮又是哪里来的？"

她又在房间里四处看了看，在另一个隐蔽的角落里发现了一个已经倒塌的大型立钟。她看了看立钟的构造，然后熟练地打开落地钟的柜门，探头往上看了看，果然，里面的齿轮也不见了。

"'巧物'难道是……"甜甜似乎有了些头绪，但又感觉这个能力离谱至极。

她曾听云瑶讲过，回响的人大多会获得超自然能力，可她这个能力也太荒唐了……

"电视机和钟表……"甜甜捂着自己的额头，感觉大脑有些堵塞，"因为我对这两个东西比较了解，所以我能随意运用这些零件？"

甜甜很想为云瑶做点事，可云瑶的能力"强运"，光听名字就知道是非常强大的回响，"巧物"在它面前就显得很有局限性了——剑和自行车上突然出现的零件并不是凭空产生的，而是从附近的电视和立钟上挪过去的，所以它发动成功的前提是得先有能用的零件，这样才能组装成物品。

"巧妙的物品……"

除此之外，回响是由潜意识发动，她也只能制作出自己了解的东西。这两个条件大大限制了"巧物"的发挥。

"太可笑了……"

甜甜站起身，拍了拍手上的尘土，脸上露出失望的表情。

她平复了一下心情，拿起程敖宇给她的地图看了看，随后又观察了一下天色。现在大约是下午三点，她现在出发的话，在天黑之前应该能找到他所说的据点。

她一个人待在这里很不安全，于是孤单地踏上了旅途。

第5关

七个

地级生肖

齐夏坐在许流年的车子上一言不发地望着窗外，此时所有的黑线都在慢慢向太阳收拢，天马时刻结束了。

"齐夏……接下来要去哪儿？"许流年问。

"前面右转。"

许流年面色沉重地转动方向盘，然后低声问："你是想要按照青龙所画的地图去找那些生肖吗？"

齐夏没有说话，只是漠然地望着窗外。

"可我们都不知道对方到底是什么目的……你要不要考虑清楚再去？"

听到这句话的齐夏回过头，看着许流年的双眼，然后说："我能够看出你是在为我着想，不用担心，你尽管开车，接下来的事情我自有安排。"

齐夏的话堵住了许流年的嘴，她也只能开着车按照齐夏的指引不断地前进。

半个小时后，车子停在了一栋五六层楼高的建筑前，建筑外面站着一只身材高大的白毛地虎。地虎见到出租车冲着他开过来，顿时有些摸不着头脑，当他看到齐夏从副驾驶座缓缓打开车门走下来时，眼中的神色更复杂了。

这人不久之前还在被漫天的黑线追着跑，这才一会儿没见，居然坐着车回来了？

地虎绞尽脑汁也没想明白到底是怎么个情况，嘴巴张了半天才缓缓吐出一句话："不、不愧是你啊……"

"地虎。"齐夏叫道，"按照之前说好的……我回来找你了。"

"羊……"

地虎刚要张嘴，齐夏却伸手制止了他，说道："齐夏。"

"哦……哦……齐夏。"地虎点点头，"现在是？"

"今天应该不会有其他参与者来参与你的游戏了吧？我想找个地方说话。"齐夏用眼神示意了一下地虎，随后看了看他身后的建筑物。

"好。"地虎思索了一会儿点点头，刚要说话，却见到许流年也从出租车上下来了。

"羊……齐哥……"地虎叫道。

"齐夏。"齐夏纠正道。

"好好好，齐夏……"地虎挠了挠头，"这位是？"

"姑且算是同一战线的队友。"齐夏说道，"让她一起进来吧。"

许流年看了看眼前的地虎，又看了看齐夏，感觉事情已经完全超出了她的预料。

一个地级为何会对一个参与者这么客气？

"知道了，我去收拾一下！"地虎恭恭敬敬地回头打开屋门，然后带着二人进入了建筑物。

这一次他没有直接走上电梯，反而是掏出一把钥匙打开了电梯旁边的木门，一条向下的楼梯呈现在几人眼前。他扶着腿一瘸一拐地带着二人走下去，下方是这场游戏的隐藏区域，也是每个从独木桥上跌落的人会到达的漆黑之地。这里还残留着上次乔家劲和罗十一参与游戏时留下的痕迹，虽然他仔细收拾过，可众多回响者战斗时留下的创伤还历历在目。

场地中央有一张方桌，方桌上燃着一支蜡烛。

地虎从隐蔽处搬出几把椅子放在方桌旁边，然后示意二人坐下。

"齐夏，我这里没有什么能坐的地方。"地虎挠了挠头说道，"但是这里相对安静点，今天我也不开张了，有什么吩咐你就尽管说吧。"

"吩咐不敢当。"齐夏说道，"只是需要你帮个忙。"

"好！没问题，有什么事的话尽管交给我做！"地虎大大咧咧地说道，说完他便伸手挠了挠脸上的伤口。这伤口看起来很新，现在血液结痂了，在满是毛发的脸上结成一团。

"你确定没问题吗？"

齐夏皱着眉头，借着烛火的光芒仔细打量了一下地虎，这才发现他伤得不轻，不仅硕大的虎脸被人打破了，腿脚也变得不利索。

"我能有什么问题？！"地虎一拍桌子，神色格外激动，但他的身体看起来非常虚弱，似乎想要咳嗽几声，最终还是咬着牙憋了回去。

"那你先跟我讲讲吧。"齐夏靠在了椅子上，伸手轻轻敲打着桌面，"你把自己弄成这副样子，是发生什么事了吗？"

"我……"地虎欲言又止，眼神游离了一下，"齐夏……我……我们就在这里说吗？"

一旁的许流年看了看二人，也低声说道："我也觉得不妥……我们就这么正大光明地说出来吗？"

"呵……"齐夏冷哼一声，"之前都没有瞒，现在也更不需要瞒了……监听着我们的人是青龙，如果要出问题的话早就出问题了，现在他需要我，不可能让我出事。"

"青龙？"地虎一怔。

"可'灵闻'有可能不止一个！"许流年低声说道，她看了看齐夏，又瞥了一眼地虎，"生肖应该比我更了解吧？"

"是狗。"地虎点点头，"摆烂狗的上级，是整个天级的耳朵。"

"我们不需要避讳吗？"许流年问。

"大概是不需要的吧。"齐夏说道，"接下来的事情可以直接说给他听。"

"什么？"许流年是和地虎互相看了一眼，"你觉得那个……狗也是自己人吗？"

"这我哪知道？"齐夏说道，"他是不是自己人和我有什么关系？"

"这……"

许流年和地虎依然一脸不解："既然他不是自己人，那我们岂不是更应该小心……"

"我说过了。"齐夏解释道，"现在是青龙需要我帮他做事，就算天狗能听到，出了任何乱子也是青龙去解决，和我没有关系。"

许流年听后感觉背后一阵发凉，隔了几秒开口问道："齐夏，你第一次见青龙，就已经开始利用他了吗？"

"青龙能预料到的。"齐夏说道，"他敢直接出现在我的面前，就应该料到了现在的结果。当他想驾驭一件毁灭性极强的武器时，也应该熟知它的副作用。"

"可你就不怕青龙忽然反悔？"许流年问，"他若是对你这颗棋子腻了，有没有可能直接放弃你？"

"他没得选。"齐夏摇了摇头，一脸淡漠地说道，"除了我之外他找不到平替，毕竟只有我才是'生生不息'。"

"生生不息？"地虎听后皱起了眉头，"那是什么东西？"

"我的回响。"齐夏对地虎说道，"我怀疑我正在沿着我曾经铺下的路前进，现在路已经走了一半……接下来的情况需要看你了。"

"你果然有回响？"地虎感觉有些奇怪，"四个字？不是逗我吗？"

　　齐夏听到地虎的话，扭过头来看向他，说道："地虎，我猜测一下，在你认识我的时候……我应该是个不幸者吧？"

　　地虎听后一怔："你……有记忆吗？"

　　"没有。"齐夏摇摇头，"按照逻辑来说，我之所以会成为生肖，正是因为我不能回响，那时的我只剩下这条路可走。"

　　许流年听后慢慢皱起了眉头："可青龙说过你是'灵闻'……"

　　"如果没猜错的话……我切断了'灵闻'的契机。"齐夏果断说道，"'灵闻'觉醒的契机就是悲伤。"

　　"切断？"许流年眯起眼睛，思索着齐夏话中的寒意，"你怎么可能切断悲伤？"

　　"具体情况我还不能证实，或是在当年请求'忘忧'对我动过什么手脚……"齐夏说完之后点了点自己的太阳穴，"或是通过某种方法，强行在大脑中种下一颗干扰情绪的肿瘤。"

　　二人听到齐夏略带疯癫的发言，欲言又止。就算是已经见过大风大浪的地虎，也不能理解有人会主动在脑内种下一颗肿瘤这样的行为。

　　能够在这里保持理智的人，无论是参与者还是生肖，最终目的都是逃离，可在大脑之中种下一颗脑瘤，就算真的出去了，在外面也会活得很痛苦吧？

　　"羊……齐夏。"地虎瞪着眼睛说道，"你说你是'生生不息'……这件事已经被证实过了吗？"

　　"是。"齐夏说道，"虽然我没有亲眼站在屏幕前看到这四个字，但根据这一次循环，所有天级和神兽的表现都告诉我答案了，我就是'生生不息'。"

　　地虎皱着眉头，脸上依然是不可置信的表情。

　　"这真的很荒唐……"他肥大的脸上不断浮现出思索的表情，"齐夏，你……你在现实世界中到底是干什么的？"

　　"我……以前没跟你说过吗？"齐夏反问道。

　　"我只知道你是个穷学生……"地虎的表情越来越奇怪，"可你上学的时候都在想什么？造人吗？"

　　"什……"齐夏一顿，"你这是什么问法？我上学的时候在想什么，和'生生不息'又有什么关系？"

"你难道没有意识到吗？"地虎伸手比画道，"在这个地方我们所见过的所有回响者，他们所获得的能力，绝大部分跟他们的人生经历有关啊……"

"我只知道执念会影响契机，难道人生还会影响能力吗？"

"本来就是这样啊！"地虎说道，"每个人所获得的回响都不是无缘无故的，它们都有迹可循！你仔细想想，你认识的那些回响者，他们的能力是不是和他的人生经历有关？"

齐夏听后眯起眼睛，第一时间看了一眼身边的许流年。

想要知道每个人的回响和他们的人生经历之间的关系，不仅要熟知对方的能力，还要对对方的生平有个大概的了解。许流年在现实世界中是演员，所以她获得的能力叫作"化形"，能够变作其他人的样子，并且信念越深，变化得越彻底。

那其他人呢？

陈俊南曾经提到过，韩一墨在现实世界造黄谣害死了人，所以他的回响，就算他什么都不做，灾祸也会从天而降，这便是"招灾"。

而李警官死于和骗子搏斗，他当年在需要救他女儿的时候无法从口袋中掏出钱，在和骗子搏斗的时候没有办法第一时间掏出枪，人生中最困难的两次抉择都错过了，故而回响是"探囊"。在终焉之地，只要他的潜意识足够强大，便可以拿出任何东西。

如果继续按照这个思路思考下去，就算不知道对方的人生经历，似乎也可以猜测出一二。

乔家劲的"破万法"可以强行破除所有人的回响，让不管多么强大的回响者都只能以最公平的方式和他决斗，并且他口口声声说着"别出老千"，如此推断他人生经历中最重大的事情跟作弊有关，或是跟带有欺骗性的赌局有关。这件事发生的时候，导致他没有办法守护某些东西，于是在想要守护时，获得了"破万法"。

张山的能力是可以短时间内让他拥有媲美地级的身体素质，再看看他健壮的身躯……有可能他一生的诉求都是希望自己更加强壮，他因为在某些时刻不够强壮，而输掉了什么东西，故而想要赢时，获得了"天行健"。

齐夏越来越觉得这个推断十分合理，几乎可以运用在所有已知的回响者身上。

这样想来，陈俊南的"替罪"背后应当也有一段令人绝望的故事，在他的人生经历中，曾经极度想要帮助别人承担某件事，并且极有可能是件不好的事，但他做不到，耿耿于怀，以至到了终焉之地，"替罪"成了他的能力。

齐夏大胆猜测，赵医生想要破坏某些东西，所以获得"离析"。

云瑶一直运气极差，所以获得"强运"。

李香玲一直都想见到思念之人，所以获得"显灵"。

王八从小便身材矮小，于是获得"巨化"。

周六急切地想要和人沟通，所以获得"传音"。

罗十一因为经历的痛苦过多，产生"忘忧"。

同样的例子数不胜数……他们的回响来源于他们的经历。

如此看来，那些回响，说到底也只是一桩桩未了却的心愿和一个个行走的执念。人们在现实中无法实现的愿望，终焉之地都能够让他们短暂地摸到影子。可他们也会渐渐地发现，无论怎么施展自己的能力，所谓的历史永远不会改变——它会一直在那里等你回去。

可即便如此，依然有很多回响解释不了，而这些解释不了的回响似乎也有着非比寻常的功效。它们似乎不是为了完成某人的心愿，而像是为了完成终焉之地的心愿。这些能力放在现实世界中将不会有任何的效果，它们是终焉之地的专属能力。

比如齐夏之前的"灵闻"，郑英雄的"灵嗅"。

在某处不为人知的地方可能还有"灵视""灵觉""灵触"之类的。如今又出现了一种和之前所有能力都不同的回响，它属于这里，并且超脱这里，既是终焉之地的专属能力，又凌驾于这里的一切规则之上。

它便是"生生不息"。

齐夏思绪急转——如果每个人的回响都和他们各自的人生经历有关，那自己的回响为什么会是"生生不息"？正如地虎的问题那般，自己的人生经历到底是什么？为什么会对"生生不息"有这么深的执念？

"无论我是学生还是骗子……这件事都解释不通。"齐夏眯起眼睛回想着这件事，感觉还是丢失了什么重要的线索。

不仅是"生生不息"解释不了，连之前的"灵闻"也解释不了。这两个回响无论如何都跟他的人生经历毫无关系，毕竟他不是聋人，平时也不会羡慕女娲可以造人。就算整个终焉之地所有人的回响都跟他们的人生经历有关,可他的两种回响都违背了这个规律。

另外,现在所遭遇的一切极有可能是曾经的他设计好的,可当时的他和现在的他到底有多大差距?他难道连"生生不息"这四个字都能准确预料到?

"你没事吧?"地虎看着一直都在发呆的齐夏,轻声打断了他的思路,"怎么愣住了?"

"没事,我只是在思索一些事。"齐夏叹了口气,说道,"地虎,所以每个人的回响,真的跟自己的人生经历有关吗?"

"至少我认识的所有人都是这样的吧。"地虎说道,"所以我才不太明白'生生不息'到底是什么意思……"

"可是除了'生生不息'之外,还有一种情况无法解释。"齐夏皱着眉头说道。

"什么?"

"我听说过一个人的回响契机为见证终焉。"齐夏慢慢眯起了眼睛,"他在现实之中到底经历过什么,执念才是见证终焉呢?难道他每天都在祈祷整个世界毁灭吗?"

"这个我不知道。"地虎皱着眉头说道,"我本来就是不幸者,所以很少跟其他的回响者接触。"

齐夏听后面色沉重地点了点头。

此时的许流年在一旁开口问道:"你是在说楚天秋?"

齐夏看向她:"是。"

"我怀疑……"许流年思索了一会儿沉声说道,"楚天秋有可能在说谎。"

"嗯?有什么根据吗?"

齐夏并没有对许流年抱有什么希望,她所怀疑的东西,极有可能是楚天秋故意让她怀疑的。

"没有什么根据。"许流年摇了摇头,"齐夏,我只是感觉楚天秋不怕死,他从来都不畏惧死亡,跟他接触的日子里,甚至我都比他提心吊胆,现在回过头来想想,他是不是老早就已经熟练掌握回响了?所以他认为自己死了根本就没有什么关系。"

齐夏仔细思索了一下许流年的话,回想起第一次见到真正的楚天秋时,正是在地虎的游戏场地里。那时他正坐在一楼等待游戏结束,而楚天秋则大摇大摆地走进来坐到了他的对面。

天堂口的众人口口声声说要保护楚天秋到最后一天，可楚天秋本人看起来并不在意这件事情。但如果仅凭这一点就否认掉楚天秋的回响契机并不合理。

"我也不怕死。"齐夏说道，"我曾经多次在自己完全没有回响的情况下赌上自己的性命，这并不能代表什么，只是证明他比一般人更有把握。"

"你的意思是……"

"他知道自己死不掉。"齐夏回答说，"或者说他知道自己能够解决发生的麻烦。"

许流年听后点点头，随后没了话，齐夏这才重新抬起头来看向地虎。

"说说吧，地虎，昨天晚上到底发生了什么？"

听到齐夏的问题，地虎有些不太好意思地挠了挠头，随后叹了口气说道："是我没用，把你的吩咐搞砸了……"

"搞砸了？"齐夏嘴角一扬，"我还好端端地站在这里，并没有被你害死呢。"

"这！"地虎的眼神透露出失落的情绪，"虽然不至于把你害死，但我总感觉离搞砸不远了。"

"别慌张，我说过了，我在这里。"齐夏说道，"把发生的事情一五一十地告诉我，我会安排。"

"真的？"地虎扬了一下眉头。

"嗯。"齐夏打算一边听一边将所有登场的人物记到脑海之中，这些人全部都是"针"。这些"针"将从内部彻底瓦解掉生肖。

地虎思索了一下，认认真真地说出了昨晚发生的事——

昨晚他回到列车后，便在中途堵住了黑毛地羊和摆烂的地狗，二人还没反应过来怎么回事就被他拉到了房间之内。

在确认四下无人之后，地虎将自己房间的门关上，可眼前二人依然是一脸不情愿的表情。

"赔钱虎，差不多得了吧？"地羊问道，"都已经过了一天了……还不死心吗？"

"我死心不了！"地虎说道，"老子今天想了一天，现在感觉思路前所未有的通透！"

"你又怎么通透了？"

"你看啊……"地虎伸出手指给二人比画着，"有没有可能羊哥在外面就能知道我知道了他的计划？"

地狗听到这句话实在是忍不住了："是不是太离谱了？你以为你俩有心电感应吗？"

"不啊！"地虎说道，"我这个笨脑子都能想明白的事情，羊哥怎么可能想不明白？"

"根本不是这个问题吧！"地羊也感觉情况有点离谱了，"你这思维跨越得实在太多了，首先我们没有办法确定他是羊哥，其次他没有记忆，你是怎么猜到对方在想什么的？"

"这还不简单吗？"地虎信心十足地说道，"你们之所以有这么多疑问，就是因为忘了一个最根本的原因！"

"什么原因？"

"那个人是羊哥！"地虎自豪地笑道。

二人听后纷纷扶着自己的额头，感觉无论如何都说不通眼前这只赔钱虎。

"好好好……"地狗点点头，"我们就先不反驳你了，但你也说说，假如那个人真的是羊哥，假如他真的知道你在想什么，那你要怎么做？"

地虎听后坏坏一笑："假如我所有的推测全都准确的话，那就说明他会跟我里应外合啊！我们可以看看有没有他埋下的种子！"

地羊还是一脸不耐烦的表情。地狗慢慢皱起了眉头，伸出长长的舌头舔了一下鼻子，说道："细说。"

"你看啊……"地虎继续伸手比画着，"假设他知道我知道了，那他肯定会去想办法动摇其他的生肖，这时候我们只需要看看有谁被动摇了就行！"

"你要怎么看呢？"地羊冷笑一声，"顺着列车挨家挨户地敲门问里面的地级'造反了解一下'？"

"去你的吧！"地虎站起身说道，"我怎么可能傻到那种程度？"

"就算你没傻到那种程度，但也差不了多少。"地羊叹气道，"我们真的要把所有人的命都赌在你的猜测上吗？"

"可羊哥一直都是这样啊！"地虎有些激动地说，"他曾经教育过咱们俩，这世上没有不可能的事，一成希望也是希望呀！"

"可咱俩不是他！"地羊一拍桌子也站了起来，看起来很生气，"羊哥敢下的注咱们不敢下！羊哥能赢的局咱们赢不了！如果咱们真的和他一样的话，现在怎么可能一直都是地级？！"

"那咱们好歹试试啊！你光靠嘴就能成天级？！"

二人眼看就要吵起来了，地狗此时伸手拍了拍桌子，说道："先别吵了……我有个办法能证明赔钱虎的猜测是不是准确的。"

"什么办法？"二人看向他。

地狗露出一副懒洋洋的表情，慢慢靠在了椅背上，说道："昨晚我不是说过吗？我有一些志同道合的朋友，我已经跟他们打过招呼了，我告诉他们如果最近发生了什么令他们心境动荡的事情，就来赔钱虎的房间敲门，今夜我们可以拭目以待。"

"你说得也太隐晦了吧？"地虎皱着眉头问道，"心境动荡就来敲门？我这里是心灵诊所吗？"

"那你要我怎么说？直接实话实说？"地狗将双手交叉起来放在脑后，"实不相瞒，我感觉就算说得这么隐晦也会出问题，我的命已经别在裤腰带上了。"

"你也跟着瞎胡闹……"地羊说道，"我们就靠有没有人来敲门来推测羊哥的计划？！我觉得你们全都疯了……真的疯了……"

"我们疯了，你还清醒吗？"地狗冷笑一声，"真把自己当羊了吗？忘了自己曾经是个人？"

"什么？"

"你习惯了自己的一身黑毛，我可习惯不了。"地狗从桌子上拿起一颗新鲜的葡萄丢入嘴中，"安静坐下来等吧，如果还有体力，建议活动活动筋骨，我们等来的不一定会是战友，也有可能是对手。"

二人听后都沉了口气，缓缓地坐到了椅子上。

现在的情况似乎有些胶着，他们虽然蠢蠢欲动，但也不能主动出击。这里的所有生肖都有可能是敌人。

让地羊没想到的是，仅仅十分钟，地虎的房间外就传来了敲门声。这阵敲门声听起来非常轻，似乎对方怕打扰到屋内坐着的人。

"不会吧？"地羊听到声音后看了二人一眼，"这……"

"赔钱虎……"地狗叫道，"今晚你的学生回来吗？"

"应该不会啊……"地虎思索了一下，"来之前我跟所有人都打过招呼了，说今天要请地级吃饭，他们应该都回自己的房间去了。"

"那就开门吧。"地狗嘴角一扬,"揭晓谜底的时候到了。"

地羊此时没了话,一直眯着眼睛看着门口的方向,直到地虎站起身去将房门打开,露出了门外那人的身影。

是一只地鼠。

"哟,几位领导都在这里吗?"地鼠微笑道,"不知道我深夜拜访,会不会有些冒昧?"

"你?"地虎感觉跟眼前的地鼠不太熟,想来应该是地狗的朋友。

"社畜①鼠。"地狗介绍道,"我志同道合的朋友。"

"你……先进来吧……"地虎上下打量着眼前的地鼠。地鼠的身材并不高大,如果他们真的要造反,他应该也算不上什么有力的帮手。

地鼠点头谢过,然后走进门来,看了看屋内的环境开口说道:"各位领导真是有闲情逸致啊,大半夜的不吃饭也不睡觉,一起在这里作死。"

"你怎么说话呢?"地虎问道。

"哟,领导,您别太生气了,您毕竟是虎,而我是鼠。"地鼠摆了摆手。

"你知道就行。"

"十二生肖当中我排第一,您排第三。"地鼠一笑,"您是怎么敢跟我生气的?"

"你!"地虎上前一步抓住了地鼠的领子,地鼠短短几句话就让他火冒三丈,"你不知道这里是谁的房间吗?你活够了?"

"赔钱虎。"地狗叫道,"好不容易来个队友,别把人吓跑了。"

"这是什么队友啊?"地虎瞪着一双眼睛看向地狗,"他有什么资格在这儿跟我叫嚣?"

"凭他的智慧。"地狗说,"他设计的游戏异常巧妙,很多年的时间里都没有人能够找到真正的解法,仅凭这一点就可以让他坐下了。"

"你……"地虎还是感觉有些不甘心,但现在正是用人之际,眼前的人也极有可能是羊哥埋的"针"。

"松手吧领导,谢谢您。"地鼠冲地虎点了下头,然后挣脱

---

① 舶来词,来自日本文化。"会社"(日语:公司)和"牲畜"的合并缩写,意为人在公司中被当成牲畜一样压榨,是用来形容上班族的贬义词,也可用来自嘲。

了他的手,来到了餐桌旁边坐下。

气氛一时之间又有些安静,隔了一会儿,地羊开口了。

"所以你到底是为什么来到这个房间?"

"还需要问吗?"地鼠笑道,"几位领导,今天我遇到了一个非常有趣的参与者。"

"细说。"地狗点头说道。

"既然几位领导不觉得冒昧,那我就浅说几句……"地鼠看了看众人,然后将自己在白天时遇到齐夏的事情和盘托出。

"那个人告诉我……如果所有的路都不通,一定要第一时间选择破墙。"地鼠笑了笑,对众人说道,"我觉得那位领导说得很有道理,各位觉得呢?"

"可这不像是你的作风吧?"地狗皱着眉头说道,"你会是那个破墙者吗?"

"不,我当然不是。"地鼠对地狗点头示意,"领导,您很了解我,无论什么情况下我都不可能是破墙者,我也跟那个参与者说过,我会等别人把墙砸开,然后顺着别人的路走。"

"那你今天出现在这里的意义呢?"

"我当然是棵墙头草。"地鼠有些不好意思挠了挠头,"不知道我这么说,几位领导会生气吗?"

"你是真的有病吧?"地虎有点忍不住了,"我们这里不需要墙头草,滚吧!"

地羊抬头看向地鼠,问道:"墙头草是什么意思?"

"您好,领导,就是字面意思。"地鼠露出一脸职业假笑对地羊说道,"我听说有一群人在这里破墙,所以便跟过来看看。你们若是把墙打破了,另一头是出路,我便二话不说跟着各位出去。可若各位在砸墙的时候引来了执法者,我也会立刻上前去出卖诸位。"

众人听后纷纷沉默了。

"赔钱虎说得真没错……"地羊也紧跟着皱起了眉头,"你这人确实不讨喜。"

"我不讨喜不要紧,我活在世上的目的不是为了博取您的喜欢。"地鼠一脸认真地说道,"您就算恨透了我,我也不觉得有什么问题。"

地羊没说话,只是无奈地摇摇头。

"所以我这么说,几位领导不会真的生气吧?"地鼠笑了笑,"我只是个小角色,跟我生气太不值了,与其浪费时间,倒不如赶紧让我看看各位要怎么破墙,各位领导尽情展示,我多看多学。"

几个人互相看了一眼,最后的目光停留在了地狗身上。

地狗问:"看我做什么?"

地虎没好气地哼一声:"你的人怎么说话你也听见了……信得过吗?"

"这我不好说。"地狗摇了摇头。

黑羊听后也皱着眉头问道:"他不是你朋友吗?"

"朋友而已。"地狗看着二人说道,"仅仅说过几句话,见过几次面,感觉双方不是死敌,所以称作朋友,我总不能告诉你们我将这件事通知给了一个不熟的老鼠吧?"

"没一个靠谱的!"地虎叹气说道,"你们就感恩戴德吧,若不是咱们现在勉强在一条船上,我绝对打得你们求饶。"

"你也感恩戴德吧。"地狗说,"我们没有什么必须要和你一起行动的理由,之所以能够坐在这里,是因为我们觉得你还有用。"

地羊看了看眼前的三个人,越发感觉这支队伍漏洞百出,每个人都心怀鬼胎,他们甚至选不出一个可以当队长的人物。

"狗领导。"地鼠扭过头去看向地狗,"您说有人想要将这里搞得天翻地覆,结果加上我才四个人吗?"

地狗听后面无表情地回答道:"这个计划昨天刚刚浮出水面,所以人手还不足。你要觉得不妥现在就可以走,我也懒得管,毕竟和我关系不大。"

"领导,您这是说哪儿的话?"地鼠微笑着耸了耸肩,"我早就说了我是墙头草,要不咱们就一起出去,要么我就把你们卖掉,现在走了的话显得我太没有原则了。"

这时,门口又响起了微弱的敲门声。

四个人面面相觑,地虎站起身来就要去开门。

"赔钱虎,你站那儿。"地羊叫了一声,"你脾气太冲了,容易吓到新队员,我去吧。"

"哼。"地虎冷哼一声坐下来,一脸严肃地说道,"这事是我组织的,居然还不让我说话了。"

地狗和地鼠则都面无表情地看着他。

地羊将屋门打开,紧接着一声闷响,他的身体直接撞翻了几人面前的桌子,食物倾洒一地。

地虎大叫一声,他站起身来扭头一看,发现门口赫然站着两个人。前面是个身材矮小、一脸嚣张的地猪,他身后是个人高马大的女性地马。

地虎皱着眉头看向地猪:"你吃了熊心豹子胆?!敢进我房间打我的人?"

"哦?"地猪轻蔑地笑了一声,"我要纠正你两个问题:第一,我没有进到房间里就已经动手了;第二,我本来想打的不是他,而是你。"

此时的地羊也从地上爬了起来,若无其事地掸了掸西装上被弄脏的地方,脸上的表情也难看了起来。

"地猪,虽然咱们平日里摩擦不少,但也没到动手的地步吧?"他青筋暴起,强忍着怒火问道。

"本来不动手是因为确实没有什么好理由,但现在不一样了。"

地猪带着嚣张的表情走了进来,高大的女地马也紧随其后。

"那你倒是说说……"地羊冷笑着问道,"刚才那一脚,是因为什么理由?"

"因为你们要造反。"地猪也跟着轻笑一声,"只有我一个人的话根本无法确定,可没想到连地马也这么说了。"

"哦?"屋内四个人的表情都有些不自然。

"最近有一批奇怪的参与者……"地猪一步一步地向前走着,"他们似乎在多个游戏里面动员生肖来造反……这难道不是大逆不道吗?"

地羊听到对方的话,此时更加确定地虎说的不假。那个叫作齐夏的男人似乎真的已经开始行动了,他有极大的概率就是羊哥本人。

地狗见来者不善,表情毫无变化地问道:"这不是横行霸道的猪哥吗?你哪只眼睛看到我们在造反了?"

"我不信那是空穴来风。"地猪仰起脖子望向眼前高大的众人,随后笑道,"现在我就将你们一网打尽,带到天蛇面前去让他看个清楚。"

地虎见状往前走了一步,站在了地猪身前:"侏儒,你给我站那儿。"

"你叫我什么？"地猪瞬间瞪大眼睛。

"你个小矮子我真的忍你很久了，做猪时间长就了不起吗？"地虎恶狠狠地问道，"羊哥不在，连你这种矮脚猪都能称王称霸，到底凭什么？"

地羊听后皱起眉头也往前走了一步，和地虎肩并肩站着。可地猪和地马已经做了几十年的地级，战斗经验远超他们，真要争斗起来后果会很难预料。

"我这辈子最讨厌别人说我矮……"地猪露出一脸凶相，连獠牙都龇了出来。

"矮！你真矮！"地虎怒笑道，"我们老家有句话，长不高的人是心眼儿太多给他拽住了，不知道你心里有几个眼儿？"

地猪听后不再废话，原地跳起飞踢一脚，地虎神色大变，伸出一只手挡在身前，另一只手挥拳而出。

二人在挡下了对方的攻击之后纷纷向后飞去，地猪很快稳住了身形，只是踩碎了地板。

而地虎则面无表情地撞在身后的橱柜上，将橱柜撞了个粉碎。

一虎一猪稳住之后，又向对方冲去。

地羊眉头一皱，赶忙前去将房门关上，刚想回头加入战局，地马已经挡在了身前。

"小黑羊，你们还是乖乖听猪哥的话吧。"地马笑了笑，抹满了口红的嘴咧开，"猪哥没有去通报上级，已经给足了你们面子，你们不要不识抬举了。"

"哈哈！"地羊听后彻底笑出了声，"还不是因为他没有证据？"

地马恼羞成怒，向地羊抡起了拳头。

地羊俯身躲过这一击，随后抬脚猛地踩向了一块松动的地板。被踩到的地板另一头高高翘起，直接撞到了地马的下巴，瞬间撞了个粉碎。接着，地羊又赶忙抓住了几块断裂的木板，在地马恍惚的瞬间冲着她的双眼扎了过去。

地马反应过来之后抬膝撞在了黑羊的胸口上，地羊飞出去的时候将手中的木板狠狠掷出，划破了她的脸。

一旁的地狗从地上拿起一个盘子，又从地上抓了一把瓜子丢入盘子中，随后拖着椅子在墙边坐下，一边嗑着瓜子一边看着四人打斗。

地鼠见状也将椅子挪了过去,和地狗一起静静地嗑着瓜子,仿佛在看现场表演。

"怎么说?"地狗问道,"这计划算是开始了还是夭折了?"

"这边给您精心推荐一个墙头草的岗位。"地鼠掩嘴一笑,"一会儿被打趴下的如果是赔钱虎和腹黑①羊,那咱俩就立刻上去补几脚,可如果被打趴下是矮脚猪和高头马……"

"那可能吗?"地狗反问道,"那地猪是什么人物?自从白羊走后,他在地龙之下称王称霸,有几个人能够放倒他?"

"万一呢?"地鼠伸手抓了一把瓜子,"这几百颗瓜子就算再香,里面也总会有一颗坏的……那地猪和地马就算再强,也总会碰上硬茬。"

"所以你准备怎么办?"

"如果被打趴下的是矮脚猪和高头马……"地鼠微微一笑,"那我们可以直接灭了他们,将造反的帽子直接扣在他们头上……嘿嘿……"

"什么?"地狗眯起眼睛看向地鼠。

"只要能避开天蛇,我们说什么就是什么。"地鼠冲地狗使了个眼色,"地级生肖一共才多少人?咱们平日里没有什么交集的四个人同时咬定地猪造反,他浑身是嘴也说不清。"

"所以你小子一直都这么心狠手辣吗?"地狗问道。

"领导您又抬举我。"地鼠假笑道,"跟您各位比起来,我绝对是心慈手软的典范,您各位才是能够下十八层地狱的狠人啊。"

"要再贫嘴滑舌,你脖子上的项圈就永远摘不掉了。明明我才是地狗,可你居然需要戴着项圈参与游戏,不难受吗?"

一直带着假笑的地鼠听到地狗的这句话,脸上的表情渐渐冷漠下来。

"狗,正是因为我想要摘掉脖子上的项圈,所以才会在这么多年来第一次暴露自己,让自己陷入暴风之中。"地鼠沉声说道,"这支队伍真的漏洞百出,如果想要有那么一丝成功的希望,恐怕需要一个极佳的智将。"

"你说的是你吗?"

"当然。"地鼠点点头,"我不觉得咱们四个人当中我比谁蠢,

---

① 舶来词,来自日本文化。原是用来形容人心地坏、黑心肠,现在多用来形容外表人畜无害,但内心有些坏心思或者喜欢搞恶作剧的人。

所以我来当这个队长再合适不过了。"

地狗听后压低声音，凑到地鼠身边小声说道："你应该不知道我们选拔的队长要跟谁进行合作吧？"

"谁？"地鼠扭头问道，"难道不是赔钱虎吗？"

"是白羊。"地狗非常小声地说道，"你确定你能够跟他对标吗？"

"呃……"地鼠微微一怔，"我先确认一下，是那个白羊吗？"

"终焉之地一共几只羊？！"地狗皱眉说道。

"我的妈……"地鼠此刻才意识到事情如此严重，"我本以为是赔钱虎心血来潮想要搞砸这里，结果却是白羊的计划？"

"你现在知道了。"地狗依然是一脸无所谓的表情，"如果真是赔钱虎一个人做主，我又怎么可能把你拉来？"

地鼠这下犯了难："要是这么说的话，我的小聪明根本登不了大雅之堂，虽然我跟白羊没什么交情，但是这里大部分地级的游戏都是白羊参与设计的……"

"是的，问题就出在这里。"地狗再次压低了声音，"如果是赔钱虎想要造反，无论如何我都不可能加入，但若这是羊哥的指示，我认为可行性大幅增加了。"

"可是白羊不是晋升为天级了？"地鼠还是有些不理解，"大约一个月前，我们不是眼睁睁地看着他走出列车吗？这才多久的工夫，居然直接带着人造反了？"

"就像我昨天跟你说的……"地狗无奈地摇了摇头，"这地方恐怕没有成为天级的路。"

"你只跟我说了这里没有成为天级的路，你没跟我说白羊失败了啊！"地鼠的表情一阵变化，"那他现在是什么东西？人级？"

"是参与者。"地狗回答道，"他变成了最普通的参与者，在终焉之地活动。你也知道的，就算他失去了所有的记忆，无论走到哪里也还是会格外引人注目——"

"你等会儿……"地鼠伸手打断了地狗的话，"他叫什么名字？"

"齐夏。"

听到这两个字，地鼠先是一怔，随后露出了一副"果然如此"的表情。

"既然如此的话……这场风暴我也不得不参与了。"地鼠缓缓站起身来，看向远处打作一团的四人。

黑羊和地马勉强算是旗鼓相当，虽然地马身材强壮，可黑羊明显更有智慧，他借助着各种道具和武器和地马周旋。另一边的地虎显然没有那么好运，地猪成为地级已经几十年，而地虎刚刚上任，二人对于身体的把控完全不在一个等级。

　　地狗和地鼠几句话的工夫，地虎的脸庞已经见了血。地猪也气喘吁吁的，跟地虎的这一战比他想象中的困难不少。

　　地虎撸起了袖子，用力擦干了脸上的血。地猪伸手解开了西装扣子，将衣服脱下扔在一旁。地虎见状也将西装脱了下来，二人仅剩衬衣。下一秒，身材差异巨大的二人撞在了一起。

　　二人脚下的地板纷纷碎裂，散落一地的食物也被一阵看不见的冲击波吹飞出去。地虎刚刚晋升，地猪对他不怎么了解，经过这次交手之后他发现自己似乎有些轻敌了。

　　虽说刚刚晋升，但这只地虎战斗力极其强悍。地猪咬着牙将地虎撞开，随后阴招尽出，除了攻击双眼便是攻击下体，借助着自己灵活的身形不断地与地虎周旋。

　　地鼠在一旁看到这一幕回头跟地狗使了个眼色，地狗随后点了点头，站起身来就往屋外走去。

　　他躲开地羊和地马的无差别攻击，随后伸手打开了门。门外已经站了不少生肖，人级地级都有，足足十几人。

　　见到房门忽然打开，众人的面色都不是很自然。

　　"地狗老师……"一个女性人蛇开口叫道，"你怎么在这里？发生什么事了？"

　　"喝多了，打起来了。"地狗回答道，"大家帮忙保密一下，要是惊动了上面就麻烦了。"

　　有心之人在地狗说完话之后向屋内看了一眼，感觉情况有些不对。此时有四个人正在动手厮杀，想让这四个地级全部喝醉，需要的酒精数量实在太过庞大，可屋内明显没有那么多酒瓶。

　　众人身后站着一个浑身缠满了绷带的高大地兔，他见到屋内打起来之后一直侧着身子向门里看。地狗觉得他有些眼生，索性也没再搭理，只是再次跟众人说道："都散了吧，只是打架而已。"

　　上一次这么大规模的打斗还是白羊和地蛇，那时的地蛇多根骨头被打折，养伤都养了几个月。

　　"那个……"高大地兔在众人身后叫了一声，"需要帮忙劝架吗？"

143

"不需要。"地狗微笑一声,"现在对于各位来说是下班时间吧?有这个时间不如多去吃点好吃的,这里我会处理。"

随便搪塞了两句之后,地狗回身就要关上房门,可忽然感到一股强大的力量将房门按住了。

"怎么?"地狗回过头,发现地兔已经穿过人群来到了身前,瞬间眼神当中透露出了一丝不快。

"需要劝架吗?"地兔又问。

"不需要,多谢。"地狗面无表情地回答道。

"确定吗?"地兔皱了皱眉头,头顶的耳朵也抖动了一下,"我是地兔。"

"兔?"

此时地狗才明白地兔是何意。地兔听力敏锐,刚才他们的交谈他应该都听到了。

地狗打量了一下地兔,他明明是个非常强壮的地级,可此时身上缠满纱布,而且纱布上血迹斑斑。最近也并没有听说其他生肖之间发生打斗,难道是参与者打的吗?此时的地狗心中一直在犯嘀咕。

"你到底想做什么?"地狗再次确认了一遍。

毕竟四个地级打起来的情况非常少见,正常生肖为了不卷入麻烦自然避之不及,可这人不仅偷听了他们说话,甚至还要硬生生地卷入进来。

"我说过了,我想劝架。"地兔的手掌放在门上,看起来非常坚持,并不打算退让。

地狗眯着眼睛思索了几秒,感觉对方如果想要戳穿这件事情,早就可以直接说明了,可他一直有心隐瞒,难道他也是白羊的"针"?

仔细想想,能够把一个地级生肖伤成这样,这个参与者定然不是什么寻常人物。

"你既然不怕死,那就进来吧。"

二人对了一下眼神,随后走进屋内关上了房门。

地鼠见到这一幕后自然有些不解,本意是让地狗去门口驱散一下围观的生肖,以免让其他人卷入,可他直接带了一个地级进来。本就拥挤的房间里现在聚集了七个地级生肖,其中四人正在死斗,剩下的三人只静静地看着。

"狗领导,您这是?"地鼠问道。

"我也不知道。"地狗一脸无所谓地坐到一旁,"看起来像是来找死的,我拦不住,也赶不走。"

地兔捂着身上的绷带对二人稍微点头,然后说道:"我今天答应了别人,若是发现其他生肖有什么异样,就跟过来看看。"

"就这样?"地狗思索了一会儿问道,"让你做这事的人是个不苟言笑、心思缜密的年轻人吗?"

"呃……"地兔听后回忆了一下,脑海当中浮现出了陈俊南那嚣张的脸庞,"要说心思缜密估计勉强能算上,要说不苟言笑可实在是太牵强了,他的话多到能让我烦死……"

"这……难道还有其他人在做这件事?"地鼠看着地狗问。

地狗听后摇了摇头,巧合太多自然不是巧合。

他更相信自己的推断——并不是有其他人恰好做出了这件事,而是白羊组织了一支队伍,有计划有组织地鼓动生肖。

"所以我们的话你也听到了……"地狗说道,"你的选择是什么?"

地兔低下头,沉默几秒后说道:"我想问问,当时的白羊真的没有晋升为天级吗?你们有没有实际证据?"

"没有。"地狗摇头道,"我们所有的依据都来自赔钱虎的猜测,这对于我们来说就是一场豪赌。"

"什么?"地兔皱着眉头看向二人,"用猜测把命给赌上?"

"原先我们都以为是猜测,可今夜踏入这个房间的生肖实在是太多了,你们的到来逐渐印证了这件事。"地狗回答道。

几个人说话间,不远处的黑羊和地马再次双双飞了出去,二人落地之后半天都没有爬起来,应当是到了极限。没多久,地羊用手撑住地面咳了几口血,然后捡起一根断掉的金属桌腿。

"别太不把我当回事了……"地羊伸出一根大拇指擦了擦嘴边的血,一步一步地走到了地马身旁,举起了手中的桌腿,"这地方的羊没有一只是好惹的。"

地鼠见状不妙赶忙走上前去伸手按住了地羊:"领导,听我说……生肖相杀罪名可不小,你想清楚了吗?"

"我好歹也是羊哥的学生,怎么会那么冲动?"地羊叹了口气,将地鼠的手推开了。

"那就好,你……"

还不等地鼠说完话,地羊以迅雷不及掩耳之势将手中的金属桌腿刺向了地马的脚踝，将她的小腿直接钉在了地上，让她发出了撕心裂肺的惨叫。

"羊哥和我说过，当碍于情面没法杀死敌人的时候，就想办法废了她。"

地马在地上痛得五官扭曲成了一团，房间内的几人都看了过来，而地狗和地鼠则一直望向房门的方向。

黑羊一脸冷漠地解开了衬衣的扣子，尽量让脖子放松了一下，接着又往地上吐了一口血水："地马，你的小心思也应该到此为止了……"

地马根本没法回答，只是自顾自地躺在地上惨叫。

正在跟地虎缠斗的地猪见到这一幕也暂且停了手，回过头来看向黑羊，隔了几秒之后皱眉问道："你疯了吗？你挑断了一只地级的脚筋？"

"哦？是吗？脚筋什么的……"地羊露出一脸漫不经心的歉意，"我怎么知道那里是脚筋？只是一不小心失手罢了，如果需要的话我现在可以道歉。"

见到对方如此狠辣，地猪心里不由得犯起了嘀咕，一只地虎便已经这么难缠，若是身后一直有个虎视眈眈的黑羊，他们还能全身而退吗？

地虎擦了擦脸上的血，往前走了几步，说道："你个矮子猪打架用指甲挠，跟小孩有什么区别？"

地猪专门将指甲留长当作武器，现在指缝里全都是白色的毛发和发红的血肉。

"地猪，我有几句话想说。"黑羊说道，"你是给我点时间让我说明情况，还是准备再斗一场？"

地羊说话的同时从地上捡起了另一根桌腿，眼睛盯着桌腿尖锐的顶端。

现在的情况对地猪来说有些棘手，地马来找他的时候可没提过这里有这么多的对手。

"矮子猪，我跟你说话呢！"地虎没好气地往前走了几步，似乎并不打算就此罢手。

"算了，我不打了。"地猪说道。

"你带着这只马大摇大摆地杀到我这儿，现在说不打了？"地虎皱着眉头问道，脸上的疑惑抑制不住。

"是啊……我……"地猪沉吟一声,随后趁着地虎不注意的时候狠狠地一脚踹向了他的膝盖。

啪!

好在地虎的下肢非常粗壮,这一击没有直接踢断他的膝盖,但也让他剧痛无比,整个人闷哼一声直接半跪了下来。地猪也没有丝毫犹豫,直接翻身到地虎身后,一只手捏住他的下巴,另一只手捏住了他的喉结。

房间内一时之间安静无比,地羊、地狗、地鼠、地兔都呆呆地望着这一幕,不知道他到底要做什么。

"你们可别太嚣张了。"地猪冷哼道,"你们若是敢乱来,现在我就捏碎他的喉咙。"

本来以为地虎会是这一次造反的发起人,只要能拿住他就能拿捏住整支队伍的命脉,可奇怪的是眼前的众人一点反应都没有。

地羊眨了眨眼,问道:"我……我确认一下,你现在是在用赔钱虎的命威胁我吗?"

听到这个问题,地猪也有点语塞了:"什么?"

"杀了他。"地羊扬了扬眉毛跟地猪示意道,"别的先不用说了,快动手,先杀他。"

"你不怕我杀了他?"地猪皱着眉头问道,"你们俩不都是白羊的学生吗?!"

"那又怎么了?"黑羊无所谓地耸了耸肩,"这么多年来我俩互相看不惯对方,我早就想动手了,只是碍于情面不好下手,今天你正好帮我。"

地猪又扭头看向旁边的三个围观者:"你们也无所谓吗?!我要是杀了他,你们可就群龙无首了!"

三个人互相看了一眼,也没有什么反应。

"你……你们……"地猪疑惑地扫视了一眼众人,"就你们这样的队伍也想造反?"

这支队伍群龙无首,内部充满矛盾,成员各怀鬼胎,彼此见死不救……这到底是什么"奇葩"队伍?

"猪领导您别乱说啊!"一旁沉默了半天的地鼠开口了,"什么造反不造反的?您要造反也别伤害地虎啊,您自己造就行啊!"

"你……你瞎喊什么?"地猪一愣。

地鼠冷笑一声,将地马脚踝上的金属桌腿抽了下来,抵在了地马的脖子上。

"猪领导,我们有五个人,您只有一个人。"地鼠笑道,"这支铁管要是插下去,您不仅会坐实造反的罪名,还会背上残杀生肖的罪名。"

"你……"地猪眯起眼睛,目光不断地在几个人身上游走,仿佛在给自己寻找一个合适的台阶,他思索了一会儿,看到了躺在地上一脸痛苦的地马,随后说道,"那我也不能这么罢手,你们把我带来的人打废了,怎么也得有个交代吧?要不然,等我回去,我一定会带着我的学生来问你们要个说法。"

"哈哈!"被控制住的地虎此时哑然失笑,"带学生来讨说法?多么可笑!"

"你还敢笑?"地猪加大了手上的力气,"你的命现在在我手里,还这么嚣张吗?"

"老子实在忍不住了,不笑憋得难受……"地虎哈哈几声,"你对自己的学生非打即骂,用生命威胁对方上交道,到了性命危急的时刻居然还要带着对方来帮你拼命……你个侏儒到底怎么敢的?"

"我自己的学生我严加管教,有什么问题吗?"地猪冷笑一声,"我可不觉得那群蠢货敢在这里反抗我。"

"是。"站在地猪对面的黑羊开口了,"你的学生是没有反抗你,但……"

"哦?"地猪皱着眉头看向他,"你又有何高见?"

"你可能还不知道。"黑羊冷笑一声,"你的大弟子人猪,在他最危难的时刻求助的人并不是你,而是羊哥啊。"

"什么?"

"怎么?你大弟子跟参与者赌命死了,你要装不知道吗?"地羊冷笑道,"听说他经常忤逆你的命令?我看他跟羊哥沟通的时候非常谦卑,他有胆识、有魄力、有想法,这么好的一个人,怎么会走投无路来给羊哥下跪呢?"

地猪的表情变颜变色,看起来很生气。

"哦,难道是因为成了你的学生,所以才走投无路吗?"地羊将手中的铁棍扔到一旁,说道,"地猪,不管你承不承认,现在你都是个纸老虎,在人级面前作威作福惯了,我们地级可不怕你。"

见到地猪依然沉默不语,地羊开口说道:"之前我说过,我有几句话想跟你说,你不妨先听听,再决定要不要捏死你手里那只笨猫。"

地虎一听来了火气，朝着地羊吼："你说谁是笨猫呢？！"他艰难地扭过头对地猪说道："侏儒，你杀我没事，但你杀了我之后一定要把这个黑不溜秋的玩意儿也宰了，要不然我死得不痛快！"

"你凭什么命令我？"

"我命令你了？！"地虎骂道，"怎么的？杀我的时候痛快，杀黑羊就尿了？你尿啥啊？！"

地猪眼珠子转悠了一下，他抬头对地羊说："你到底有什么话要说？"

"我……"地羊看了看在地上捂着脚踝哀号的地马，问道，"我想知道她到底是怎么和你转达的？"

"嗯？"地猪看了看地马，又看了看地羊，"你什么意思？"

此时的地鼠冷笑一声走上前："猪领导，您看起来是个很聪明的人，怎么跟个傻子一样被人当枪用呢？这一架到底是你想打，还是别人想打？"

地猪听后似乎想到了什么，于是低头看向地马："喂……你该不会……在骗我吧？"

"我……"地马虽然没有说话，但她欲言又止的表情说明了一切。

地猪直接放开了地虎，走上前去弯腰拉住了地马的领子："根本就不是天马的安排，是不是？！"

"别动摇啊……猪哥……"地马一脸痛苦地笑道，"就算不是天马的安排，你把他们拿下一样可以立功……"

"立功？你以为我要的是立功？"地猪的表情渐渐冷淡下来，"这些年来我立的功还少吗？我要的根本不是这些表面功夫，我只是要一个承诺，一个来自天级的承诺！"

"一样的，猪哥。只要你能拿下他们，都一样的……"

"不一样！我只差临门一脚了，只要他们肯放话，我一定可以晋升的！"地猪咬着牙说，"我早就杀够了三千五百九十九人，就差一个参与者我便可以完成任务，你以为是我一直没有完成吗？！是我一直都在等天级发话啊！今天那群穿着皮衣的人来到我面前耀武扬威，我却要故意放水让他们全员存活，你明白这种感受多憋屈吗？！"

黑羊听后眯起了眼睛,和地鼠对了一下眼神。

"等会儿……"黑羊说道,"地猪,你为什么不杀够三千六百人?你在等什么?"

"我……"地猪听后整个人微怔了一下,随后叹气说道,"我在等能够百分之百晋升天级的机会,我可不想变成白羊……"

"你……"

房间内的众人听到这句话纷纷瞪大了眼睛。

"我要没猜错的话,白羊根本就没有晋升。"地猪说着话,浑身竟然不自觉地颤抖起来,"他真的太傻了,在终焉之地和谁对着干都没问题,可偏偏要跟天龙对着干,那个人可是凌驾于所有人之上,你们知道为什么生肖永不回响吗?"

"为什么?"

"因为回响能够撼动天龙的位置。"地猪低下头说道,"天龙为了更方便管理这里,将不同的力量分开给予了参与者和生肖,他连这种事都能做到,居然还有人妄图扳倒他。我们生肖就算身体素质再强、力量再大,也终究是一群脆弱的石头巨人,在天龙面前根本不值一提;而参与者则更加可笑,一群能够使用回响但身体没有得到强化的人,轻则走火入魔,重则损毁己身。"

众人听后表情都变了起来,地猪不愧是这里的元老,他一直都在苟活,掌握的情报似乎比任何生肖都多。

"听起来是另一种含义的分而治之……"地鼠点了点头,再度恢复了笑容,走上前去问道,"猪领导,我还是想问问,您为什么会认为白羊晋升失败了呢?"

"我猜的。"地猪说道,"他的晋升实在太过顺畅了,一直以来立功无数,受万人敬仰,甚至功高盖主。我怀疑天龙只是找个借口彻底除掉他罢了,他的存在会让天龙的统治失去威信。"

"所以……你知道他和天龙之间发生了什么事吗?"黑羊问道。

"不知道。"地猪回答说,"我只知道天龙对白羊言听计从,这还不够古怪吗?"

"言听计从?"

"白羊说要提高游戏难度,天龙便让他操刀所有新上任的地级生肖的游戏,你还见过哪个生肖有过这种待遇?"地猪思索了一会儿,说道,"错了……说起来……曾经也有一个生肖替别人设计过游戏。"

说完之后他便低头看向地马，一脸冷淡地说道："这事你比我更熟，是吧？"

地马听后用手撑着地面，慢慢地站了起来，冷笑道："是了，我的信仰从来就不是白羊，而是我的老师金丝猴。"

"金丝猴？"

"我的木牛流马就是在她的帮助下设计出来的。她别出心裁地在游戏当中加入了北斗的元素，既给参与者保留了活路，又确保了他们非死即残……"

眼前的几个年轻生肖面面相觑，他们的记忆中从未有过此人。

地猪听后，对众人解释道："金丝猴应在三十年前晋升为天级了，所以你们不认识也不奇怪。"

"三十年前晋升为天级？"几个人似乎想到了什么，然后沉声问道，"就是现在的天猴？"

"不，猴姐应该出去了……"地马打断几人的话，道，"她的目的一直都是出去，所以也没有理由成为天猴。"

黑羊和地虎感觉事情仿佛又回到了原点。

成为天级的生肖到底能不能出去？又要如何证明那个金丝猴逃出去了，而不是像齐夏一样成了参与者？

"所以你知道金丝猴原先的名字吗？"黑羊问道，"你有没有在终焉之地见过她？"

"没有。"地马斩钉截铁地说道，"这才是我一直没法理解你们要造反的理由。整整三十年啊，我都没有在终焉之地见过一个像猴姐的人，所以我不能认同你们的想法，我一定会举报你们的。"

看着她坚定的眼神，众人只感觉情况略微有些棘手。

本以为这次摩擦最难对付的会是地猪，可现在看起来心怀鬼胎的分明是地马，她怂恿了地猪前来叫嚣，现在地猪识破了她的面目，她却依然不肯放过众人。

这女人不管怎么说也是堂堂一个地级，众人没有理由将她控制在这里，更没有办法直接杀了她，那接下来该如何是好？

地虎急得眉头紧锁，既然白羊开始在外面鼓动生肖了，便自然会有这种叛乱分子知晓计划，如果众人不能在这里处理好她，那计划刚刚执行两天就要告吹了。

几人沉默了几秒，地鼠伸手整了整胸前的领带，说道："各位领导,介不介意我说两句?"

几人都向他投去了目光。

"您各位别介意,我就是有点不理解。"地鼠假笑了一下,"马领导,您到底是想要和谁举报我们?又要举报我们什么?"

"当然是和天龙举报你们造反!"地马怒笑道,"这么大的事情被我知道了,难道还需要帮你们瞒着吗?!"

"您千万别着急。"地鼠赶忙点头哈腰地赔笑道,"领导,消消火,听说生气的话容易脚踝疼。"

"你!"

虽然嘴上说的是消消火,可这短短的一句话险些把地马气死。

"领导,我仔细想想,这列车上每天的乱子真是不少啊。"地鼠双手抄进口袋中,"天龙应该也知道,虽然我们每个地级都很尊敬自己的上司,但也在内心默默祝福着他们有一天能够忽然暴毙,否则这天还有谁上得去?"

"我听不懂,你有话直说。"地马冷哼道。

"那我冒昧,有话可就直说了。"地鼠笑道,"您口口声声说我们要造反,可我们充其量就是想让自己的上司去死而已,你认为天龙知道这件事会怎么样?大怒一场还是放任不管?"

地马听到这句话眉头一皱,整个人语塞了一阵。

"您应该是想要用造反这件事来威胁我们,这我完全能够理解您的。"地鼠点点头,"可也得和您说声抱歉了,这次似乎什么也威胁不到。您有在职场里打拼过的经历吗?您仔细想想,通常来说小员工想要取代中层,老板会是什么态度?"

地鼠一针见血地点破了其中原委,让地马的表情格外难看,她抹满了口红的嘴唇此刻似乎正在颤抖。

"您不说的话我替您说——老板肯定会鼓励小员工的。"地鼠乐呵呵地龇出了自己的鼠牙,"这种机会不仅能够激发小员工的干劲,还能增强中层的危机感,使整个公司内卷①运作,老板坐享其成,是不是这个道理?"

看着地鼠绘声绘色地跟地马描述着公司的运作流程,众人对他的看法有些改观,这人虽然看起来不太靠谱,但关键时刻脑筋够灵活。

---

① 内卷一词本意来源于社会学概念内卷化,现在多用来指某一范围内的恶性竞争,或指没有意义地付出从而导致个体"努力收益比"下降。

隔了好久,地马才叹了口气,说道:"你们人多,我说不过你们。"

"领导您别谦虚,我们就算人再多,说话的也只有我自己。"地鼠冲地马微微一点头,"您要能说得过我就尽管说。"

"我懒得和你说。"地马冷哼一声,转过身去,一瘸一拐地走到房门口,似乎正准备离去了。

众人不由得松了口气,看来这颗定时炸弹已经被解除了。

"领导,走了吗?不威胁我们了吗?"地鼠问。

"滚。"地马没好气地回了一句。

"您别着急走……"地鼠的嘴角冷冷地一扬,"既然您不威胁我们了,接下来我可要威胁你了。"

地马回头看向地鼠,表情当中写满了疑惑:"你要威胁我?那好,我倒要看看你有多大能耐,能怎么威胁我?"

地鼠听后伸手挠了挠额头,说道:"领导您这么坦荡,反而显得我有点阴狠了,既然如此我就大胆猜猜了。您虽然坐拥着金丝猴设计的游戏,但三十年来都没有杀够三千六百个人吧?"

地马的表情极度难看,她并没有回答。

"您并不是想要立功,因为您和猪领导的诉求不同,您现在的做法反而像是在……在……"

地鼠想了很久该如何形容。

"啊,我知道了,将功赎罪对不对?"地鼠的笑意越发灿烂,"马领导,您不会犯了什么致命错误,需要赶紧做点什么来弥补吧?"

"我……"地马一脸不可置信地看向地鼠,"你到底是……"

"可咱们已经是地级了,到底有什么事情会让你这么慌张?"地鼠低下头,装作思索的样子,"慌张到你需要马上做点什么,来向上级表示忠心……但你不向天马表忠心,反而是表现给天龙看。事情很严重吗?"

黑羊此时看了看远处正在嗑瓜子的地狗,眼神也变得深邃起来,他带来的这只老鼠头脑确实不简单。

"也就是说这件事会让天龙发怒,并且有可能波及领导您的自身安全……"地鼠伸手捋着自己的长长的胡须,没几秒就得到了答案,"众所周知,今天有一群参与者在外面搞事……综合来看的话,有没有一种可能,他们在您那里搞得事情很大,大到您自己都没有办法控制,造成了极其严重的后果,这个后果甚至让您没有办法再继续当一个地级?"

"你真的是猜的吗?"地马瞪着眼睛问道。

"当然当然。"地鼠点点头,"领导,您不会以为我早就知道答案吧?那您实在是高看我了。"

地马听后也索性放弃了抵抗,对众人说道:"我现在情况确实有点危急……如果不能赶快做点什么,绝对会被驱逐的,所以这次来找你们麻烦也属于无奈之举。"

"这种话我听了太多了。"地虎摇摇头说道,"因为我怎么样,所以我不得不对你怎么样,可这世界上没人必须惯着你,你自己的事情凭什么需要我们遭罪?"

地马的眉头一皱,声音也有些变了:"那你们要我怎么办?!我现在杀不了人了!完成不了生肖的任务了!如果天龙知道我在这里浪费位置,肯定会把我驱逐的!用你们去换取功劳,已经是我唯一能做的事情了!"

"可你还有个办法。"黑羊在一旁冷冷地说道,"我昨天刚从羊哥留下的《陈涉世家》当中看到这么一句话——'今亡亦死,举大计亦死',既然你无论如何都逃不脱,不如加入我们试试。"

黑羊的话让几个人都有些犹豫,毕竟地马看起来可不是什么靠谱的队友。

"是啊,马领导……"地鼠也明白了地羊的意思,赶忙插话道,"狗领导和猪领导都能明白的道理,您怎么不明白呢?您这领导怎么能连猪狗都不如呢?"

地猪和地狗总感觉这句话怪怪的,可又不知道具体哪里奇怪。

"那我不纯粹是被逼迫的吗?"地马皱眉说道,"我根本就不想加入,明明是那个参与者害我……"

"那您的意思是?"地鼠问道。

"我要回去考虑一下。"

"可惜了。"地鼠说道,"我说过这是威胁,您要是不答应下来,我便将您的事情到处宣扬,到时候别说是您的脚筋,估计动脉都得被挑断,恐怕我们都不希望见到这种场面啊,猪狗不如的马领导。"

地马的神色黯然了一些,不知该如何应对。

此时的地猪抬起头来看了看她,说道:"你就暂且答应下来吧,先去治伤,再拖下去你的脚肯定要废了。"

地马看了看房间内的众人,不知道在思索着什么,隔了一会儿才说道:"我知道了。"

这一次,没有任何人上前阻拦她离开,只等她想明白后自己回来。

房间内不安定分子还剩一只地猪,他向着地虎走过去,然后低头挽起了自己的裤腿,露出了娇嫩的膝盖,随后伸手指了指。

"怎么?"地虎问道。

"踢我。"地猪说。

"啥玩意?!"

地猪叹了口气:"一码归一码,刚才我不知道情况偷袭你,现在你踢回来,咱俩扯平。"

地虎听后感觉有点理解不了了:"说你跟个小孩似的还真没说错,你打了就打了呗,我也没被你打死,怎么还有踢回来的?"

"我成为地级之前本身就不到十三岁。"地猪说道,"非说我是个孩子也没什么不对,只不过我已经在这里生活了几十年了。"

地猪的一句话让众人陷入了沉默,如果他们不想办法做点什么,只会比地猪生活在这里的时间更长。

"难怪你身上这个嚣张劲儿和我年轻时候差不多,还真是个孩子啊?"地虎的语气不再那么强硬,反倒柔和了一些,"你要是孩子的话我也不跟你计较了,这事算了吧。"

他摆了摆手,扶着自己的腿一步一步地走到一旁坐下:"老子一把岁数,不爱跟小孩子计较。"

地猪听后思索了一会儿,将自己的裤腿放了下来,又说道:"我不想欠你的,作为报答,我给你做件事吧,你想要做什么?只要我能力范围之内的,都可以帮你做。"

地虎看着地猪思索一阵,然后笑着说:"刚才有人落井下石,你去给我杀了那只黑羊,老子忍不了了。"

"好。"地猪一脸严肃地点点头,"我这就去。"

"哎?"黑羊一怔,"赔钱虎你是真不识好歹啊,那不是我的缓兵之计吗?"

话音未落,地猪已经冲了上去,地虎赶忙扑上前去拦住了他。

"哎,算了算了,我开玩笑呢!"

众人只感觉这屋子里的问题人物又多了一个。

"不是你让我杀他吗?"地猪问道。

"我现在彻底相信你是个孩子了。"地虎无奈地摇了摇头,"看你那么喜欢称王称霸又没什么礼貌,以前还真的以为你是个心眼贼多的小矮子……"

"不管怎么样我也已经长不高了。"地猪说道,"如果你不需要我做其他的事,我现在就走了。"

"走了?"地虎一愣,"你不再管我们造反的事情了吗?"

"你们刚才也说过了。"地猪回道,"你们的目标无非就是天级,杀了天级你们就可以晋升,我对这件事没什么想法,我在找到真正的晋升之路之前,并不会贸然出手。"

"真正的晋升之路?"

"是,至少我不想做第二个白羊。"地猪叹气道,"就算我真的要在这里灰飞烟灭,我也不能死得不明不白。"

黑羊听后皱了皱眉头:"我好像有点懂你的意思了……你觉得我们聚在这里造反,是为了给羊哥报仇?怪不得你会认为我们的首领是赔钱虎。"

"难道不是吗?"地猪也有些疑惑,"因为你们也猜到白羊大概死亡了,所以才想要问这里的天级讨一个说法。"

众人听后面面相觑,而地虎也擦了擦脸上的血,一瘸一拐地走了过来,说道:"小猪,那如果我告诉你,羊哥不仅没有事,反而现在还在终焉之地想办法迎战天龙呢?"

"什么?"

"是真的。"众人纷纷点头,而地鼠也在一旁说道,"猪领导,今天所有出现在屋子里的生肖,应该都在白天见过白羊了。"

众人将白天各自遇上的事告知了地猪,而地猪也跟着回忆了一下。

他确实没有见到什么可疑的人,只是有一支穿着皮衣实力很强的队伍,他险些被他们摆了一道。至于他们所说的不苟言笑的年轻人和能烦死人的年轻人他确实未见过。

"原来你们不是背负着白羊的意志负重前行,而是直接遵从白羊的指示?"地猪喃喃自语地问道。

"说话能不能别这么中二[①]?"好久没说话的地狗开口了,"一会儿说什么要一句来自天级的承诺,一会儿说什么背负着白羊的意志前行,我真的忍不住了,你能不能少看点动画片?"

"嘻,小孩子嘛。"地虎叫道,"爱看动画片是好事,思路活泛。"

黑羊也有点受不了了:"怎么只要是个小孩你就改脾气啊?

[①] 舶来词,来自日本文化。中二可以简单理解为像初中二年级的学生那样天真。

刚才你俩互殴的时候我可真没看见你手软。"

"我这不跟小猪闹着玩嘛。"地虎伸手不断揉弄着自己的膝盖，看起来疼得不轻，"他要早告诉我自己和我差着岁数呢，我也不能下手那么狠，是吧小猪？"

地猪没有搭理地虎，只是自言自语道："但这真的很酷，一场人与兽之间的约定……一场不同种族之间的联合造反……"

"谁是不同种族？"黑羊感觉有点被冒犯了，"你觉得自己不是人可别把我们带上。"

"我们是兽人，他们是人……"地猪一脸认真地问道，"难道这不算是跨越种族吗？"

众人都没说话，只是静静地看着他，像在看一个胡言乱语的孩子。

"乖，知道了，去玩吧。"地狗面无表情地挥了挥手。

"别呀！"地猪一看就来了兴致，"快跟我说说你们到底有什么计划！"

众人心中纳闷。平日里看起来一脸嚣张、完全不懂为人处世的地猪，居然是个中二少年。

"我本来以为你们是短板之队，现在看起来每个人都是冥冥之中自有注定啊！"地猪点头道，"我有很多你们不知道的信息，而你们有周密的计划，咱们如果真的能联手，后果将不堪设想。"

"不堪设想是这么用的吗？"黑羊感觉怪怪的。

"所以你们的计划呢？"地猪就像没听见一样，"这件事实在是太大了，我们什么时候开始行动？"

众人听后都将目光投向了地虎，毕竟他是第一个提出要造反的人。

"计划？"地虎眨了眨眼，硬着头皮说道，"我……我确实有一个计划……咱们直接把门一踹，大喊一声天级出来受死，这样应该差不多了吧？"

一句话让屋子里所有的地级生肖都陷入了沉默。

"您这领导真够虎的……"地鼠尴尬地笑了一下，"这计划是不是叫没计划？"

"我确实没怎么想。"地虎说道，"我连能组起几个人来都没想好，怎么可能制订好计划？"

此时的众人不仅沉默，连表情都呆滞了。

"我现在能杀他吗？"黑羊问道，"现在就杀，我忍不了了。"

"老黑，别这样！"地虎笑嘻嘻地说道，"咱们人多力量大，得共商大计,这么大的事难道你们就指望我一个人啊?"

"我先杀你。"黑羊一脸嫌弃地说道,"我总感觉这个计划没了你也一样。"

"怎么这么绝情啊?"地虎又扭头看向其余几个生肖,"你们也都这样想吗?"

"领导,您这样说的话,我这墙头草现在就得走了。"地鼠也皮笑肉不笑地咧了咧嘴,"您各位看起来人还不错,出卖各位的事情我就先不做了,咱们就此打住吧。"

"别啊!"

现场一时之间陷入僵局。

"无聊,我回去了。"地狗起身走向房门,"这场计划我看是搞不成了,有这个时间我不如回去睡会儿。"

"啊?"

地虎看着远去的地狗,还不等他说点什么,黑羊也站起来了。

"我也走了。"他叹了口气说道,"继续留在这里我怕我会杀了你。"

"哎?!"

两个人不由分说地打开门走了出去,门外的围观者不知何时已经散了。

地鼠听后也掩嘴一笑:"既然如此……那我们就撤了,到此为止吧。"

"怎么都要走啊?"地虎面带委屈地看着远去的三人,有些不知所措,"我一会儿去给你们弄点酒,能不走吗?"

几人并没有停留,脚步声在走廊上渐行渐远。

地虎默默地在地上坐了下来,心情格外失落。今天一整天白羊都在外面努力地鼓动着各种生肖,好不容易七个生肖齐聚一堂,明明是个千载难逢的好机会,他却把事情搞砸了。

齐夏听完地虎的回忆,不由得嘴角一扬。

"羊……齐夏,我把事情搞砸了……"地虎叹气说道。

"是吗?"齐夏扬了下眉头,"我并不觉得。"

"不觉得?"

"他们会回来的。"齐夏说道,"你不仅没有搞砸,甚至把队伍整合好了。"

"啊？"地虎有些不理解，"齐夏，我真的整合好了吗？我怎么感觉我什么都没做……甚至还怀疑这些人会出卖我呢……"

"放心，本来是有点难度的，可天马时刻帮了我们。"齐夏淡然地说道，"当他们站在自己的游戏场地里，看到天级把人命当作蚂蚁肆意屠杀的时候，会想明白一切道理的。看着吧，今天晚上事情就要迎来转机了。你今晚要准备好茶水，等待那六个人的再次光临。"

"好！"地虎点了点头，"齐夏，有你这句话我就放心了……只是……"

"怎么？"

"刚才也跟你说过了……我们七个人，根本挑选不出一个队长，本来觉得社畜鼠够聪明，可他的性格你也知道……"

"是，我完全了解。"齐夏点了点头。

"我们现在根本群龙无首，没有计划、没有目标，只知道要做点什么，可仔细想想什么也做不了。"地虎无奈地摇了摇头，"羊……齐夏，我虽然知道了你的指示，可我到底要做什么啊？！"

齐夏听后伸手摸了摸自己的下巴，对方明白了他的指示，他也明白了当年的自己铺下的路，可当年的自己到底要做什么呢？

齐夏在脑海当中复盘了一下整件事情，把所有的希望都赌在一只冲动的老虎身上，这显然也不符合自己的作风。自己肯定还留有后手……可这个后手是谁呢？是黑羊？

齐夏看向了一旁的空座位。这张方桌总共四个座位，三个人占了三个，那个空座位上此时凭空出现了一只白羊的幻影。

"黑羊并不是后手……是吧？"齐夏看着这道幻影在心中暗道，"如果我们思路相通，你还有一个后手，对不对？一根明针一根暗针，而剩下所有因为这件事卷进来的生肖全都是被这两根针串起来的线。"

许流年和地虎看着齐夏嘴唇微动仿佛在喃喃自语，谁也不敢开口说话。

"真正的造反计划不在地虎这里，也不在黑羊那里……这样就算他们被抓了也没事，连天蛇都问不出计划。"齐夏闭起眼睛，大胆地猜测着曾经的自己所布下的局，"由于你根本就不知道我会动员哪些生肖，这件事的不确定性太多，连你也没有办法赌，所以你会选择一个必然能够参与进来的生肖，只要地虎这根明针一动,另外一根暗针就会动,可那人到底是谁?而你又会用什么办法通知他?"

齐夏睁开眼睛,重新看向眼前白羊的幻影,而那个幻影也在此时扭过头来望着他,隔了几秒之后,白羊露出了一脸轻蔑的表情。

这个轻蔑的表情也让齐夏瞬间明白了一切:"原来是这样?你有七年的记忆,你会自然而然地认为我不如你聪明,所以你有可能会给我留下一个傻瓜式的答案。"

齐夏伸手摸着自己的下巴,表情也变得轻蔑起来:"可你不知道我每一次都比上一次更加强大。"

地虎、生肖、造反。为什么是地虎?

聪明的生肖满地皆是,为什么不去找一个更加靠谱的队友?难道仅仅是因为地虎够忠心吗?不,应该还有一个更加重要的问题。

齐夏瞬间瞪大了眼睛,感觉线索已然浮出水面了,而眼前的白羊幻影也在此刻灰飞烟灭。

"是了……"齐夏嘴角一扬,"果然是个傻瓜式的答案……"

"什么?什么答案?"身旁的两人不解地看着齐夏。

"因为你是地虎……所以你所制造出来的声势比任何人都大。"齐夏伸出手指,在桌子上抹开灰尘画出一条横线,"只要你选择开始行动,这件事便不那么容易瞒住,各式各样的生肖会聚集到你的屋子里……"

齐夏说完便看向了自己在桌子上画出的线。假如这是列车,而中央位置就是地虎的房间,答案不就已经显而易见了吗?只有将暗针埋在这里才最为保险。

是邻居。

"只要明针一动,暗针听到响声就不得不动。至于黑羊……"齐夏嘴角一扬,"他只是防止针伤到手的顶针罢了。"

"你搁这儿画什么呢?"地虎怔怔地看着齐夏,"出了什么事吗?"

"地虎,我若是没猜错,今晚还会再来一个人。"齐夏说道。

"什么?"

"你只需要等就好。"齐夏说道,"最快今晚,那个人就会来主动找你。"

地虎还是感觉有些听不懂齐夏的话,但这种感觉让他分外熟悉。这才是羊哥的行事作风。

自己什么都不需要问，只需要照做，只需要等。

"齐夏，还有件事。"地虎又说道。

"什么？"

"就像我说的……"地虎摇了摇头，"我们这些人当中没有一个人能够担任队长，我们应该按照谁的指示行事？难道就是你说的最后一人吗？"

齐夏思索了一会儿，感觉这个问题有些说不准。

毕竟那根暗针到底是谁，就算是强大的白羊也根本没得选。那个人只能是他，所以他是否会有当队长的资质齐夏根本不得而知。

"我来做队长。"齐夏说。

"啊？！"地虎一愣。

"关键时刻你们听我的指挥行事。"齐夏语重心长地说道，"毕竟这件事的组织者不是你，而是我，所以只有我才能服众。"

"这……"地虎听后挠了挠头，感觉这个提议听起来既靠谱又不靠谱，"我们相聚的时间都是晚上，而且基本都在列车上，可羊……齐夏你不在车上啊。"

"所以我说关键时刻听我的。"

"那不关键的时刻呢？"

齐夏无奈地摇了摇头："不关键的时刻就更好说了，你们可以各自为政，七个人都是队长，谁想到什么就去做，一切随机应变。"

"能行吗？"

"情况已经如同正在倒塌的大楼，一发不可收拾了。"齐夏伸手拍了拍地虎的肩膀，"所以此时无论出了什么乱子都一样。"

"哦……"地虎似懂非懂地点了点头。

"不过也不必担心，那时候你们队伍就凑齐了雏形……足足有八个人了。"

说到八个人的时候，齐夏微微皱了皱眉头。

"怎么了？"地虎问。

齐夏顿了一下，从自己的口袋中掏出了青龙给他的那卷地图。

"地虎，我有件事想请你帮忙。"齐夏将地图摆到了地虎眼前，"这一次来找你，除了问问你的进展之外，还有个小麻烦需要你参与一下。"

"要我帮忙？"地虎大咧咧地笑了一下，"你这不是见外了吗？有能用到我的地方尽管说就好了啊。"

齐夏将地图在地虎面前展开，上面详细地画着这一带的布局。

"这是啥玩意儿？"

地虎将地图拿起来看了又看，发现这地图虽然是手绘的，但画得格外详细，甚至连重要建筑的形状都画了出来，更在一些建筑物前标明了子丑寅卯等字样。

"地虎，这上面有一些红色字体，代表着一部分地级，你知道是谁在那里吗？"

"哦！"地虎这才看明白地图的意思，"我看看啊！"

他伸出自己粗壮的手指，指着地图上红色的字体一个个念叨着："丑、卯、辰、巳、戌、申、酉、亥。"他伸出手指算了算，"丑牛……卯是什么？兔吗？还有辰……"

齐夏在旁边默默地等了一阵，地虎才若有所思地抬起头来，表情有些复杂。

"怎么？"齐夏问道。

"有点奇怪啊……"地虎挠了挠头，"这八个红色的地级到底是干啥的？"

"这是……"

齐夏皱着眉头，感觉不太好说，这八个地级和地虎所说的队伍有出入——这八个人中没有寅虎和未羊，而且这八个地级，他也只见过其中一个，也就是那只嚣张的、不讨人喜欢的地猪。

"你不说也没事。"地虎摇摇头，"只是有点巧啊……这八个地级，其中有三个昨天都来了我的房间啊。"

"哦？"

"就这个……"地虎将地图拿了起来，伸手跟齐夏指着，"卯兔、戌狗、亥猪……这三个位置我看了看，分明就是他们所在的游戏场地。"

地猪的场地齐夏去过，可是地兔和地狗的场地他并不知道位置。

"八个当中有三个人加入了队伍，也就是说真正的敌人有五个？"齐夏喃喃自语道。

"什么敌人？"地虎问。

齐夏没有回答，只是跟地虎说道："你记住剩下五个地级的位置，若我猜得没错，这五个人其中之一会在今晚敲响你的房门。"

一旁的许流年有些不理解了，和青龙谈话的时候她在场，如今也听了地虎讲述的昨晚的遭遇，可她完全不知道齐夏在思考什么。

"齐夏……为什么这其中会有人加入?"许流年问道,"这两件事有什么必然联系吗?"

齐夏抬起头来,像是在跟许流年说话,又像是说给青龙听:"四个造反者,四个敌人,这四个敌人我必然会去处理,而剩下的四个则用我的四个队友以命换命。青龙想知道我要留下谁,又要放弃谁。"

地虎还是有些疑惑:"你刚才说的敌人……"

"这是青龙让我击杀的目标。"齐夏说道,"他们八个地级的生命跟我的队友捆绑在一起,他们中每活下来一个人,我就会有一个队友失去理智变成原住民。"

"啊?"

地虎一怔,一双大眼睛不断地眨着,仿佛在试图搞明白齐夏的立场。

"齐……齐夏……你……这下不是完犊子①了吗?跟我造反的人和你的队友,无论如何都要死一半?"

"是这个道理。"齐夏点点头。

"可这是为什么啊?!"地虎一拍桌子,脸上写满了不解,"青龙到底是哪边的?他是在帮你还是在害你啊?"

"我不好说,今天我有些累了,明天开始我将照着名单上标注的信息一个一个去拜访他们。"

许流年在此时也有些不解地看向齐夏。

"包括……进到我房间里的人吗?"地虎不确定地问道。

"暂时不包括。"齐夏回答道。

"可这样的话不是太为难你了吗?"地虎眉头紧锁,表情格外难看,"你如果不杀他们几个,那你的队友就会失去理智。我总感觉青龙很奇怪,这是他应该参与的事情吗?他的职责不是守护天龙吗?"

"这件事是青龙自己掺和进来的,不管他要做什么,我只希望他不会后悔。"

齐夏站起身,缓缓伸了个懒腰,他在大街上足足奔跑了一个小时,现在身上的疲劳感发作,让他感觉有些昏沉。

"对了。"齐夏忽然想到了什么,扭头问地虎,"你说兔、狗、

---

① 东北方言,意为完蛋了,形容没有得到预期的结果。

猪这三个人当中，有没有谁怪怪的？"

"怪？"地虎皱眉思索了一下昨晚三个人的表现，"三个人都很怪，没一个正常的。"

"不是这种意义上的怪。"齐夏摇摇头，"青龙和我说，名单上写下的所有人都是天龙的人，你怎么看？"

"什么？"

地虎瞬间瞪大了眼睛，嘴巴微颤，欲言又止。

隔了好一会儿，他才开口问道："齐夏，你是说天龙的人已经混入我的队伍中了？"

"我不好说。"齐夏并没有直接回答，"毕竟青龙有说谎的可能，我只是想知道从你们生肖的角度看，这三个人有没有什么奇怪的地方。"

听到这句话，地虎重新回忆着这几个人的表现，很快就发现了问题。

"这样说的话，这三个人还是有点怪……"地虎说道，"不愧是你，齐夏，你好像给我打开了一个新思路。"

"说来听听。"

"首先是地狗……"地虎眯起眼睛仔细思索着，"虽然他本人并没有什么奇怪的地方，但他的上司是天狗，天狗和青龙一样，都是终焉之地的耳朵，这两个人是合不来的。也就是说地狗和青龙是对立的。"

"哦？"齐夏听后略微点了点头，"那昨晚他的表现有什么奇怪的地方吗？"

"他……"地虎听后摇了摇头，"他很少说话，大多时候只是在听我们交谈。而且他不明不白地带了一个地鼠过来，他们俩似乎都不认识对方。现在我越来越怀疑他了……"

"没必要。"齐夏说道，"我们只是随意分享看法，你也没有必要完全相信青龙。就算地狗的上司是天狗，他也有足够的理由想要杀死自己的上司取而代之。"

"说得也是。"地虎面色犹豫地点了点头，"你要说那只大兔子……就更奇怪了啊。"

"哪里怪？"

"他被人打得浑身是伤，他的动机我也理解不了。"地虎说道，"他根本没有加入我们的理由啊，昨天他全程也没有表明自己的态度，好像完全事不关己，只是在一旁站着观察，这样看的话不是眼线是什么？"

"眼线？"齐夏摇了摇头，"不，我要是没记错，去参与地兔游戏的人也不是什么善茬，那只兔子很有可能已经被陈俊南给搞蒙了。"

"搞蒙了？"

"嗯。"齐夏答应道，"我怀疑他都不知道自己在做什么，具体情况需要我见到他之后再说，现在不能下定论。"

齐夏说完之后地虎便陷入了沉默。

"怎么了？地猪呢？"

"虽然小猪也很奇怪，但小猪应该不是啊。"地虎憨憨地笑了一下。

齐夏皱起眉头，感觉情况不太对："为什么呢？"

"他还是个小孩。"地虎挠着自己的脸颊说道，"小孩子应该不至于吧？"

"哦？"齐夏感觉自己好像找到了天龙的"针"。

难道是因为天龙知道地虎会对小孩子格外宽容，所以才安排了地猪加入他的队伍吗？这么说天龙早就知道造反的事情了？

思索了几秒之后，齐夏最终还是摇了摇头。天龙知道造反，却始终没有任何动作，这个逻辑根本不成立。"生生不息"出现之后已经让天龙有了前所未有的危机感，若他知道有人造反，必定杀一儆百。

那么青龙极有可能在撒谎，他让自己见这八个生肖，应当还有其他的目的。

"齐夏……你不说话我很慌啊……"地虎说道，"小猪难道也有问题吗？"

"还是那句话，我不好说。"齐夏摇摇头，"总之你没有必要怀疑任何人，这件事交给我来办就好。"

齐夏走到一旁，伸手揉了揉自己的太阳穴，感觉情况有些复杂了。

他本在驾驶一辆飘摇的汽车行驶在满是泥泞的路上，完全不知道前方有着什么景色，只知道脚下是自己曾经铺好的路，可现在青龙蛮不讲理地坐上了这辆车，不仅给出了方向还试图掌握方向盘。

青龙想要把车开到哪里去？在天龙一直寻找齐夏的时候，青龙主动拦下了消息，并且抢先一步来到了齐夏面前。他的目的是什么？他布下的是什么局？

"地虎。"齐夏回头叫道，"今天晚上我想在这里休息一下。"

"没问题啊！"地虎说道，"你等着，我现在就去关门，你现在就可以休息了。"

"那倒不用。"齐夏无奈地摇摇头，"你还是做好自己的本职工作吧，当我不存在就可以了。"

地虎愣了半天，又看向许流年："那她……"

许流年此时也不太明白自己的立场了，只能扭头问齐夏："你还需要我吗？"

齐夏面无表情地看向她，回答："许流年，我之所以会救下你，是因为你说过我所有的局都没有把自己计算在内，所以我忽然对你产生了兴趣。"

"所以你的意思是……"

"我的意思是这并不代表我多么看重你的能力或是智慧。"齐夏就像在看着一个完全陌生的人，"所以现在你可以自己选，你可以留在这里和我一起，也可以寻找自己的出路。"

许流年听后思索了一会儿，说道："齐夏，你应该知道我的最终目的，现在的我不确定咱们二人的目的是否冲突。"

"你想毁了这里，我想逃出这里。"齐夏说道，"听起来不冲突。"

"虽然这么说很自私，但我还是……"许流年面带失落地摇了摇头，"我们的目的对你来说不冲突，可是对我来说很冲突。"

"哦？"

"如果你逃出这去了，我靠自己的力量怎么可能毁掉这里？"

"确实很自私。"齐夏说道，"我可以理解你，但不能支持你，你走吧。"

许流年听后点了点头，缓缓站起身，看了地虎一眼，又看了齐夏一眼："我会用我自己的办法毁掉这里。"

"不送。"

许流年向楼梯的方向走了几步，然后回过头来对齐夏说道："谢谢你给我的身份。"

"不必多想。"齐夏淡然说道，"我只是觉得留下你的理智，对任何人来说都不是一件坏事。"

"原来是这样吗？"许流年的表情明显有点失落。

"也没必要感谢得太早,我也没有办法印证'生生不息'是不是真的成功了。"

许流年听后点了点头:"至少你试过。"

"是。"齐夏也点点头。

"那我真的要走了。"

"可以帮我给他带个好,我在这里等他。"齐夏又说。

许流年听后苦笑一声,转头离去了。

她一步一步地走上阶梯,心中五味杂陈。

齐夏终究还是看透了,她毁灭这里的方法其实很简单,她现在已经不需要再去寻找其他的破解之道了,只要找到乔家劲。

当带着"破万法"的乔家劲和带着"生生不息"的齐夏相遇时,不就是完全毁灭这里的最好时机吗?只需要一句话,这场因为齐夏所发动的永生诅咒便可以破解了。

只要乔家劲愿意发动那个能力……

许流年的表情越发地落寞了起来,她在这里寻找了几十年的破解之法,答案竟然如此简单。回响造成的后果最终还是只能由回响来打破,这才是最悲哀的地方。

可是……齐夏早就已经想到了。

她会想办法寻找到乔家劲,并且向他潜移默化地灌输这个观点。

齐夏为什么没有阻拦自己呢?难道他已经有了对策?

许流年自知猜不透齐夏的行动,但也没有更好的办法了。她现在也只能按照自己既定的道路,向着未知的方向出发。

END
ON THE
TENTH DAY

第6关

人猴·
不插队

陈俊南和乔家劲跟两个死人一样躺在大街上。

"老乔……快起来，听话，地上脏……"陈俊南有气无力地说道。

"俊男仔……你先起……我现在没时间……"乔家劲回答道。

"你没时间？你干什么呢？"

"休息呢……"

两个人随后没了话，只是躺在地上喘着气看着天空。

不知道别人到底是怎么度过天马时刻的，陈俊南只知道自己和乔家劲二人一路吵着、骂着、疯跑着，用光了全身的力气，现在已经在地上躺了快一个小时了。

陈俊南终于感觉到自己的双腿了，他艰难地扭过头，忽然发现不远处似乎有个游戏场地，一个生肖此时正站在门口看着二人。

"坏了……"陈俊南皱了皱眉头，伸手不断地捶打着乔家劲，"老乔，快快快快起来……咱哥俩让人看笑话了，看半天了都……"

"不行了俊男仔……"乔家劲看起来确实有点累了，"我这副身子实在是太弱了，你要起就自己先起吧，我现在没时间……"

"那小爷肯定得起啊……"陈俊南翻了个身，用手撑住脏兮兮的地面站了起来，"小爷怎么也不能被人看扁啊……"

陈俊南站稳之后敲了敲自己的双腿，然后看了看不远处的生肖，强打精神说道："哟，哥们儿，这么巧啊，您在这儿站街呢？"

那生肖伸手擦了擦鼻子，露出了皮笑肉不笑的表情："领导您真是说笑了，我哪儿是站街？我分明是在看两位领导光天化日之下扮演尸体呢，您二位多躺多演，我多看多学。"

"哟嗬！"陈俊南坏笑一声，看向眼前这只大老鼠，"你怪健谈的啊。"

"您过奖了。"地鼠憨笑一声，"跟领导您比起来，我应该是个内向的人。"

"嘁，您这说哪儿的话？"陈俊南摆了摆手，"小爷京城第一社恐[1]，出门在外连个嗝都不敢打，咱俩彼此彼此了。"

"那我和领导真的很合得来，我也是八百年不会主动开口说话的类型呢。"地鼠露出鼠牙冲陈俊南咧了咧嘴，"咱们两个内

---

[1] 即社交恐惧。

向的人最适合交朋友了。"

"巧了吗这不是?"陈俊南也满脸堆笑地冲着那只生肖走去,其间不断地打量对方,"因为小爷我内向了一辈子,至今还没有什么朋友呢。"

而地鼠也从头到脚扫视着陈俊南,两个人虽然笑眯眯的,但总感觉氛围很奇怪。

乔家劲此时也懒洋洋地挠了挠头:"你们两人是闹钟吗?怎么一见面就这么吵啊?"

"老乔你别管,小爷我交朋友呢。"

"咩?"乔家劲此时也感觉体力恢复得差不多,慢慢从地上爬了起来,看了看那逐渐靠近的二人,感觉一头雾水。

地鼠此时冲陈俊南微微低头,说:"领导,既然咱俩这么投缘,你何不进来坐坐?我这里面有水果吃。"

"您这不是显得太客气了吗?这水果不便宜吧?"

"这话让领导您说得我都不会接了。"地鼠摇摇头,"我哪能要您的钱?顶多收条命而已,您各位都能躺在街上装尸体,命对于你们来说肯定一文不值的。"

"原来是要命啊?小爷我还以为要钱呢,这不误会了吗?"

"是啊是啊,哈哈哈!"

两个人说话间已经脸贴脸站到了一起,乔家劲感觉事情不太对,赶忙跟了上去。

"俊男仔,你要做咩?"乔家劲一脸谨慎地看向地鼠,在街上混了那么多年的经历告诉他这种笑面虎的角色都不太好招惹。

"我这不聊天吗?"陈俊南笑了笑,"这大耗子希望咱们参加一下他的游戏啊,老乔你觉得怎么样?"

"我觉得……"乔家劲扭头看了看眼前的老鼠,"无所谓吧,虽然我不喜欢这种人,但对方既然嚣张到咱们头上,那也算是自找的。"

"两位领导,我哪里要你们参与游戏啊?就是进来坐坐。"地鼠有些不好意思地张了张嘴,"我这里确实有很多水果,你们进来吃点?"

陈俊南听后和乔家劲互相对了一眼,二人的表情泰然自若,一点也看不出慌乱。

"既然您要请我们吃水果,那我们可就进来了。"

二人大摇大摆地走进了地鼠的游戏场地,而地鼠也很自然地开门迎接,随后一路将二人带到了游戏当中的鼠屋。

"领导……"地鼠看向陈俊南的脸庞,不由得微微一笑,"请进。"

陈俊南和乔家劲发现这栋建筑物里居然真的有甜甜的水果香味,而地鼠带领他们进入的鼠屋,桌子上也确实摆着一些新鲜水果。

"哎?"陈俊南有点愣,"大耗子,你真准备请我们吃水果?"

"可不是吗?"地鼠点点头,"我这里每天的水果都有定量,今天估计参与者死了大半,没有人会来参与游戏了,与其浪费了,不如找几个人一起吃了吧。"

"你这是什么奇怪的逻辑?"陈俊南有点理解不了,"你自己吃了或是丢掉不就行了吗?为了这个理由居然一直都在门口看着我俩?"

"领导,我一直都是这么善良的啊。"地鼠笑了一下,随后盯着陈俊南的脸看了半天。

"看什么呢?"陈俊南也笑道。

"领导,不得不说您长得还算人模狗样。"地鼠说道。

"当然,咱俩之间必须得有个能看的,您说是吧?"陈俊南也针锋相对地回答道。

"哈……"地鼠慢慢咧开了嘴,"我还真怀念啊……"

陈俊南听后皱了皱眉头,"怀念"两个字让他感觉不太妙。

"不瞒您二位说,将您二位带来除了有水果给你们吃,还想顺带和您二位聊聊天。"

"聊天?"

地鼠点点头,他带着二人进门之后将房门关闭,然后走到了一旁打开了桌面上的收音机,一首异常嘈杂的摇滚音乐从中响起,音量调得很大,吵得二人心烦意乱。

这老旧收音机的音质又大声又劣质,二人只感觉脚下的地板都在随着喇叭震动着。

"搞什么幺蛾子呢?"陈俊南问。

"什么?!"地鼠在嘈杂的音乐声中伸手拢在耳边,"领导您大点声!我听不太清!"

"你不能把那个破喇叭关了吗?!"陈俊南大声喊道,"不是要聊天吗?!"

"不行啊！领导！"地鼠也在音乐当中大喊了一声，"只有这样才能聊天啊！您工作摸鱼①的时候难道不喜欢听音乐吗？！"

"我没工作啊！"陈俊南也喊道。

"领导，您没工作，怎么养媳妇啊？"地鼠又喊道。

"我……我也没媳妇啊！"陈俊南感觉眼前的老鼠好像有点奇怪——

他让自己感觉似曾相识。

"什么？"地鼠明显错愕了一下，"领导您在跟我放什么屁呢？您不是有一大堆的恋爱攻略吗？"

"我？"陈俊南倒真是想跟地鼠好好聊聊，可这房间里的音乐实在是太吵了，"你到底是谁啊？"

地鼠走到陈俊南身边，收起了声音说道："领导，我是您的一个故人。"

"故人？"陈俊南皱眉看向他，他明明已经保存了快八年的记忆，可不记得自己认识此人。

"现在有件麻烦事需要您二位帮忙。"地鼠的声音越来越小，陈俊南却听得越来越清楚。

"什么麻烦？"陈俊南一顿。

"您和齐夏正在谋划的事现在已经步入正轨了，这件事参与进来的生肖不在少数，我怀疑其中有敌对势力的眼线。"地鼠微笑一声，看表情居然像是在聊家常。

陈俊南和乔家劲互相看了一眼，不知该不该相信眼前的地鼠所说的话。

"你想让我做什么？"陈俊南又问道。

地鼠没有回答，只是笑着问道："二位领导，你们相信我和齐夏是站在同一边的吗？"

乔家劲皱了皱眉头，感觉眼前人的话并不可信，但他一言不发，只是扭头看向了陈俊南。

陈俊南此时也眯起眼睛，嬉笑打闹的表情消失殆尽，现在只剩一脸谨慎。

"你见过老齐了？"陈俊南问道。

"是的，那位领导昨天参与了我的游戏。"地鼠笑着说，"真的是个很有能力的男人，我佩服他。"

---

① 此处"摸鱼"意为偷懒。

"可你不是在跟小爷扯谎吗？"陈俊南的表情瞬间冷峻下来，"你要是小爷的故人，能不认识老齐？"

"哦？"地鼠伸手捋了捋自己的胡须，"可是……你是你，他是他，为什么我认识你就要认识他？"

陈俊南自知眼前的地鼠绝对不简单，但他说的话也确实难以让人相信。

"你应该是七年前认识的我吧？那时候我不可能和老齐分开，我俩是同一个房间出来的，就算我没有记忆，也知道他不是小爷我的敌人。"

地鼠听到这句话，缓缓走到收音机旁边，扭动了上面的旋钮，此时房间内的音乐更加响亮了。

"你到底要干什么？"陈俊南感觉有点不对。

地鼠慢慢回过头，表情复杂地看着陈俊南，又扭头看了看乔家劲，似乎有什么话想说，可又像在忌惮着什么。

"说话啊。"陈俊南走上前去和地鼠站在一起，表情看起来有些紧张。

地鼠没回答，看了看乔家劲，问道："这位是？"

"呵……"陈俊南的表情瞬间阴冷起来，"厉害了，连老乔也不认识？我和你到底算什么故人？"

地鼠无奈地摇了摇头，叫道："陈俊南啊陈俊南。"

"你……"

"你说有没有这么一种可能？"地鼠的表情也变得异常严肃，"会不会有人撒了谎呢？你跟齐夏真的是同一个房间里面走出来的人吗？"

一语过后，虽然房间内的音乐震天响着，可陈俊南和乔家劲只听到了震耳欲聋的安静。

"你在放什么屁？"陈俊南回过神来大骂一声，"我从哪里醒来，从哪里走出来，难道我自己会不记得吗？"

"那我倒是想问问你……"地鼠说道，"这地方全员幸存的房间到底有几间？"

"全员……幸存？"陈俊南和乔家劲互相望了一眼，他们自然知道地鼠说的是房间内九个人全部都存在的情况。

难道这种房间很少吗？

地鼠继续说道："在这里，赌命失败会离开房间，成为生肖会离开房间,各式各样的犯规也可能使参与者被朱雀给夺走理智,可为什么你们的房间始终都全员幸存呢?"

地鼠离二人越来越近,他的声音穿过所有嘈杂的音乐准确无误地传入了二人的耳中。

"这些年当然是小爷自有安排……"陈俊南说道,"所以才让整个房间里的人都幸免于难。"

"是吗?"地鼠咧嘴一笑,"那你的安排,到底持续了多久?"

"七年。"陈俊南问,"小爷以一己之力让房间里的人七年都没有走出房间,够不够?"

"可你知道终焉之地存在多少年了吗?"地鼠问,"七年之前呢?你们房间里的人到底有多么团结?为什么这么久以来一个消失的人都没有?"

陈俊南还想反驳些什么,可他不得不承认地鼠说得有理。

就算他能够在房间之内困住众人七年,可是七年之前呢?在他没有记忆的时间里,大家都在靠齐夏的保护渡过危机吗?

这个思路虽然没什么问题,可总是让人感觉很奇怪。

这些所谓的队友,肖冉、韩一墨、赵海博,他们几个明显和齐夏不是一路人,七年之前大家到底是怎么一起合作的?

"不对……"陈俊南忽然感觉冷汗直冒。

除了上面几个人之外,连甜甜都有很大的问题。他七年之前曾经跟她接触过,她根本就不想出去。可为什么这么多年来她都没事?

再仔细想一想……李警官想出去吗?章晨泽想出去吗?

"等会儿……这到底是在搞什么?"

陈俊南茫然地扭头看向乔家劲,此时才终于意识到房间之内有求生意志的仅有三人而已。

一个如此破绽百出的房间,到底是如何保证这么多年来都没有任何减员情况发生的?

"陈俊南。"地鼠又叫道,"你怎么会想不明白这么简单的道理?"

"你说什么?"

"虽然我不知道这个情况是怎么发生的,但有没有可能,你们这个房间是重新组合的?"地鼠一针见血地问。

陈俊南和乔家劲听后纷纷瞪大了眼睛。

重新组合的？是谁组合的？目的又是什么？

"不对……"陈俊南果断摇了摇头，"我感觉还是不对，这个推断破绽太多了……"

"为什么会有破绽呢？"地鼠再一次往前迈了一步，低声说道，"陈俊南，我才是和你来自同一个房间的队友，我们的房间能够活动的人只剩你跟我了。"

"你在跟我说谎……"陈俊南感觉自己的心境受到了重创，整个人开始有些混乱，"你是说七年之前我和老齐、老乔根本就不认识？！这太扯了！"

"羊群效应啊，陈俊南。"地鼠无奈地叹了口气，"你知道羊群效应是什么意思吗？"

"我的记忆至少也保存了八年，之前跟老齐行动了整整一年，怎么会不知道羊群效应的意思？"

"哦？那你说说。"地鼠笑着看向他。

"羊群效应自然是指只要有领头羊做了一件事，剩下的人就会跟风去做。"

"不，大错特错。"地鼠摇了摇头。

"错？"陈俊南慢慢眯起了眼睛，"那你告诉我什么叫作羊群效应。"

"所谓羊群效应……"地鼠面色沉重地说道，"是指只要有一只羊开始说谎，那剩下的人便都会成为说谎的羊。"

"说谎的羊……"

陈俊南和乔家劲的表情都难看至极，房间内众人的样貌在二人眼中不断地闪过。

一个重新组成的房间，互不认识的九个人……不，是十个人。这个房间是从什么时候开始组建的？组建的目的又是什么？

"至少八年……"陈俊南木然地喃喃低语，"这个房间组建了至少八年的时间……"

他快速地在脑海当中试图还原整件事情的真相。

齐夏组建好房间之后，带着他和乔家劲活动了差不多一年的时间，那一年之内他们经历了成功，也遭遇过许多次失败。一年之后，齐夏就此消失，成为生肖。在成为生肖之前，齐夏特别交代过他，要将房间内的人困住七年。

如此想来，齐夏也是在害怕减员？他早就知道这个房间的问题所在了?

不……只能说曾经的齐夏知道这个消息,而现在的齐夏并不知道。这才是齐夏要困住房间内所有人的真实原因——他害怕自己回来之前,房间内的人会由于各种问题而消失。

陈俊南越想越觉得可怕。

"这都是老齐安排好的……"他低声说道,"这些人都对他有用。"

可是事情还是很奇怪。

齐夏根本就不知道他再次回来的时候会不会保留记忆,又怎敢如此豪赌?

不,准确来说,齐夏连他能否回来都不确定。难道他认为他仅凭见到这几个人,就能够想起他自己布下了什么局吗?

"可是你自己都忘了啊……老齐……"陈俊南皱眉说道,"这一次你根本就没有想起自己的计划,肖冉已经消失了。他们到底对你有什么用?计划被打乱了吗?"

陈俊南的思路不断地跳跃,而地鼠则一直都在他对面静静地看着他。

有些事根本不必点出来,等他自己理顺会更好。

在嘈杂的重金属摇滚乐之中,一个个让人脊背发凉的真相正在疯狂地灌入陈俊南的脑海。

虽然许多不明真相的事情逐渐浮出水面,但陈俊南知道齐夏所做的一切都是为了出去,他不可能平白无故地做出没意义的事。

地鼠觉得时机差不多了,此时往前走了一步,重新问道:"现在二位相信我站在齐夏这边了吗?"

"你……"陈俊南感觉问题根本不在这里,"大耗子,你到底想做什么?"

"陈俊南,你的关注点有很大问题。"地鼠伸出一根手指在他眼前摇了摇,"你要知道,我明明了解真相,却没有说给任何人听,唯独唤醒了你,这代表什么?"

"你在表达诚意吗?"陈俊南问道。

二人说话间已经没有了先前的气氛,现在他们都面色沉重,看起来格外谨慎。

"我想让你第一时间相信我。"地鼠说,"我们的时间不多,处境也非常不妙,如果不能用几句话的时间博取你的信任,接下来的一切就都是徒劳的。"

"我只差最后一个问题就可以相信你了。"陈俊南说道。

"你说，只要我知道的都会回答。"

"你怎么会知道这么多事情的？"陈俊南感觉好像有一道隐藏的门挡住了他的思路，"既然你成了生肖，那应该是个不幸者，又为什么会对之前的事情这么清楚？你的记忆是如何保存的？"

"陈俊南，你动动脑子。"地鼠也严肃地小声说道，"有谁跟你说过，生肖必须是不幸者吗？"

"什么？"

"只是因为不幸者成为生肖的概率更大，所以才会给你们造成这样的错觉。"地鼠伸出一根手指，指了指自己的脸颊，"不幸者可以戴上这个面具，回响者依然可以，只不过绝大多数回响者都不会选择这条路罢了。"

"你的意思是你……"

"我是回响者。"地鼠说道，"但现在已经不是了，天龙为了增强他的统治，让我们无法回响。"

"可到底是为什么？！你为什么要主动成为生肖，还一直走到了今天这一步？"

陈俊南感觉自从见到这只老鼠开始，事情就在向着不可控的方向发展。

"我们都在同一个局里。"地鼠笑道，"陈俊南，就算这么多年来我们走的路完全不同，但至今都在奔着同一个方向努力。现在大楼已经开始倒塌了，所有局中人都开始了自己的行动。我本来还有些迷惘，但我昨天见到那个男人之后，将一切事情都连起来了。发生的所有的事，居然是同一个局。"

"所以老齐让你茅厕顿开？"

"我不得不纠正你一下，那叫茅塞顿开。"地鼠说道。

"无所谓。"陈俊南摇了摇头，"老齐确实是个厉害人物，跟着他总能有所收获。"

"何止是厉害？我在这个鬼地方总共遇到过两个我琢磨不透的角色，现在才知道他们居然是同一个人，这不是很令人振奋的消息吗？不管他是白羊还是齐夏，都一直在谋划同一件事。"

"哦？"陈俊南听后也对这件事有了兴趣，"所以你今天和我说这些，是想要我做什么呢？"

"我的目的非常简单,第一我要获取你的信任,第二我要你帮我办件事。"地鼠说道,"现在所有人都在向着最终目标而努力,我需要和你同步一下进度。"

"那么现在到了哪个阶段?"陈俊南又问道。

"你们昨天在各个游戏场地当中的行动已经有了初步结果,许多生肖都接受了你们的动员,这件事闹得很大,我需要提前清理天龙的心腹。"地鼠说,"就算白羊一开始没把我列入在计划之内,我也认为我跟得上他的脚步,可以为他尽一份力,不知道我这样说,会不会有些自大了?"

陈俊南和乔家劲盯着地鼠看了半天,虽然他身上的气质和齐夏完全不同,但不得不承认他确实有些智慧。

"你可以先告诉我那些心腹是谁,然后我再做打算。"陈俊南说道,"在这里除了老齐和老乔之外,我不会百分之百地相信任何一个人。"

陈俊南没有打算跟地鼠掏心掏肺,而地鼠自然也回报了同样的态度,他只告诉了陈俊南天龙心腹有八个人,并指明了其中一人的位置。

是个猴。

地鼠告诉陈俊南,接下来会不会透露其余七个人的信息,全靠陈俊南对待这只猴的态度。

说完他便关掉了收音机,有意结束这一次的交谈。

陈俊南和乔家劲突然明白了他为什么要打开收音机,随后也闭口不再言语。三个人沉默了十分钟之后,陈俊南站起身来。

他伸手从桌子上拿起了一颗通红的桃子递给乔家劲,随后又伸手抓了一把金橘。

"大耗子,谢谢你请我们听歌。"他淡然地将一颗金橘连皮带肉扔进嘴里,咀嚼了几下之后又说道,"没什么事的话我们哥俩就先走了。"

"两位领导不再坐坐了?"地鼠也恢复了一脸假笑,"我这儿水果管够的。"

"不坐了,走了。"

二人面色铁青地推门离开了房间。

走在路上,他们只感觉完全没有了前进的方向。他们不仅不知道现在要去哪里,更不知道将来要去哪里。

"俊男仔，你要去找那只猴吗？"

"我想先去看看。"陈俊南说道，"我感觉这件事有种说不出来的奇怪。"

"哪里？"

"人数。"陈俊南果断说道，他思索了几秒钟，避开了一些关键性的词语，又对乔家劲说，"这些生肖，为什么一定是八个呢？"

"八个怎么了吗？"

陈俊南顿了顿，说道："我只是有一个天马行空的想法，非常不切实际，但也确实是我一直好奇的事……"

"你说说看。"

"假如我们是重新组建的……"陈俊南停下脚步，回头看向地鼠的房间，"那老齐身边原来的那八个人去哪儿了？"

"咩？"乔家劲瞬间皱起了眉头，"我丢……俊男仔，你这个想法实在是太犀利①了……你难道是说这八个……"

"所以我想去看看。"陈俊南叹了口气，说道，"其实我更想去找老齐的，只不过我完全不知道他的位置，现在只能先去地猴那里。倒不是想和地猴赌命，只是看看能不能交个朋友。"

"了解。"乔家劲点点头。

二人确定了方向，一边大快朵颐地吃着手中香甜的水果，一边向着地猴的游戏场地出发了。

甜甜抱着自己的双腿蹲坐在墙角，将脸轻轻地贴在膝盖上，看着眼前自己给自己包扎的男生。

这个叫小程的男生确实有些奇怪，明明他自己伤得更重，可甜甜到这里时，发现他已经将郑英雄包扎好了，此时才开始处理他手掌上那触目惊心的伤口。

好在这个小小的根据地里有一些碎布和绷带，勉强能给二人止住血。

郑英雄从背包里拿出一块奇形怪状的面饼，从中间掰开，递给了甜甜。

"姐姐，吃吧。"

"谢谢小弟弟。"甜甜冲他笑了一下，接过了他手中的面饼，然后轻轻地咬了一口。

---

① 粤语中，"犀利"为"厉害"的意思。

这面饼的口感非常奇怪，里面的谷物颗粒非常大，就像是用大颗坚硬的花生做成的。

面带痛苦地吃了几口面饼之后，甜甜似是想到了什么，扭头问郑英雄："小弟弟，你之前有说过我的能力叫作'巧物'，你了解这个能力吗？"

"我不了解。"郑英雄摇摇头，"我只知道它的名字，不知道它具体的作用。"

甜甜发现郑英雄有点奇怪，他将另一半面饼一直拿在手中，既没有吃也没有收起来。

"小弟弟，你的能力就是可以分辨别人的回响吗？"甜甜说道，"那不就像外面的显示屏？"

"是的。"郑英雄点点头，"每个人的清香名字是固定的，不管它是声音还是香味，名字都是一样的。"

甜甜听后似懂非懂地点了点头。

此时的小程也已经把自己的手掌包扎完毕，他看起来耽误了不少时间，现在因为流血过多，面色有些苍白。

郑英雄抬头看了看小程，然后将自己手中剩下的另一半面饼递了上去。

"哥哥，吃吧。"

听到这句话的小程和甜甜同时一顿，感觉有点奇怪。

小程没有接面饼，只是来到郑英雄身边蹲了下来，问道："小弟弟，你不吃吗？你拿着这块面饼一直都在等我吗？"

"嗯。"郑英雄点点头，"你们吃就可以了，我是英雄，不需要吃东西的。"

"什么歪理？"甜甜感觉好气又好笑，"谁跟你说英雄不需要吃东西的？"

"我的臣民们。"郑英雄扭过脸来非常认真地回答道，"我既然是一个能够拯救众人的英雄，就必须要把食物分给大家吃，只要能救人，我就算饿死了也没关系的，因为我下一次会带着记忆活过来。"

"胡说八道。"甜甜皱着眉头轻骂一声，"我看你那些臣民全都傻了，如果你是英雄，应该是他们给你好吃的，哪能你给他们好吃的？"

"是吗？"郑英雄有些不确定地问道。

181

"是，非常是。"

甜甜笑着点了点头，然后将自己手中的面饼掰成更小的两块，把其中一块递给了小程："你看，现在我俩都有吃的了，你手中那块就你自己吃吧。"

"这怎么行啊？"郑英雄看起来有些着急，"我这块那么大，你们那块那么小，这样的话……"

"这个时候别学孔融。"甜甜像个小老师一样笑着摸了摸郑英雄的头，"你肚子饿得咕咕叫，明明比谁都想吃，这个时候就不必再让了，哥哥姐姐这次原谅你啦，你快吃吧。"

郑英雄听后微微一愣，随后低头看了看自己手中的面饼，居然像得到了宝贝一样点了点头。

小程此时也觉得不太对，小声问甜甜："姐，你就吃这么一点能行吗？"

甜甜听后吐了吐舌头，小声说："小程，这面饼实在不太好吃，你帮我吃点吧。"

三个人坐在角落里拿着自己手中的面饼静静地咬着。

小程一行人的根据地比甜甜想象中的要小一些，这是一家很老旧的小卖部，现在货物已经全都空了，只剩下一些空荡荡的货架。

"姐，今晚你们要是不嫌弃的话可以在这里休息一下，里面屋子有一些木板，是我们之前用来睡觉的床。"小程说完之后感觉不太妥当，又补充道，"不是睡在一起，我们做了隔挡的，空间很独立。"

"我……"甜甜苦笑一下，"我无所谓的，现在我也不知道自己要去哪里。"

小程将嘴里的面饼咽下去，随后点了点头："我明白那种感受，对前途一片迷惘，三千六百颗道遥遥无期，队友也没有自己想象中的那么好。"

"这倒不是。"甜甜摇了摇头，"可能傻人有傻福，我身边的人都还不错。"

"是吗？"小程无奈地挑了一下眉毛，"我就不一样了，待会儿我就要开始行动，现在没剩下几天的时间，我一定要尽快觉醒自己的回响。"

"嗯……"甜甜也不知道该怎么回话，思考了一会儿之后问道，"你的回响能力很强大吗？"

"我的回响啥用都没有。"小程摇了摇头,"如果晚上之前能够回响的话,可以让你们做个好梦。"

"好梦?"

"嗯。"小程苦笑了一下,"就算是这样我也没得选,我回响只是为了保存记忆,所以就算情况再艰险,我也一定要把我的'入梦'激发出来。"

"'入梦'……"甜甜重复了一下这个名字,好像明白了小程的苦恼。

"如果我的能力和甜甜姐一样强大就好了。"小程无奈地摇着头,"能够凭空制作出东西的能力,不管怎么想都会有很多用处吧?比我这个'入梦'强太多了……"

甜甜也不知道该如何安慰小程,毕竟她的"巧物"局限性也不小,相比之下她更羡慕云瑶的"强运"。

"所以你要怎么回响?"甜甜问道,"你也算帮了我一次,有什么需要我帮忙的吗?"

"我的回响说难也难,说不难也不难。"小程吃完了面饼之后用裤子擦了擦手,"只要我能经历头脑风暴,便有概率获得回响。"

甜甜点了点头,想到之前云瑶等人给她普及的知识——这里不同的生肖对应着不同的游戏类型。

"就是要动脑筋吗?"甜甜问道,"我不是很了解,哪个生肖是主要代表智力的?"

"主要代表智力的……"小程听后摇了摇头,"是猴,但是现在最让人纠结的问题在于,人猴游戏可能太过简单,而地猴游戏又太过困难……我不知道要怎么选择。"

"那就去做。"甜甜不假思索地说道,"你在这里想,无论如何也不可能想到答案的。"

"啊?"

"先从人猴开始,如果能够回响就一次成功,如果不能回响,你就只剩地猴一个选择了。"

"好像也是啊。"小程笑着挠了挠头,"这么简单的事情我有点搞复杂了。"

"所以你准备什么时候行动?"甜甜问。

"据点附近就有一个人猴,我准备一会儿就去看看。"

小程站起身,走到小卖部的柜台后面,弯腰掀开了几层地板,从洞中掏出来一个小布袋。他打开布袋看了看，脸上露出了一丝喜悦："太好了，本钱还在，可以拿这些道去跟猴子们搏一搏。"

"你们有这么多道？"甜甜抻着脖子看了一眼，"就这样拿出来，不怕我们会偷拿吗？"

"无所谓的。"小程摇摇头，"反正都是偷来的或者抢来的，本来也没有几个是我们自己的，被你们拿走了就当因果报应吧。"

小程从布袋里抓起一把道揣入口袋，然后将布袋重新放回了地板下面。

"我也去！"郑英雄说道，"带上我肯定有用的。"

"啊？"小程看着受伤的郑英雄，心想带上他可能会有点麻烦，"小弟弟，你要不要在这里休息一下？"

"不用，我去保护你。"郑英雄说道，"或许我帮不上什么忙，但我可以闻出别人身上的味道。"

看着郑英雄执意要跟着自己，小程有些犹豫。

"需要我也一起吗？"甜甜问道。

小程低头思索了一下，随后说："甜甜姐，我仔细想了想，你们可以跟我去，毕竟很多游戏都是有人数要求的，但这一路上需要你照顾小弟弟。"

甜甜听后扭头看了一眼郑英雄，发现这孩子依然带着一脸稚嫩且坚毅的表情，还不等自己说话，他先说话了。

"姐姐，不需要你照顾我，我会保护你的。"他说。

甜甜一看到郑英雄，就感觉自己内心最柔软的地方会被他挠上一下。这孩子很讨人喜欢，但不知道他到底经历过什么，整个人的观念都有很大的问题，一个孩子怎么会冒出这么多古怪的想法呢？

她思索了一会儿，还是对小程说道："既然如此咱们就一起去吧，小程，我会照顾好英雄小弟弟，我们都不会给你添麻烦的。"

正如小程所说，那人猴的游戏场地和他们所选的根据地非常近，步行只需要十分钟。

据说他们据点的所有人都没有主动选择挑战过猴类游戏，因为房间内仅剩的五个人，除了小程是大学生之外，剩下的都是四五十岁的中年人，猴类游戏对他们来说并不拿手。

"可我听说大部分生肖都代表着两种类型。"甜甜有些不解地问道，"猴子一定是智力吗？"

"也有可能是灵巧。"小程一边给二人带路一边回答道,"如果我们运气不好,发现这只猴子是灵巧型游戏,那咱们就趁早去寻找地猴吧,毕竟灵巧游戏大多是爬树和走梅花桩、独木桥一类,跟我们这支队伍不太契合。"

说话间他们已经来到了这只人猴面前,门外居然有了七八个参与者。

"又有人来了!"那群人说道。

小程和甜甜互相对视了一眼,瞬间皱起了眉头。

天马时刻刚刚结束,为什么这里会有这么多人?

"来看一看啊!"站在游戏场地面前的人猴大声叫嚷着,"天马时刻来临,人猴小店开业大酬宾!门票进一送一啦!"

这人猴穿得还算整洁,只是整个人非常消瘦,西装上衣和裤子在他身上都显得有些松垮,戴在脸上的面具看起来随时都会掉下来。

"这……"

甜甜和小程都有些茫然地看了看他,他们第一次知道生肖还可以叫卖,同样也是第一次知道生肖门票还可以打折。

"真是很奇怪啊……"小程小声地对甜甜说道,"难道生肖每天也要完成业绩吗?他怎么跟着急了一样,还在这里拉客?"

"我不太了解。"甜甜摇了摇头。

"生肖每天确实是有任务要完成的。"郑英雄在二人身边说道,"如果完不成任务,他们的处境就会比较危险。"

"这你也知道?"

"嗯。"郑英雄点点头,像个小大人似的说道,"今天天上掉下黑线的情况太特殊了,几乎耗尽了所有臣民的力气,所以不会有人再参与游戏了,而这些生肖为了完成自己的任务,只能尽自己所能地招揽客人。"

小程听后挠了挠头,思索了一下现在的情况——人级门票买一送一,他和甜甜进入只需要付一次道,况且人级游戏不会有生命危险,不论怎么说也是个稳赚不赔的买卖。

"我感觉不太对。"甜甜说道,"所谓任务,指的就是他们会用自己的道来和参与者进行对赌吧?"

"应该是这样。"小程点点头,"他们每一天都需要收集到足够的道。"

"这样说来,明明已经存在赔道的风险,可这只人猴依然在打折,这会不会说明他对自己的游戏很有信心?"

"就算情况再危险,我们也只是输掉自己的道。"小程说道,"我们去试试吧,人这么多,游戏应该马上就可以开始了。"

二人打定主意之后上前询问了门票,本来每个人都需要两颗道的游戏,现在进一送一。

此时甜甜和小程只需要上交两颗道便可参与游戏,这已经是在整个终焉之地除了免费以外的最低价了。

"请问你的游戏是什么?"小程问道。

"团队合作型的智力游戏,特别适合天马时刻之后的放松,赢了之后每个人可以获得两颗道。"人猴说完之后低头看了看二人身后的郑英雄,"小孩也可以参加,不要钱。"

"小孩不要钱?"二人狐疑地看向人猴,不知他葫芦里卖的到底是什么药。

难道这场游戏就算不要钱,人猴都亏不了吗?

"那我也去吧。"郑英雄说,"说不定我能帮上忙。"

小程想了想,郑英雄把回响运用得非常娴熟,不仅能够分辨出其他人的回响,还能够分辨出一个人的善恶,况且他跟寻常的小孩子不同,不任性胡闹,他在身边也能提供一些帮助。

"那既然如此,咱们三个就一起进去吧。"小程说道,"两颗道,三个人参与,听起来很划算。"

众人都已经交纳了门票,可人猴迟迟没有开始的意思,依然在街上大力地叫卖。

等了几分钟,小程确实有点失去耐心了,这才开口问道:"人猴,你的游戏需要几个人才能开始啊?"

"我的游戏人越多越好,二十个三十个都可以。"人猴笑道,"大家可以再等等,如果没有其他人来的话,我们三分钟以后开始。"

甜甜见到这一幕还是皱起了眉头,十几个人已经很多了,云瑶说过通常来说人数越多的游戏难度就会越高,可人猴只是个人级,为什么会设计这么复杂的游戏?

"小程,我感觉有陷阱。"甜甜小声说道。

"怎么了甜甜姐?"

"这次是团队合作的智力型游戏,但我总感觉不踏实。"她看了看远处那些所谓的队友,"这些人说白了和咱们来参与游戏的目的都不同,他们大多是贪小便宜被吸引过来的,我们确定可以和这些人合作吗?"

小程给了她一个坚定的眼神,微笑说道:"甜甜姐,我不敢保证百分之百能赢,但肯定会在游戏中想尽办法开动脑筋的。"

甜甜皱着眉头,总感觉小程没有理解自己担心的事情。

三分钟的时间稍纵即逝,在这空旷的街道上没有见到其他的参与者,人猴宣布游戏正式开始,回头打开了身后的房门。

人猴打开身后的双层建筑房门,众人往里一看,却发现屋内漆黑一片,一点也不像生肖的游戏场地。

"各位,我的游戏叫'不插队',现在正式开始。"

说完之后他便从口袋之中掏出一个手电筒,回头走进了房门。

众人面面相觑几秒之后,也跟着他的脚步进了屋子。

这栋建筑总共有两层,看起来像个小旅馆,一楼虽然很黑,但能够感觉到有些空旷。

当所有人都进了房间之后,人猴示意队伍最后的甜甜将房门关上。甜甜迟疑了几秒之后照着他的盼咐关闭了房门,一瞬间,屋内漆黑一片,只能够看得见人猴的手电光芒。

"那个……"一个中年女人开口问道,"这里怎么这么黑啊?我们这场游戏不开灯吗?"

"没错,这场游戏不仅不开灯,甚至在开始之后我会将手电筒也关闭。"

人猴一边笑着,一边将手电的光芒照在了自己的脸上。他那张腐烂的猴子脸庞在明亮的手电照耀之下显得格外阴森。

"那游戏规则呢?"一个年轻男人问。

人猴没有回答,跟站在前方的一人招了招手,示意对方帮他拿着手电,然后回身打开了一个衣橱,在手电的照射下,众人看到橱内挂着很多工地上使用的黄色安全帽。

"各位,请每个人过来领一顶帽子。"人猴对众人示意道。

大家不知是何意,此时都不敢上前,明明是个智力游戏,居然需要用到专门保护头部的安全帽。

"人猴……"此时小程也开口问道,"我没看错吧?这种安全帽应该是防止工地上的工人受伤用的,你的游戏难道很危险吗?"

"不。"人猴摇摇头,"我以我的性命向大家保证,这场游戏除非犯规，否则绝对不会有任何生命危险。"

"犯规？"

"没错。"人猴点点头，"我接下来要说的规则非常重要，各位最好能够仔细听，现在你们是一个团队，在游戏期间只要有一个人犯了规，那我会取消所有人的游戏资格。"

众人听后都面色沉重，心中的压力渐渐增大了，眼前是一群素不相识的陌生人，谁也不愿意在这里成为众矢之的。

"难怪……"甜甜小声说道，"怪不得人越多对人猴越有利……因为这样我们犯规的概率就大大增加了……"

她喃喃自语的话音刚落，人猴从身边的年轻人手中夺过手电，直接照在了甜甜的脸上。

甜甜被这阵强光刺得眯起眼睛，伸手轻轻地挡了一下："怎么了？"

"我要说的第一个规则就是，现在开始，除非我让大家讲话，否则谁也不可以出声。"人猴说完之后收回了手电的光芒，重新照向了自己，"如果谁胆敢在没有我允许的情况下开始讲话，那所有人现在就算作失败。"

众人听后虽说百般不情愿，但还是纷纷闭上了嘴。

"很好。"人猴点点头，然后从身后的橱子里拿出了一顶安全帽，戴在了自己的头上，"各位，下面请仔细看好。"

他戴着安全帽一步一步地走上通往二楼的楼梯，在他马上就要到达二楼的时候，安全帽的后方亮起了一盏小小的蓝灯。

那蓝灯的光芒零星一点，极其微弱，几乎不可见。

在蓝灯亮起之后，人猴停下脚步，回头对众人说道："你们领到的每一顶安全帽后方，都有一盏小灯，这盏灯只有米粒大小，极难看清，但你们需要知道的是，所有的灯总共有两种颜色，一种是红色，一种是蓝色，但两种灯的总数并不固定。"

众人听后原本有些疑问，可想起人猴之前所说的规则，也只能默不作声。

"所有的灯，会在到达二楼时开启，但是你们每个人都看不到自己的颜色。"人猴缓缓回过身，拿着手中的手电晃了晃，"现在请各位跟我上楼。"

众人听后赶忙跟了上去，房间之内安静得只剩下众人踩踏在木地板上的脚步声。

二楼的布局和一楼不太一样，众人先是经过了一条直线走廊，最终来到了一块长方形的场地，长方形场地和走廊呈垂直型的丁字分布。

这里依然伸手不见五指。

"接下来是第二个规则。"人猴说，"所有人都需要依次走上二楼，然后经过走廊之后，最终站在这个场地中。但需要注意的是，所有人必须面冲墙壁，不可以面冲走廊，听明白了吗？"

众人听后没敢说话，只是点了点头。

"下面就是你们获胜的方法。"人猴说道，"游戏结束之前，只要你们所有人背对走廊面冲墙壁站成一排，蓝色在一侧，红色在另一侧，颜色不乱就算作你们获胜，这期间但凡有任何人敢开口说话、给出任何提示，或是摘下自己和其他人的安全帽，都会算作犯规。"

众人顿了几秒之后，才知道这场"不插队"游戏有多么离谱。

这场游戏虽然说是团队合作，可看起来更像是团队陷阱。

他们根本看不见自己头顶的灯是什么颜色，而且这盏灯的强度太弱了，无法通过反光来分辨颜色，在完全不沟通的情况之下，他们能获胜吗？

甜甜借着手电灯光扭头数了数，这场游戏加上郑英雄总共有十一个人参加，要让这十一个人在不知道自己头顶的灯是什么颜色的情况下，准确地按照颜色分开站，要怎么才能办到？

她思考了几秒，没有任何主意，扭头看向了一旁的小程。而小程此时也面露难色，低着头思索着对策。

"看来你们已经知道规则了。"人猴笑了笑，又带领众人来到了一楼，随后开口说道，"现在请所有人都上前领取自己的安全帽。"

众人听后谁也不敢忤逆，安安静静地排队走上前去领取了一顶安全帽，然后戴在了头上。

众人此时的表情都非常难看，他们都在互相看着，想要交流，又碍于规则无法开口。

"各位，听好了。"人猴坏笑一声，"接下来公布的最后一项规则，将有可能让你们各位保住自己的门票。"

房间内有些慌乱的众人听到这句话后都看向人猴，只见人猴从怀中掏出了一块秒表，然后用手电照向了它。

"当我喊出开始,你们有二十秒的时间沟通对策。"虽然人猴戴着面具,但众人看到他的眼神明显是在笑,"这将是你们在游戏开始之前最后一次沟通机会。"

众人的面色渐渐变得不安起来。二十秒?二十秒够说几个字?

"准备……"人猴微笑一声,"开始。"

当"开始"两个字一落地,现场就像是炸开了惊雷,十多个人同时开口发出声音,场面一片混乱。

可这些开口说话的人都没有什么对策,仅仅是浪费了宝贵的时间来表达自己的困惑与不解,更有几个人正在大声地跟人猴叫喊着,一个小小的建筑物此时就像是清晨最热闹的菜市场。

"我有办法!"郑英雄喊道,"大家听我说!"

可是人声实在是太过嘈杂,并没有人听清他的话。

"各位!"小程根本来不及问郑英雄有什么对策,赶忙大声替他喊道,"安静一下!不要浪费时间!这孩子有办法!"

"一个小孩能有什么办法?!"距离小程最近的一个老人听到了他的话,第一时间回道,"要我说大家赶紧定个暗号,到时候想办法通知对方啊!"

"啊,对啊!"老人的话瞬间得到了他人的认同,众人纷纷点头说道,"跺脚啊!看到对方的灯之后跺脚!蓝色一下红色两下!"

小程心中大呼不妙,这些人甚至连规则都没有听明白。

可现在时间已经被耽误了一大半,无数个念头在小程的脑海当中划过,这场游戏对于众人来说实在是不太公平了,难怪人猴要说人越多越好,如果现场只有三两人,极有可能会商量出对策,可现在这个房间中偏偏有着情绪慌乱的十一个人。

人越多,这场游戏人猴的赢面就越大,如此看来怎么样才能够赢?

由于根本不知道人猴会提前让大家商议对策,小程此时只感觉大脑一片混乱,并不是他不够聪明,而是人猴充分地利用了心理战术,所谓的一人犯规,全员淘汰,就是人猴标准的心理战。

此时在如此嘈杂的环境下,在如此巨大的心理压力下,根本不可能有人会冷静下来迅速地想出对策,然后再说服其他十个人。

小程心中暗暗计算着,时间估计已经所剩无几了,顶多还有三五秒,此时到底应该怎么办?!

"要插队！"郑英雄站在众人身后撕心裂肺地大喊了一句，"如果想要赢，就一定要插队！"

话音一落，人猴按下了手中的秒表，冷笑一声说道："时间到，商讨结束。"

嘈杂的室内瞬间变得安静无比，众人的话语戛然而止，只剩下了沉重的呼吸声。由于四周格外安静，郑英雄说的最后一句话不断在众人耳边徘徊。

要插队？这场名为"不插队"的游戏，要插队？

由于现在谁都没有办法和身边的人沟通，众人便自然而然地开始回想起这句话的意思。

"接下来游戏正式开始。"人猴说道，"我下面会依次上前触碰大家的肩膀，被我触碰到肩膀的参与者请走上楼梯，站到二楼的长方形区域中。"

此时的小程敏锐地感觉到人猴的声音有些变了。

他似乎没有一开始那么自信了。难道是因为郑英雄的那句话？

人猴说着话，走到一旁触碰了一个中年女人的肩膀，在手电筒的照耀之下，女人明显松了口气。

她点点头之后赶忙跑上了二楼。

对于所有人来说第一个人无疑是最轻松的，她不管站在哪里都不会导致这场游戏输掉，毕竟剩下的人要根据她的颜色来选择站位。所有人抬起头目送她走上二楼，在她到达二楼的瞬间，她的脑后亮起了红灯。

这一幕被一楼的所有人尽收眼底，可这又能代表什么呢？

所有人都只能看到其他人头顶灯的颜色，可这场游戏想要赢，最大的难点在于自己如何选择。

此时人猴又走上前去触碰了一下甜甜的肩膀。甜甜整个人一怔，随后点了点头，抬头有些忐忑地看了小程一眼，然后走上了二楼。

小程也紧紧地盯着她头顶的安全帽，发现她在到达二楼时，脑后亮起了蓝灯。

甜甜的选择也无关游戏输赢，无论脑后的颜色是否与第一个女人一样，她都可以随便选择站在第一个女人的左边或者右边。对结果产生影响的，是其他人的选择，他们要猜测自己头顶灯的颜色，然后选择站到甜甜那一侧，或是中年女人那一侧。

从第三个人开始,他的选择将有可能导致所有人的游戏失败。只要出现"红蓝红",或是"蓝红蓝"的站位,剩下的人都不必再进行下去了,结局已然必输无疑。

不知道人猴是故意为之还是碰巧选择,他第三个人便选择了小程。小程慢慢皱起了眉头,顿感压力巨大。他深呼一口气,正准备前往二楼时,一只小手拽住了他,他低头一看,正是郑英雄。

郑英雄没有说话,只是在昏暗的灯光下,带着一脸坚毅的表情冲他点了点头。小程缓缓眯起了眼睛,然后转身走向了二楼。他走得很慢,他知道现在所有的选择权都落在了他手中。

小程走到二楼,忽然之间瞪大了眼睛,他感觉自己陷入了误区。为什么要管自己头顶的灯是什么颜色?!

"要插队……"他在心中暗暗地念叨着这三个字,感觉郑英雄这个小孩非常不简单。

他居然在最后三秒钟喊出了这么重要的信息。这场游戏的答案简直太简单了,但其他人能明白郑英雄话中的含义吗?只要有一个人没有明白,那么所有人的道都会输掉。

小程走到二楼,果然发现甜甜正在和那个中年女人肩并着肩站在一起。二人此时面冲墙壁,背对着小程,给他展示着头顶的灯光。

一红一蓝,一左一右。

小程顿了片刻,随后走上前去,然后伸手推了推二人,站到了中间。这场游戏的破解之法就是如此简单,他根本不需要知道自己头顶的灯是什么颜色,只需要插队即可。

而剩下的所有人,都不需要知道自己头顶灯的颜色,他们只需要站到蓝色与红色之间就好了,哪怕蓝色和红色的灯数量不同,这个战术也绝对不会出问题。当所有人都站好,那两种颜色自然是左右分开,所有人整整齐齐地站成一排。

其余众人排着队,一个一个地走了上来,小程根本看不见他们头顶灯光的颜色,但他知道第四个人必须要站在自己的旁边,这样才能证明他参透了郑英雄说的话。

好在第四个人确确实实站在了他的右手边。

五六个人之后,小程听到身后传来了一阵轻快的脚步声,听起来体重很轻,应当是郑英雄。他站在众人身后深叹一口气,然后直接来到了小程身边站下。

小程扭头看了一眼他，他无奈地冲小程摇了摇头，此时小程也明白两种颜色已经乱了。

很快十一个人都选择了自己的位置，后续的人选择位置的速度变得越来越快，看来他们也已经知道结局了。

很快，众人的身后响起了最后一阵脚步声，人猴来了。

他走到隐蔽的角落，打开了灯，轻声说道："游戏结束，各位失败了。"

正如刚才十一个人开始沟通战术时一样，此时众人又一次同时发出了声音，场面混乱至极。他们先是摘下了自己的安全帽看了看灯的颜色，又懊恼地看了看身旁的人，发现这个站位确实有点混乱了，红灯总共只有四盏，可现在全都错开了位置。

这一次他们输得无话可说，可小程的脸上却写满了不甘。这场游戏明明可以赢的！

就算这一次没有赢，那下一次呢？

两个人只需要一颗道，可只要能赢一次，每个人就会获得两颗道，现在他们已经知道了游戏的获胜方法，这不是稳赚不赔的游戏吗？

"算了。"一个男人摇了摇头，顺手将安全帽扔到了地上，"浪费时间，浪费道，我走了。"

"各位……"小程后知后觉地叫了一声，"各位先等等……我们还有机会的……"

见到众人根本没有搭理他的意思，他只能快步跑到走廊上，回过身拦住了所有人的去路："各位先别走！"

"怎么了？"众人终于注意到了这个神色不自然的小伙子，脸上也露出了疑惑。

"大家听我说！"小程努力平复着自己的心情，组织着语言说道，"这场游戏有个明显的破解方法，只要咱们原班人马能够再参加一次，肯定可以赢回来的！"

他简明扼要地和众人说了他的想法，并且趁着游戏结束阶段，跟众人说了这场游戏正确的解决之道。只要能够不断地插队，游戏将变得格外简单。

众人听后面色迟疑地看着他，仿佛也在考虑这个方案的可行性。这场游戏原来这么简单？可是谁又愿意承认自己连这么简单的道理都不明白？

"各位，你们还没明白吗？我们距离胜利就差一步了！"

小程虽然语气诚恳，但在很多人眼中，他的状态像极了一个输了钱的赌徒。

"既然如此……"人猴在众人身后嘿嘿一笑，说道，"我也说明一下，各位如果继续参加的话，门票将恢复原价，我的打折活动结束了。"

本来有些心动的众人在听到人猴的话后再次面露难色。很多人原先已经交了一颗道，现在再交一颗道，就算能赢回两颗不也是平进平出吗？

此时仿佛变成了小程和人猴的博弈，众人根本不知道该站在谁那边。

"也没关系的！各位！"小程思索了几秒说道，"我们能够保证这场游戏必赢！所以门票就算提高了，我们也是赚的！"

"这……"

众人面面相觑，小程也知道他们当中有个别人根本听不懂他在说什么，他们只会选择跟风。只要有大多数人选择再来一次，那剩下的人也会产生从众心理。可由于人猴实在是太狡猾，发言的时机恰到好处，导致所有的参与者此时都在犹豫。

"我觉得不对……"此时一个三十多岁的男人忽然察觉到了什么，"你这小伙子根本就是在说谎吧？"

"说谎？"小程一时之间没明白对方的意思，"刚才我不是已经把破解之法都告诉大家了吗？"

小程说完之后又指了指身边的郑英雄，说道："你们如果早就听从这个孩子的建议，我们第一次的时候就已经赢了！获胜的建议早就已经给出来了，我们怎么可能会骗你们？"

"问题就出在这个孩子上啊！"中年女人开口说道，"你自己看看这孩子头顶的灯是什么颜色？他刚才站错位置了啊！"

"站错位置了？哦！"小程听后赶忙点头说道，"各位听我解释，刚才他上楼的时候队形已经乱了，所以以他根本没必要再——"

"那谁知道？"一个中年女人忽然插嘴打断了小程的话，"谁知道他上来的时候是什么情况？我反正刚才没站错位置。"

"就是啊，怎么会有人带小孩来参与游戏？！这不是添乱吗？"

"我早就感觉那孩子能坏事……唉……"

人群当中质疑的声音越来越多,他们七嘴八舌、阴阳怪气地把锅甩掉,似乎所有的人都准备将这次游戏失败的原因放在郑英雄身上。

甜甜赶忙将郑英雄拉到身后,然后抬起带着悲悯的眼神和众人对峙着。她一直都知道,人性从来都是这样。当发生了让自己利益受损的事情时,大多数人会第一时间找一个人来怪罪,而不是反省自己有哪里做得不足。

现在郑英雄就是所有人的出气筒,如果不加以控制,极有可能出现难以预料的结果。

"你们有病吧?!"小程实在忍不住了,破口大骂道,"这孩子比你们所有人都强,他第一个看出来游戏的破解方法,那时候你们在干什么?!"

"不管他说了什么破解方法,他站错了就是站错了!"一个看起来三十岁的男人据理力争,"我们只看结果,如果跟着他的建议,到时候我们全都站错了该怎么办?!"

"你没有脑子吗?!"小程大骂一声,"这解决方法是对是错你自己不会想想吗?!"

他的声音非常大,从气势上压住了三十多岁的男人。

此时的甜甜稍微安心了一些,他想起之前小程反抗那两个中年男人时的场面,这年轻人虽然年纪不大,但好在能分辨是非,也敢于在关键时刻出头。

"没关系!"郑英雄稚嫩的声音从甜甜身后忽然传了出来,"大家不要争吵。"

甜甜听到声音后立刻回身想拦住郑英雄,可郑英雄却面色淡然地冲她摇了摇头,小声说道:"我来处理就可以。"

"可——"

"千万不要。"郑英雄立刻伸出自己稚嫩的手掌轻轻地挡在了甜甜的嘴巴上,"姐姐,不用你插手,我不会让这种事再发生了。"

"什么?"

他绕过甜甜,站到众人面前,声音洪亮、气势十足地说道:"诸位没有必要因为我而争吵!有什么事情可以来跟我说!"

众人没想到这小孩子居然会忽然之间说出这种话,一时之间愣在了原地。

"这件事没有任何争论的必要!"郑英雄一脸严肃地说道,

"是我的问题,我没有保护好每一个人!你们没有必要怪别人,更没有必要怪自己,有任何不满都可以冲我来!"

一语落地,所有人都沉默了。

"我不会躲避也不会逃跑,更不会有任何怨言!"郑英雄铿锵有力地大喊道,"如果这世上需要有一个人来承担错误,那么由我来最好不过了!但你们一定不要因为我而发生争吵,我们做所有事的目的都是为了能够从这里逃脱!"

郑英雄说完话便将自己头顶的报纸王冠摘了下来,小心翼翼地放在了一旁的地上,随后半跪下来,低下了自己的头,像是一位伟大的骑士。

"我的头颅就在这里,你们可以随时砍掉。"郑英雄沉声说道,"但各位一定要答应我,用我的死亡换来你们的团结,这样我会感觉自己死得其所!"

郑英雄的话让现场的几人纷纷露出了不知所措的神态。明明只是输了一场游戏,可这孩子说的话实在太严重了。

"也……也不至于。"三十多岁的男人说道,"什么杀不杀的,不就是一场游戏吗?一颗道我还输得起。"

众人此时也纷纷点头应道:"就是的,算了吧。"

小程和甜甜面面相觑,谁也不知道这孩子到底怎么了,只听到众人窃窃私语了一会儿,随后纷纷离开了人猴的游戏场地。看起来他们既不打算追究下去,也不想再进行下一次游戏了。

郑英雄见到众人远去,渐渐露出了落寞的表情,随后看向了一旁的王冠,嘴中喃喃自语:"姐姐,我现在可以做到了。"

小程见状赶忙上前扶起了郑英雄,而甜甜也走过去捡起了王冠给他戴上,三个人此时也不知该如何是好。

甜甜看了看远处的人猴,小声问道:"小程,你还准备再参与一次这个游戏吗?我们交了一颗道,如果赢下来的话怎么也有六颗呢。"

"不……"小程无奈地摇了摇头,"虽然这么说有点不合时宜,但这场游戏实在太简单了,它没有办法让我感受到头脑风暴。"

人猴有些没搞明白眼前三个人到底有什么动机。他们明明有着能够赢下自己游戏的方案,却选择现在放弃,难道他们也不是来赚取道的吗?

"人猴……"小程在离开之前回头看向他,"能不能告诉我距离这里最近的地猴在哪里？"

"地猴……"面具之下的双眼微缩了一下，人猴语气平淡地问，"你是不是有点高估自己了，觉得能够看破我的游戏，便能够胜过地猴？"

"我知道人级和地级的难度不在一个层面，但我愿意试试。"小程说道。

"那你们——"

人猴还未说完话，远处传来了一阵若有若无的钟声。甜甜和小程同时一怔，随后又马上想到了什么，低头看向了郑英雄。郑英雄轻叹一口气，摇了摇头："不是哥哥回响了，而是姐姐的回响消失了。"

听到这句话后二人脸上闪过一丝失落，可人猴的眼神却变得奇怪了。

小程回过神来看向人猴："所以……地猴的地址可以告诉我们了吗？"

人猴听后没有立刻回答，只是低头看了看一旁的郑英雄，随后问道："这孩子到底是？"

小程听后回头看了看甜甜，却发现甜甜也摇了摇头。

"我也不知道。"甜甜说道，"我是在路上偶然跟这个孩子相遇的。"

人猴思索了很久，开口说道："如果我告诉你们地猴的地址，这个孩子也会跟着去吗？"

这个问题问住了甜甜和小程，毕竟二人也没有提前商讨过。

"小弟弟。"甜甜蹲下身来轻声问道，"我们下个要去的游戏场地非常危险，你还要跟着我们去吗？"

"嗯。"郑英雄点点头，"姐姐，我想要成长。"

"成长？"

"我想要变得更加强大，也想成为一个真正的英雄。"郑英雄伸手扶正了脑袋上的报纸皇冠，"所以不管多么危险的场合我都要去，这是我锻炼自己的机会。"

甜甜本来还想劝说一番，可一想到郑英雄的表现又将话咽了回去。他虽然行为方式有些奇怪，但也确实不像是寻常小孩子。

"那既然如此……"甜甜回头看了看小程，又看了看人猴。

"只要你们答应我他也去，我就告诉你们地猴的地址。"人猴微笑一声,"但有个要求,你们不管什么时候参与了地猴的游戏,都一定要回来见我。"

"什么?"

人猴往前走了一步,将嘴巴贴到了小程的耳边,而小程也在此时闻到了他面具上的腐烂气息。

"这孩子很有用。"人猴轻笑一声,用微不可察的声音对小程说道,"我要他告诉我……地猴身上到底有没有回响。"

听到这句话的小程慢慢瞪大了眼睛。

地猴……回响?

"地猴的地址在这张纸上,三位慢走,不送。"

人猴将一张字条递给了小程,随后伸手拍了拍他的肩膀,他野心勃勃的表情已经挂满了脸颊。

三个人互相看了一眼,只能面带疑惑地离去了。

"对了……"

人猴在三人即将下楼时叫住了他们。

"怎么?"小程问。

"地猴的游戏场地让人流连忘返,建议明天一大早过去,否则你们占不到便宜。"人猴摆摆手,"期待你们凯旋。"

"流连忘返?"小程和甜甜都感觉这个成语用在一个会让人丧命的地级游戏身上有些奇怪。

见到人猴不再说话,三人先后走下了楼梯,离开了他的游戏场地。

他们看了看天色,再三思索了之后,还是决定先回到据点休息,毕竟已经接近傍晚,今天也在天马时刻中花费了太多的体力,现在最正确的选择是回去养精蓄锐,第二天再去寻找地猴。

END
ON THE
TENTH DAY

第7关

天龙·梦

陈俊南和乔家劲拿着地图转了很久,感觉明明已经到达了地猴的游戏场地,可在大街上看不到任何的生肖。

"我丢……"乔家劲挠着头四下张望着,"这地方好安静啊,真的有地级吗?"

"小爷也有点纳闷了。"陈俊南疑惑地皱起了眉头,"可那大耗子也没什么理由骗咱俩啊。"

"我说……"乔家劲忽然有了思路,"俊男仔,你说那地猴的店会不会打烊了?"

"下班儿?嗌……"陈俊南听后也跟着挠了挠头,"这……不能吧?这咱哥俩不跟大傻子一样了吗?咱也没人问啊。"

"就算没打烊,你同我也没办法搞定吧?"乔家劲有些不好意思地笑了笑,"猴子是不是都很聪明的?"

"你这话说得小爷我是一点也不能苟同。"陈俊南伸出一根手指摆了摆,"要说聪明,在这地界我就只认老齐是第一,接下来就是小爷我,什么大马猴都得跟我靠边站。"

乔家劲感觉好像没听懂,愣愣地眨了眨眼。

"但是老乔你也别灰心,要说动手,在这地界你必须是扛把子①。"陈俊南伸手拍了拍乔家劲的肩膀,"那在你之下,就是小爷我……"

话还没说完,陈俊南忽然想到了什么,于是面带犹豫地低头说道:"大爷的,好像还有张山那臭小子……"

"俊男仔……咱们现在不还是要找地猴吗?"

"哦,对,你别岔开话题。"陈俊南说道,"怎么好端端地说起老齐和张山来了?"

"我……"乔家劲舔了舔嘴唇,感觉有点冤枉。

二人正在交谈,忽然听到不远处传来了一阵骚动

乔家劲瞬间皱起了眉头,看向声音爆发的方向。这声音听起来像一群人在欢呼。

"得了,踏破铁鞋无觅处。"陈俊南将地图收进口袋,也望向了那个方向,"虽然今天很累,但怎么说也得去瞅一眼。"

---

① 黑话,通常用于形容某人在某个领域或某个方面表现出色,成为其中的佼佼者或领头人。

"没问题。"乔家劲说道,"正好看看这地猴仔玩的是什么游戏,如果不难的话我就帮你一把。"

二人四下张望了一番,确定附近没有任何人之后,朝着那条胡同走去。

让人感到奇怪的是,胡同内也没有生肖,只有一扇朝里打开的老旧木门。这木门一旁的墙壁上,还用红色的油漆写了一堆字。

首先映入眼帘的是"欢迎光临",接着是开放时间"日出至日落",最后一行写着"和和气气,出入生财"。

"我丢⋯⋯"乔家劲感觉有点怪,"这种门头,我怎么觉得有些眼熟?"

"怎么的,你当过猴儿?"陈俊南望着门里,漫不经心地问道。

"不是啊,俊男仔!"乔家劲指了指最后一行字,"我总感觉在哪里见过这行话⋯⋯"

二人随后不再说话,陈俊南往门里走了一步,发现门里还有一面门帘,他伸手将门帘打开,一股浓重的烟味就飘了出来,一大群人交谈的声音也瞬间传入两人的耳中。

"我的妈⋯⋯"陈俊南和乔家劲互相看了一眼,感觉情况有点奇怪,这哪里像是地级游戏?

二人小心翼翼地走进门,经过了一条狭长的、烟雾弥漫的走廊之后,眼前的景象豁然开朗。一个硕大的房间之内,许多张桌子横七竖八地摆着,这些桌子上要么散落着骰子,要么堆放着纸牌和麻将,不过此时桌子旁都没人。

屋子的中央有一张大圆桌,此刻正有十来个男人围在桌子旁边观看着什么,他们有说有笑,手中拿着香烟,潇洒快活的状态跟在终焉之地的处境格格不入。

陈俊南和乔家劲互相看了一眼,缓缓走上前去。此时的乔家劲也终于想起了在哪里见过这句话了,是街上那些赌档。

和和气气,出入生财。

这句话看似是跟所有赌徒说的,可也是赌场老板的心里话。他们第一希望不要有人惹事,第二希望每个进入这里的人都能给自己带来钱财。

二人来到了众人身边看了看圆桌,身旁的十几个男人见到这二人走来,见怪不怪地瞟了一眼,随后继续将目光锁定在圆桌上。

这圆桌周围坐着三个人,其中有两人满头大汗,而他们对面是一个满脸皱纹的猴。那猴身材矮胖，嘴里斜叼着香烟，看起来既懒散又轻蔑。他的手放在面前的骰盅上，斜着眼看向左右两人。而左右两人也伸手护着自己的骰盅，看起来有些紧张。

这三人的桌面上都放了几十颗道，看起来正在赌，而且赌得不小。

"该我先。"地猴沙哑的声音传了出来。

两个男人伸手打开骰盅，小心翼翼地往里看了一眼。地猴思索了一会儿，也打开了自己的骰盅看了看，随后说道："六个四。"

乔家劲听后慢慢皱起了眉头，他总感觉这里的每个人都让他很熟悉。赌，这个曾经害了他一生的东西，他曾无数次进过赌场，也曾无数次劝说赌鬼荣收手，可是赌徒就是这样，总以为下一局能够赢回本钱，可现实总让他们输得越来越惨。

"这是玩什么呢？"陈俊南不解地问道。

"叫吹水，你们应该叫吹牛。"乔家劲说道，"每人五颗骰子，需要轮流猜所有人骰子的点数，比如六个四，是指所有人的骰子加起来有六个四点。如果你相信上家所说的，就可以继续往上喊数字，如果不相信则可以喊睁，也叫开。所有人都会打开骰盅展示出自己的骰子，如果所有人的骰子加起来真的有这个数量，则你输，反之对方输。另外点数一可以代表所有的数字，也就是混子。"

"你个老小子……"陈俊南伸手搥了一下乔家劲的胸膛，"看起来老老实实，怎么这么懂啊？赌神啊？"

"这是一种很常见的骰子玩法，但我第一次看到有人拿这种玩法赌博。"乔家劲摇摇头说道，"我不赌，但我进过很多赌场，甚至还照看过赌场，所以多少知道一些。"

陈俊南点点头，在大体知道规则之后又看了看桌面上的三人，地猴喊完了数量，此时轮到了下一个中年人，三个人之间的气氛有些紧张。

"七……七个四……"那中年人说道。

一语过后，剩下两个人都没有人喊开，他也连带着松了一口气。

第三个年轻人听后赶忙用双手捂住骰盅，小心翼翼地打开看了一眼，面色犹豫，嘴中不断地念叨着："七个四？"

陈俊南恰巧站在这年轻人身后，偷瞄了一眼他的骰盅，五颗骰子分别是两个二、两个三、一个一。

这些骰子像是专门制作的，并不是传统的点数，而是直接用汉字写着"一""二""三"。

　　此时他的手中并没有四，只有一个一，按照乔家劲所说一可以代表任何点数的话，那他的手中就有一个四。他的表情看起来异常纠结，他的上家已经喊到七个四，此时至少要喊到八个四或者七个五，但不管哪一种喊法，对他来说都有着莫大的风险。毕竟双方没有人喊过五这个点数，也就是说他们手中大概率没有五，或者五很少，所以此时喊四才是最佳的选择。

　　可是三个人的骰子加起来能有八个四吗？

　　陈俊南双手环抱，感觉这种骰子的玩法和猜大小不同，更多的是进行心理战。难道玩骰子，就是地猴的游戏？

　　年轻人思索了半天，再次拿手背擦了擦额头上的汗珠，说道："八……八个四。"

　　地猴此时冷笑一声，转头看向了他，说道："开。"

　　年轻人先是一惊，随后慢慢露出了一脸凶狠的表情："开就开……你别后悔……"

　　三个人纷纷打开了自己的骰盅，将点数展示了出来。年轻人先是看了看旁边的中年人，他的骰子居然是四个四和一个五。年轻人瞬间松了一口气，刚才他喊到了八个四，现在中年人有四个四，自己有一个一，加起来已经是五个四了，只要地猴手中有三个四他便输不了。更何况地猴一开始时喊出了六个四，说明他的手中极大的概率有多个四。可当地猴懒洋洋地将手中的骰盅打开时，原本喧嚣的众人骤然间沉默了。

　　他的骰盅里面赫然是三个二，两个三。

　　"你……"年轻人猛地拍了一下桌子，感觉自己被耍了，"你根本就没有四，结果开口就喊六个四？！"

　　"有规定不可以吗？"地猴将骰盅直接扔到了桌子上，从嘴上取下香烟，然后用食指和拇指掐灭了，"我自己没有四，但我感觉你们有啊。"

　　"你……你……"

　　"况且你们也可以喊开，说不定我会输呢？"地猴再度从口袋中掏出一根香烟，叼在嘴上点燃了，"愿赌服输，谁也赖不得。"

　　虽然道理正是如此，但在开始阶段听到六个四就喊开，实在是太大胆了，一旦三个人手中真的有六个四，喊开的人便输了。

　　"这猴老头有点意思。"陈俊南小声对乔家劲说道，"攻心啊。"

"赌博从来就不是运气游戏。"乔家劲说道,"影响一场赌局的元素实在是太多了,这种博弈游戏更是这样。"

年轻人看着桌面上的骰盅,像是在懊恼,又像是在生气,周围围观的众人也已经窃窃私语起来。

"要我……"

地猴听后冷笑一声:"输不起了吗?你要不怕死,也可以闹事。"

"我……"男人自然知道在一个地级面前闹事代表着什么,甚至都不需要神兽出面,地猴就可以把他大卸八块。

"算了,我输了。"

年轻人将自己面前的几十颗道往前一推,推到了地猴面前,然后起身就要离去。

"慢着。"地猴伸手拍了拍桌子,"你去哪儿?"

"我输光了,要走了。"年轻人说道。

"哟,那还真是替你惋惜。"

地猴的表情似笑非笑,然后他伸手指了指身后的墙面,那里贴着一个很老旧的手写海报,上面写着两行字:

　　入场门票两颗道。
　　出场赎身十颗道。

地猴看向年轻男人:"两颗道进来随便玩,赢了都是你的,可我赌场开在这里,自然是要收茶水费的。"

"你……"

年轻男人一愣,伸手摸了摸自己的口袋,刚才所有的道都已经输掉了,哪里还有多余的用来赎身?

"我在这里提供场地,还有免费香烟供你们抽,收点钱不过分吧?"地猴说道,"要不然赢了道的想走,输了道的也想走,我这生意可咋做呢?"

"你……你等会儿……"年轻男人一怔,"这样吧,你再给我点时间……我去玩会儿别的……一会儿把十颗道拿来……"

地猴环视了一下场地,说道:"可以啊,麻将、牌九、骰子、纸牌、老虎机和弹珠台都随你玩,可是……你有本钱吗?"

"我……"

年轻人明显慌了神,回过身来看了看围观的众人,随后一把抓住了陈俊南的胳膊。

"大哥……能不能借我十颗道买命？"

他的声音都在颤抖，看起来真的走投无路了。

"对不起啊，小爷也没有，我穷得就剩裤衩了。"陈俊南不好意思地笑了笑。

"大哥！"他又伸手抓住了乔家劲，可乔家劲也穷得叮当响。

"我丢，我穷得就剩背心了……"乔家劲也尴尬地笑了笑。

他在赌场上见过太多这种人了，当输得一文不剩时，他们就会向身边的人求助，总是天真地以为会有人在此时伸出援手。在求了一大圈都没有任何人借道时，年轻人慌乱无比，赶忙改口道："两颗！能给我两颗也行！我现在去别的桌子上玩，一会儿就将两颗还给你们！"

可现场的所有人依然冷眼相待，大家都捂好了自己的口袋，避开了年轻男人的眼神。

年轻男人大骂一声："一颗！能不能借我一颗？！我一颗就能回本！"

地猴此时也慢慢站起了身，从自己的口袋中掏出了一副脏兮兮的手套："各位顾客麻烦让让，小店有售后服务需要处理，正所谓红红火火，见血发财。"

年轻人见状不妙扭头便跑，地猴大踏一步，肥胖的身躯直接凌空而起，冲着年轻人飞了过去。还不等那年轻人跑出三步，地猴已经踩在了他的肩膀上，随后立在他肩膀上蹲下身，伸出手朝他的脑壳上轻轻地敲了一下。

下一秒，年轻人的眼球瞬间血红一片，手脚抽搐了一会儿，直直地躺了下去没了动静，明显是活不成了。

"嘿。"地猴翻身而下，轻笑了一声，"看来最近的手法见长，已经可以不见血了。"

眼前的众人见到地级开始杀人，表情并没有什么明显的变化，毕竟他们今天已经见过天级杀了无数人了。

"嘻，大家别介意。"地猴摆了摆手，"没有见红，也可以生财。大家来我赌场是放松休息的，不要被这些小插曲影响了。"地猴说完话便径直走向了圆桌，看向了依然坐在圆桌旁边的中年人。

"怎么说？"地猴微笑了一下，满是皱纹的脸颊瞬间显得更加苍老。

不知是他这只猴本来就是满脸皱纹的品种，还是他的年纪实在太大，举手投足之间总给人一种苍老感。

"我不赌了。"中年人声音低沉地说道，"今天赢够了。"

他从自己面前的一大堆道当中挑出十颗推给地猴，然后将剩下的道揣入了怀中。

陈俊南打眼一看，这人起码收起了十几颗道。用两颗道的门票赚取十几颗道，无论放在哪个地级游戏当中都算是相当高的收入了。

"没问题。"地猴点点头，"我这里做的是诚信买卖，只要能够交够了买命钱，谁都可以走。"

说完他又点起一根烟，将桌面上所有的道收进布袋中，随后坐到了一边。

四周围观的人们见状也纷纷散去，但他们没有离开场地，而是走到旁边自行组织起了新的赌局。

陈俊南此时也明白眼前的地猴到底要怎么赢利了，只要有人走进这扇门，那他就只能留下十颗道或是一条命。对于地猴来说怎么都是个稳赚不赔的买卖，更何况他也会亲自下场赌博，若是能够胜利，获取的道将会更多。

所以他的游戏根本不是骰子，而是这整间赌场。从进入赌场到离开赌场，视为一场地级游戏，若是不能够用两颗道换取十颗以上的道，就会沦为炮灰。

乔家劲也打量着四周，发现在墙角隐蔽处，居然还有特制的老虎机跟弹珠台，老虎机的图案和弹珠台里的奖品全部都是道。

这赌场虽然不大，但可以说一应俱全，市面上常见的赌博玩法在这里都能见到。

而这间不大不小的赌场也可以让一些终焉之地的男男女女心甘情愿地赴死，毕竟赌博对于某些人来说可能比任何的地级游戏都更容易上手，也更容易上瘾。

只不过……来参与的人越多，赴死的可能性就越大。

"两位。"地猴在远处懒散地说道，"想要玩的话需要先在我这里交门票，交了之后随便玩。"

"俊男仔……你怎么说？"乔家劲问道，"你想要赌吗？"

"现在有两件事让我很犹豫……"陈俊南的表情也严峻起来。

"咩事？"

"第一，我只会斗地主。"陈俊南一脸严肃地说道，"不知道斗地主在这里能玩多大的……"

"咩叫斗地主？"乔家劲愣了一会儿问道，"这玩法是麻将还是牌九？"

"是……"陈俊南无奈地看向乔家劲，"刚我还说你小子是赌神，赌神连斗地主都不会玩吗？"

"呃……"乔家劲眨了眨眼，"那第二件事是什么？"

"第二件事就更严重了……"陈俊南伸手摸了摸自己的口袋，十分认真地问道，"老乔，咱俩有钱吗？"

乔家劲听后也认真地点了点头："俊男仔我觉你说得太对了，咱俩根本就不适合这个游戏啊。"

"是的是的。"陈俊南也点点头，"老乔，当务之急是先回去，你给我普及一下赌博知识，另外咱得去找人借点道。"

"咩？"乔家劲听后感觉有点不理解，"借点道就罢了……你还真的要来参与啊？"

"怕什么？小爷聪明。"陈俊南拍了拍乔家劲的肩膀，"赌博什么的一学就会。"

"可你不是要看看怎么跟这只猴子交朋友吗？"乔家劲有点疑惑，"好端端的怎么要赌博了？"

"怎么，你很讨厌赌博啊？"陈俊南笑了笑，"我感觉对付赌徒有对付赌徒的办法，只要能够在桌面上赢过他，应该就可以好好聊聊了。"

"俊男仔，你这方案我为什么听起来这么熟悉？"

"是啊，老乔。"陈俊南一脸严肃地点点头，"你们香港电影里不都是这么演的吗？"

二人说话间引起了地猴的注意，他端起一个老旧茶缸品了口茶，然后说道："两位小伙子看起来面生啊，手头紧吧？"

陈俊南和乔家劲一愣，随后看向了他。

"手头紧没事。"地猴面无表情地看着自己的茶缸，然后噘嘴吹了吹上面的茶叶沫子，"第一次来可以不要门票，坐下随便玩啊。"

"这老小子把咱俩当傻的呢。"陈俊南冷笑一声，小声对一旁的乔家劲说道，"不要门票，咱还得掏买命钱啊。"

"是的。"乔家劲也点点头，"况且今天的时间已经很晚了，就算你同我真的大杀四方,也没可能在他打烊之前赚满二十颗道。"

"是的,留着小命吧。"陈俊南点点头,随后跟不远处的地猴挥了挥手,"今儿有点晚了,明儿我们赶早啊猴哥。"

"行呗。"地猴抬了一下眼皮,"明天再来,可就算熟客了,熟客要交门票的。"

"嘻,您放心,我还能差您这仨瓜俩枣?"陈俊南摆了摆手,随后转过身,面色瞬间冷淡下来,和乔家劲一前一后地走出了屋子。

二人在地猴的对面找了一栋看起来还算干净的建筑,把上午从猫那里得到的背包打开,简单地吃了点面饼、喝了点水,乔家劲便开始给陈俊南普及基本的赌博知识。

让乔家劲没想到的是,陈俊南看起来就不是什么正经人,却真的对麻将和纸牌一窍不通,至于更小众的牌九更是毫不了解。

在高强度的信息传输过后,陈俊南自认为现在他就算不是赌神,也高低是个赌圣了。趁着热乎劲,他又给乔家劲普及了一下何为斗地主,这种新鲜的玩法让乔家劲大开眼界,简单的规则硬生生地把扑克牌这种博弈类游戏变成了对抗型游戏。

二人直到天色完全黑了才结束这忙乱的一天,他们倒头便睡,没多久就响起了鼾声。

地虎缓缓站起身,伸了个懒腰,看了看将晚的天色,又看了看不远处亮起的传送门,缓缓打了个哈欠。他刚想直接离去,又忽然想起了什么,于是转身走到自己身后的建筑物里,直接下了楼梯。

齐夏已经趴在桌子上睡着了,桌面上的蜡烛也燃烧殆尽,看起来能够让他睡个好觉。

地虎看着齐夏,微微摇了摇头,然后脱下了自己的大码西装外套铺在了一旁的地上,走过去轻轻地喊道:"羊哥?"

齐夏睡得很沉,看起来累得不轻。

"羊哥?"地虎又轻轻叫了一声,发现齐夏还是没有任何反应,只是一直皱着眉头,仿佛承载着莫大的压力。

地虎索性也不再叫他,直接将他的手搭在自己肩膀上,把他整个人抱了起来,然后走到一旁将他放到了自己铺好的西装上,让他平身躺下。

"唉……羊哥……"地虎站起身之后叹了口气,小声说道,"何必把自己搞得那么辛苦呢？休息的时候就好好休息吧。"

地虎知道今天晚上应该不会有其他人再来打扰齐夏了，不管他背负了多少东西，地虎都只希望他能够在自己的场地当中好好休息一番。

地虎看着齐夏皱着的眉头逐渐松缓，随后也放下心来，转身走上了楼梯。

他没有注意到，在昏暗的烛光之下，齐夏沉睡的表情渐渐变得不安起来；他也没有注意到，有一根黑线不知从何时开始拴在了齐夏的手腕上，而黑线的另一头绑在了燃烧的蜡烛的底部。

齐夏睁开眼，发现自己躺在家中的地板上，地板很硬，硌得后背生疼。他伸手揉了揉自己的头，感觉思维很混乱。家里的天花板已经完全开裂，角落里挂满了蜘蛛网，他缓缓地坐起身，仿佛在搞清楚发生了什么事。

"这是？"他眯起眼睛快速思索着，可总感觉自己的大脑已经完全堵塞，所有的思路都断掉了。

齐夏慢慢站起身，扫视了一圈，目光停留在这间没有床的房间的书桌上。书桌上摆着一个相框，他将相框拿了起来，上面是自己和余念安的合影。

"安？"齐夏伸手抚摸了一下相框上的人影，总感觉哪里怪怪的，"我在家？"

当这个想法冒出来的时候，齐夏瞬间安心不少。一个人有再多的烦恼都不要紧，只要能回到家里，一切的烦恼都可以烟消云散。

"安？"齐夏推门而出，来到了客厅之中，屋子里除了他，一个人都没有。

余念安不在家，会在哪里？

齐夏找遍了厨房和卫生间，可这房间里确实空空荡荡，看不到半个人影，有的只是破败的家具，沾满灰尘的单人沙发，和完全开裂的地板。他扭头看了看窗外，窗外是血红色的天空和一轮土黄色的太阳。

齐夏皱起眉头略微思索了一下，很快放下心来——余念安不在家，多半是下楼买菜了。这个想法一出现，他只感觉到自己一阵眩晕，仿佛大脑已经陷入了完全混乱的状态，他只能看到眼前的事物，想不起以前发生的事，也猜不到未来的走向。

他走到屋门前，正想要打开门去寻找余念安，心头却猛然间涌上一种异样的恐惧感。他总感觉打开这扇门之后将遇见极其可怕的东西，居然在停了几秒之后痴痴地收回了手。

门外是什么？

齐夏的心跳不由得加快了，他慢慢回过身，却发现余念安正站在自己身后，直直地看向自己。她一身白衣，身上一尘不染，长长的头发披在身后，一眼望去完美无瑕。

"安？"齐夏一怔，但很快露出一丝笑容，"你在家里？"

"我在。"余念安也微笑着点点头。

"可我……怎么没看到你？"齐夏的大脑再次感到一阵眩晕。

"因为我一直都在你的背后，所以你看不见我。"余念安笑着说。

"我的背后吗？"齐夏茫然地点了点头，"那好……那好的……"

"夏，你饿了吗？"余念安问道，"我做点东西给你吃？"

齐夏听到这句话，表情稍微缓和了一下，但还是稍带疑惑。

不知道为什么，在他有限的记忆中，他感觉余念安一直都在给他做东西吃。

"安，我不饿，我们能聊聊天吗？"齐夏鬼使神差地问道。

"聊天？"

一语过后，余念安也跟着愣了一下，随后淡淡地开口说："不，不行的，夏，我要去给你做点东西吃。"

齐夏慢慢皱起了眉头，感觉自己的大脑正在变得清醒："为什么呢？我现在不饿，我不想吃东西。"

"不可以。"余念安收起了微笑，面无表情地说道，"夏，我现在要去做饭，你猜猜我给你做什么好吃的？"

"搞什么？"

齐夏的表情瞬间阴冷下来，他渐渐地感觉到这一切简直是太奇怪了。

为什么自己每次和余念安见面，她一定在给自己做吃的？

为什么房间会这么破败？

为什么灰尘会落到各处？

为什么只有余念安身上一尘不染？

那些失去的思想似乎正在一点点聚拢。

"这不是我的家,你也不是余念安……"齐夏的眼睛瞬间有了光芒,"这是哪里?"

"夏,你在说什么?"

"你到底是谁?"齐夏冰冷地开口问道,"为什么要冒充余念安?"

余念安的面容在齐夏面前居然渐渐地模糊起来,她的五官越来越不立体,最终完全消失。

现在站在齐夏面前的,是一个完全没有五官的人,但她依然在说话。那张平坦的脸上居然依然在发出声音。

"夏,你知道吗?"她说,"这世上的道路有许多条,而每个人都有自己的那条路。"

"怪物……"齐夏咬着牙痛骂一声,"你们还想用这么拙劣的骗术继续骗我吗?你们以为封住我的思绪我就不会思考了吗?!"

咚咚咚。

一阵细小的敲门声在齐夏身后陡然响起,让齐夏整个人汗毛竖立。他的面前是一个没有脸的余念安,身后是那扇老旧的木门,在他的记忆中,这扇门从来没有被人敲响过。

咚咚咚。

"夏,把门打开。"余念安说道。

听着那微弱的敲门声,齐夏只感觉汗毛根根竖立,心脏都要从喉咙中跳出来。他根本不知道门后是什么东西在等着自己。

"夏,把门打开。"余念安又说道。

"不……不可能……"

咚咚咚。

敲门声继续在齐夏背后响起,他感觉自己被未知的恐惧包围了。眼前是完全没有五官的余念安,身后是连续不断的敲门声。

咚咚咚。

"夏,把门打开。"

齐夏努力地平复着心情,然后开口问道:"先告诉我,门外是谁?"

没有五官的余念安听后,平坦的脸部蠕动了一下。虽然没有五官,但齐夏却感觉她在笑。那是一种格外阴森的笑。

"夏,门外是我啊。"余念安说着便张开了自己的双臂,做出了拥抱的姿势,"把门打开,让我见你。"

"门外是你……"齐夏感觉整个人濒临崩溃了,"如果门外是你,那你又是什么东西?"

"我是我。"余念安说道,"门外也是我,让我们一起团聚,让我走进你心里。"

咚咚咚。

"你们这群疯子……"齐夏努力地咬着牙,"因为知道我只有这个缺点……所以才会一直扮演余念安来愚弄我……"

"我,怎么会是你的缺点?"面前的余念安一步一步地向着齐夏靠近着,"而且没有人扮演我,我就是我。你不打开门,我可以打开门的,夏,没事的,不要怕。"

"你们到底想要什么?!"

齐夏感觉自己刚刚找回的思绪又开始混乱了,这个空间似乎很奇怪,它会阻断他的思维。

"我想要什么?"余念安的面庞再次蠕动了一下,仿佛笑得比刚才更阴森了,"夏,我什么都不想要,我想要你开心快乐。"

"别再耍我了……"齐夏浑身开始颤抖,"嘴上说着想让我开心快乐,可我每次见到你都会崩溃……你的最终目的到底是什么?就只是单纯地为了折磨我吗?"

咚咚咚。

"夏,开门,让他和你说。"余念安笑道,"你难道不想找到真正的我吗?"

"真正的你?"齐夏一怔。

"是的,打开门,找到真正的我。"

齐夏慢慢地转过身,盯着那扇老旧的房门,瞳孔不断闪烁。

咚咚咚。

那人一直都在敲门,他很有耐心。

"打开它。"余念安说道,"迎接我们的客人。"

"我们的……客人?"齐夏微微皱了皱眉头,"我没有任何朋友……我怎么会有客人?"

"可他来了。"余念安的声音渐渐扭曲起来,"他看到你了,他来找你了。"

齐夏的手慢慢抬起来,放到了门把手上。他感觉自己并没有其他的选择了。家不是家,人不是人,如果想要搞清楚这一切,只能打开这扇门。

到底发生了什么?他轻轻地扭动把手,将房门拉开,首先映入眼帘的是无尽的黑暗,随后便是一个人影。这人影穿着老旧的长袍,长发及腰,额头一点红砂,却明显是个男人。他和身后的余念安一样,同样没有五官。

"久违了,白羊。"

他的声音男女参半,仿佛有两个人在同时说话。四周漆黑的空间如同一个个旋涡一般不断地旋转。

"你……"齐夏感觉自己头痛欲裂,有些记忆想要被唤醒,却又被什么看不见的东西牢牢锁住。

"不急,我们有很多时间。"那人说道,"不请我进来吗?我们可以好好聊聊。"

齐夏看着门外的无边黑暗陷入了沉思——外面到底是哪里?

"想要打开你心里的这扇门,我可是花费了一番功夫。"那人往前走了一步。

"我心里的门?"

"我找到你了,白羊。"

那人面部一阵蠕动,四周忽然刮起了一阵狂风,将房门完全吹开,齐夏被吹得连连后退,那人也一步跨入了门里。一股异常浓烈的腐烂气味就此飘在整间屋子之中,齐夏回过神来看了看,眼前是两个完全没有五官的人。他们身上透露着说不出的诡异感。

"为什么要把自己的心境锁得这么死呢?"

一句话从二人之间响起,由于他们都没有嘴巴,齐夏甚至分不清到底是谁在说话。

"这个房间已经如此破败了,你还在坚守什么?上一次你不是已经把门打开了吗?"

"我……"

"为什么不敢躺下让自己放松呢?你在怕什么?舒舒服服睡一觉,做一个美梦,多好?"

他们又问。

"我不能放松下来……我不能睡……"

"可你太累了,是时候休息了,现在你该怎么办?你身边还有人会叫醒你吗?"

"你……"齐夏仿佛想起了什么,"天龙?"

"鄙人不才。"天龙晃动了一下脑袋,"正是桃源主宰。"

"你进了我的梦?"

"怎么会呢?"

那人轻轻走到单人餐桌旁坐下,挥了挥手,单人餐桌赫然变成了一张八仙桌,一张张椅子也就此摆好。齐夏再定睛一看,先前的余念安已经消失不见了。

"想要和你聊聊天真是困难至极。"天龙笑了笑,随后伸手摸了摸自己的脸庞,"在你的梦里我是什么样子?"

"你是一个丑陋至极的怪物……"齐夏说道。

"是吗?"天龙轻声应道,"我还以为会长着一张狰狞的脸。"

"天龙,你怕了吗?"

"我怕?"

"为什么要来到我的梦里呢?"齐夏又问道,"难道是我现在做的事正在让你慌乱吗?"

"哈哈哈。"天龙的面部不断蠕动,但齐夏看不到他任何的表情,"真是有意思啊,白羊,你说我害怕?你身为一个连续七年都没有躺下睡觉的人,居然说我在害怕?"

"那为什么不和我堂堂正正地对决呢?"齐夏问,"来到我的梦里要做什么?"

"放松下来啊……白羊。"天龙微微低下了头,"为什么要防备我呢?"

说完之后他向齐夏招了招手:"你身上的每一处神经都在紧张,放松自己,过来坐下。"

"有话你直说。"齐夏说道,"我不可能放下对你的戒备。"

"不着急。"天龙的面部再次蠕动了一下,"我说过,我们有很多时间,白羊,我已经入了你的梦,没有人叫醒你的话,你已经出不去了。"

齐夏听后伸手掐了掐自己的大腿——很疼,但是根本没有醒来的迹象。

"没用的。"天龙说道,"你太久都没有好好休息了,这一次你要怎么才能醒来呢?"

"我不可能在这里输给你。"齐夏说道。

"就算你每十天可以重新复活一次,可是大脑是骗不了身体的。"天龙微微扭过脸,用那张平坦无比的皮肤看向了齐夏,"你不需要休息，它需要。"

"天龙，你要在这里杀了我吗？"

"不，你误会了，我只是担心你的身体。"天龙淡然地回答道，"白羊，让我们好好聊聊吧？"

齐夏皱着眉头看着眼前的怪物很久，才终于开口问道："你要聊什么？"

"聊未来。"天龙说，"机会难得，这里没有别人，只有你和我，我们不如畅想一下未来？"

"不，我不想跟你聊未来。"齐夏慢慢走到桌子旁，拖出一把椅子坐了下来，"我想和你聊过去。"

"过去的事情已然过去了。"天龙伸手擦了一下根本看不见的嘴巴，"白羊，你应该知道……咱们二人斗下去，谁都不可能有好结果，就算你掏空心思想尽一切办法，最终能够杀了我，你自己又要怎么办呢？"

"我会回到过去。"齐夏回答道，"当这里的一切结束，我自然会回到过去。"

"然后呢？你带着你被扭曲的心灵、遍体的伤痕、惨痛的回忆、脑袋里的绝症和一个虚假的余念安回到过去吗？"天龙慢慢低下了头，"你回到过去，能活多久？"

"我……"

天龙几个问题差点将齐夏的心理防线全部击碎，齐夏感觉到四周的墙壁上正在快速爬满裂痕，房顶也不断地落下尘土。

"为了逃出桃源，把自己搞成了这副鬼样子……何苦呢？"天龙无奈地摇了摇头，"我们明明可以和平共处的，仔细想想，和我相拼……到底为了什么呢？"

齐夏皱着眉头，不断地打量着天龙那张诡异的脸，随后慢慢眯起了眼睛。

仅仅几秒之后，墙壁上正在蔓延的裂痕像是遇到了什么可怕的东西，纷纷退缩回去，地面上的灰尘也开始缓缓升起，飘回天花板。

坍塌的迹象正在消失，这房间似乎又变得坚固了一些。

"逻辑反了吧？"齐夏冷笑一声，"应该说……假如真的能够和平共处，我又怎么会把自己搞成这副鬼样子？"

"我很失望。"天龙听后摇了摇头，"到现在你还在防备我，白羊，明明是你骗了我，结果到头来还要防备我。"

"那你没有骗我吗？"齐夏感觉自己逐渐掌握这场谈话的主动权了，"你口口声声叫我白羊，可我现在是什么？"

他发现天龙似乎没有办法在这间房子里动手，这确实是一场平等的交谈。这里仿佛还有什么东西在克制着天龙。

"你是想说……我叫你白羊，你却变成了参与者？"天龙的声音逐渐迟疑了起来，"这是何等可笑的事情！"

他慢慢站起身，走到了齐夏的身边，伸手搭在了他的肩膀上。

"如果你愿意，现在就回来做天羊。"天龙说道，"以你的头脑，再加上那些力量，这里没有人能够赢过你。"

"什么？"

齐夏感觉天龙说的话有点超出了自己的预料。

"怎么，不愿意成为天羊吗？"天龙慢慢俯下身，将嘴巴靠在了齐夏的耳边，"白羊，你发现了吗？到底是我让你变成了参与者，还是你自己选择了这条路？"

天龙的话音一落，无数个念头在齐夏脑海中盘旋——难道是自己选择成为参与者的？

原因呢？

"白羊，不要再麻痹自己了。"天龙继续说道，"你知道我有多少次机会可以彻底杀掉你吗？"

"我……"

"就连现在也一样。只要在你的心境之内大肆出手，你就会彻底崩溃。"天龙又说道，"你以为能够活到现在真的是因为自己够聪明吗？"

看着墙壁的裂痕渐渐扩大，齐夏再一次皱起了眉头："不然呢？"

"是因为我英雄惜英雄。"天龙说，"我不想把你这种人才埋没在这桃源之中，我要你跟我走。"

"去哪里？"

"列车已经准备好，随时可以出发。"天龙的表情蠕动了一下，露出了一个看起来很开心的形状，"不必管这些烂摊子了，我们去创造新的桃源。"

"不管这些烂摊子？"齐夏扭头看了看天龙，"什么叫作创造新的桃源？"

"你有'生生不息',我们完全可以去一个没有人的地方,创造一批臣服于我们的子民。"

天龙说完话,天花板开始快速抖动,无数尘土四落,沾染到二人的头发之上。

"创造一批子民?"

"是啊,白羊,你和我,才有可能成为'万相'。"天龙的声音越来越低沉,而齐夏也感觉自己的思路越来越闭塞,"那些参与者死不足惜,是吧?"

齐夏听后慢慢闭上了眼睛,他知道自己现在的状态非常不对。每当天龙说话时,他的心魂、神智似乎都要被他带走,不仅做不出任何判断,甚至无法进行思考。他只能比平常更加聚精会神,闭上自己的双眼隔绝外部的一切信息,努力地调整着自己的思维。

"还是有漏洞……"齐夏说道。

"什么?"天龙微微一怔。

"还是有漏洞……"齐夏双眼紧闭,眉头微蹙,"你和我说得越多,我便越容易发现你的漏洞。"

话音一落,四周斑驳的墙壁正在快速复原,甚至连脱落的墙面都在重新修复。

天龙见到这一幕不禁沉吟起来。

"我……有什么漏洞?"

"你的表现完全不像拉我入伙。"齐夏说道,"天马为了找到我甚至发动了天马时刻,她不介意杀掉我。"

破损的天花板此时也在变得完整,附近的家具连灰尘都开始褪去。

"但我还是不明白啊……天龙。"齐夏缓缓睁开眼睛,一脸冷峻地望向天龙的面部,"你明知道我就是'生生不息',为什么还要派天级来找我呢?"

天龙感觉齐夏的气场正在变强,而自己的思路此时正在变得堵塞不堪,甚至难以思考。

"不妙……"

天龙知道这场梦境大概率要被齐夏给控制了。

"你明明可以直接现身杀了我,或是用更直接的方法打败我的。"齐夏盯着他的双眼继续问道,"为什么非要进入我的梦里呢?"

天龙四下张望了一下,锁定了窗口的方向,随后伸出自己的右手运了一下气,猛然挥出一掌。巨大的掌风飞向窗户的玻璃,在发出震耳欲聋的声响之后,居然仅仅将玻璃打出了一道细微的裂痕。不过几秒钟,那道被掌风击打而出的裂痕就飞速消失,玻璃也恢复了原状。

"好坚硬的心理防线……"天龙心中默念一声。

"所以你还是骗了我。"齐夏的冷笑慢慢挂上嘴角,"天龙,你在怕我?"

"白羊,你不要再逼我了,若是在这里拼个鱼死网破,你这辈子都会困在这里的。"天龙说道。

"有意思,你进入我的梦中,居然说我在逼你。"

齐夏站起身,身下的椅子瞬间化作了粉末。

"所以我逼你又会如何?"他冷笑着问道,"天龙,你难道被困住了吗?为什么不现身来杀我呢?为什么只有思绪飞到了我的梦中?你的本体在哪里?"

天龙听后看着齐夏,微微叹了口气。

下一秒,他平坦的面部凭空出现了一张嘴。

"白羊,何苦呢?"天龙的嘴巴微动,"非要我完全撕碎你的心境,你才肯为我所用吗?"

"何苦?"齐夏面色绝望地摇了摇头,"我不抵抗你,难道任由你控制我吗?有没有可能我没有选择,但你有?"

天龙听后愣了半天,随后嘴角慢慢咧开,呈现出一个极其怪异的笑容。

"既然如此……你能撑多久?"

他微笑着将手慢慢张开,窗外的街道上忽然发出巨响。齐夏缓步走到窗口一看,窗外所有的建筑物都在塌陷,地面也在大面积地开裂。地面开裂的位置露出了无比漆黑的颜色,仿佛这些建筑物是建造在虚空之上。

他看着开裂的地面,感觉自己的大脑再一次受到了冲击,所有的思绪都如同糨糊一般搅在一起,让人思考不了分毫。没几分钟,整个窗外只剩下无边无尽的黑暗和血红色的天空,他甚至能看到远处有一条分外清楚的、红与黑的交界线,而那天空之上挂着一轮土黄色的太阳。

"够了……"齐夏说道,"天龙,你这么做只会让我更看不起你……没有办法除掉我,所以就想办法搞垮我的心境?"

"白羊,我有我的立场。"天龙说道,"我要你心甘情愿成为我的下属,否则我宁愿和你一起被困在这里。"

"你看起来也疯得不轻。"齐夏说道,"将我梦境之中的街道打个粉碎,我就会崩溃,就会被困在这里?"

"这还不够吗?"天龙的嘴角再次慢慢咧开,"如果这种程度你还能够思考,我再让你见见余念安怎么样?"

"呵。"天龙的话把齐夏逗笑了,"除了在我梦境之中破坏建筑物,就是变成一个没有面容的余念安,天龙,你的水平也就这样了。"

天龙没有说话,只是轻轻挥了挥手。

天空之上忽然响起了震耳欲聋的声音,齐夏心中闪过一阵不安,随后机械般地转过身,望向窗外的天空。天空之上貌似什么变化都没有。

不……有变化。太阳在动。由于太阳上一直都布满着丝丝黑线,此时他明显能感觉到它在原地转动。

"什么?"

"白羊,余念安一直都在看着你,你感受到了吗?"

那土黄色的太阳缓缓转了一圈,让齐夏的心脏骤然停了半拍。他感觉自己看到了此生最可怕的事情,浑身汗毛再次竖起,汗水瞬间打湿了后背。那根本就不是什么挂在天空之上的太阳,而是一颗飘浮在天空之上的巨大眼球,它此时转过身来,正露出漆黑的瞳孔,在天空之上惊恐地张望着。

而那表面上的丝丝黑线,分明是分布在这颗眼球表面的血管。本来应该是白色的眼球,也在血红色的天空之下被映照成了土黄色。那颗眼球实在是太大,它的瞳孔如同旋涡般在天空之上不断地收缩。

它在害怕。

"天龙……你到底是个什么疯子?你到底……"齐夏的嘴唇微微颤抖,他无论如何都想不到会是这幅景象,此时他的思绪彻底崩溃,完全无法进行思考。

"余念安,多可笑?"天龙来到了齐夏身边,像是一个老朋友一般地搂住了他的肩膀,然后指了指天上的太阳,"白羊,你视力怎么样?"

齐夏没有讲话,只是紧紧地抿着嘴唇。

"你快看！"天龙伸手指着天上的太阳，微笑着对齐夏说道，"看到那个太阳的底部有个小小的黑点了吗？"

"黑……点？"

"你快仔细看看啊！"天龙的笑容瞬间癫狂起来，"那个黑点，是不是穿着白色的连衣裙？"

一句话落地，齐夏整个人感觉到了彻骨的寒冷。

"你说什么？你……你……"

"那个黑点就是余念安的身体啊！"天龙大笑道，"她只是眼球被'巨化'了！她只是'滞空'了！你千万不要放弃她啊！！"

"别……别说了……"

齐夏脑海之中所有的弦在一瞬间全部绷断，浑身止不住地颤抖。

"你看啊！"天龙一把捏住齐夏的下巴，将他的目光强行对准天上的瞳孔，"她只是飘在天上不死不灭，她只是在看着你啊！"

"不……"

"天马时刻好玩吗？！"天龙大喊道，"我们把余念安的头发'硬化''疯长'之后'寻踪'了！好玩吗？！啊？！"

"天龙……你……"

齐夏的大脑瞬间一片空白，现在脑海之中仅剩一个念头。谁能来叫醒我？谁能来救我？就在这一瞬，他猛然感觉到自己的手腕一阵刺痛。

齐夏低头一看，自己的左手手腕开始凭空出现一丝烧伤的痕迹，剧痛无比。这道烧伤痕迹出现的瞬间，窗外的道路居然开始重新搭建。那一栋栋倒塌的建筑也在街道上飞速地恢复原状。这一幕让天龙微微愣了一下。

他心中自然有些纳闷，一个在梦中聚精会神的人，如何才会在现实之中苏醒？

"天龙，确实很可惜。"齐夏看着自己的手腕说道，"就差一步，或许你就差一步。"

"是吗？白羊，不愧是你。"

天龙微笑一声，随后也跟着望向了窗外那些正在快速搭建的建筑物，又看了看天上那缓缓背过身去的太阳，最终无奈地摇了摇头。

"你应该知道。"齐夏抬起头又说道，"这一次过后，你就不可能再进入我的梦中了，我会打起十二分的戒备，决不允许这种事情再次发生。"

"我相信你能做到。"天龙点点头，"这才是你。"

齐夏看了看自己的手腕，随后慢慢露出了一丝笑容。

"我想起来了……"他说道。

"嗯？"

"梦真的是个很神奇的东西。"齐夏慢慢抬起了头，"人在清醒时经常忘了自己做过什么梦，而在梦中也经常会忘记自己从何处而来，可我想起来了。"

天龙负手而立，望着天上的太阳说道："真是可怕……白羊，你故意引诱我出现？"

"引诱你出现吗？不……"齐夏摇了摇头，"准确来说，我根本不知道自己会引出来什么东西，我只想知道自己一直都在抵抗入睡的原因。"

"你不愧是个疯子。"天龙点点头，"以自身为饵引我入局，你真的不怕吗？"

"我们彼此彼此吧。"齐夏望向天龙，发现他的五官再次消失，只留下了一张平坦的脸，"你也在赌，是吧？"

"希望你脚下的薄冰永远都像今天这么坚固。"

"那我也希望每个人的梦境都不会出现你这只怪物。"

"愿我们的希望都会成真。"天龙负手而立，望着窗外发呆。

齐夏只感觉周身的景象越来越模糊，四周的墙壁也在光速远离自己。他感到自己正在苏醒。

"咝——"他倒吸一口凉气，瞬间睁开了双眼，眼前是无尽的黑暗和腐臭的味道，但此刻的他却感觉格外真实。

花了几秒钟的时间回忆，齐夏想起这里应该是地虎的游戏场地。空气中除了腐臭之外，还有一丝烧焦的气味。他摸了摸自己的手腕，现在它已经被烧出一圈痕迹，此时正传来火辣辣的痛感。

他庆幸天马时刻飘出的黑线真的是头发，在众多头发撤离的时候有一些纠缠在一起发生了断裂，他特意留下了一根。头发本就是可燃物，在经过硬化和加粗之后更耐燃，变成了绝佳的导火索。而这根导火索也在关键时刻救了自己一命。

"看来被天龙入侵的梦境和普通的梦境不太一样，只有梦境之外的干扰才能打破它。"

齐夏缓缓站起身，伸手摸了摸，在这间地下室中找到了桌椅，然后缓缓坐了下来。

趁着梦境之中的内容还在脑海当中盘旋，齐夏快速地复盘了一遍天龙说的所有话。虽然大多和自己想象之中的差不多，但太阳是怎么回事？思考了还不足三分钟，齐夏伸手慢慢地按住了自己的额头。

他感觉怪怪的。

大脑似乎还是很混乱，和梦境之中的感觉差不多。他感觉不太妙……

难道自己还在梦里？这个念头一冒出来的时候他只感觉自己后背冰凉。不……应该不太可能。

他从来没有做梦梦到自己身在终焉之地，仅有的几次梦境中他都在家里。而且他每一次做梦，必定都有余念安。现在的问题略显棘手，就算现在没有在梦里，他又要怎么证明？

或者有没有另一种可能——现在并不是梦境，只不过自己的大脑和心境确实受到了损伤？由于天龙的闯入，给自己的潜意识造成了实质性的破坏，所以现在连大脑都有些堵塞了？

齐夏感觉到一阵后怕，如果让天龙在他的梦境之中继续行动，现在他极有可能变成一个没有思想的傻子。他抚摸着自己的额头，尽量让自己冷静下来，然后回想着那古怪的太阳。

太阳就是余念安？

这个答案会不会太过离谱了？是谁把她变成了太阳？这是什么时候的事？目的又是什么？

"眼球被'巨化'……然后'滞空'？"

他感觉这件事百分百是天龙做的，目的很有可能是对付自己；但还有另一种可能……那就是天龙在说谎。毕竟之前的一切仅仅是梦，而天龙仿佛可以控制一场梦。

那会不会天龙所做的一切都是假的？比如说没有脸的余念安，比如说天上巨大的眼球，比如说那随意塌陷又会重新拔地而起的街道。

天龙伪造这一切都只是为了让他心境动荡，从而完全崩溃。

齐夏仔细回想着从自己有记忆以来发生的事情，包括种种异象和天上的太阳，由于从来没有往这个方向思考过，复盘的时候耗费了他大量的时间。

不知是自己的智力已经直线下降，还是这件事真的非常离谱，无论怎么思考，齐夏都找不到证据来证明余念安和太阳的关系，也无法推理出天龙做这件事的真正动机。

　　他站起身活动了一下筋骨，感觉接下来的日子不会太好过。如果想要彻底地防备天龙，往后所有的时间他都不可以再次入睡，哪怕坐着睡都不一定安全。

　　按照天龙的说法，他曾经七年没有躺下入睡，在他的潜意识中以为是现实中的七年，但仔细想想，天龙说的极有可能是他成为白羊的七年。

　　以地级生肖的身体素质可以长期不入睡，可现在的他只是个普通人。

　　普通人长期不入睡肯定会造成各种后遗症，但现在也顾不得许多了，为了能够从这个鬼地方逃出去，他已经把自己搞得人不像人鬼不像鬼，现在也不差这一步。

　　"希望这件事马上就会结束……"

　　长夜漫漫，齐夏迎着外面窸窸窣窣的虫鸣声陷入了沉思。

END
ON THE
TENTH DAY

副本

列车·
地鸡

地虎坐在自己的房间之中来回踱步,仿佛在寻找着什么东西,可他找了很久都没有找到。

黑羊正在一旁无奈地看着他:"你找什么呢?"黑羊不耐烦地说道,"找死呢?"

"你管我呢?"地虎回答说,"有你啥事啊?"

二人随后没了话,都没好气地把头扭到一边。

地虎一直翻箱倒柜,搞得屋内尘土飞扬,而黑羊则看着面前一桌子的食物皱起了眉头。

"这就是你说的请我吃饭?"黑羊摇了摇头,"无聊,我走了。"

"找到了!"

地虎高兴地叫了一声,随后转过身来,让黑羊看到了他手中拿着的东西——是一个看起来还算新的塑料袋。

"什么东西?"黑羊有点不解,"你一直都在找塑料袋?"

地虎气鼓鼓地走到黑羊面前,从他盘子里拿起一条鸡腿扔进了塑料袋中,接着是他盘子里的面包、水果。黑羊愣愣地看着他跟土匪一样从自己盘子里拿着东西,感觉自己的大脑都断片儿了。

"不是,你等会儿……"他伸手拦了一下地虎,"这是干什么啊?!这一幕我怎么觉得眼熟呢?"

"怪谁?怪你自己半天不吃。"地虎说道,"你自己从桌子上重新拿吧。"

"我只是不太明白啊……你这是给谁的?"

"我给……"地虎看了看黑羊,随后皱起了眉头,"管得着吗你?!"

"行行行,我真是脑子有病了才管你。"黑羊也咬着牙说道,"怪不得这一群人里面就我愿意搭理你,我走了。"

地虎听后微微一顿,随后装作没听到一样继续把黑羊盘子里的食物装进塑料袋。

黑羊站起身往房门位置走了三步,敲门声便响了起来。他也跟着愣了一下,随后伸手打开了房门。门外站着狗和鼠。

"哟,领导,一天没见,您印堂还是这么黑呢。"地鼠冲黑羊微笑一声,将房门彻底推开来。

地狗也懒洋洋地冲黑羊点了下头:"晚上好。"

"你俩……"黑羊有点搞不清现在的状况了。

"黑脸领导,您不认识我了?我墙头草啊!"地鼠拍着自己的前胸非常自豪地介绍道,"那边还有个加班狗。"

这一句话把黑羊气得不轻:"好好好,你俩爱是谁是谁。"

地狗没理会正在交谈的二人,走进门之后冲着地虎有气无力地点了下头,然后走到一旁躺到了沙发上,他的眼皮有点耷拉,似乎马上就要睡着了。地虎和他对视了几秒,被他的神态感染,随后二人一起打了个哈欠。

黑羊还以为今天根本不会有人再来光顾,怕地虎面子上太挂不住,所以才进来坐会儿,没想到老熟人又来了。他思索了一会儿看向地虎:"你今天还请了他俩?"

"没有。"地虎将塑料袋装得满满登登的,随后塞到了自己的口袋里,"但是你放心吧,昨天来过的人今天都会来的,而且比昨天只多不少。"

黑羊感觉怪怪的,他慢慢走上前去盯着地虎的眼睛看了半天。

"你瞅啥?"地虎问。

黑羊听后伸手一巴掌拍在了地虎硕大的脑袋上。

"哎!"地虎一下子来了火气,"老黑你疯了?!"

"你才疯了!"黑羊压低声音对他说道,"你自己听听刚刚的话像是你这个智障说出来的吗?你见到他了?"

"我……我不知道你说的谁啊。"地虎的眼珠子从黑羊的脸上移开,非常不自然地看向天花板。

"你不跟我早说!"黑羊接着小声说道,"有必要连我都瞒吗?这些食物是给羊哥的?"

"嘻……"地虎挠了挠头,"被你发现了啊,还寻思让你看看我多厉害呢。"

"你这突如其来的厉害实在让我接受不了。"黑羊说道,"羊哥还跟你说什么了吗?"

"还要说什么?"地虎思索了一下,"也没啥别的了啊。"

"你这笨猫,计划呢?!"黑羊压着声音,但看表情已经有点生气了,"你知不知道我们所有人的头顶现在都悬着刀?你是唯一一个见到羊哥的人,为什么不问他计划啊?!"

"你才是笨羊。"地虎也压着嗓子说道,"羊哥没有记忆了啊!我问他他怎么会知道?"

"这……"黑羊也皱起了眉头,"那我们该怎么办?我们自己制订计划吗?"

"不过……"地虎挠了挠自己的脸,说道,"羊哥说今晚还会来个人……估计那人知道点什么。"

"还会来人?"黑羊听后思索了几秒,"你还叫其他人了?"

"没有啊,我就叫了你和地狗啊。"

此时的地鼠无奈地看了看正在大声密谋的二人,开口说道:"领导们,我看您二位那意思应该是要瞒着我俩的吧?"

"你搁那儿听啥啊?"地虎问道。

"二位领导嗓门实在是太大了,我也没处躲。"地鼠说道,"要不然你俩快别压着声音了,大大方方说出来吧,这样您二位不累,我们听得也舒服。"

"你滚。"地虎说道,"你别忘了自己是个墙头草,我还没把你当成自己人呢。"

地鼠听后无奈地摇了摇头,皮笑肉不笑地说道:"还是领导您睿智,跟着您这种睿智领导我心里都有底气了。"

二人正在说话间,房门再次被推开,一身伤痕的高大地兔又走了进来,他的表情有些沉重。

"哟,绷带领导您也来了。"地鼠笑着跟对方打着招呼,"您还没死呢?"

地兔看了一眼地鼠,又看了看房间内分散各处的地级生肖们,然后无奈地低下了头,说道:"兄弟们,你们有看到今天的天马时刻吗?"

众人自然看到了天马时刻,当时他们就站在游戏场地之外,看着众多参与者在自己的眼前被屠杀。那些自己花费心力才能做到的事情,天级仅仅需要一个念头而已。

"各位,我们成为天级到底是为了什么?"地兔又问道。

众人听到他说的话纷纷沉默不语。

"虽然我不熟悉你们……可咱们有谁是心甘情愿杀人的?"地兔问道,"成为生肖的人,说到底不都是走投无路,想从这里逃出去的人吗?"

他面带失落地坐到椅子上,看起来心境受到了很大的冲击。众人明白他的心情,在场的众人能够毫不犹豫地杀死任何人,是因为根本没得选。参与者死了都能活,可生肖不行。

228

这地方不知有着什么诡异的诅咒，能够复活的人只有那些顶着参与者头衔的人，但凡脱离了这个范畴，死了就是真的死了。这是一场看似公平，实则充满诡诈的赌局，使得每个生肖不得不全力以赴。

"所以……让我加入吧。"地兔的头慢慢垂了下去，"我不知道我在未来的几十年之中会不会有像现在这么好的机会了，但这一次我愿意试试。"

"哥们……你……"地虎欲言又止地张了张嘴，但什么都没说。

"不必劝我了……"地兔一脸严肃地说道，"虽然这件事看起来和我没什么关系，但我思考了一天一夜，现在终于想通了。"

"不是，我是说——"

"无所谓的。"地兔说，"人固有一死，这个结局在我们成为生肖的那一天就已经决定了。"

地虎愣了半天，终于忍不住地说道："我其实就想问问你吃点瓜子不……"

地兔听后也面露一丝尴尬，他扭头看了看地虎，那毛茸茸的手掌上正放着一把瓜子。

"呃，吃……吃点吧。"地兔伸手把瓜子接了过来，整个人还是有点蒙。

"好，你多吃点……"地虎也不知道该如何表达自己的善意，只能尽可能地给地兔多塞了点瓜子，"你这牙比我的牙强点，好歹还有门牙，我这虎牙很难磕的。"

"哦……哦……需……需要我给你嗑吗？"地兔点点头，随后一脸尴尬地嗑起了瓜子，他感觉自己加入这支队伍好像有点欠考虑了。

"那……那不用吧……"地虎尴尬地笑了笑。

地兔没什么办法，也只能尴尬地跟着笑。

"多吃点啊，别客气。"地虎大咧咧地说道，"列车上有炒瓜子的房间不多啊，我单独问他们要的。这瓜子可香了。"

"好好好……"

两个人的尴尬气氛蔓延到了房间之内剩下的几人之间，让众人的表情都有点不自在。

"没话说就别硬聊了。"地狗侧躺在沙发上，一边挠着耳朵一边问道，"今天人还挺齐的，咱们以后每天都来碰个面，直到

229

有对策了为止？"

地虎还没来得及回答，就听到门外又响起了脚步声。众人扭头一看，正是地猪和地马。

"哦！"地猪一愣，"我还说今天路过这里过来看看，没想到人真的齐了！大老虎，真有你的！"

地马的脚上缠了厚厚的绷带，她拄着拐杖，一步一步地走进了门里，路过地羊身边的时候，略带愤恨地看了他一眼。地羊也并不在意，回敬了她一个冷峻的眼神。

对方撒泼到自己眼前，最终搞成这副样子，根本没有道歉的必要。

"小猪来了啊！话说你们怎么不关门呢？"地虎问道，"我这儿现在这么自由吗？随便进的？"

门旁的黑羊听后伸手将房门关上，原本想要走的他现在也没什么离开的理由了，如果放任不管，地虎一个人应该是搞不定这些人。

和昨天一模一样的生肖阵容今天整整齐齐地出现在了屋子里，地虎确实有点服了，白羊就是白羊。他虽然从未看到过这里的场景，但早就料到了今日的景象。接下来就是他最后一个预言了……

地虎有些忐忑地看了看左侧的墙壁，又看了看右侧的墙壁。

"邻居？"地虎喃喃自语，"为什么邻居会加入我们呢？"

正在思索着，眼前的地狗和地猪已经吵了起来。

"看来咱们都按照约定出现在这里了呢！"地猪一脸认真地说道，"约定就是约定，这可太好了。"

"我是不是说过让你讲话别这么中二？"地狗懒洋洋地回答道，"还有，你非要坐我旁边吗？"

"我说你差不多得了。"地猪皱着眉头说道，"我怎么讲话还用你教吗？我坐在哪里还需要你来同意吗？"

"总之我不喜欢你，你去另一边。"

"你过分了吧？！"地猪慢慢站起身，眼神冰冷无比，"你觉得自己在现实世界中比我年长几岁，就可以骑到我的头上吗？"

"我骑到你的头上？"地狗挠了挠自己的耳朵之后漫不经心地低下头，看了看自己的指甲，"昨天你就在这里二话不说大打出手，导致我们的计划险些破裂，你却说我骑你头上？我就是看不惯有勇无谋的人。"

"混账……"地猪直接撸起了自己的袖子,"虽然我很希望这是一个无坚不摧的团队,但遇到你这种人也实属难免!如果你有意见的话我们就拳头底下见真章,没必要动嘴皮子。"

"真是麻烦……"地狗伸手揉了揉自己的额头,抬头对众人说道,"我怀疑这小子迟早惹事,早点把他逐出队伍吧。"

"你!"地猪不再废话,直接冲着地狗的面门踢去一脚。

一向看起来懒洋洋的地狗居然在此时露出了一脸杀意,他一个侧身躲过这一击,随后用双手撑着椅子,朝地猪踢去了一脚。

地猪伸手一挡,巨响爆发,二人纷纷退了几步。

"你不会真的以为用拳头能占到便宜吧?"地狗说道,"什么时候能改改你这喜欢动手的臭毛病?"

"哎哎哎!"地虎见到二人动手赶忙上前打圆场,"你俩差不多得了,咱们现在都是一条绳上的蚂蚱,闹出事来对谁都不好。"

"这你也忍?"地狗说道,"昨天被挠破脸的反正不是我。"

"哎!那时候不是有误会吗?"地虎有些不好意思地笑了笑,"现在这不是都说开了?"

"大老虎你别管!"地猪冷喝一声,"这天下本就是个弱肉强食的世界,今天我就要用拳头让他服我!"

"我真受不了了。"地狗看向地虎,"赔钱虎,你自己听听!他成熟吗?"

说话间地猪再次飞身而起,与地狗猛烈地撞击在一起。二人僵持不下,门口传来了细微的敲门声。听到这阵敲门声,地鼠敏锐地回过头,脸上浮现出了疑惑的表情。

"猪狗领导们,您二位别打了。"地鼠小声说道,"有人敲门。"

众人纷纷安静下来,都看向了房门的方向。

咚咚咚咚咚。

一阵连绵不断又有些细微的敲门声不断响起,让众人纷纷皱起了眉头。只有地虎的表情彻底变了,只能说羊哥就是羊哥,换成别人谁都不可能料到这一步的。

"开门吧,我们队伍当中的第八个人要来了。"地虎笑着说道。

黑羊略带怀疑地看了他一眼,随后慢慢走到了门前,伸手将门拉开了。门外是位女性地鸡,她身材修长,身上的花纹也异常繁复,说是地鸡,看起来竟有几分像鹧鸪。

"晚上好,各位。"地鸡甜甜地一笑。

地羊有些不解地看了看她,又回头看了看屋里的众人:"谁的朋友吗?"

"你让一让。"地鸡笑着将他推到一边,然后往屋里走了几步。

众人都不认识她,此时都感觉有点纳闷,而地虎则仔细地打量了一下这位地鸡,有点眼熟,只知道她好像住在自己左手边的房间里,但多年以来毫无交集。

"那个……"地虎一脸客气地问道,"小姑娘,有啥事吗?"

"小姑娘?好好好。"

地鸡继续面带笑容,走到了屋子中央。在众人的注视之下,她深深吸了一口气,随后用尽浑身的力量大喊而出:"大半夜的你们不睡觉啊?!"

由于声音太大,众人感觉房间之内仿佛凭空发生了爆炸一般,只听得耳朵嗡鸣作响,眼看就要被震聋了。黑羊也赶紧将房门关上,以免生变。

"几次了?!我问你们几次了?!"地鸡凶神恶煞地大喊道,"咱们两个房间就隔着一块木墙!你们看到了吗?!那是木头啊!不是KTV的隔音墙啊!"

所有人都面露尴尬,可谁也不敢还嘴。

"每天晚上一大堆人聚在这里!要么喝酒要么打架!"地鸡环视了一下众人,脸上的微笑早就荡然无存,"你们真不觉得自己在扰民吗?!啊?!"

"不是……姑娘……你消消火……"地虎有点蒙,"我们,我们就是在这儿聊天啊……我……"

"聊天?!"地鸡听后三两步就来到了地虎面前,盯着他的眼睛,尖尖的嘴巴眼看就要戳到他脸上了,"你聋吗?!啊?!就刚刚!'砰'的两声你听见没?!你耳朵拉稀了?!"

"他……他……他们俩闹玩呢……"

地虎一脸尴尬地赔笑,感觉这位第八人和他想象中的差别巨大。她仅仅登场一分钟,就能够让屋内所有人都闭上嘴巴。

"闹着玩?哈哈!闹着玩?!"地鸡看起来非常生气,她长满羽毛的双手环在胸前,"刚才那声音我以为出车祸了,你跟我说闹着玩?怎么的,大半夜的玩赛车啊?"

"不……不是……你先听我说……"地虎尴尬地笑了一下,"你要不先坐会儿?"

地鼠此时也回过神来,赶忙上前说道:"领导领导,您千万别生气,您本来挺像鹌鹑的,这一生气更像母鸡了……"

"滚!"地鸡大喊一声,"你有毛病啊?!"

地鼠被一嗓子喊得差点丢了魂,只能悻悻地闭上了嘴。

"你个死耗子少说两句吧!"地虎上前猛地推了地鼠一把,然后又看向地鸡,"姑娘姑娘……你先坐啊!来者就是客,我们都是无意的,你别生那么大气啊。"

地鸡气冲冲地拿来一把凳子坐下,然后跷起了二郎腿:"别的我就不说了,我就问你们以后能不能安静一点?现在都凌晨了,你们这么有精神的吗?!第一次第二次我能忍就忍了,这已经是连续第三个晚上了,以后你们都不准备让人睡觉了吗?!"

"看把这姑娘气得……哎呀……"地虎有些于心不忍,赶忙回头跟地猪和地狗挥了挥手,"小猪啊,狗子啊,别愣着了啊!快来给鹌鹑道个歉啊!"

"谁是鹌鹑啊?!"刚刚消下去的火气瞬间炸开,地鸡一下子暴跳如雷,"地虎!你是不是故意的?!"

"啊!真不是!"地虎赶忙摆了摆手,"都怪那个死耗子说什么鹌鹑,我说顺嘴了……你千万别生气啊……母鸡姑娘……"

"啊啊啊啊!"地鸡好像有点崩溃了,她不断地挠着自己脑袋上的羽毛,"我真的要烦死了,你们是不是有毛病啊?!"

众人此时也完全不知该如何是好,一群五大三粗的老爷们,遇上这种情况都显得一头雾水。而且仔细想想也确实是他们不对在先,一连三天不仅在这个房间里大呼小叫,这两天更是直接动手。

地狗此时缓缓站起身来,往前走了两步:"确实是我们不好,和你道歉了,实在对不起。"

他的语气还算诚恳,地鸡的表情也跟着缓和了一些。

"我真的不是在无理取闹吧?"地鸡说道,"我只是想来问问你们这到底是在做什么!以后每天都会这样吗?"

"不不不……鸡领导,您放心。"地鼠此时也满脸堆笑地走了过来,"这件事很快就会结束了,您以后都能睡个好觉。"

"真的?"地鸡有些怀疑地问道。

"真的……"地鼠盯着地鸡的双眼看了很久,忽然改口问道,"鸡领导,您认识齐夏吗?"

话音一落,所有人都望向了他。

地鸡听后沉吟了几秒，说道："这人好像在我的游戏之中丧命过，怎么了？"

众多生肖沉默了半晌之后，地虎有点坐不住了。

"你这姑娘说瞎话咋没谱呢？"他摸着自己硕大的脑袋说道，"我怎么听着玄乎呢？你那游戏还能让齐夏丧命了？"

"那怎么了？"地鸡有些不解地看了看面前几个五大三粗的男人，略带深意地说道，"一个参与者死在地级游戏当中是什么稀罕事吗？"

地鼠此时也皱起了眉头，他跟地虎互相望了一眼，随后说道："鸡领导，不是不相信您……只是您说那个男人在您的游戏中丧命了，这确实有点出人意料，大约是什么时候的事？"

"快一个月了吧。"地鸡思索了一会儿回答说，"到底什么情况？这个叫齐夏的男人很重要吗？"

房间内几个认识齐夏的人感觉事有蹊跷。他们的游戏没有一个能难住齐夏，可这个地鸡却能直接杀死齐夏？

"姑娘，你那是什么游戏？"地虎问道。

"我是地鸡，游戏自然是争斗。"地鸡没好气地回答道，"亏你还是地虎，连这个都不知道吗？"

"我当然知道是争斗……"地虎皱着眉头问，"具体什么内容啊？齐夏怎么会被你整死？"

"是单挑。"地鸡微笑了一下，"我的游戏恐怕是整个终焉之地规则最简单的游戏，凡是进了场地的人，一对一进行单挑，至死方休。"

"啊？"地虎有些没明白，"这也算游戏？"

"怎么不算呢？"地鸡说，"我记得还蛮清楚的，那个叫齐夏的人跟一个有文身的男人一起来参与的游戏，最后那个叫齐夏的死了。"

"有文身？"地虎瞬间有了印象。

在自己的狭路相逢游戏中，有个文身男大放异彩，他应该也是齐夏身边的人。可是这个男人居然亲手杀死了齐夏？难道齐夏在当时并没有获胜的机会？

地虎摇了摇头，他知道这种情况不太可能，如果齐夏死了，大概率是他自愿的，否则他应该有一百种方法逃脱死亡。

"所以……这就是你对那个叫作齐夏的人的全部印象？"地

虎又问。

"是啊，我还得有什么其他印象吗？"地鸡狐疑地看向地虎，"你到底想说什么？"

此时的众人都不知该怎么回答，一旁的地鼠转了转眼珠子，开口说道："我看是问的方向错了……这位鸡领导，我们想问问，您认识白羊吗？"

"白……"地鸡慢慢蹙了下眉头，表情也变得有些不自然了，"哪个白羊？"

听到这个问题的众人互相看了一眼，知道这件事找到突破点了。

这趟列车上地级以上的羊总共就两只，怎么会有人问哪个白羊？

"鸡领导您就别装了，现在大家都是一条绳上的蚂蚱。"地鼠走上前去小声说道，"白羊领导都和您说过啥？您二人以前熟悉吗？"

"我……"地鸡听后慢慢伸出自己长满羽毛的手，挡住了自己尖尖的嘴巴，随后坏笑一声，两只眼睛都弯成了愉快的角度。

"啥啊……"地虎有点看不明白了，"姑娘你这个笑容很危险啊……你别搁这儿败坏我羊哥的名声啊……"

"我哪有败坏他名声？"地鸡继续不怀好意地笑着，说道，"你们有没有觉得白羊蛮帅的？"

"啊？"屋内众人都有些蒙。

"我确实是被他帅到了……嘿嘿……"地鸡笑完之后清了清嗓子，很快恢复了正经，"可是不对啊，我暗恋白羊这事应该没人知道啊，你们听谁说的？怎么忽然问这个？"

"暗……暗恋……"地虎伸手摸了摸自己的脑袋，发现事情好像变得越来越麻烦了，"不是，姑娘……谁问你暗恋了啊？"

"那你们问什么？"

地鸡眨了眨眼睛，她的眼皮上长着长长的睫毛，又有着禽类漆黑的眸子，看起来还有些可爱。

"就……"

地虎思索了一下该怎么措辞，现在有个棘手的问题摆在众人面前——假如这个姑娘真的是误打误撞进入了房间，应该把造反的消息告诉她吗？

"我这么问吧……"地虎一字一顿地说道,"姑娘,你觉得……齐夏,和白羊,像不像?"

"啊?那个齐夏也挺帅,但他是个参与者啊……等等……"

地鸡愣了半天,嘴中挤出一句话:"你这个死直男[①]是要给我介绍对象吗?"

一语过后,房间内的各个生肖都纷纷捂住了额头,这个漏洞百出的队伍居然到今天还在扩大漏洞。看起来这姑娘根本就不在乎什么造反,她的眼中只有帅哥。

地虎慢慢噘起了嘴,思索了半天,从桌子上拿起了一把瓜子:"姑娘你吃点瓜子不?"

"我吃个屁啊。"地鸡缓缓站起身,对众人说道,"我这次是来警告一下你们的,要是以后再扰民,我可真要去找地龙了。"

地虎将瓜子随意地丢给一旁的地兔,心情格外复杂。他感觉白羊好像猜错了,眼前这姑娘加入他们根本不会带来什么新的计划,况且她也没有表明要加入。那所谓的邻居会不会是另一个人?

在一旁冷眼看了半天的黑羊此时伸手摸了摸下巴。他感觉不对,有漏洞。这件事从逻辑上来说就有漏洞。

在地鸡马上就要转身离开的时候,黑羊开口叫住了她:"等一下。"

"怎么?"地鸡转过头,一脸疑惑地看向黑羊。

"我想起一件事。"地羊一步一步地往前走着,眼神格外凌厉,"齐夏曾经在我的游戏当中赢得了大量的道,他担心自己会被人打劫,于是找了个有文身的男人来我的场地帮他拿道,那时候我发现了一件有意思的事。"

"哦,所以呢?我需要替你惋惜吗?"地鸡问。

"不,我反而要替你惋惜。"地羊回答说,"下次说谎之前最好看看身边有没有羊。"

"哦?我说谎?"地鸡笑了笑,双手叉腰,"敢问这位黑羊头,我哪里说谎了?"

地羊沉默了三秒之后问道:"如果只有文身男和齐夏去参与你的游戏……你怎么会知道他叫齐夏?"

地鸡听后面色阴沉了半秒,然后也缓步地走到黑羊面前。

[①] 网络词,直男本意是性取向正常的男性,但偶尔也特指审美差、情商低的男性。

"就不能是他跟我自我介绍的吗?"

"可这很奇怪。"黑羊说,"你自己说过,你的游戏格外简单,甚至几个字就能说明白规则,在这种情况之下,齐夏有必要跟你自我介绍吗?"

地鸡盯着黑羊的眼睛看了很久,随即扑哧一声笑出了声来。

这突如其来的笑容让众人都愣了一下。

"不愧是白羊的徒弟,说起话来还真像他。"地鸡掩着嘴说道,"只可惜你没有他帅。"

黑羊听后微微皱了下眉:"什么?"

"我们的队伍里需要你这样的角色。"地鸡笑着眨了下眼,"如果今天你们没有拦住我,让我踏出了这扇门,那我估计永远都不会再来了。"

"你……"

此时众多生肖只感觉这位地鸡的身份不太寻常,但根本不明白她的立场。

"因为齐夏说过,我可以完全按照自己的喜好行事,我觉得行就行,我觉得不行就不行,他会承担一切后果。"地鸡伸出自己长满羽毛的手搓了搓,"你们有什么意见吗?"

"所以……你知道我们为什么会聚在这里?"黑羊试探性地问道。

"当然。"地鸡说,"我很多年前就知道你们会聚在这里。"

"哎……姑娘,这就是你的不对了。"地虎赶忙站起身,"你说你啥都知道了,还来说我们扰民啊啥的……咱这不都是自己人吗?"

地鸡没有直接回答地虎的问题,只是淡淡地抛下了一句话:"各位,你们知不知道什么是羊群效应?"

地鼠听到这句话后慢慢眯起了眼睛,然后重新打量起了眼前的地鸡。

"羊群效应?"黑羊没明白对方的意思,思索了一会儿问道,"你想说什么?"

"齐夏一直都是我的领头羊,我可以为了他去死。"地鸡微笑着说道,"不管他是白羊还是齐夏,我都可以为了他去死。"

简短的一句话让众人沉默了。

"齐夏最擅长的是计算人心,可这世上最难算的偏偏也是人

237

心。"地鸡略带深意地看了看屋内几人，然后说道，"我可以为了齐夏去死，这么多年来一直如此，可我不确定你们的心意。"

"什么意思？"黑羊瞬间愤怒起来，"你是说我们不能为了羊哥去死吗？"

"你会，地虎也会，这我相信。"地鸡点点头，"可剩下的人呢？"

房间内其余五个生肖的面色都有些复杂。他们之所以会站在这里或许是有千奇百怪的原因，但绝不是为了白羊去死。

地鼠此时慢慢往前走了一步，问道："难道我们只有为了他而死，才有可能摆脱诅咒逃离这里吗？"

"不，我们不一定非得为了他而死。"地鸡说道，"但是需要拿出为了他而死的决心。"

"什么？"

"只有这样，齐夏的计划才能进行。"

"所以你知道我们要做什么？"

地鸡微微一笑，冲众人挥了挥手。

…………

END
ON THE
TENTH DAY

第 8 关

地猴的
　　赌　场

地虎拿着一袋早就凉透了的食物来到场地上班时,发现齐夏已经站在门口等他了。

他快走几步上前去,将自己复杂的表情收了起来,然后一脸歉意地说道:"羊……齐夏,真是对不住啊……今天来得晚了点。"

"嗯……"齐夏有些失神地点了点头,"没关系。"

"那啥……齐夏,我见到她了。"地虎说道,"那第八个人是个地鸡,我们已经碰面了,你真是料事如神啊!"

"好。"齐夏好像根本没有在听地虎的话,只是伸手揉了揉自己的额头,看表情似乎不太舒服。

见到齐夏没有任何反应,地虎愣了几秒,然后赶忙转移话题,拿出自己手中的塑料袋。

"齐夏!我给你带了点吃的!"地虎笑着说道,"很多天没好好吃饭了吧?我跟你说啊,这里面有根鸡腿还是老黑特意让我带给你的呢!你说那臭小子多矫情?"

齐夏看了一眼地虎手中的袋子,表情有些恍惚。

"咋了……齐夏?"地虎疑惑地看了看齐夏布满血丝的双眼,"你怎么跟一夜没睡一样?昨晚怎么了?"

"我没事,这东西我不吃了,你自己吃吧。"齐夏摆了摆手,然后甩了甩自己的脑袋,跟地虎擦肩而过。

地虎一脸蒙地站在原地,有点不明白现在的状况。昨天见面时还好端端的羊哥,一夜之间仿佛变了个人,昨晚到底发生了什么?

他看着齐夏离去的背影,仿佛一个做错事的孩子一样一句话都不敢说,只是用力攥了攥手中的塑料袋。

齐夏只感觉大脑阵阵眩晕,他一步一步地走在街道上,每一步都显得格外沉重。昨晚醒来之后他的眩晕感就在不断加重,似乎天龙真的对他的心境造成了影响,这种能力的诡异程度完全超乎他的想象。

将梦境中的建筑物打个粉碎,居然真的能够影响他的思维。

齐夏不断地伸手揉捏着自己的额头,试图让大脑清醒一些,可现在的状态就像是发了高烧,整个人头昏脑涨、疲惫至极,他能清楚地感觉到头顶每一根跳动的血管,整个大脑仿佛随时都要爆炸一般搅在一起。

"不太妙……"他用力地捶打了几下自己的脑袋，除了感觉头皮有些发麻之外没有一丝痛感。

"真有你的，天龙。"

齐夏咽了下口水，从怀中掏出了青龙给的地图。他的时间非常紧张，从今天开始他必须马不停蹄地见到那四位生肖，偏偏在这个节骨眼上他跟天龙打了个照面。

这既是好消息也是坏消息，好的是他有了彻底防备天龙的办法，坏的是他也因为这次会面而留下了创伤。

齐夏定了定心神，查看了距离自己最近的生肖，是鸡。

但他转念一想，刚才地虎提到，这只鸡已经进入了房间，所以并不是自己要找寻的目标。他的目标只有剩下四个人。

牛、龙、蛇、猴。

可这四个生肖的位置距离自己都不算近，能够在上午找到的，仅有一个地猴。

小程早早地起了床，然后来到了小卖部的柜台后面。他挪走了几块地板，拿出了里面的布袋，随后将布袋放在柜台上打开数了数——去掉昨天输掉的，总共还剩十五颗道。而地级游戏的门票极有可能会在二到五颗，三个人说不定刚刚够用。

如果还有其他的选择，小程也不会将这全部家当拿去赌在一个有可能丧命的地级游戏上，可他为了能够在终焉之地保存记忆地活下去，最终反抗那几个中年男人，现在也只有这条路可走。

仔细想了想，小程露出了一脸的苦笑。

这地方能人异士比比皆是，说不定厉害的人已经在想办法集齐三千六百颗道逃离了，可他仍然在为了保存下一次的记忆绞尽脑汁。

"小程。"甜甜从里屋缓缓走了出来，她身后跟着睡眼惺忪的郑英雄，"这么早，准备出发了吗？"

"我准备早点去，看看那里是个什么情况，有可能跟人猴游戏一样，需要很多个人一起参与，人不齐的话还要等很久。"

甜甜思索了一会儿，说道："所以你要把所有的道都带上吗？会不会遇到危险？"

"我没得选了。"小程说道，"已经第六天了，你应该知道越往后大家的死亡概率越高,毕竟这里活下来的人都不是什么善茬。昨天黑线降临的时候钟声此起彼伏,说明回响者已经满地都是了……"

甜甜听后点了点头,确实会有许多人在这种极端情况下回响,就算没有在那些黑线的影响下觉醒,也会因为后续的各种衍生事件而获得能力,她自己就是个例子。

三个人收拾了行囊,将根据地内的所有东西都整理完毕,带上了所有的道,向着地猴的游戏场地进发。

他们照着昨天人猴给出的地图,大约花了半个小时的时间才走到,可是这里看起来非常空旷,并没有生肖活动的迹象,这让他们一度以为地猴还没上班。

好在人猴的地图标注得非常详细,甚至在角落写了一行字:

地猴不会站在游戏场地门口,需要走到带有特殊门头的建筑物前,推门可入。

他们跟着地图又找了七八分钟,才在一个小胡同中找到了那个奇怪的游戏场地。

小程略带忐忑地伸手推了下门,发现确实没锁,生肖应该已经上班了,但屋里的味道很奇怪。他往里面走了几步,经过一条长长的走廊之后,来到了一片开阔的场地。

一个矮胖的地猴出现在了三人面前,他此时正叼着一根烟,手中拿着拖把拖着地面。

"哟。"地猴叼着烟,懒洋洋地挠了挠肥胖的肚子,"欢迎光临小店,今天人来得这么早?"

小程感觉这所谓的地猴实在太像个人了。猴子的长相本来就跟人相像,再加上他矮胖的身材和不修边幅的着装,导致他越看越不像猴,反而像个老人。他肥胖的肚子已经撑开了衬衣,露出了几缕棕黑色的猴毛。

相对于其他地级来说,眼前这位地级的衣服显得更加脏乱,他的西装和衬衣上全都是褶皱和污渍,不知道多久没有洗过了。此刻这位地猴正拿着鲜红的拖把,拖着地上黏糊糊的血渍。

"各位稍等啊,小店还要收拾一下。"地猴客气地说了一声,然后将口中的香烟拿了下来,朝着柜台上的泡面碗弹了一下。

"哎……明明练得挺好的,咋还是把头给敲碎了呢?"他小声地自言自语,"难道是每个人的头硬度不一样?"

几分钟之后,地猴收起了拖把,走到一旁打开了电灯,一个硕大的地下赌场在三人面前亮相,设备之齐全,种类之繁杂让人瞠目结舌。

小程在愣了半天之后,才有些失神地开口问道:"哪……哪个是地猴游戏?"

"嘿,都是。"地猴再次点起一根香烟,随后伸手抠了抠眼屎,"早进早收益,晚来都是屁。每人两颗道,进来随便玩,赚了都是你们的。"

"随便玩?"小程以为自己听错了。

都说猴类游戏代表智力,可这个随便玩的赌场真的跟智力有关吗?赌博,在常人心中难道不是一个运气游戏吗?

此时的甜甜轻轻拍了拍小程,拉回了他的思路,然后伸手指了指对面的墙壁。小程打眼一看,那里赫然写着——

　　入场门票两颗道。
　　出场赎身十颗道。

"也就是说……"小程思索了一会儿问道,"一旦我们交了门票,想要走的话只能给你十颗道?"

"对,每人十颗道。"地猴懒洋洋地点点头,又看了一眼郑英雄,说道,"我们店很公平,童叟无欺,所以小孩的门票也是两颗道,赎身十颗道。"

"好一个童叟无欺……"小程攥着手中的布袋,面露难色。

他手中有十五颗道,一旦交完六颗门票便剩九颗,就连让一个人出去的道都掏不出来了。

"我有个问题……"甜甜怯生生地说道。

"请。"地猴扬了扬手。

"我们要怎么赚取道?这场地一共只有我们三个人,我们去赚取谁的道?"

"这好说。"

地猴歪嘴叼着烟,一副爱搭不理的样子:"你们可以先玩点弹珠台、老虎机一类的项目,一会儿开始上客了,你们就可以开桌子对赌了，麻将、牌九、骰子，各种玩法可以自己定，小店只提供道具，不干预进程。"

"搞什么？"小程一愣，"你的游戏是参与者和参与者之间对赌？"

"你也可以选择跟我赌。"地猴冷淡地说道，"但是我玩得很大，怕你招架不住。"

"你……"

小程看地猴这样子，心想他肯定是个老赌徒，贸然跟他对赌，自己将有可能一败涂地。

"甜甜姐……"小程扭头说道，"这件事恐怕需要跟你们商议……"

"我们俩都有回响了。"甜甜说道，"反正接下来几天随时都有可能死掉，不如现在死得有意义一点。"

郑英雄听后点点头："而且我们不一定会死。"

小程听后沉思了几秒，索性也不再犹豫，点点头之后将六颗道清点了出来递给了地猴。

地猴毫不客气地收下道，然后说道："几位真是走运，原价门票是四颗的，你们是生面孔，所以打折收两颗。"

"别胡说了。"小程皱着眉头反驳道，"你那墙上都写了入场门票两颗。"

"哦？是。"地猴点点头，"没辙，诸位见谅吧，赌场老板不说谎的话干不下去。"

三个人随后不再跟地猴交谈，纷纷转身走入了赌场之中。

这里有一些单人便可以玩的设备，如果几人运气好的话，应该能在其他参与者来之前多赚几颗道。

小程想了想，低下头在布袋里翻弄了一会儿，随后拿出三颗道递给了甜甜。甜甜一脸不解地接过道之后，又见到小程将三颗道递给了郑英雄。

"咱们每个人三颗，分头行动。"小程说，"我看那些单人设备都是些运气游戏，只让我自己来的话不太合理，咱们三个人分头玩，赢的可能性大一点。"

"可这样能行吗？"甜甜有些担忧地问道，"我对这些东西一窍不通……"

"我比你强不到哪儿去。"小程也摇了摇头，"我们各凭运气吧。"

郑英雄低头看了看自己手中的三颗道,表情受宠若惊。

"可我不行吧?"他稚嫩的声音传了出来,"这些东西我……"

"我们是一个队伍,小弟弟。"小程伸手摸了摸郑英雄的头,"这是一场地级游戏,你也可以参与的。"

郑英雄听后抬起头,非常严肃地看了小程一眼,随后问道:"我真的可以吗?"

"你为什么老是喜欢问可不可以?"小程有些不解,"我们带你过来的时候不是早就说好了吗?"

"可……可是我从来没有参与过游戏……"郑英雄小声说道,"这两天你们能带我参与游戏我就已经很开心了。"

"从没……参与过游戏?"

小程和甜甜对视了一眼,感觉有些难以理解。他的记忆貌似保留了很长的时间,结果却没有参与过游戏?

"没关系……"小程思索了一会儿说道,"不管你参没参与过游戏,现在我们都一起进来了,所以你可以做任何你想做的事。"

郑英雄听后将三颗道牢牢地攥在手里,然后认真地点了点头。三个人便分头行动了。

小程走了一会儿,来到了一个推币机面前。说是推币机,但准确说来应该是推道机,那些圆滚滚的道挤在一起,看起来马上就要从出口滑落,十分诱人。机器上方有一个投入口,参与者可以将手中的道扔进去。

小程思索了一会儿,那些道看起来即将滑落,可越是唾手可得的诱惑,往往越是致命。

又走了几步,他看到了一个长长的桌子。这桌子的一侧有六个小孔,这六个小孔呈三角形排列,最上方一个,第二排两个,第三排三个。最上方的小孔非常小,似乎和道差不多大,孔外写着"八倍大将军";第二排有两个稍大一些的孔洞,孔外写着"三倍左右先锋";第三排的小孔最大,写着"两倍步卒"。

靠近小程的一侧,有一个装着弹簧的筒状发射装置,刚好能把道放进去,装置旁边写着"冲阵"。发射器与孔洞之间的距离超过三米,这么远的距离,游戏变数不小。

这个游戏总体看来难度不大,并且带有一定的技巧性,并不是个纯粹的运气游戏。

小程打眼一望，这台桌子的左右两侧各有一个凹槽，凹槽里堆了不少失败者的道。他思索了一会儿，最终决定用这个游戏试试地猴游戏的整体难度。

　　如果他一直缩手缩脚，恐怕到时候连和其他参与者对赌的本钱都没有。

　　他掏出一颗道，放在了发射装置上，随后面色沉重地按下了开关。只听到吧嗒一声脆响，弹簧带动着撞针一阵微颤，将小程的那颗道直直地推了出去。

　　小程感觉不太妙，这颗道在弹出去大约一米之后，角度忽然开始微偏，随后很快偏离了既定轨道，在马上就要到达第三排的时候恰好从中间和左侧的孔洞之间穿了过去。他瞪大了眼睛，心想那颗道只要能够到达第二排或者第一排，获得的奖励都会成倍增长。

　　可让小程完全没有想到的是，明明是平坦的桌子，明明是直线推出去的道，这颗道在平坦的桌面上却走出了诡异的弧度。它根本没有在第二排停留，而是冲着第三排的八倍大将军孔洞冲了过去。虽说情况有些出乎预料，但目前看来还是在往好的方向发展。

　　此时的小程有了一个一闪而过的想法，都说第一次参与赌博的人通常都会运气极佳，那自己有没有可能真的用一颗道换来八颗道？这样一来三个人手中的筹码就会从九颗道变为十六颗，若是甜甜跟郑英雄再能够赚一些，两个人的买命钱就够了。

　　这个天真的想法盘旋了不到一秒钟，道就已经接近了第一排的"八倍大将军"。只见道的速度越来越慢，最终好像被什么吸引，缓缓冲着孔洞滚了过去。

　　小程的心也在这一刻悬了起来，他死死地瞪着双眼，双手用力握住了桌角。而道绕着"八倍大将军"的顶部滑了过去，向着桌子的右侧边缘缓缓滚动，差点出界。

　　"啊，糟了……"

　　小程刚刚有些激动的心情瞬间落到谷底，他的心情随着那颗小小的球体来回摆动，好像那颗道便是他全部的希望。

　　眼看那颗道就要出界，却又莫名其妙地再次减缓了速度，随后折返，朝着"八倍大将军"的方向第二次出发。这颗原本直线出发的道，经过了几秒的行动时间后居然围着"八倍大将军"绕起了圈子，转了七八圈之后，最后毫无悬念地离开了桌子，掉到了旁边的凹槽之中。

短时间内小程的心情大幅度起伏，突如其来的失败让他一时之间有些空虚，总感觉还没开始，便已经彻底结束了。

小程从口袋中掏出了第二颗道，他感觉这个游戏设施应该比其他的游戏更加容易获得奖励，至少弹簧和撞针没有作弊，道也是直直地弹出去的，但由于道的形状并不能算是完美无瑕的球体，自身还带有弹性，所以在前进时有可能会略微地改变反向。

小程思索了一会儿，与其去其他的游戏设备那儿重新学习，不如在这里先想办法赢回本钱。

在他要将手中的第二颗道也丢进去的时候，身后忽然响起一个吊儿郎当的声音。

"这位赌徒。"那人叫道，"您说为什么散落的道只在两侧凹槽里，没停在桌子上啊？"

"什么？"

小程太忘我，完全没注意到他的身后竟然站着两个围观者。

说话之人长相清秀、一脸痞气，但他看起来明显没睡醒，此时正伸手抓挠着有些乱的头发，眼睛还有点肿。

回过神来之后，小程迅速地思索了一下对方所说的话，忽然觉得有点道理。

为什么散落的道不在桌子上？他皱起眉头，慢慢地蹲下身，从水平角度看了看这张桌子，很快就发现了端倪。

这张桌子根本就不是平面的，所有孔洞的位置都不易察觉地凸了起来，但由于灯光不太明亮，不刻意去观察根本难以看出这张桌子的玄机。也正因如此，刚才那颗道才会不断围着"八倍大将军"一直转圈。

小程一阵后怕，若不是身后这人出言相劝，他恐怕会把仅剩的三颗道全部扔在这场游戏中。

他回过头来看了看眼前人，又看了看他身后的另一人，本想道谢，可眼前两个人长得实在不像善类。一人痞里痞气，眼神轻蔑，而他身后那人露出两条花臂，一身的刀疤，明显不太好惹。

"俊男仔……"身后的花臂男叫道，"你不是说要去找人借点道吗？怎么直接进来了。"

"哦，我想起这老小子的游戏场地可以不交钱先进来看看的，我想能不能进来找人借点，反正咱们借了也不跑，好借好还嘛。"

一听到这二人要借道,小程的脸上露出了不安的神色,收起自己的两颗道转身就要走。

"哎……等会儿等会儿……"一脸痞气的男人伸手拦住了小程,说道,"哥们儿你怎么着急走啊?我哥俩不是坏人啊。"

小程听过太多类似的台词了,这是坏人的经典开场白。

"啊我……"小程思索了几秒,准备主动岔开话题,于是问道,"请问怎么称呼?"

"我?"男人眨了眨眼,"葫芦娃,什么指教?"

小程一愣,又看向了花臂男,问道:"那你?"

"呃……"花臂男也有点语塞,"他要是葫芦娃的话,那我只能终结者①了……"

"好的。"小程见怪不怪地点了点头,随后跟二人说了一声,"我还有点事,先不奉陪了。"

说完他便转身离去,二人也没再阻拦。

小程很快就在一个阴暗的小角落里找到了甜甜,此时甜甜正在仔细阅读一个抓道机的使用说明,由于时间才过去不久,所以她还没有投入任何的道。

"甜甜姐!"小程一脸沉重地走到她身旁,沉声说道,"好像出现了点麻烦。"

"怎么?"甜甜扭过头问道。

"来了两个不速之客,一看就不是什么好人,咱们得避免跟他们接触。"小程严肃地说道,"他们好像要找人借点道,咱们最好找个小房间或者洗手间躲一躲。"

"这么严重?"甜甜皱了一下眉头。

"是啊,英雄弟弟呢?"

"不知道,我们去找找吧。"

二人将手中的道全部收好,在另一个高大的设施后面找到了郑英雄,三个人正商讨去哪里躲躲的时候,只见那两个男人已经绕开了各种桌子走了过来。

"糟了糟了!甜甜姐你带着英雄弟弟快跑!"小程低声说道,"把我的道也拿着!咱们宁可把道全输了也不能被抢了!"

可此时的甜甜却看着那两个人影有点发愣,郑英雄耸起鼻子

---
① 《终结者》系列电影中的半机械半血肉的生物,外貌与人类无异,机器人杀手。

闻了闻，好像也发现了什么。

"你们……"甜甜主动开口说话了。

"哟！甜甜女！"乔家劲微笑一声，直接走了过来。

"哇！小张三！"陈俊南也一脸开心。

二人热情洋溢地走上前来，把小程搞得有些蒙。

乔家劲走过来之后又伸手摸了摸郑英雄的头："英雄仔？你们二人怎么都在这里啊？昨天的黑线躲过去了吗？"

"嗯。"郑英雄露出一丝微笑点了点头，"幸好我遇到了甜甜姐姐，你们也认识吗？"

"还说呢。"甜甜苦笑一声摇了摇头，"这孩子骑了一辆自行车，也多亏他救了我。"

四个人有说有笑地聊了起来，小程发现自己才是那个外人。

"甜甜姐……你们认识？"

"啊，是的。"甜甜一脸放心地点点头，"他们不是坏人的。"

"咩啊？"乔家劲走上前去，伸手搂住了小程的肩膀，"靓仔，你把我们当坏人？"

"啊？"小程苦笑着摆了摆手，"那……那倒也不是……"

五个人在甜甜的引见之下相互介绍了一番，小程这才真的相信眼前的痞气男人和花臂男人不会在这里抢他们的道。

可就算如此，情况也并没有什么不同。这二人居然身上不带一颗道，然后大摇大摆地走进了地猴的游戏场地。他们想问小程借四颗道缴纳门票，这和被抢了四颗道本质上没有什么区别。

站在小程的角度来说他并不认识这二人，他总共只有十五颗道，刚才的门票缴纳了六颗，游戏输掉了一颗，剩下的八颗道如果再分出四颗来给这两个陌生男人缴纳门票的话，五个人将只剩下四颗道的本钱。况且五个人要走出这扇门，至少需要五十颗道，这岂不是注定有人会死在这里吗？

"安啦……"乔家劲走上前去拍了拍小程的后背，说道，"靓仔，你知不知在赌档，最重要的是什么？"

"什么？"

"僚机①啊。"乔家劲说道，"虽然我不是很赞成这种行为，但如果我们在打麻将，三个人都是一伙的，你猜第四个人会不

---

① 僚机一词原意是指编队飞行中跟随长机执行任务的飞机，此处为助攻、辅助的意思。

会输？"

"这……"

陈俊南也点了点头："小伙儿，这可比你自己一个人玩弹珠赢的概率高多了，别忘了，这地儿是赌场，不是游戏厅，你准备一个人坐在机器前面发财吗？"

小程看了看陈俊南，心想：他仅仅一眼就可以看出"八倍大将军"的破绽，如果有他们的帮助说不定获胜的概率更大，况且自己不是什么赌博好手，单凭运气或者智力的话，不如直接和他们组队作弊来得实在。

他抬起头来，发现甜甜早就已经掏出了两颗道，他索性也不再纠结，拿出自己仅剩的两颗交给了地猴。

"俊男仔，你可是这场游戏中的'大脑'了……"乔家劲有些忐忑地说道，"可你昨晚才知道赌博的规则，没问题吧？"

"应该……没问题吧？"陈俊南回答说，"你也别太担心，小张三也不蠢。"

小程在一旁看着几人沉声说道："咱们可先说好……现在剩下的筹码已经非常少了，所以绝对不能再出现任何……"

话还没听完，陈俊南听到了什么声音，扭头看向门口的方向，一个人影正低着头缓缓地向着这里靠近。

他嘴角一扬，说道："这下好了，真正的'大脑'也来了。"

齐夏低着头，揉着太阳穴，强烈的眩晕感依然挥之不去。穿过走廊之后，他抬头一望，眼前竟是许多熟悉的面孔。

"你们？"

"老齐啊！"

"骗人仔！"

陈俊南和乔家劲一脸欣喜地走了过来，他们上下打量了一下齐夏，随后放下心，虽然齐夏的表情看起来有些疲惫，但身上毫发无伤。

"你小子可以啊！"陈俊南说道，"我俩都以为你八成活不下去了！"

齐夏并没有提及他遇到许流年的事情，反而觉得现在的情况有点蹊跷。他慢慢皱起了眉头，尽可能地运转自己的大脑："为什么你们都会在这里？"

太过巧合的事情很有可能不是巧合。

"是个大耗子让我们过来的。"陈俊南低声说道，"他说这个猴……有点问题……"

陈俊南不便将话说得太直白，只能尽可能地换个方式告诉齐夏。

齐夏听后点了点头，问道："那只鼠是以领导开头来讲话吗？"

"对对对！"乔家劲点头说道，"那鼠兄讲话蛮奇怪！你认得他吗？"

齐夏点点头，他当然记得那只地鼠。这是他在这一轮重新布下的"针"，而且他仔细观察过那位地鼠——有些智慧，并不是寻常地级，如果能够将其收到麾下，八成会有莫大的帮助。所以地鼠此番举动有可能是善意的，对大局或许有所帮助。

"所以你们聚在这里做什么？"齐夏问道，"不需要进行游戏吗？"

"这场游戏……"

五个人面面相觑，虽说这个场地聚满了自己人会让人觉得安心，可这样一来无论道怎么流通，众人拥有的数量也不会变多，反而因为要赎身而变得更难。六个自己人，总共需要六十颗道才能出去，谁能够在一场地级游戏当中赚取这么多的道？

乔家劲和陈俊南同时看向了齐夏。是的，只有他可以。

几个人言简意赅，将这场游戏的原理大体告诉了齐夏，齐夏听后只是扶着脑袋点了点头，看起来状态并不好。

说话间几人又扭头看了看不远处的地猴，他已经坐在柜台后面打起了呼噜，看来每天朝九晚五的工作和赌场老板的身份并不匹配。

"我懂了。"齐夏说道，"确实是实打实的智力游戏，因为来到这里的所有人都不可能带着十颗道，所以如何赚取别人的道就成了这场游戏的核心。"

小程有些忐忑地看着这继乔家劲和陈俊南之后的第三个陌生人，感觉情况不太对。他的口袋平平，看起来明显也没有道，难道所有参与者的门票都要从他起初的十五颗道里面出吗？

正在此时，齐夏抬头和小程对上了眼神："这位是？"

几人跟齐夏简单介绍了一下小程，也顺带将现在的经济困境告诉了他。

"原来如此。"齐夏答应了一声,"所以现在需要的是本钱。"

"是的。"小程面色沉重地点点头,"虽然你们都是熟人,但我确实不能一口气给陌生人掏出这么多的道,我也想活着。"

"我理解。"

齐夏说话的时候一直都在揉捏着额头,乔家劲和陈俊南不禁有些担心。

"骗人仔,又头痛了吗?"

"不……"齐夏回答道,"这次好像不是头痛那么简单……我整个人的状态有点奇怪。"

"奇怪?"

"没事,不说这个了。"齐夏再次扭头看向小程,"你刚才说你们昨天去参与了人猴的游戏?"

"是的,离这里不是很远。"甜甜在一旁说道,"今天路过那里的时候,看到人猴还在想办法聚集参与者。"

"我懂了。"齐夏对甜甜说道,"告诉我人猴的位置,我去去就回。"

一句"去去就回"让众人陷入了短暂的沉默。

小程听后赶忙说道:"哥……你要去人猴的场地赚点道吗?我可以告诉你那个游戏的解法,它——"

"没必要。"齐夏揉着自己的额头摆了摆手,"告诉我位置就行,把布袋给我,我去取点道。"

小程感觉眼前这人的性格稍有些奇怪,但也无法劝说,只能将人猴的位置告诉了他。

齐夏听后走出门去,在马上就要离开的时候回头说道:"我回来之前什么也不要做,等我,不会太久。"

"这……"小程听后愣了一会儿,然后说道,"人猴的场地需要门票的,你有道吗?"

"门票吗?没必要。"齐夏背过身去,冲众人挥了挥手。

看着他远去的背影,小程的面色和剩下几人截然不同。

陈俊南和乔家劲直接就近找了把椅子坐下开始闲谈起来,甜甜也拉着郑英雄的手,开始参观这里各式各样的设施。他们仿佛完全没有担忧的意思。

"等……等下……你们这么放心吗?"小程问道,"那个人他——"

"安心啦。"乔家劲也摆了摆手,"小程要过来斗一下地主吗?我们自己人可以不赌道的,我刚学的,你来陪我练练手呀。"

"斗……斗地主?"小程瞬间瞪大了眼睛,"等会儿……你们的队友现在可是一颗道都没有就去了人猴的场地啊,就算他真的是个很厉害的人,就算他每次都能赢,可他现在连门都进不去啊!"

"骗人仔说能行就是能行,过来玩吧。"乔家劲手里捏着一副纸牌,笑着冲他招了招手。

小程将信将疑地走了过来,在乔家劲和陈俊南身边坐下,总感觉这件事非常离谱,简直超出了他的想象。就算那个男人能够直接破解人猴的游戏,可是最多一次也只能赚取两颗道的奖励,他有什么信心能够空手带回来足够的筹码?

大约一个半小时之后,那个叫作齐夏的男人泰然自若地归来,当他将布袋中十几颗道丢在众人面前时,小程的嘴巴彻底合不上了。

"搞……什么?"小程愣愣地看向齐夏。

"时间比较紧张,就拿了这些。"齐夏说道,"再加上你自己的,门票和本钱应该够了。"

小程不可置信地打开布袋数了数,顿时无数个疑问都在脑海之中炸开。

获胜一场游戏只能获得两颗道,这个男人却带回来整整十六颗,难道他在一个半小时之内赶到游戏场地,随后直接进行了八次游戏?!先不说时间是否够用,人猴能够在一个半小时之内找齐八批参与者吗?

"你怎么做到的?"小程声音有些颤抖地问道,"你真的去了人猴的游戏场地吗?"

"是。"齐夏点点头,"怎么了吗?"

"可这怎么可能?你哪里有时间进行八轮游戏?况且你连第一次的门票都交不起……"

"八轮?"齐夏听后摇了摇头,"不,两轮。"

齐夏简短的话语不仅让小程皱起了眉头,更让一旁的甜甜和郑英雄也疑惑起来。人猴的游戏是"不插队",每次获得的奖励都是固定的,他如何能够在两轮赚取十六颗道?

"今天运气比较好,人多点。"齐夏说道,"每一轮都有十六个人参加。"

"那不是更有问题了吗?"小程问,"这个游戏人越多越难以胜利,因为大家都不会听你讲话,所以你到底是……"

"胜利?"齐夏皱了皱眉头,打断了小程的问题,"我为什么要胜利?"

"啊?"

"你自己都知道人越多越难以胜利,所以为什么要朝着这个方向努力呢?"齐夏说完之后感觉大脑有点眩晕,还是伸手揉了揉额头。

"我……我真的不太明白……"小程感觉自己可能遇到了一个非常厉害的人物,甚至连语气都软了下来,"哥,能不能告诉我你到底是怎么做到的?"

齐夏听后抬起一双疲惫的眼看向小程,回答道:"我跟人猴说,我可以作为内应,百分之百保证参与者游戏失败,但门票要分我一半。"

小程听后一时语塞,什么话都说不出来。

"十六个人参与,门票十六颗道。"齐夏继续解释道,"如果人猴输了,他将直接损失三十二颗,你猜他会选择直接赌一把,还是安安稳稳地拿到八颗?"

"这……"小程思索了一会儿,回答说,"就算只有百分之五十的概率,他也有可能会选择赌一把……毕竟这可是十六颗道啊!"

"所以我第一轮演得很像,我只是一个不小心站错了位置的参与者而已,我跟所有人诚挚道歉,并称第二轮绝不会出现失误。"齐夏说道,"只要给人猴一种可以长期合作的诚意,他便会同意和我再合作一轮,这样同一批参与者会再次进行游戏,我和他都可以安安稳稳地拿到十六颗。一条路是百分之五十的概率拿到十六颗,而另一条路是百分之百的概率拿到十六颗,你说他会怎么选?"

小程听后缓缓咽了下口水,只感觉自己的思路被生肖提出来的规则禁锢了,大家参加游戏的目的并不是为了胜利,而是集齐三千六百颗道,所以只要能够保证自己的生命无忧,完全可以想尽一切办法获得道。眼前的人给他打开了完全不同的思路。

齐夏捂着额头走到一旁缓缓坐下,随后开始闭目养神。

"老齐！"陈俊南趁机走上去对他说道，"小爷昨晚学了不少赌博知识，咱们要不要合伙作个弊啊？"

"当务之急不是作弊。"齐夏听后看了看陈俊南，说道，"那个年轻人身上剩下四颗道，我带回来十六颗，加起来只够两个人出去，咱们还差四十颗。"

乔家劲听后也走了过来："骗人仔，这不是还有时间吗？有一整天呢。"

"可我怀疑进入这里的人不会带着太多的道，大多是孤注一掷的赌徒。"齐夏皱着眉头说，"假设每个人都会带着五颗道进入场地，减去门票只剩三颗，需要连续赢光至少十四个人的道才有可能保证我们全员存活。"

"这……"

二人大体计算了一下，虽然他们对齐夏有信心，可这个场地除了他们之外会进来十四个人吗？而这十四个人，每个人都会有三颗道来让他们赢吗？

齐夏思索了一会儿，然后扭头看向了在座位上睡得四仰八叉的地猴。

"既然是赌场，应该有高级玩法吧？"齐夏问道，"他有没有说过其他的玩法？"

陈俊南和乔家劲听后摇了摇头，可不远处的甜甜却想到了什么。

"可以和地猴赌。"她说，"但他说自己玩得很大，一般人招架不住。"

"就是这个。"齐夏说道，"这场游戏的目的也不是赚道，第一是保命，第二是搞垮地猴。"

齐夏身边的几个队友听后都点了点头，小程也在一旁瞪大了眼睛。

这人的恐怖之处完全超乎了他的想象，他先是信心满满地找到人猴取了一拨道，现在又要直接挑战地猴了吗？

"那个年轻人水平怎么样？"齐夏此时看了看小程，低声问身旁的人。

"正常水平吧。"陈俊南说，"虽然帮不上什么忙，但也不会坏事。"

"那就准备一下吧。"齐夏缓缓站起身，"今天不需要等其他的参与者了,我们可以直接开始。"

"嘿。"乔家劲听后微笑一下,扭头看了看齐夏又看了看陈俊南,"俊男仔、骗人仔,这好像还是咱们三个第一次合作啊。"

"看你小子没见识的样子。"陈俊南有些骄傲地撇了撇嘴,"咱仨合作的场面小爷我可见过不少次呢。"

"那可说好了,俊男仔,这次让我来露一手。"乔家劲活动了一下筋骨。

"你露个嘚儿啊[1],地猴又不跟你干仗。"

二人纷纷站起身,泰然自若地跟着齐夏走向了正在酣睡的地猴。

---

[1] 北方方言,可以直接理解成"你露个屁啊""你露个什么劲啊","嘚儿"在类似的用语中多表示做这件事很傻、很没有必要。

END ON THE TENTH DAY

尾声

地猴·朔望月

齐夏走到地猴面前,伸手敲了敲柜台。地猴缓缓睁开了浑浊的双眼。

"欢迎光临,两颗道放在这儿就可以开赌了……"他的语言似乎比身体行动得更早,还未完全苏醒,欢迎的话语已经传入了几人的耳中。

齐夏听后将两颗道扔在桌上,随后说道:"不仅我们可以开赌,你也可以开赌了。"

"嗯?"地猴睁开眼,伸手揉了揉。他看了看桌面上的两颗道,仿佛在思索这句话的意思。

"收下门票,我们开始吧。"齐夏说道。

听到这个声音,地猴慢慢地抬起头,恰好和齐夏的眼神对上了。接下来便是长达十余秒的沉默。

"我也……开赌?"他盯着齐夏看了半天,才终于吐出四个字。

"怎么,你不方便?"齐夏皱着眉头问道。

"哈……哈哈哈……"

地猴忽然之间露出了难看的笑容,齐夏总感觉这笑容和他第一次见到陈俊南时有些相似。

"当然可以开赌……"地猴缓缓站起身,随后无奈地摇了摇头。

他径直经过几个人身边,直接来到了场地门口,伸手将屋门直接关上了。

"小店今天来了贵客,闭店开赌。"他回头重新打量了一下屋内站着的六个人,"你们男女老少都要跟我一起赌吗?"

"哪有什么男女老少?"齐夏淡然地说道,"你以为这里站着的人都很弱小吗?"

"一支队伍弱不弱小,主要取决于领头羊是否强大。"地猴也笑了一下,"我完全相信这支队伍的实力。"

"领头羊?"齐夏点点头,"有点意思,我们开始吧?"

"那我可得好好选择一下赌博的项目了……嘿嘿。"

"你来选?"齐夏反问一句,"这里是你的场地,用的也是你的设备,结果赌博项目还需要你来选,会不会有些不公平?"

"话不能这么说……"地猴微笑道,"你们是一支队伍,我很难相信你们没有作弊的打算,我一对六,不管怎么说我都是弱势的那一方，所以我必须要亲自挑选项目。"

齐夏听后慢慢皱起了眉头。

"你应该也知道吧，影响一场赌博胜负的关键是项目吗？"地猴缓缓地再次走向了桌子前，然后低头翻找着什么，"赌博最重要的……分明是人啊。"

没一会儿，他从桌子底下拿出了一个木盒。这精致的木盒和整个场地之内脏乱的环境显得格格不入，它四四方方，通体棕黑，木纹清晰，每一条边角都镶着闪着光的金线。盒子上方雕有日月星辰暗纹，并且在中央位置还刻了金色的正楷字——"朔望月"。

木盒表面一尘不染，地猴却还是轻轻地擦了擦木盒的表面，随后当着众人的面将木盒打开。打开木盒的瞬间，一股隐隐的木香幽幽地飘了出来，众人上前一看，木盒内部铺设着柔软的绒布，里面躺着一沓背面朝上的卡牌，卡牌的背面写着"女娲游戏"四个字。

"很多年来我都在期待有人和我对赌一局朔望月。"地猴看着木盒，表情有些失神，"只可惜谁都不行，我没有见到任何一个能够让我拿出这副牌的赌徒。有赌术的没有学识，有学识的没有胆魄。"

"是吗？"齐夏模棱两可地反问一句，"这座城市上万人，你没有一个能够看上眼的吗？"

"这座城市？"地猴嘿嘿一笑，"我从涡城被指派到玉城，又从玉城被指派到这里……三座城市都没有能够让我看得上眼的人。"

"哦？这还真是新鲜。"齐夏也跟着笑了一下，"你们生肖还有工作变动吗？"

"当然。"地猴点点头，"那两座城没有了参与者，城市中的生肖就要带着自己的游戏被外派出去，不仅是我，很多生肖都会接到天级命令而进行变动。"

"那还真是走运。"齐夏低头看了看桌上的木盒，"命运让我们能够在这里相遇。"

"命运？"地猴慢慢眯起了眼睛，"最好是命运。"

"哦？"

"你有没有想过……假如其他的城市全都沦陷，所有的生肖都会慢慢在同一座城聚拢，这是件好事还是件坏事？"

地猴似乎话里有话，齐夏没有立刻回答，只是盯着他的眼睛看了很久，然后说道："开始说规则吧。"

众人听后慢慢围了过来，都看了看桌子上的这副精致的卡牌。

"规则……"地猴听后慢慢咧开了嘴，"你们在想什么？"

齐夏听后慢慢皱起了眉头。

"我的游戏规则便是入场两颗道，出场十颗道。"地猴露出了狡黠的笑容，让齐夏感觉情况不太对，"至于这副牌该怎么玩……那就交给你们几位摸索了。"

"摸索？"

地猴将木盒捧起来，转头便走向远处的大圆桌。

众人互相对望了一眼，知道地猴要起了心机。确切地说这副牌的玩法规则，根本就不算是地猴游戏的规则，所以地猴可以隐瞒，地猴游戏的规则一直就是"入场门票两颗道，出场赎身十颗道"。

沉默了几秒之后，众人也向着圆桌的方向走了过去，陈俊南记得昨天的地猴就是在这张桌子上大杀四方，那一局他至少赢了几十颗道外加一条人命。

齐夏走了几步之后便甩了甩自己的头，努力让自己保持清醒，然后在地猴面前坐下，看着他将那副牌拿了出来，放在了桌面上。

众人围坐在桌前，地猴伸手将这副牌洗了洗，然后抬起头淡然地看着众人。

齐夏揉了揉自己的额头，说道："地猴，你真的不和我们说明这副牌的规则吗？"

"怎么？以你的水平，应该可以在游戏当中猜测出来吧？"地猴将纸牌小心翼翼地放下，然后从西装口袋里掏出一根香烟点燃了。

陈俊南觉得很不太合理，忍不住开口说道："猴哥，那您真的不违规吗？"

"哦？"地猴吐出一口烟圈，淡淡地问道，"怎么违规了？"

"您老人家开设的游戏是赌场，而您作为这个赌场的代理人却不让参与游戏的人了解规则。"陈俊南笑道，"那您还真是心大啊，这店啥时候倒闭呢？"

"哈。"地猴将香烟拿了下来，夹在手指之间，"我的规则写在墙上了。"

齐夏听后冷哼一声："可是这样多无聊？"

"无聊？"

"你期待了这么久的时间，终于能够启用这副朔望月，可你却准备用信息差的方式获胜。"齐夏伸手摸了摸下巴，"这是你能够想到的全部战术了？你在害怕什么？"

地猴听到这句话，眼神微微游离了一下，似乎在反复推敲齐夏的话，过了几秒之后，他微微叹了口气，说道："说得对，为了能让游戏顺利进行，基本的规定还是要说一下的。"

齐夏不知地猴在思索什么，只能双手环抱在胸前等待着他的讲解。

地猴将洗过的牌放在了桌面上，众人打眼一看，这副牌并不多，总体数量应该小于一副扑克，有三十来张的样子。只见他将最上面的一张牌掀了起来，放在桌子上，露出了它的牌面，上面仅有两个楷书汉字——芒种。

地猴看了看这张牌，又从牌堆里掀起第二张，展现在了众人眼前——中秋。

众人看到这两张牌自然知道牌面何意，芒种乃二十四节气之一，而中秋是传统节日，这样一副加入了二十四节气和传统节日的牌，会带来是一场什么样的游戏？

"这个游戏是基于'理论年'来设定的，阴历和阳历的日期完全重合，每个月固定三十天。游戏开始时，会抽取一张公共牌放在桌子中央，展示给所有人看。"地猴说道，"随后每个人再抽取两张牌，一明一暗，明牌可以展示给所有人，暗牌只能自己查看。"

齐夏听后点了点头："然后呢？"

"哈……"地猴露出了一个诡异的笑容，"然后我们需要用自己手中的两张牌，加上桌子中央的公共牌，用三张牌和所有人比大小，牌面最大者将赢得桌子上的所有筹码。"

"比大小？"

这三个字让众人纷纷露出了疑惑的表情。这些牌上只有汉字，比大小的意义在哪里？难道是比较日期吗？可如果真的比较日期，又为什么要用手中的明牌暗牌加上桌子中央的公共牌？每个人抽出一张牌来比大小不是更直接吗？

"至于获胜条件……你们可以放心。"地猴说道，"我的赌场毕竟是有底线的，如果你们的牌面比我的牌面更大，我不会不承认，也就是不存在虚报的情况，你们赢了，我却耍赖，这就真的违规了。"

"那……怎么分胜负？"齐夏又问道，"一局定胜负吗？"

"不……当然不是。"地猴摇摇头，"好不容易可以拿出我的朔望月，怎么可以一局定胜负？"

他将桌面上的两张牌拿了起来，重新洗乱，然后说道："八局，总计八局的游戏，之后无论筹码如何，都算作游戏结束。"

齐夏听后皱眉点了点头。

现在他们不仅要在八局之内想办法搞清楚规则，更要在这八局里赢到足够让六个人赎身的道。

"那一局可以获得几个道？"小程在一旁问道。

"问得好。"地猴说，"开局时每个人底分一颗道，随后给每人发一张明牌，所有人需要展示出这一张明牌，由牌面上写的日期最大的人开始选择是否加注。"

"加注？"

"没错。"地猴点头道，"我这儿毕竟是赌场，赌场有赌场自己的规则。在第一个人加注之后，剩下的人将按照顺时针顺序做出三个选择，要么选择认输，要么选择跟注，要么继续选择加注。顾名思义，认输便是放弃桌面上已经下注的道，选择及时止损，跟注将拿出和第一人同样的筹码，而加注的筹码要多于第一人。"

几人听后点了点头。

"而一旦有人中途加注，剩下的没有认输的人则必须按照顺时针重新开始这三个选择，直到所有人认输或者所有人跟注为止。"地猴说完之后扫视了一下众人，"这都是基本的赌桌规则，我说得够明白吗？"

几个人此时都露出了犹豫的神色，虽然地猴说得并不难懂，可对于最关键的规则他们并未参透。如何才能比出牌面的大小？在自己拿到了牌面之后，要怎么才能知道自己的牌值不值得下注？

而且眼前还有一个更棘手的问题。

如果是用二十四节气和传统节日的日期来比大小，传统节日倒还好说，可要准确地说出二十四节气的日期就有点难度了，很多人连二十四节气是哪二十四个都搞不清楚呢。

"不管你们听不听得明白，这场游戏能告诉你们的就只有这么多了。"地猴说完之后又抬头看了看面前坐着的六人，"你们所有人都要参与这场赌局吗?"

甜甜和小程同时扭头看向了郑英雄,而陈俊南则小声问齐夏:"老齐,你知道二十四节气的准确日期吗?"

齐夏听后揉了揉自己的额头,他总感觉头有些眩晕。

"各位要是没有疑问的话,我们的赌局就要开始了。"地猴说完伸出小拇指剔了剔牙,"当然,你们有疑问也和我无关了,我们各凭本事。"

"我需要和他们商讨一下战术。"齐夏说道,"等我几分钟。"

地猴点点头,随后懒洋洋地靠在了椅子上。

齐夏跟众人使了个眼色,大家便纷纷站起身跟着他来到了不远处。

"把筹码分下去。"齐夏说道,"所有人都拿点道。"

小程听后思索了两秒,说道:"哥,你确定要我们都参与吗?"

齐夏听后点点头:"毕竟我不知道获胜的规则,如果只有我跟他,或许过了八局都不一定能让我参透,但如果人数够多,一次或许我就能明白。"

"这……"

"我也需要事先说好,这一次我的目的是拿下地猴,所以这次有可能会在赌桌上赢过你们。"齐夏环视了一圈,看了看郑英雄,又看了看甜甜和小程,"如果有什么疑问的话可以现在和我说,没有的话我便开始布置战术。"

秉持着相信齐夏的态度,大家都没有说话。

齐夏拿出两颗道递给了甜甜,又拿出两颗道递给了郑英雄,说道:"你们两人每人两颗道,最多进行两轮游戏,由于这场游戏会越到后期越危险,所以没必要一直赌到最后。"

甜甜和郑英雄听后点了点头,将道放在了口袋中。

"你们视情况而定。"齐夏说道,"但是最好不要在第一轮的时候将所有的道押下,不出意外的话第三轮开始你们离场,赎身的道我来想办法。"

"好。"甜甜和郑英雄不假思索地点了点头。

可此时的小程却有些蒙了。

"等一下……你来想办法?"他有些没明白眼前男人的动机。

"没错,我和他们有点交情,我们算是一起的,所以他们的道我来想办法。"齐夏答应着,"但我没有办法完全相信你,接下来我要如何对你,还需要看你的表现。"

"我明白了……"小程感觉这个男人好像跟自己想象中的不太一样。

齐夏接下来清点了一下众人所剩的筹码——小程带来的十五颗道加上齐夏带来的十六颗,总计三十一颗,所有人的门票共计十二颗,之前小程还输掉一颗,所以现在众人总共还有十八颗道。甜甜和郑英雄各两颗,现在还余十四颗。齐夏思索了一会儿,递给了小程三颗道,之后又递给了陈俊南三颗道。

小程果断接过了道,可是陈俊南看到之后脸上浮现出了不理解的神色。

"老齐,我也有三颗?"他挠了挠头。

"不是信不过你。"齐夏说道,"只不过你的主要任务不在赌博,而在攻心。"

"攻心?"陈俊南听后坏笑一声,"老齐,你可太了解小爷我是个什么样的人了。"

"所以你不需要跟着我们每一轮都下注,哪怕认输之后也可以坐在桌子上跟对方聊聊天,这就足够了。"

"那得了。"陈俊南开心地咧起了嘴,"瞧好吧您嘞。"

乔家劲此时看了看齐夏仅剩的八颗道,疑惑地问道:"骗人仔……我也是三颗吗?"

"不,咱们两人各四颗。"齐夏一脸认真地看向他,"'拳头',我并不了解传统的赌博,所以这一次需要你和我并肩作战。"

"咩?我?"

"你最喜欢说的话便是别出老千……"齐夏问道,"虽然你不喜欢赌博,但你确实很懂,对吧?"

乔家劲听后慢慢低下了头:"骗人仔,赌博是不可能有好下场的,我见过太多因为赌博家破人亡的例子了。"

"当然,这世上的聪明人赚钱不可能仰仗赌博。"齐夏说道,"可是'拳头',别忘了,这一次我们和普通的赌徒不一样,他们赌,家破人亡;我们不赌,魂飞魄散。"

"我知了。"乔家劲面色沉重地点点头,"骗人仔,这可能是我唯一一次能用脑筋帮上你的时候了。"

"别瞎说,以后有的是机会。"齐夏摆摆手,将四颗道递给了他。

六个人此时分配好了筹码,分别是齐夏和乔家劲各四颗,小程和陈俊南各三颗，甜甜与郑英雄各两颗。

齐夏看了看整装待发的几人，随后说道："由于我们是一个整体，赢得的道可以在赌桌上再次分配，大家只需要随机应变就好。"

众人听后纷纷点头，刚要说点什么的时候，却发现齐夏一个晃神，整个人似乎马上就要摔倒。

乔家劲眼疾手快，上前拉住了他的胳膊，发现他浑身都在微微颤抖。

"骗人仔……你？"

"抱歉……"齐夏紧紧皱着眉头，冲众人摆了摆手，"我可能没有休息好……不碍事，还是快点开始吧。"

当六个人拿着各自的筹码回到圆桌的时候，地猴发现了齐夏的端倪。

"怎么，现在体质这么差？"地猴叼着烟问道，他的眼皮一直耷拉着，看起来比齐夏还没精神。

"现在？"齐夏努力睁开眼睛看着他，"我以前比现在好点吗？"

"哈……"地猴摇了摇头，"不得不说……你的变化真的蛮大，我差点就认不出你了。"

"变化？"齐夏感觉这个说法有点意思。

自己在终焉之地见过不少人，可从没有人谈论过自己的变化。

"究竟哪里变了呢？"齐夏问。

"不好说。"地猴伸手挠了挠脸，"是心境？是态度？是思想？"

"倒是一个比一个玄。"齐夏轻哼一声，"开始吧。"

地猴点点头，伸手将牌堆拿了起来，正准备发牌的时候，乔家劲却叫住了他。

"等下。"

乔家劲伸手捏住了地猴的手腕，轻声说道："肥马骝[①]，着什么急？"

地猴慢慢皱起了眉头："怎么，不是要开始吗？"

"洗洗牌嘛。"乔家劲说道，"怎么会有人将牌堆拿起来就发的？"

[①] 粤语，两广地区称猴子为马骝。有一说法，古人在马厩中养猴子，马就不会感染马瘟，故将猴子称为马骝，取将马留住之意。

"我洗过了。"地猴甩开了乔家劲的手,"但我也不介意再洗一次。"

他将纸牌分成两摞,利索地混插在一起,然后又用切牌的手法倒了几次,最后才把牌整整齐齐地放在众人眼前。

"这样可以了吗?"

乔家劲盯着纸牌慢慢露出了笑容,切牌的手法他见过无数次,眼前的男人切牌的手法并不能算高明,只能算还行。

"我们也要洗。"

"哦?"

"赌场规矩,每个人都洗一次牌。"乔家劲说,"肥马骝,你是开赌场的,这点规矩应该比我懂。"

地猴此时才感觉眼前的男人有点门道,他似乎比自己更了解赌场。

齐夏听后知道乔家劲的意思,果断从桌子上拿起牌堆,在手中快速捣鼓了几下,然后将牌堆正面朝上分成两摞,混插在一起的时候借机看了看牌面。这副牌果然和他想的差不多,既有二十四节气,又有传统节日。可是朔望月到底是什么意思?

几个人轮流洗完了牌,当这副牌重新回到地猴手中的时候,他只是轻轻撇了撇嘴,随后便将纸牌放在了桌面上。

"现在可以开始了。"乔家劲说。

"下面请每个人交出一颗道,算作本局开始时的筹码。"

众人纷纷将自己的一颗道放在桌面上。地猴在所有人都放了筹码之后伸手抄起了一张卡牌,在桌面上亮出了它的牌面——中元。

"中元?"陈俊南一愣,"中元是个什么玩意儿?"

"中元节。"齐夏沉声说道,"人们常说的鬼节。"

"哦……你说鬼节我就明白了。"陈俊南思索了一下,"七月十五啊!"

"嗯。"

地猴没搭理众人,只是指了指这张中元说道:"这是本局的公共牌。"

随后地猴摸起一张牌放在自己的面前,然后将牌面亮了出来——夏至。

"接下来我将按顺时针轮流发牌,这是本轮的明牌。"地猴又说道。

按照顺时针,地猴左手边的是郑英雄,地猴将一张牌摸了下来,翻开之后递给了他,是霜降。接着便是甜甜,她从地猴的手中拿到了一张大雪。随后是小程,地猴分给了他一张清明。陈俊南是立春。乔家劲拿到了大暑。

最后才轮到齐夏。地猴将齐夏的牌拿了起来,随后面带微笑地扔给了他。齐夏接过一看,是七夕。

虽说众人都顺利地拿到了自己的牌,可现在的情况开始复杂起来了,不出意外的话马上就要开始下注,可手中的这些牌到底要如何才能分出大小?

"下面由牌面日期最大的人开始说话。"地猴伸手敲了敲桌子,"大雪。"

甜甜看了看自己手中的大雪,此时算是完全没了头绪。

虽说她记不住大雪的具体日期,但也知道大雪的日期数字肯定很大,毕竟已经处于深冬,和地猴手中的夏至比起来自然是输不了,于是她思索了一会儿,说道:"下注一颗。"

小程听后盯着自己手上的清明,慢慢皱起了眉头。清明是在春天,如果是比日期的话似乎有点太小了。地猴说了每一局都由日期最大的先下注,这几乎暗示了这场游戏的比大小绝对和日期有关,这一次无论怎么考虑,小程也不适合下注。

"这局我退出。"小程说道,"不跟了。"

他将清明和自己面前的那一颗道一起推了出去,随后坐直了身体,靠在了椅背上,接下来的第一轮游戏和他已经没有什么关系了。

齐夏看了一眼小程,随后点了点头。由于日期很小,损失一颗道就退出自然是好事,现在情况并不明晰,继续跟下去损失只会更大。

接下来轮到陈俊南选择,他一直把头埋在桌子底下,不知在忙些什么。

"俊男仔,该你了。"乔家劲提醒道。

"来了来了。"

陈俊南看了看自己手上的牌,露出了一个异常尴尬的笑容:"小爷这还玩个屁?小爷没记错的话……立春是二十四节气当中的第一个吧?"他不断挥舞着手上的牌大呼小叫,"猴哥,您会发牌吗？不给我们游戏体验了吗？"

"毕竟是赌博。"地猴点点头说道，"愿赌服输，再说你也不一定会输。"

"得！就凭您这句话！"陈俊南点点头，"实不相瞒，猴哥，老猪我看你第一眼就觉得很有眼缘，总感觉咱俩上辈子就认识。"

"哦？所以你是八戒吗？"地猴笑道。

"只要能当您小弟，无论是八戒还是老沙我都愿意当。"陈俊南也跟着笑道，"既然我猴哥说我不一定会输，我这局就梭哈①了。"

"什么？"地猴听后皱起了眉头，"你拿着一张立春梭哈？"

"我主打一个相信猴哥！"陈俊南说道，"小爷献丑了，全部家当这就押上了！"

"你……"

还不等地猴回答，只听啪一声响，两条黑乎乎的东西甩在了桌面上。众人定睛一看，竟是两条脏兮兮的袜子。

"什么鬼东西？"地猴瞬间皱起了眉头，"你拿这个来跟我下注？"

"不行吗？"陈俊南一脸认真地问道，"猴哥，我跟您掏心掏肺，您怎么不重视呢？这袜子很多人想要我都没给啊。"

"我也不要！"地猴说道，"我们下注的都是道，你拿个破袜子下注做什么？！"

"不行吗？！"陈俊南也毫不退让地叫道，"我看港片里都是这么演的啊，除了桌子上的筹码之外，一只手、一只眼、一条腿或者一条命都可以赌啊，我下一双袜子，你可以跟一双袜子啊。"

"我……我跟一双袜子？！"

"跟不起？"陈俊南扬了下眉毛，一脸贱兮兮的表情，"认输了是吧？"

还不等地猴回话，陈俊南赶忙跟左手边的乔家劲使了个眼色："老乔，他认输了，收钱。"

"好！"

乔家劲以迅雷不及掩耳之势扑向了桌子上所有的道，二人绝妙的配合差点把地猴给搞蒙了。

"等会儿！"地猴第一时间护住了桌子上的筹码，呆呆地看了二人几秒，才皱着眉头问道，"你俩是来砸场子的吧？"

---

① 将所有资产作为赌注，孤注一掷。

"怎么？"陈俊南听后露出了一丝别样的笑容，"猴哥，您现在说清楚，道以外的东西到底能不能赌？"

此时的地猴才明白眼前吊儿郎当的男人忽然甩出两只袜子到底是何用意，他想要在此将赌桌的规则彻底定下。

两只袜子的出现恰到好处，让地猴在此刻陷入了两难的选择，如果他规定不可以将道以外的东西作为赌注，当游戏后期他想要让众人生不如死时就会比较难办；可假如他在此同意了对方的下注，那这个男人便真的用一双袜子混过了第一局。

这可如何是好？

"认输了是吧？"陈俊南继续火上浇油地说道，"没法跟注就大大方方说啊，咋的，今儿没穿袜子是吧？跟不起啊？"

地猴捂着桌子上的筹码想了一会儿，忽然露出了一丝笑容。

"小伙子……这场赌局可以下除了道以外的东西，不过有个条件……"地猴说道。

"有条件您尽管说啊，就怕您没条件。"

地猴思索片刻，开口说道："一旦有人出了道以外的筹码，剩下所有人也必须同样拿出这个筹码或是高于这个筹码价值的物品，只要有一个人身上不存在同样的或是价值更高的物品，就算第一人下注的物品无效。"

"不妥。"齐夏捂着额头，第一时间矢口否认道，"有道者可以出道，没有道的人才抵押物品，而不是在有道的情况下也必须拿出和对方相同的物品，这不合理。"

地猴听后扭头看向齐夏，缓缓扬起了嘴角，脸上的皱纹也在此刻舒展了一些。

"我知道你在想什么，但那是不可能的……"他将陈俊南推开，对齐夏说道，"这就是我赌场的规矩，你们可以押下任何物品，为了公平起见，我会和你们出相同的物品，所有人都一样，没有例外。由于没有提前说，所以暂且不能用这个规则开赌，从下一次加注时开始。"

齐夏听后慢慢皱起了眉头。以物品来代替道确实是个必须要面对的问题，可所有的人都必须拿出同样的物品几乎断绝了很多的后路。若一个人准备将自己的命押上，那剩下的人便已经没有什么选择，想要继续赌的话只能纷纷押上自己的命。

"太危险了……"齐夏皱眉甩了甩自己的头，他感觉不仅规则危险，连自己的大脑现在都陷入了危险。

要马上运转起来……

他闭着眼睛仔细思索着地猴的提议，所有人都下注同样的东西，难道对他没有影响吗？连他自己都要跟注，他为什么会这么坦然？可以押上物品对众人来说也有个很大的弊端，他们来此的目的和寻常赌徒不同，赢得财物对他们来说意义不大，现在更需要的是凑齐六十颗道。

地猴道："如果你们不接受，那我们所有人就都收回自己的物品，反正我的手头有大量的本钱。"

齐夏快速思索了几秒，随后说道："我们可以答应，从下一次加注开始可以加入物品。"

"哦？"地猴慢慢眯起眼睛，"有魄力。"

陈俊南听后也将袜子收了回来，穿好之后在桌面上丢下一颗道，无论怎样开始都没事，他的目的只是攻心。

地猴看到陈俊南下注，不禁冷笑一声："你的牌是立春，真的要加注吗？"

"我不能加注吗？"陈俊南也坏笑一下，"这游戏规定立春必败吗？"

地猴听后，扭过脸对齐夏说："你的队友也不错。"

齐夏没说话，他身边的乔家劲拿着大暑思索了一会儿，也果断选择加注。齐夏看了看自己手中的七夕，桌子中央的中元，以及地猴面前的夏至，开始推导各种可能。

大脑在飞速运转了一会儿后，居然又开始变迟钝，他明明记得自己阅读过有关朔望月和二十四节气的知识，可那些记忆都隐藏在大脑深处，此时被层层迷雾遮住，他无论如何也想不起。

"我也……我也加注……"齐夏摸着额头说道。

地猴面无表情地点点头，看着齐夏将一颗道丢到桌上之后，也伸手丢下了一颗。

接着是郑英雄，他手上拿着一张霜降。众人不禁为他捏一把汗，这孩子顶多小学三四年级的年纪，连"霜降"这两个字都不一定认识，更别说它的日期了。

"我的牌是霜降。"郑英雄一脸认真地看着地猴说道，"大伯，我也跟。"

众人听到这句话都看向了郑英雄，这个孩子似乎比他们想象中的更加深沉。

地猴也思索了一会儿，低头开始第二轮的发牌。这一次发的牌是暗牌，他首先牌面向下发给了自己一张，随后按顺序，发给了郑英雄、甜甜、陈俊南、乔家劲、齐夏。

齐夏将这张牌拿起来一看，牌面上写着"处暑"。

此时所有人都拿到了自己的暗牌，地猴也开口说道："有人要开始加注吗？"

甜甜看了看手中的牌，选择不加注。

齐夏总感觉现在应该加注，但这次要下的注既不是道也不是物品，而应该是别的什么东西，可是自己的大脑……

"大伯，我加注。"郑英雄此刻忽然说道。

稚嫩的声音从圆桌的角落传出，清清楚楚地钻进了每个人的耳朵。

众人借着昏暗的灯光看去，发现郑英雄的表情非常严肃，完全不像是在开玩笑，此时他鼻子微动，随后扭过脸和齐夏对了个眼神。齐夏眯起眼睛思索了一下，冲他点了点头。

"哦？"地猴来了兴趣，"你要加什么？道，还是物品？"

郑英雄沉思了三秒，铿锵有力地说道："我要下注一个必须回答并且不能说谎的秘密。"

这句话一出口，齐夏瞬间瞪大了眼睛——就是这个！

这个赌注和他大脑之中混沌的想法不谋而合，也瞬间帮他驱散了脑海中的部分迷雾。

齐夏感觉很奇怪，这个小孩子真的有这么聪明？还是说他洞察了自己的想法，居然能够在此时恰到好处地提出这个赌注。

地猴听到这句话微微一怔："一个必须回答并且不能说谎的秘密？"

"大伯，我下注一个秘密。"郑英雄说道，"你可以问我任何问题，我都会照实回答，反过来也一样。"

剩下的几人听后也都看向了齐夏，齐夏抓着自己的头发微微点了一下头。

"我跟了。"甜甜立即说道，"我跟注一个秘密，所有的事情我都会回答。"

"小爷也跟。"陈俊南赶忙接话道，"小爷心底的秘密可多了，猴哥您最好研究一下。"

"我也跟。"乔家劲说道,"不就是个问题吗?"

齐夏也点点头:"我也一样。"

地猴有些无语了,都已经到了这种程度,他们要浪费时间跟着一个孩子瞎胡闹吗?

还是说……他们有着更可怕的打算?

"这个赌注不妥。"地猴说道,"我们生肖有生肖的规矩,有一些秘密说出来会要了我们的命。"

"那我们就让让你。"齐夏皱着眉头说道,"我来提问,向你保证会避开生肖的核心问题,否则你可以直接判我们失败。"

地猴顿了顿,开口说道:"那好,你可别忘了自己说出的话。"

"我不会忘。"

"而我问的问题也有可能会让你们后悔。"

"我不会后悔。"

听到齐夏的回答,地猴面色一沉,随后扭头看向了郑英雄。现在每个人都有一个被提问的机会,齐夏的队友们自然没什么事要问郑英雄,这个机会只能交给地猴。

地猴思索了一会儿,缓缓开口了,让齐夏无论如何都没有想到的是他根本没问郑英雄的底牌,反而淡淡地开口问道:"玉城还剩几个参与者?"

郑英雄听后小脸一白,随后微微咽了下口水,说道:"二十二人。"

地猴点了点头:"二十二个人,你最终还是放弃了吗?"

"我……"

郑英雄有些面色沉重地低下了头,看起来有难言之隐。

"不好意思,这算第二个问题了猴哥。"陈俊南果断开口说道,"您还没加注吧?"

"呵。"地猴冷笑一声,"你小子倒是有些狂妄的,没有在终焉之地吃过亏吗?"

"吃过,回答完毕。"陈俊南说道,"下一位。"

"你……"地猴气得咬住了牙齿,总感觉眼前这个人思维活跃难以捉摸,自己稍不注意就会掉入他的陷阱当中。

"我什么我?我看您这模样是准备问第二个问题了,但我可得先说好……"陈俊南笑道,"问题来几个我都不怕,但那可是另外的价钱啊。"

地猴听后只能无奈地摇了摇头，又看向了甜甜。甜甜看着地猴这张苍老怪异的脸庞有点紧张，只是伸手捏紧了自己的牌。

只见地猴盯着她看了很久，最终眼神微变，说道："算了，我没有问题问她。"

"没有问题？"甜甜稍微有些不理解，对方就算问问她的牌面是什么都可以，可他居然会在此时选择放弃。

地猴说完之后又看了看乔家劲，随后也眯起了眼睛。

一旁的郑英雄此时伸手拽了拽甜甜的衣角，他似乎有什么话想说，但看了看地猴，很快又陷入了沉默。

"肥马骝，问啊。"乔家劲说道，"难得在赌桌上有不能吹牛的问题，你准备问点什么？"

"我……"地猴听后慢慢扬了一下嘴角，"年轻气盛的人，你被人欺骗过吗？"

"咩？"

地猴的问题再一次出乎了众人的预料。他既不问牌面，也不问身份，反而抛出了一个没头没尾的问题，让众人一时之间纷纷望向了乔家劲。

"这和你没什么关系吧？"乔家劲将双手抱在胸前眉头紧锁，一脸不悦地看向地猴。

"我只想给你个忠告，这世上上过当的人总会再上当。"地猴说道，"并不是所有人都像你想的那般光明磊落。"

"你到底什么意思？"

"比如说——"

"地猴。"齐夏果断叫住了他，说道，"该问我了吧？"

"哈。"地猴哑然失笑，随后慢慢扭头看向了齐夏。

"只要是我知道的秘密，你都可以问。"齐夏冷冷地说道，"我保证知无不言，绝不说谎。"

"哦？"地猴点点头，"对于你，我只有一个问题……一个积压了很久的问题。"

"洗耳恭听。"

"你，真的想要出去吗？"

简短的问题瞬间掉入了齐夏的脑海，让他感觉自己再次被浓烈的迷雾给包围了。

"什么？"

"你真的想要出去吗？"地猴又问道，他的语气似乎也变得不太友善，反而更像是逼问。

"我……怎么可能不想出去？"

地猴慢慢站起身，一双眼睛沧桑无比，他盯着齐夏，一字一顿地问道："告诉我，你到底想不想要出去？"

齐夏看着地猴的眼睛，顿了半天，才缓缓吐出一个字："想。"

地猴听到这个答案，昏黄的老眼一阵闪动，根本不知道他在思索什么。过了很久，他才缓缓开口说道："我姑且相信……你说的是真的。"

"当然……"齐夏眯着眼睛点了点头，"这件事我怎么可能说谎？"

地猴坐到椅子上，深深地叹了一口气，随后说："该你们了，想问我什么？"

所有人的目光都看向齐夏，而齐夏也在马上要开口的时候愣住了。

"怎么？没有问题？"地猴也有点疑惑地看向齐夏。

齐夏没有回话，只是伸手不断地敲打着自己的额头，试图让自己的大脑清醒一些。

"他没有问题的话……你们有问题吗？"地猴又看了看剩下几人。

陈俊南和乔家劲都略带担忧地看向齐夏，这个环节明显是给齐夏争取了一次提问的机会，可此时二人都见到齐夏的身体在颤抖。他似乎在害怕。

"如果都没有问题的话——"

还不等地猴说完，郑英雄小小的鼻子微微颤动了一下，眼睛瞬间睁大了："大伯，我有问题。"

听到这句话，齐夏猛然转过头，像是看见了自己的救命稻草。

"你……"地猴微蹙眉头，看着这个小孩，"你有问题？"

"嗯！"郑英雄点点头，随后扭头看向了身边几人，"哥哥姐姐们，我能问吗？"

"这……"甜甜没了主意，用眼神向剩下几人求助。

"问。"齐夏当机立断地说道，"把你想问的问题说出来。"

"好！"郑英雄答应了一声，随后动了动鼻子，拿起手中自己的明牌霜降转过头看向地猴，"大伯，请问霜降是哪一天？"

甜甜和一旁的小程听到这个问题不由得倒吸一口凉气,他们感觉郑英雄把事情搞砸了。此时是不是更应该问地猴他的手牌[①]是什么?

"你想知道霜降是哪一天?"地猴确认道。

"没错。"

地猴思索了几秒,说道:"九月二十三。"

齐夏慢慢瞪大了眼睛,感觉郑英雄这一次又帮了天大的忙,这正是自己刚刚想要问的问题,只可惜怎么想都想不起来。

齐夏最终还是皱起了眉头,似乎有哪里不太对,可现在的大脑……他慢慢抬起头,四下寻找了一番,目光锁定在了桌面的木盒上。这个木盒一开始是用来装这副朔望月的,现在已经空空如也,可地猴没有将它拿走,反而一直放在桌面中央。

齐夏站起身,单手将木盒抓了起来,这个举动让地猴面色一沉,也跟着站起身,一直死死地盯着他看。

齐夏没有理会对方,将木盒转动了一下,随后在众人惊讶的目光之下用木盒狠狠地砸向了自己的手和额头。

"骗……骗人仔你搞咩啊?"乔家劲也跟着站起身,感觉情况有点出乎预料,只可惜没有提前想到,不然应该是可以拦住他的。

"好……"齐夏苦笑一声,伸手擦了擦额头上的虚汗,"好像有很多事都想明白了。"

他慢慢抬起头,此时的眼神已经变得犀利起来,许多散碎的记忆正在脑海中聚拢,可他还没来得及收纳这些记忆,便被手中的木盒吸引了注意力。

很奇怪。这个木盒很奇怪。虽说是木头制成,拿在手里的感觉却明显不像实木,组成木盒的木片八成是空心的。

地猴伸手将木盒夺了回去,然后小心翼翼地擦了擦,确定没有任何损坏之后,才重新放在了桌面上。

"以后要碰我的东西麻烦提前打个招呼。"地猴面色有些不快地说道。

"现在我总算清醒了一点……"齐夏说道,"你刚才告诉我们,霜降的日期是九月二十三,对吧?"

"是。"地猴答应道。

齐夏听后也点了点头,郑英雄的问题点出了最关键的一点,

[①] 扑克牌游戏中,手牌指的是玩家拿在手上可以主动或被动使用或打出的牌。

现在他似乎知道该如何进行这场比大小的游戏了。

开局之前,地猴说这个游戏是基于"理论年"设立的,阴历阳历完全重合,那么就不需要考虑阴历阳历的日期差,无论是传统节日还是节气,日期都是固定的。而且,他给出了最为关键的一点——霜降的日期是九月二十三,根据节气歌"上半年逢六廿一,下半年逢八廿三",这一年的二十四节气的日期就可以确定了,此时桌面上的一张张牌在齐夏的眼中也变成了一组组数字。

齐夏抬起头来说道:"地猴,可以继续了吧?"

地猴发现眼前男人的眼神和刚刚进入场地时完全不同,但又不知道问题具体出在哪里。

"春雨惊春清谷天,夏满芒夏暑相连。秋处露秋寒霜降,冬雪雪冬小大寒。"齐夏在脑海当中果断找到了被封存的知识,内心默念道,"处暑和霜降中间隔着白露、秋分、寒露三个节气,那么应该相隔了六十天,所以处暑的日期是七月二十三。"

朔望月也叫太阴月,代表着月相盈亏的周期,古人在编制阴历的时候,参考的便是月相的盈亏。月亮从完全明亮到消失不见,在古人看来为逆向过程,所以取用逆字的初形屰[①],加月,视为屰月,此为朔。而月亮最为明亮,抬头可见时,古人称之为月满,此为望,《释名·释天》解释说:"望,月满之名也。"

所以朔望月,指从朔到望再到朔的时间,由于它取决于月相盈亏,故称这个周期为一个月。

齐夏慢慢眯起眼睛,感觉自己已经能够暂时控制自己混沌的大脑了。只要最后开牌的时候地猴能够说出谁的牌面最大,若是答案与日期相匹配,那这一场游戏的大小规则便明了了。计划比想象中的顺利不少,这一次多亏了郑英雄的提问。

地猴再一次开口问道:"还有人需要下注吗?"

众人不知道规则,自然没有博大小的把握,纷纷摇了摇头。地猴却慢慢扬起了嘴角,看向了齐夏。

"怎么?"齐夏问道。

"我要加注。"地猴说道。

"哦?"齐夏慢慢皱起了眉头,"你要加注……"

"不错。"地猴看了看齐夏的牌,开口说道,"我要加两颗道,有人能跟吗?"

[①] 清代段玉裁所著字典《说文解字注》称:"屰,后人多用逆,逆行而屰废矣。"

一句话出口，几乎将所有人的后路全部断绝了。开局先投入一颗道，第一轮第一次加注一颗道，现在再投入两颗道，这才第一轮，赌注已经上升到四颗道了。

不知是地猴早就有打算还是在试探，两颗道是齐夏和乔家劲的全部家当，而其余人除非以命相抵，否则只能认输。

地猴不等众人做出决定，已经从桌子底下拿出来两颗道扔在了桌面上，此时他面前有四颗道躺在那里，如同一只只眼睛盯着众人，劝诫他们知难而退。

见到这一幕，陈俊南和甜甜直接将手里的牌盖在了桌子上，面色无奈地退出了这一局，郑英雄也略带懊恼地将牌推了出去。在不付出额外代价的前提下，他们已经没有足够的筹码继续跟注了。

这场游戏从一开始就非常不对等，地猴不仅知道所有的规则，还负责发牌跟宣布胜利，除此之外，他更有凌驾于所有人之上的财富，众人在这种情况下选择跟他对赌，需要有着比平时更好的运气和更强大的头脑，否则获胜的概率不足百分之一。

"你们俩要继续跟吗？"地猴看向眼前的齐夏和乔家劲。

乔家劲将自己的暗牌微微翻动了起来，只见上面写着"立秋"二字。现在他手中一张大暑、一张立秋，而地猴露出来的牌面是一张夏至。他思索了一会儿，开口说道："肥马骝，你知道不？"

"什么？"

"我从小在街上长大的。"乔家劲摸着自己的牌，缓缓开口说道，"我们下面的每一个堂口①，在进行一切团体活动之前都要翻皇历，西方人的那一套我们从来不看。所以节气对我们各个堂口来说很重要。"

"哦？"

"既然你说霜降是九月二十三，那我手中的大暑就是在六月，而你的夏至是在五月，对吧？"乔家劲问道。

"是这个道理。"地猴点点头。

"单看我和你的明牌，我的日期比你更大，所以我也跟。"乔家劲说完便将仅剩的两颗道丢了出去，接着将手中的那张立秋亮了出来，"我不相信我手中剩下的这张牌比不过你。"

一旁的齐夏看到了乔家劲手中的暗牌，按照推算，立秋应该

---

① 黑话，指帮会。

在七月初，如果真的是比日期大小，乔家劲手中的这张牌说大不大，说小不小，前途未卜。当然也有另一种可能，这次只是乔家劲的战术之一。

此时乔家劲扭头看了看齐夏，低声说道："骗人仔，如果只有你跟对方两个人开牌的话，所知道的信息太少了，我们三个人开牌，你能综合观察一下我们所有人的牌面，这样能更好地知道什么才算大，我输光了也只是洒洒水①。"

"好。"齐夏明白了乔家劲的想法，又抬头看向了地猴。

"你要跟吗？"地猴说道，"作为赌场老手，给你一个建议，我劝你就这样认输吧。"

"哦？为什么？"

"因为你跟了之后，我会再次加注，你没有筹码了，跟不起，只能输。"地猴说道。

"那多无聊？"齐夏说道，"你说你等了这么久才等到一局朔望月，结果第一局就杀招尽出，让我失败，我觉得不合理。"

"本来我也没有想到这一步。"地猴的嘴角扬了一下，"只可惜你现在的状态让我感觉很危险，我准备保守一些，在这里将你打倒。"

"可惜你在说谎。"齐夏说道，"我不认为你的牌面能够赢过我。"

"你也知道……我想获胜的话不仅仅可以比牌面。"地猴说道，"也可以和你比筹码，只要我一直选择加注，你不可能跟得上我，开牌之前便会分出胜负。"

"那我也说清楚。"齐夏伸手敲了敲桌子，"从这一刻开始，只要你报出我拿不起的筹码，我便果断赌上自己的这条性命。"

"什么？！"听到这句话的地猴慢慢睁大了眼睛，"你……竟然这么疯？"

"所以筹码根本难不住我。"齐夏淡然地说道，"我也并不觉得我会输。"

"你参透了游戏的规则？"

"差不多，现在只等你开口。"齐夏回答。

剩下的几人一直都看着至今还未退出游戏的地猴、齐夏、乔家劲，始终在为他们捏一把汗。现在是第一轮游戏，众人就已经赌

---

① 粤语，意为小意思啦。

上了全部的家当，一旦齐夏和乔家劲输了，他们便只能一起陪葬。

"好……"地猴点点头，"那我只希望你不要后悔。"

"为什么会后悔呢？"

"单看现在桌面上已知的牌，只有你能跟我拼上一拼，但我感觉你赢我的概率很小。"

"何以见得？"

"这副牌总共三十六张。"地猴笑道，"你的明牌加上桌面上的公共牌已经确定了你的牌型，现在只有一张牌可以让你的牌面大过我，可我不相信我会这么倒霉。"

"是吗？"齐夏的嘴角也稍微扬了一下，"那我也告诉你一件事。"

"那我也洗耳恭听。"地猴说。

齐夏举起了自己手中的暗牌："这张牌对你来说太过致命了，我刚刚想到了六种比大小的规则，只有一种规则我赢不了你。"

"六种规则？"地猴慢慢皱起了眉头，仿佛在判断齐夏说的话是真是假。

二人互相望着对方，强大的博弈气场让剩下的几人只能在原地呆呆地吞咽口水。

"我不信。"地猴说道，"你仅仅知道一个九月二十三，若说你能够猜出全部的节气我倒可以理解，可你能够猜出六种比大小的规则未免也太荒谬了。"

"哦？"

"地猴，在你的印象中，难道我做不到这种事吗？"齐夏问道。

"没有办法说你完全做不到。"地猴回答说，"只是这件事已经超出正常人所能做到的范畴了，刚刚不过短短一分钟的时间，你想说你在这一分钟的时间之内不仅想到了六种比较大小的方法，并且还猜到了我手中的牌是什么，甚至将我手中的牌分别代入了六种情况里比较了一次吗？"

"基本就是这样。"齐夏说道，"但需要纠正的一点是……我思考了不止六种方式，只不过那些比较大小的规则不合理，所以被我摒弃了。"

"我不信。"地猴再次重申了自己的观点，"也就是说你现在已经有六分之五的概率能够赢过我了？"

"是的。"齐夏点点头，"若你不想加注，现在就可以开牌。"

地猴思索了几秒钟，最终还是将手上的暗牌拿了起来："那就开。"

他翻手亮出自己的牌面，卡牌上写着"端午"二字。齐夏看到这张牌的同时微微皱了一下眉头，现在地猴的牌面是夏至、端午以及桌子中央的公共牌中元。

"该你了。"

乔家劲听后也伸手翻开了自己的牌，毕竟早就已经没有什么隐瞒的必要了。他的牌面是大暑、立秋以及桌子中央的中元。

"你呢？"地猴看向齐夏，"你应该知道花臂男的牌面掀不起风浪，所以这一场终究还是咱们二人之间的较量，他的存在只是让奖池看起来更加饱满。"

"是。但你手中这张端午还是有点超出了我的想象。"齐夏伸手将自己的牌面露了出来，"但我仔细想想，虽然你的牌面有可能很大，但是有极大的概率大不过我。"

齐夏将自己手中的七夕和处暑同时放在地猴眼前，地猴的面色瞬间阴沉了起来。这三十多张牌当中只有一张能够让齐夏获得胜利，可他偏偏就抽中了这一张。

"你的表情很精彩。"齐夏说道，"我大，是吧？"

地猴抿着嘴没有说话，只是怔了一会儿，随后默默地将面前的四颗道全部推给了齐夏。

"这么不甘心吗？"齐夏从地猴手中将道接了过来，"你应该庆幸这一局你没有下更大的筹码，否则我一定赌上这条命。"

地猴沉寂了半天，才终于说道："这一局你赢了，可后面呢？你这个疯子打算每一局都以命相抵吗？"

"你知道的，地猴。"齐夏回答道，"虽说这个赌局有七个人参与，但我们六个人都要从你这里获取道，八局从你这里赢到六十颗道，不管怎么想都是一件很困难的事，所以我极有可能在中途将自己的这条命摆在台面上。"

"你是在拿自己的命威胁我吗？"

"是，这是一种威胁，并且我绝对说到做到。"齐夏将自己面前的两张卡牌拿了起来，随手丢回给了地猴，"我也说过，如果你的加注高于我们的全部筹码，我一定第一时间押上自己的性命。"

听到这句话，地猴脸色微变。他隐藏在额头皱纹深处的青筋也微微跳动了一下。

"地猴……"齐夏又说道,"你能利用规则的漏洞不告诉我们这场游戏的获胜方法,我们也可以效仿。"

"你……"

齐夏说道:"因为在这场朔望月里把性命当赌注,和终焉之地的赌命是两回事,所以就算我们真的输掉了性命,也不过就是一死,下次循环还会回来。但是,生肖死了就是死了,无论是在朔望月里死掉还是赌命死掉。"

"既然如此……你又为何说出来呢?"地猴一边收拾着桌面上的纸牌一边问道,"你明明可以打我一个措手不及的。"

齐夏听后嘴角一扬:"因为我要保证你能够稳定地输给我们六十颗道,所以你听好了……不管是你的价码超过我们,还是在某一局中你想中途认输,只要我觉得有任何不合理,便会果断赌上性命。就算我输了都没关系,我们六个人会轮着和你赌上性命,除非你的牌面永远都能赢过所有人,否则我们一定会想办法让你死。"

地猴听到齐夏说的话,只觉得后背渐渐发寒。眼前这人和他记忆中的样子天差地远,不仅智力水平远超从前,甚至连狠辣程度也今非昔比,到底是发生了什么事?

"如果你能做到的话……随意。"

此时所有人都将自己的手牌递回给地猴,而地猴也重新洗起了牌。

齐夏根据地猴给出的所有信息,推断起了这场游戏的规则。

在乔家劲亮出牌面时,地猴面无表情,也就是说情况和齐夏预料之中的一样。乔家劲手中的大暑、立秋、中元,要小于地猴手中的夏至、端午、中元。而地猴的这三张牌,小于齐夏手中的七夕、处暑、中元。按照月份来说的话,乔家劲手中的牌分别对应六月、七月、七月。地猴手中的牌对应五月、五月、七月。而齐夏手中的牌,全部都是七月。

第一种比大小的方法是按照牌面的月份相加,最大者获胜,但这显然不太合理,毕竟地猴在开牌之前的态度表明了一切,他手中仅有夏至和中元时,便认为可以赢过齐夏。可那时候齐夏展现出来的牌面就是七夕和中元,按照这个规则来看地猴获胜的概率并不高。

"也就是说月份并不是至关重要的条件……"

正在此时，地猴在开牌之前说过的一句话在齐夏的耳畔回响，他说三十多张牌之中，只有一张能够让齐夏获得胜利，而那张牌便是处暑。

这说明处暑这张牌是特别的，或是在这一场牌局当中是特别的。可这张处暑到底有什么独特的地方，导致这个特性在其他三十多张牌里都见不到？

"不对……思路还是有局限性……"齐夏看了看桌子上散乱的牌，此时的地猴正在将牌一张一张地收起来。

有一种可能，便是其他足够致命的牌已经在牌桌上出现过了，所以不是处暑有什么特别之处，而是它是唯一一张没有出现，且能够赢过地猴的牌。

他快速地回忆了一下当时地猴所能看到的牌，众多牌面也在此时在脑海中化作了一组组数字。

"啊……"齐夏慢慢张开了嘴巴。

地猴在说出那句话的时候，乔家劲已经将暗牌亮了出来。那么有没有一种可能，地猴在看到乔家劲的暗牌立秋的时候，才冒出了这个想法？

"也就是说立秋也是可以让我获胜的牌之一……"齐夏慢慢闭上眼睛在心中默念，"立秋……处暑……"

这两张牌的共同点是什么？为什么都可以让自己获胜？

短短几秒，齐夏便睁开了眼睛，脑海之中的线索如同忽然连通的电路，在此刻渐渐清晰了起来。

除立秋、处暑、七夕以及桌面中央的中元之外，再也没有日期在七月的其他节气牌或者节日牌，所以当乔家劲亮出暗牌立秋时，地猴很明显会认为同类卡牌仅剩一张。这个游戏和月份并没有什么太大关系，毕竟地猴拿着一张来自五月份的牌，都敢跟七月份的牌对赌，那么关键点会在哪里？

"关键点不是七月，而是数字七……"

乔家劲在一旁看着齐夏陷入思考，耐心地等了一会儿，一直等到齐夏的面色完全放缓，才开口问道："骗人仔，你知道规则了吗？"

齐夏扭过头，思索了几秒说道："地猴的四个五，输给了我的四个七。"

"咩?"乔家劲一愣,"德州扑克①吗?四条?"

"德州扑克我不懂,具体是什么规则?"齐夏问道。

"讲解起来很麻烦,总之就是……"乔家劲说到一半忽然一怔,"哎!骗人仔!这个规则真的很像德州扑克啊!"

"哦?很像吗?"

"只能说形式有点像……"乔家劲挠着头回忆了一下,"但是玩家的牌比我们要多,桌面中央的公共牌也比我们要多。你若说四个七能够赢过四个五,这个规则就更像德州扑克了,这是当中很大的一种牌面,叫作四条,是指有四个相同的数字,但当两个人都有四个相同的数字时,就以谁的数字更大来定胜负。"

"原来如此。"齐夏点点头,他从未玩过德州扑克,自然对规则不清楚。

"所以你觉得这场游戏就是单纯的德州扑克吗?"乔家劲也露出思索的神情,"就是用数字凑出各种组合来和对方比大小,总的来说算是和麻将的规则有点像,只要能凑出固定的组合便可以赢下游戏,比如顺子、四条、三条,等等。"

"并不是这么简单……"齐夏摇摇头,"只是因为我这一局获胜了,所以我只能推断出这个规则,但跟你所说的德州扑克应该有不小的区别。"

乔家劲听后将脑袋慢慢凑了过来,低声问道:"哪里有区别?"

"如果把我们的每一张牌都转化成数字牌,理论上我们拿到每一张牌的时候会得到几个数字。"齐夏说道,"大寒是十二月二十三,换算成数字牌的话就是四张,分别是一、二、二、三,你明白问题所在了吗?"

"不明白。"乔家劲果断回答道。

"就是每个人手里的牌,数量会差别很大。"齐夏说道,"端午是五月初五,换算成数字牌是五和五,两个人同样都拿到了一张牌,可是拿到**大寒**等于一次性拿到了四张牌,**端午**只是两张。这种变化会导致我们最后开牌的时候,每个人可以使用的数字数量是不同的,有的人手中有着大量的数字可以组合成各种牌面来和对方比大小,可有的人不行。"

"我好像有点明白了……"乔家劲一边思索着一边说道,"骗

---

① 20世纪初起源于美国得克萨斯州(以前被错译作德克萨斯州,导致"德州扑克"一词仍沿用至今)的一种玩家对玩家的公共牌类游戏。

283

人仔，所以月份越大，牌越大，这个说法从某些层面来说是对的。"

齐夏听完也点点头，刚才地猴之所以会质疑陈俊南为何要拿着一张立春下注，是因为在这个游戏中，立春是正月初六，只有两个数字，一和六。

"'拳头'，现在我需要知道……"齐夏扭过头看向了乔家劲，"在这个德州扑克规则里，牌面最大的组合是什么？"

乔家劲思索了一会儿，说道："这貌似就是我觉得有些疑惑的地方，也是这副牌跟普通的德州扑克区别最大的地方……"

"哦？是什么？"

"是皇家同花顺。"

"皇家……同花顺？"齐夏皱了皱眉头，"具体是什么牌面？"

"具体来说就是同花顺，但是最大的牌面是 Ace[①]。"乔家劲说道，"从十到 Ace，总共五张牌，并且都是同样的花色，这种同花顺在所有的同花顺里面是最大的，所以被称作皇家同花顺。"

齐夏看了看桌子对面正在洗牌的地猴，结合乔家劲的话思索了一下。

这场游戏使用的是传统节日和二十四节气，还有跟扑克牌四种花色相对应的四个季节，也就是说如果真的按照同花顺的规则来看，想要在这场游戏当中凑出一个最大的牌面，应当需要五个数字，并且这五个数字所在的卡牌节气或节日都来自同一个季节。

此时所有的卡牌在齐夏的脑海中再次浮现。

从立春到谷雨为一个季节。

从立夏到大暑为一个季节。

从立秋到霜降为一个季节。

从立冬到大寒为一个季节。

这一步的运算有些复杂，花费了一点时间，齐夏将所有的卡牌在脑海中一一化作数字，最后再加入十二张节日牌。

"等一下……十二张节日牌？"

齐夏微微皱起了眉头，他将自己能够想到的传统节日一一罗列：春节、元宵节、社日节、上巳节、寒食节、清明节、端午节、七夕节、中元节、中秋节、重阳节、下元节、腊八、除夕。

齐夏很快就锁定了清明节。这个节日很有意思，清明除了是节日之外，同样是二十四节气之一，所以牌面写着清明的牌只会

[①] 王牌、纸牌 A。

有一张，可以从传统节日的范畴当中取走，不视为节日之一，视为节气。

"寒食节……"齐夏慢慢睁开了双眼。

寒食节的日期并不固定在几月几日，而是在清明节之前的一两日。在用精确数字来比大小的游戏当中，寒食节的存在会让游戏产生争议，所以只能放弃。

这样一来剩下的节日便是十二个，加上所有的节气，总共三十六张牌。现在所有的牌面都已经清楚了，应该可以通过众人的明牌和桌面中央的公共牌，大致推断出地猴的暗牌，胜利的概率又大了一些。

在脑海当中将所有的节气和节日罗列出之后，齐夏便将它们在脑海中幻化成一组组数字。

这一步的计算量相当庞杂，花费了他不少的时间。不久之后，齐夏的脑海之中只剩下大量的数字，所有的数字按照季节分成四排，春夏秋冬各一组。

可在盘点出所有的牌面之后，情况还是有点奇怪。

结合一开始乔家劲所说的皇家同花顺来看，虽然理论上可以将某个季节视作一个花色，凑出该季节的同花顺，可齐夏在纵观了四个季节的卡牌所对应的日期之后，居然发现了一个诡异的问题——没有一个季节的日期数字能够组成同花顺。

由于"上半年逢六廿一"，导致日期当中有大量的六、二、一，而"下半年逢八廿三"，又会出现大量的八、二、三。相对单调的数字让组合的可能性变少了许多。

"'拳头'……"齐夏回过神来，开口问乔家劲，"除了皇家同花顺之外，剩下的大小排序是什么？"

乔家劲学着齐夏的样子伸手摸了摸下巴，然后又嫌弃地将手拿开，回过神来说道："皇家同花顺下面就是普通同花顺。"

齐夏听后点了点头，同花顺的情况已经可以排除了。

"同花顺的下面就是四条。"乔家劲解释道，"四条是指有四个同样的数字，就是你刚才获胜的形式。"

"明白。"

"而四条下面就是弗洛豪斯，也叫葫芦。"乔家劲伸出自己的两只手，左手竖起三根手指，右手竖起两根手指，"通俗来讲就是三加二，其中一个数字有三条，另一个数字有一对。"

"好。"

"再下面就是同花，指五个数字来自同一个花色。同花下面是顺子，意思是不需要关注花色，只要数字能够顺在一起有五张即可。接下来按照从大到小，就是普通的三条、两对、一对。"

齐夏听完之后迅速思索了一下各种牌面所能组成的可能性，很快皱起了眉头："看来所谓的德州扑克规则在这场游戏当中并不完全适用。"

"咩？"

"有些在扑克当中很难凑出来的组合，却可以在朔望月中轻松达到，比如说同花。"齐夏解释说，"假如能够抽到一张冬至，那么四个数字一、一、二、三就全部来自冬季，有极大的概率组成同花。"

"这么说来的话……"乔家劲也眯起了眼睛，"确实有些像德州扑克的变种，会因为牌的数量不同，而调整大小规则变化。"

"所以我们接下来要做的事情，是凑出各种牌型来让地猴告诉我们牌面的大小。"

齐夏和乔家劲在低声探讨完了规则之后，便抬起头来看向了正在洗牌的地猴。

他已经来回洗了几次牌，现在正在懒洋洋地看着众人。

"怎么？讨论出规则了？"他问。

"八九不离十。"齐夏说道。

"可是你们讨论的方向真的对吗？"地猴又问。

"不对吗？"

地猴看着齐夏的双眼，慢慢扬了下嘴角："那就在胜负上见真章。"

齐夏点点头，随后给众人使了个眼色，让他们收回了各自的筹码。

这场游戏唯一的优势便是，除了地猴之外只要六个人当中有一个人赢下了游戏，所有人的筹码便可以回到自己的手中。可这也同时存在一个问题，第一轮游戏齐夏侥幸获胜，可只赢得了地猴的四颗道，同样的情况就算持续八次，到整场游戏结束时，众人也只能获得三十二颗道，距离六十颗的目标几乎相差一半。

若是地猴在后续的游戏当中减少下注的筹码，恐怕最终奖励还会更少。

"没问题的话我就开始发牌了。"地猴说道,"第二局,开始!"

听到这句话的齐夏微微皱了下眉头,地猴的状态有点奇怪。

他说"第二局开始"的时候,发音标准,声音铿锵有力,完全不像是他平时松弛的说话状态,明显是故意为之,就好像在……说给什么人听。

"我们要洗牌。"乔家劲说道,"而且这一轮不能由你来发牌,顺时针换到下一个人。"

"什么?"

"不行吗?"乔家劲一笑,"这里没有荷官①,难道从头到尾都是你一个人发牌?"

"我发牌有什么不妥?"地猴眯起眼睛说道,"你们所有人都是一个团队的,我很难相信你们没有出老千的打算。"

"嗬——"

地猴话音刚落,陈俊南的声音已经如同大雁飞过天空般悠扬地飘荡在了屋子中。

地猴知道这人是个刺头,本不想搭理,可陈俊南的声音如同刮骨钢刀,结结实实又传了过来。

"吓死小爷我了啊!"他大叫一声,向后靠了靠身体,随后将双腿直接搭在了桌子上,一副反客为主的表情,"哥儿几个听到没?我刚刚都没想到这游戏还能出老千,可是人家早就想到了啊,我早就说过猴哥打小就聪明,要不人家是地猴呢?"

"是啊是啊。"乔家劲在一旁点头,"真的是好犀利啊。"

陈俊南懊恼地拍了一下手:"咱们猴儿哥一直担心那小孩会出老千!"

地猴一愣:"你在说什么鬼话?"

"确实是有点道理啊!"陈俊南用力地点点头,"虽然他手很小,连牌都抓不过来,可谁说抓不了牌的小孩不能出老千了?我糊涂啊!"

乔家劲也在一旁赶忙点头:"是啊!俊男仔!你糊涂啊!"

听到二人好像上台表演一般一唱一和,甜甜伸手捂了下嘴,眼角出现了止不住的笑意。

地猴的脸色一阵铁青,随后他伸手拍了一下桌子:"你们俩

---

① 指赌场中给玩家发牌、收回玩家输掉的筹码的工作人员。因其发的牌决定玩家的输赢,从而决定了玩家的荷包大小,所以称之为荷官。

别太过分了，我已经快忍无可忍了。"

"哟？"陈俊南忽然坏笑一声，"忍不住了会怎样？会杀了我吗？"

"什么？"

"您有顾虑？"陈俊南将双腿从桌子上拿走，随后往前探了探身体，表情越发欠打，"不会是有什么规则给您限制住了吧？猴哥，咱师傅给您在地上画了个圈儿？"

地猴没有说话，只是紧紧抿着嘴唇。

"猴哥，到底行不行啊？"陈俊南笑道，"您又杀不了我，我又不想退出，咱俩这事卡住了，不如就让那小孩发牌吧，您真担心他出老千？"

地猴将手上的牌堆举了起来，眯着眼睛思索着什么。

"难不成……"陈俊南再次坏笑一声，眼神当中充满了戏谑意味，"猴哥您不是担心这小孩出老千，反而是担心自己出不了老千？"

"放屁。"地猴冷眼骂一声，"发就发，我没什么好怕的。"

他将手上的卡牌一股脑丢给了郑英雄，郑英雄一时之间没有接住，卡牌撒落四处。

郑英雄赶忙一脸认真地低头将牌捡起来，然后一张一张地摆在一起。他看起来应该连扑克也没有玩过，再加上手掌很小，光是将牌整理好都花了很长的时间，随后又在甜甜的指挥下洗了洗牌。

郑英雄洗完牌，众人便在地猴的指引下纷纷拿出一颗道摆在桌子上，郑英雄也抽出了一张公共牌放在了桌面中央。

立夏。

这张牌也在齐夏的眼中第一时间化作了数字四和六，因为根据九月二十三是霜降来推算，在这个游戏的"理论年"中，立夏是四月初六。

接着郑英雄拿出了一张牌，正要递给地猴的时候，陈俊南却把他喊住了。

"等会儿，小孩。"陈俊南露出一丝邪笑，"甭给猴哥，他发牌的时候第一张给了自己，你也给自己。"

"啊？我可以吗？"郑英雄一愣。

"当然可以。"陈俊南点点头。

郑英雄将差点发出去的牌拿到手中端详了半天，最后非常忐忑地放在了自己的面前，然后动了动鼻子，看了看齐夏。齐夏也在此时跟他对视了一眼。

他总感觉郑英雄的状态有点奇怪，虽然二人没有沟通，但他和郑英雄之间似乎被什么看不见的东西连接起来了。郑英雄似乎能够明白他的心意。

这也是齐夏第一次有了这样的感觉，就仿佛在和另一个自己合作，只可惜自己没有办法洞察郑英雄的想法，只能由郑英雄单方面发起配合。

只见郑英雄将明牌亮了出来，牌面是冬至。

接着便是甜甜，她拿到了一张上巳，小程拿到了一张夏至，陈俊南拿到了立冬，乔家劲则拿到了元宵。

郑英雄拿起牌，爬到了桌子上，然后分别给齐夏和地猴发了一张。齐夏将明牌亮出，牌面是清明，他抬头一看，地猴亮出来的是除夕。

这次的开局不太妙，齐夏明牌的牌面换算成日期是三月初六，也就是只有数字三和六。而地猴的牌是腊月三十，如果〇也算作一个数字的话，地猴拿到了四个数字：一、二、三、〇——不仅数字更多，也更有可能凑成顺子。

接着，齐夏注意到了郑英雄面前的冬至，"理论年"的冬至是十一月二十三。

"一、一、二、三……"齐夏皱着的眉头微微舒展，"这个牌面比地猴的牌还要有利。"

现在只看第一轮的下注情况，以及大家的第二张暗牌了。

"我最大。"地猴说道，"我的牌是除夕，我要加注。"他说完便往桌子上丢下了一颗道，扭头看向了郑英雄。

郑英雄闻了闻，随后像是忽然想到了什么一样，开口说道："大伯，我跟。"他将自己仅剩的一颗道放在桌面上，此时他兜里空空如也。

接下来便是甜甜，她看完齐夏和地猴第一次的博弈之后，似乎也有了一些头绪。

她手中的牌是上巳，而上巳节是三月初三。上一局齐夏和地猴都抽到了带有两个相同数字的牌七夕和端午，两人玩到了最后，所以她觉得她的牌面应该也不会太小，于是果断选择了跟注。

然后就是小程，小程没有听清之前齐夏和乔家劲的交谈，此时正在思索着这场游戏的规则。

"夏至是五月二十一……"小程慢慢抬起头看了看桌子中央的牌和地猴手中的牌，他想放弃，但考虑到如果一直放弃，对大家来说就是一个没用的人，于是决定搏上一把，趁早搞清楚规则。他拿出一颗道放在了桌子上。

一旁的乔家劲和陈俊南在思索了一会儿之后，纷纷扣上牌，选择不再跟注，退出了这一局游戏。

轮到齐夏时，他也拿出了一颗道放在桌上。接下来决定权便回到了地猴手中，此时是第二轮喊价，只要他愿意，依然可以加大筹码。地猴思索几秒之后抬起头来看了看陈俊南和乔家劲，见到这两人退出，暗暗松了口气，毕竟这两个人都是刺头，他们不参与这局游戏能让他安心不少。

他的心刚放下来不到一秒，陈俊南就开口说话了："老乔，咱俩不跟了好无聊啊，来成语接龙吧？"

"成语接龙？妙啊。"乔家劲也点点头。

二人完全不考虑剩下几人，自顾自地开始了成语接龙。

"我先来啊。"乔家劲说道，"我说一个……调虎离山！"

"山？"陈俊南听后邪魅一笑，用眼角瞥向地猴的方向，"我给你接……山中无老虎，猴子也称大王了。"

地猴听完之后狠狠地捏了捏手中的牌，沉声问道："你那算什么成语？"

"犀利啊犀利啊。"乔家劲没理会地猴，疯狂地点点头，"王是吗？那我接王八羔子！"

"这个成语好啊！"陈俊南咧着嘴笑道，"子……我接……子鼠丑猴！哎呀我的妈，丑猴可太妙了。"

"猴吗？"乔家劲思索了一会儿，"我来接猴子真丑……"

"够了！"地猴伸手狠狠地拍在桌子上。

"哟嗬？"陈俊南见状向后靠了靠身体，把双腿甩在了桌子上。

"你俩有完没完？能不能安静点？"地猴一脸不悦地说道。

陈俊南也跟着不耐烦地骂了一声："猴哥，您开的是图书馆吗？小爷我参加个赌局还需要全程保持安静吗？"

"你！"地猴一拍桌子直接站了起来。

乔家劲和陈俊南也同时齐刷刷地站了起来，二人气势完全不输地猴。

乔家劲恶狠狠地伸手指着地猴说道:"怎样啊?!肥马骝!想动手吗?"

三个人狠狠地瞪着对方,似乎下一秒就要打起来。

齐夏静静地坐在座位上冷眼相看,陈俊南的工作完成得很顺利,他只需要不断地扰乱地猴的思绪,让地猴没有办法思考。

"你们……倒真像是经常光顾赌场的客人。"地猴平复了一下心情冷笑一声,"我在现实世界的时候,每天都会跟你们这样的人纠缠,现在还真是有点怀念。"

"那不挺好吗?"陈俊南仰了下头,"小爷我带猴哥您回忆当初,而且不准备问您要钱。"

"只可惜现在的我和当时的我不太一样了。"地猴摇了摇头,看起来似乎是冷静了,只见他又从口袋中掏出一根烟,噘起嘴唇叼住,"你知道终焉之地和外面最大的区别是什么吗?"

"外面没有会说话的猴。"陈俊南回答道。

地猴没有搭理他,只是静静地点燃了香烟,然后说:"在外面我不敢做的事情,在这里没人管。"

"哦?你是说杀人?"陈俊南问道。

地猴说:"我现在不能杀你,但我可以走过去拔掉你的舌头。"

陈俊南毫不示弱地伸出舌头灵活地甩动着,一副"舌头就在这里你来拔"的架势。

地猴没想到眼前的男人这么不怕死,气得双手捏拳但又拿他没有一点办法,甚至连思路都有点堵住了。

"差不多了,陈俊南。"齐夏开口说道,"先坐下吧。"

陈俊南听后二话不说坐到了椅子上,乔家劲也在瞪了地猴一眼后缓缓坐了下来。

地猴看了齐夏一眼,皱了皱眉,没想到这两个看起来无法无天的人居然会如此听话。

"你给我小心点。"地猴看着陈俊南说道。

陈俊南往后一仰,两条腿在空中盘旋一圈,最后用力搭在了桌子上,随后他举起手掌拢在耳后,侧过头来贱兮兮地说道:"听不清啊,你说啥?"

地猴不再搭理陈俊南,坐下之后将头扭到一旁不去看他。

齐夏的目光无意间瞥向了那个木盒子,总感觉它哪里有些奇怪。他扭头看了看乔家劲,说道:"'拳头',你看那个木盒子。"

乔家劲听后瞥了一眼木盒,然后问道:"盒子怎么了?"

"你有没有觉得它的颜色变了?"齐夏问。

乔家劲和陈俊南同时扭过头,认真地看了看那个木盒。木盒的花纹栩栩如生,通体依然是深棕色,并没有什么实质性的变化。

"有吗?"乔家劲问道。

齐夏仔细盯着那木盒看,又会感觉它的颜色似乎本就如此。他甩了甩脑袋,感觉被驱散的迷雾似乎又开始慢慢聚拢,但现在的他有了明确的解决办法。

他将双手放到桌面之下,咬住牙齿狠狠地捏了一下已经断裂的右手小拇指。迷雾瞬间驱散了。这根断裂的手指此时就像迷雾驱散的按钮。

疼痛使人清醒。

郑英雄开始了第二轮发牌。他将牌面向下,给每个人都发了一张,最后轮到地猴。

郑英雄爬到桌面上,正要给地猴递牌时忽然动了动鼻子,正在递牌的手也停在半空中了。

地猴接牌的手也顿了一下:"怎么?你小子不想给我牌吗?"

郑英雄一脸疑惑地四下看了一眼,最后把目光落到地猴身上,再次耸着鼻子闻了闻。

"你小子到底咋了?"地猴问。

"这……大伯……"郑英雄似乎遇到了什么疑惑的事情,他愣了一会儿之后又闻了闻,此时的面色缓和了一些,"没什么……好像是错觉……"

将暗牌递给地猴之后,郑英雄一脸不解地回到了座位上,随后挠了挠自己的头。一丝鼻血从他的鼻孔当中滑出,可他像是完全没有感觉。他身旁的甜甜一怔,赶忙伸手帮他擦了一下鼻血,她的手掌也瞬间被弄脏了。

"英雄弟弟,你怎么又流鼻血了?"

郑英雄呆呆地扭过头看向甜甜,似乎还是没回过神来,只见他嘴唇微动了一下,缓缓挤出几个字:"刚刚那一瞬间,真的好臭。"

"好……臭?"

甜甜赶忙闻了闻,要说臭,终焉之地本来就充满了腐烂沉重的气味,寻常的臭味对众人来说并不稀奇,况且这间屋子应该刚刚死过人，满地都是黏糊糊的血液，气味怕是比外面更加难闻。可郑英雄却说刚刚那一瞬间很臭，甜甜感觉郑英雄所指的臭应该来自他本身的回响。

他闻到了只有他才能闻到的气味。

"是一种什么臭味？"甜甜俯下身子，用几乎听不到的微笑声音问道，"是回响的味道吗？"

"不好说……"郑英雄摇了摇头，同样用很小的声音回答道，"姐姐，你们所谓的回响，对我来说大部分是清香味，我曾经只闻过一些很厉害的回响才会带有一点臭味……可是我刚刚闻到的气味很奇怪……"

"怎么奇怪？"

"那气味很像天……"郑英雄的脸色都有些发白了，"我好像闻到了远超于普通生肖的恶臭，但我不知道这股气味来自哪里……"

"还能来自哪里？"

甜甜想到之前的人猴在给几人地猴的地址时，清楚地表达了他想知道地猴有没有回响，恐怕人猴的怀疑不是空穴来风。

"英雄弟弟。"甜甜低声叫道，"如果你再闻到类似的气味，就拍一拍我的胳膊，好吗？"

"嗯。"郑英雄点了点头。

地猴没有注意到甜甜和郑英雄的异样，拿到自己的暗牌之后掀起来看了一眼，露出一个略微复杂的眼神，但这个眼神隐藏得很深，极难被人发觉，只见他沉思了一会儿将牌面放下，看向众人："有人要加注吗？"

他微小的表情被齐夏捕捉到了，但是齐夏很难猜测出这个表情的含义——究竟是拿到了一张什么样的牌，才会让他露出这样的表情？

目前台面上能够亮出来的牌，牌面最大的就是地猴的除夕和郑英雄的冬至。由于这一局的公共牌是立夏，而"理论年"的立夏是四月初六，他们两个人手中的牌加上公共牌，只要再摸到带有五的暗牌，便能组成顺子。

而现在就是要猜到地猴的暗牌到底是什么，究竟是一张什么样的牌，才会让他露出了略带复杂的神色呢？

"没人加注的话，我可要加注了。"地猴说道，"加一颗。"

他将道扔在桌子上，然后抬头望向几人。

此时的甜甜和郑英雄都露出了略带复杂的神色，此时他们二人已经没有筹码了，在此情况下只能认输。

齐夏见状慢慢扭头："'拳头'。"

"我知了。"他跟陈俊南对了个眼色。二人缓缓站起身，乔家劲说道："哎呀，甜甜女，你之前借给我的道可以还给你啦。"

陈俊南也伸手掏了下口袋："小孩，小爷刚才在门口捡了一颗珠子，你看看是你的不？"

二人果断将自己的道拍在了桌子上，随后抬起头恶狠狠地看向地猴。

地猴无权阻拦几个人之间私下赞助，只能一脸不屑地扭头看向另一边。

小程看着桌面上他的那张夏至面露难色，他也仅剩最后一颗筹码了，他思索了一会儿，正想要宣布退出，齐夏说话了："跟他，没必要怕。你的牌很好。"

"很好？"小程一愣，低下头思索了一会儿，只能选择相信齐夏，将手上的最后一颗筹码押了上去。

齐夏注意到小程的牌，他手中的夏至换算成数字是五、二、一，而公共牌立夏是四、六，他只要拿到日期带三的牌，就能组成顺子。而三比地猴和郑英雄所缺的五更容易拿到。因为下半年有六个节气的日期都是二十三，上半年又有两个节气清明和谷雨在三月，再加上三月的节日上巳节，还有十二月三十的除夕，带有三的牌总计十张。此时明牌加公共牌一共八张。这八张当中带有三的牌出现了四张，分别是除夕、冬至、上巳、清明。也就是说小程这一轮的暗牌能够摸到三的概率达到了二十八分之六，两成多。

此时地猴第二轮加注完毕，郑英雄、甜甜、小程都进行了跟注。众人都扭头看向了齐夏，此时他还没有选择是否要跟注。

齐夏看了看自己手中的两张牌，清明和小满。

"理论年"的清明是三月初六，小满是四月二十一，再加上桌面上的公共牌立夏的四月初六，他手中的牌只能组成两对，分别是一对四和一对六。

而现在已经有三个人都有可能组成顺子，此时无论如何都不应该再跟注了。

"还有人要加注吗？"地猴懒洋洋地抬起双眼问道。

看着他漫不经心的态度，齐夏对他的安排进行了猜测。他目前手中的牌可以拆解成一、二、三、四、六，他要组成顺子，需要拿到五月初六的芒种、五月初五的端午、七月十五的中元、八月十五的中秋以及十月十五的下元这几张牌中的一张。

郑英雄目前手中的牌可以拆解成一、一、二、三、四、六，同样也需要拿到这几张牌中的一张，才有一战之力。

"等一下……"齐夏一怔，"慢着慢着……"

两个人拿到含有五的牌的概率是一样，但如果规则与德州扑克一致，从手牌和公共牌中选取五张，那么，这个游戏会不会是从公共牌、明牌、暗牌中选取五个数字进行组合呢？

他伸手摸了摸下巴，仔细想了想，郑英雄除了顺子，还有可能拿到四条和葫芦，这两种牌型要比顺子还大。这样，郑英雄可拿的牌就比地猴多太多了。

可是，郑英雄现有的牌地猴都知道，难道他没想到这一层？齐夏继续深思着，最后终于想明白了。一开始地猴说这副牌的规则要让他们去摸索，而现在又这么漫不经心，他们讨论规则时，他多少听到了，但也刻意问了句"你们讨论的方向真的对吗？"让他们产生怀疑。

地猴不愧是地猴，他的每一步棋都在他们心里埋下了自我怀疑的种子。

既然如此，那不如将计就计。齐夏在心中制订好了方案，他只需要现在退出，并且在退出之前给地猴设下一个圈套，让地猴以为他对之前讨论的规则产生了怀疑然后继续下注。

"地猴。"齐夏沉声叫道，"你这副牌有问题吧？"

"哦？"地猴挑了挑眉头，"什么问题？"

齐夏用手按住自己的暗牌，一脸不悦地问："你是不是动了什么手脚，所以你能看到我们暗牌的牌面？"

"我不懂你什么意思。"

齐夏没有回答，只是一直用冷眼看着他。

"我劝你不要耍花招。"齐夏说道。

"那你可真是冤枉我了……"地猴露出一副委屈的表情，"这一次洗牌的是你们的人，发牌的也是你们的人，我怎么耍花招？"

"呵。"齐夏冷哼一声，随后将自己的牌翻了过来，"总之你不老实，我不跟了。"

听到齐夏说不跟了，地猴明显来了兴趣："这可是你自己不跟的。"

齐夏没有说话，只是露出了不耐烦的神情。

"哈。"地猴笑了一下，随后环视着桌子上的众人，"诸位，没有人要加注了吗？那我可要——"

"大伯，我加注。"郑英雄抬头说道。

这五个字差点让地猴呛到。

"你……你加注？"地猴有些疑惑地问。

这个小孩应该并没有摸索出这副牌的规则，即便他从头到尾都听明白了齐夏和乔家劲的讨论，但他连霜降是哪天都不知道，其他的节气就更不用说了。所以，他根本不知道他手里的牌到底能组成什么牌型。地猴自信地想。

"是的大伯，这一次我要选择加注。"郑英雄重复道，"我觉得我拿到的牌很厉害。"

齐夏在一旁瞬间瞪大了眼睛："你说什么？"

看到齐夏的反应，地猴更加笃定了——齐夏根本没有摸清楚规则，并且更加相信作为赌场老手的他会在赌局中输给一个孩子。于是，他对郑英雄说："好……我倒要看看你这次又有什么新想法，是秘密，是故事，还是你自己的经历？"

"都不是，这一次我下四颗道。"郑英雄不假思索地回答。

话音落地，场上迎来了死一般的安静。

不仅是地猴，就连一旁的小程和甜甜，还有座位上抠耳朵、玩手指的乔家劲和陈俊南也愣了一下。

"你下四颗道？"地猴最终打破了安静，不可置信地开口问道。

"没错，大伯。"郑英雄点点头。

地猴抿着嘴唇，眯起一双浑浊的眼睛不断地盯着郑英雄打量，他虽然对这个小孩有些忌惮，但并不认为他有这么强大的心理素质。

"不可以！"齐夏沉声喝道，"我不准，这次下注作废。"

"什么？"地猴扭过脸来看向齐夏，"你说作废？"

"没错。"齐夏点点头，"童言无忌，没必要当真，你直接开牌吧。"

"不！"郑英雄站起来，一脸认真地看着齐夏说道，"我没有胡说，我真的要加注！"

"我说不准就是不准！"齐夏皱着眉头冲着郑英雄使了个眼色，"你不要在关键时刻拖众人后腿，况且你也没有那么多道，坐下！"

"你借给我！"郑英雄说，"平民哥哥，你放心，我是英雄，一定会带领大家胜利的！"

"你能不能不要再玩那套可笑的英雄游戏了？这次的赌局跟我们每个人的性命挂钩，谁能让你在这里胡闹？"

齐夏始终皱着眉头，看起来对郑英雄的决定非常不满。

"老齐啊……"陈俊南首先开口说话了，"别上火啊……你知道那小孩一直都这么说话，但他还是挺聪明的啊。"

"对对对！"乔家劲也赶忙打圆场，"骗人仔你先冷静一下，听听那孩子怎么说啊。"

此时的小程和甜甜也赶忙点头答应道："对的，先听听郑英雄有什么想法，然后你们再——"

"各位。"地猴开口打断了众人的交谈，"你们是不是搞错了一件事？"

齐夏一脸不悦地将头扭到一边，仿佛已经知道地猴要说什么了。

地猴扫视了一下众人："那个孩子到底能不能加注，并不是他自己说了算吧？到底谁才是这间赌场定规矩的人？"

"肥马骝你别太过分啊！"乔家劲说道，"你一个熟知规则的中年人跟一个小孩对赌，他可是把命挂在了这场赌局上，难道不能让他慎重选择一下吗？"

"很遗憾。"地猴笑道，"我说过我们这里童叟无欺，谁来都一样，我只会把他们当作顾客或者对手，从来不会区别对待。他说了要加注，就是要加注。"

齐夏听后呼了口气，说道："这样吧，地猴，减到两颗，我们各退一步。"

"不，就四颗。"地猴说道，"如果这个孩子拿不出四颗，我现在就算他彻底出局，他桌上的筹码也都是我的了。"

齐夏听后皱着眉头，双眼微动，似乎在思索着什么。

"你也知道，你们六个人只要有一个人赢了我，那六个人都算赢，可现在若是去掉一个人，你又该怎么办？"地猴的表情越发轻蔑，让众人都感觉不太自在。

齐夏低头思索了差不多十秒，然后将上一局赢来的四颗道非常不客气地抛了出去，撒在了桌面上，然后双手一摊，捂住了额头。

剩下的人谁也出不起这么大的筹码，只能在这一局将自己的卡牌纷纷扣上，宣布退出。

轮到地猴时，他拿出了四颗道摆上桌面，现在桌面上已经密密麻麻的全都是道了。这场朔望月才进行到第二局，地猴和郑英雄的赌注已经提高到了每人七颗道，更诡异的是身为赌场老板的地猴，居然跟一个孩子将赌注提高到了如此高的地步。

"不要觉得不公平。"地猴说道，"小孩，等你长大了就会知道，人一定要为自己说过的话负责，这世界上没有人会惯着你。"

说完他便翻开了自己的卡牌——芒种。

"我的牌面是顺子加一对。"地猴冷笑一声，"你到底准备用什么牌面赢过我？"

郑英雄听后面无表情，伸手将自己的暗牌翻了过来——下元。

此时郑英雄的牌面是冬至、下元外加公共牌立夏。

"大伯……你看看是我赢了吗？"

地猴看到这张下元，一瞬间只感觉天旋地转。

冬至，一、一、二、三。

立夏，四、六。

下元，一、〇、一、五。

郑英雄亮出来的牌面不仅有二三四五六，还有四个一，与地猴最终牌面顺子加一对比起来，郑英雄的牌面顺子加四条显然更大。

齐夏冷笑一声："你的是顺子一二三四五加一对六，而郑英雄的顺子是二三四五六，加四条。怎么比，你都输了。"

"什么？"无数个疑问在地猴脑海当中炸开，让他感觉自己被彻头彻尾地耍弄了，齐夏和这个小孩居然明白了规则，而且运气还这么好。

看到齐夏这么自信，地猴瞬间明白了，他们俩居然在刚摸清游戏规则且没有任何沟通的情况之下联合演了一场戏。

留恋赌场的人有一种通病，盲目自信和心怀侥幸，他们总以为上天能眷顾自己，靠着一手牌翻盘，将失去的一切都赢回来。地猴作为赌场老板，自然也逃不过。

"有什么不妥吗？"齐夏嘴角一扬，"谁说要赌赢你，只能靠赌术？有时候骗术也一样适用。"

"骗术？"

"对了，没来得及自我介绍。"齐夏伸手撩起刘海儿，"我叫齐夏，是个骗子，我说的话你只能信一半。"

"什么鬼东西？骗子？"地猴伸手挠了挠头，眼睛一直瞪得大大的，"你说你是个骗子？"

见到地猴的表情，齐夏更加确定了一件事——他以前真的不是一名骗子，至少之前认识他的人都不认为他是个骗子。所以骗子这个身份他至多拥有七年，并且极有可能和成为生肖有关。

"所以你刚才一直都在骗我吗？"

"是。"齐夏点点头，"好不容易能够赢下你一次，我们生怕赌注不够大，这次直接要了你七颗。"

"可你们到底是怎么做到的？"地猴实在是有些不解，"就算你们摸清楚了规则，为什么还可以和那个孩子配合演戏？"

"你这是在做什么？"齐夏冷笑着问道，"游戏才进行到第二局，你就直接询问我的底牌？"

地猴面色一变，他将嘴角的香烟拿下来夹在手指间，随后面带沉思地缓缓坐下。

"地猴，我对你很失望。"齐夏将桌子上的牌拿起来丢了出去，"这游戏真的是你设计的吗？"

"怎么？"

"没事。"齐夏的表情依然冰冷，"我本想邀你进入一个局，但现在看来，你好像还不够格。"

齐夏的这句话如同尖针一样刺进了地猴的心中，让他的表情一阵变化。

"我不够格……"慢慢低下头，眼神有些暗淡，"原来你已经变成这样的人了吗？"

"哦？"

"只有能赢下你的人……才够格进入这个局吗？"地猴问。

"倒不一定真的要赢下我，但至少要让我看见你的能力。"齐夏伸手敲了敲桌子，"可你现在的表现只是个寻常的地级，你这样的生肖一抓一大把，我不知道你本身就是这个状态，还是当赌场老板太久了？"

地猴用浑浊的眼睛盯着齐夏，沉思了半晌，才将香烟重新叼入了嘴中:"齐夏,我若是赢了,你就没有钱买命了。"

"这句话不好。"齐夏摇摇头,"这句话的意思仿佛是在说刚才我们的胜利都是侥幸,而你一直在放水。"

"如果真是这样呢?"地猴后悔自己太过自信,对一个孩子掉以轻心。

"那我会觉得被小看了。"齐夏说道,"只有不断地和厉害的人博弈,我才能够变得更强,我期待自己遇到的每一个对手都异常强大,你却说刚才给我放水了,这实在是太小看我了。"

齐夏的话让地猴陷入沉思,他眨着眼,思索着齐夏话中的含义。

"所以你这些年……一直都在跟更厉害的人博弈?"地猴又问。

"不然呢?"齐夏说道,"难道我也开一间赌场,每天坐在柜台睡大觉?"

齐夏的话再次扎进了地猴心里,他无神地低下了头。

此时的郑英雄感觉不太妙,伸手拉了拉身旁的甜甜:"姐姐……"

甜甜听后立刻警惕起来,她知道郑英雄应该又闻到那股奇怪的臭味了,随后赶忙环视了一圈,最后将目光锁定在了地猴身上。地猴的状态有些奇怪,他似乎没有刚开始时那么漫不经心了。

"齐夏,我确实有些小看你了。"地猴说道,"接下来我会认真起来,让你看看我是个什么样的对手。"

"请便。"

地猴将手中的牌丢了出去,几个人也把手牌交给了甜甜,她是下一个负责洗牌发牌的人。

齐夏在将桌上所有的筹码收集起来之后,也进行了重新分配。第一局他们赢了地猴四颗道,第二局赢了七颗,总计十一颗。原来他们的道分配并不均匀,现在看起来每个人都有可以独当一面的能力,于是他首先将甜甜、郑英雄、陈俊南手中的筹码补到了四颗,余下六颗后一人一颗。除了小程只有四颗,其他人都是五颗道的本钱,足够他们应付各种情况,而小程自然也没有提出异议——目前他在这场游戏当中的贡献度很低,他自然不应该拿和众人同样多的筹码。但刚才地猴开牌时所说的顺子和对子,却一下子打开了他的思路。他现在也已经完全掌握了这个游戏的获胜方式，接下来就只看手气了。

他与其他人的最终目的并不一样，他除了要在这场游戏当中活下来，更要想办法激发他的回响，可是现在动脑筋的事情都交给了齐夏，他几乎不需要自己动脑，所以为了回响，他也要努力跟上齐夏的思路。

"各位，第三局，正式开始！"地猴铿锵有力地宣布。

齐夏感觉很奇怪，为什么地猴每次都要在宣布开始的时候加重语气呢？这是他的习惯，还是他有意为之？

只听地猴的话音刚落，齐夏心中的那种不和谐感又涌上了心头。这一次他无比确定——那个木盒绝对有古怪，它的颜色再一次变化了。

如果按照每一次变化的情况来看，它的颜色变化非常轻微，一般人很难观察出来，但齐夏清清楚楚地记得它第一次出现的样子。原本棕黑色的木盒现在根本就不是棕黑色，而是更趋近于黄棕色。

"它真的在变浅……"

齐夏虽然发现了这个盒子的问题所在，可一时半会儿没有办法推断出它变化的意义是什么。"放在桌子中央……正在变浅的盒子……"齐夏伸手摸了摸下巴，试图从各个角度解释这个问题，却得不到任何头绪。既然没有办法找到这个正在变浅的盒子和这场游戏之间的关系，那就只能切换到一个有些刁钻的角度了。

"地猴如此看中这个盒子……它也是规则之一吗？"

齐夏变动视角，以更加宏观的角度来看这场游戏。这场游戏的大圆桌像是用了很久，成色漆黑，如同望不到边际的苍穹，散落在桌子上的一颗颗道闪烁着幽幽的光芒，如同一颗颗星辰。而最中央的方形盒子，犹如一轮正在显形的明月。

"难道朔望月不止如此？"

地猴每一次铿锵有力地宣布开始，难道就是为了激发木盒之内的某个机关，来改变木盒的颜色吗？

可是这场游戏的比大小规则齐夏已经猜到了，那这个越来越亮的木盒到底代表什么？

齐夏不知道地猴到底要做什么，只能提前留下防备之心。按照朔望的原理来看，现在盒子正在变亮，是从朔到望的过程。当盒子达到最亮时，绝对会发生意料之外的事情，如果他们不能提前想到的话,情况将会陷入被动。

虽然齐夏已经赢得了不少筹码,但很有可能在最终一局将所有赢下的筹码全部输掉,所以直到最后一局开牌之前,他都绝对不能掉以轻心。

甜甜将众人的牌全部都收在手里,手法生涩地洗了几次牌,然后将牌举起来问道:"你们……要洗牌吗?"

众人全都摇了摇头,连地猴也没有洗牌的意思。这一局没有任何人提醒,所有人已经在桌面上摆下了一颗道。

"那我发牌了。"甜甜说完之后先抽出了一张公共牌放在桌面中央——重阳。

"九九重阳。"齐夏念道。

现在看来,每一局的公共牌至关重要,这一局的明牌换算成数字是九和九,在这一局中,每人都拥有了一对九,而能不能再拿到一个九组成三条,也成了大家努力的方向。

甜甜翻开了一张小暑,这张牌不好不坏,小暑是六月初六,现在她拥有了两个九和两个六,接下来只要她的暗牌够好,依然能够有一战之力。

接下来拿到牌的人是小程。他翻开甜甜递过来的牌,是一张寒露,"理论年"的寒露是九月初八。

不管对于甜甜还是小程来说,两个人这一次拿到的牌都不小,小程现在已经拥有了三个九,单单是露出来的牌面已经非常具有杀伤力了。

随后是陈俊南、乔家劲,二人分别拿到了元宵和腊八。齐夏则拿到了中秋。

此时所有人的目光都聚集在了地猴身上。只见地猴接过了甜甜递过来的牌,往桌面上一翻——秋分。

最后得到牌的人是郑英雄,他拿到了一张春节。

"正月初一。"齐夏看后点了点头,现在众人想要赢下这一场的话,只能靠甜甜、小程、郑英雄了。

"我的牌是腊八。"乔家劲笑道,"我最大吧?我下两颗!"他拿着那张和公共牌毫无关系的腊八大大咧咧地跟地猴叫嚣,"肥马骝,我牌这么差,下注两颗道,你跟不跟啊?"

乔家劲将两颗道摆在桌子上,可地猴毫无反应。

"你管他呢?反正小爷跟了。"陈俊南果断扔出两颗道来,"咱猴哥不差钱，爱跟不跟吧。"

众人同时看向了地猴，这一局他始终沉默不语，表情很耐人寻味。

"我也跟。"齐夏在桌子上扔下两颗道，随后抬头说道，"地猴，你不是要拿出自己的本事让我看看吗？"

地猴抬起头扫视了一下众人，又看了看自己手中的牌，淡然地开口说道："我不跟了。"

不等众人做出反应，他便将自己手中的牌扣了起来。

"这轮游戏我认输了，你们玩吧。"他摇摇头，伸手将嘴上的香烟拿了下来，举到旁边弹弄了几下，看起来真的从这一轮完全退出了。

齐夏皱了皱眉头，没有料到地猴居然会这么果断地退出。

"这就是你的本事？"齐夏盯着地猴看了半天，最终才开口说道，"身为一个赌徒，却没有搏一搏的勇气。"

"能说出这句话只能证明你不是赌徒。"地猴回答道，"我要的胜利，是在八局之后让你们根本得不到活下去的筹码，而不是在这一局牌面不好的情况下依然让你们获得道。"

"哦？"

"齐夏，你也知道，这一场游戏就算我什么都不做，最终也会赢。毕竟是你们想从我这里赢得筹码，着急的人不是我，而是你们。"地猴扫视着桌子上的道，"所以我比你们的选择更多，我想不跟就不跟。"

"我倒不这么觉得。"齐夏摇摇头，"如果你只是不想让我们活下去，那么每一局你都弃牌好了，没必要陪我们玩。所以，你的退出另有隐情。"

地猴听后慢慢将双手放在了眼前，但脸上毫无波澜。

见到套不出任何消息，齐夏看了看几人，草草地结束了这一局，将地猴输的一颗道收入囊中。

"第四局，开始。"

在地猴说完这句话后，桌子中央的木盒再度变了颜色。经过了三局的时间，木盒整体的颜色已经完全变了，这很难不引起众人的注意。

乔家劲也在此时拍了拍齐夏："骗人仔，你好像说得对啊，那个盒子真的在变颜色!"

齐夏之前就注意到了这个异象,现在这个木盒已经趋近于金黄色了。

这一局轮到小程发牌,大家在桌上放入一颗道的筹码之后,他在桌子上放下了一张公共牌——春节。

小程掀开公共牌之后,又给了自己发了一张牌,随后也亮出了牌面——小雪。

"十月二十三……"齐夏嘴唇一动,"一、〇、二、三。"

接下来是陈俊南,他从小程手中接过了一张立春。

"怎么又是立春?"陈俊南一愣。

乔家劲拿到了中元。

齐夏则拿到了白露。

此时所有人的目光都汇集到了地猴身上,毕竟他是所有人的对手,当他将手牌亮出来时,所有人都松了口气。

清明,它的日期是三月初六。

郑英雄拿到了一张立秋,日期是七月初八。甜甜拿到了一张小寒,腊月初八。

甜甜扫视了一圈,发现手中的小寒能够跟公共牌的春节组成三个一,牌面还算不错,不管怎么样都会大于地猴的手牌,于是选择了加注一颗。

小程看了看手中的小雪,也能和公共牌组成三个一,随后下了注。接着便是陈俊南和乔家劲,二人的牌面当中都有一,于是也都跟了注。

齐夏跟完注之后,略带无奈地看向了地猴。这局若是地猴又选择退出,不管众人如何加注都是徒劳的。可让齐夏没有想到的是,地猴看完他的牌面后,从桌子底下掏出了一颗道押下了。

"我跟。"

"跟?"齐夏一愣,随后重新确认了一下地猴的手牌,确实是清明。

齐夏心中产生了一丝疑惑,不知道地猴在打什么算盘。

随后轮到了郑英雄,他看了看他手中那张立秋,宣布退出这一局。

地猴听到郑英雄退出,缓缓抬起了眼皮,看了看他的牌,随后又面无表情地低下了头。

齐夏发现地猴的嘴唇在微微颤动，好像在计算着什么。

所有人都下完了注，小程开始了第二轮的发牌，除了郑英雄之外，每个人都得到了一张暗牌。

齐夏将暗牌扣住，抬起头来看了看地猴，没想到对方此时正在盯着他。

"地猴，不看牌直接下注，敢吗？"齐夏问道。

"不看牌，直接下注？"地猴微微皱了下眉头。

"赌场老板不敢赌吗？"齐夏说道，"我手里的牌是八八，公共牌是一一，你觉得我能大过你吗？"

地猴没有回答，只是盯着齐夏捂住卡牌的手看了一眼，然后说道："你不怕输吗？"

"为什么会认为输的人是我呢？"齐夏反问道。

地猴听后无奈地摇了摇头，收回了自己的目光："我有预感，你输的概率更大。"

在他说这句话的时候，郑英雄一直伸手抓着甜甜的胳膊，看起来面色有些难看。甜甜微微咽了下口水，然后扭头叫道："齐夏……小心点。"

齐夏听后看了看甜甜那一脸严肃的表情，又低头看了看鼻尖抽动的郑英雄，慢慢眯起眼睛。

虽然甜甜什么话都没有说，但她和郑英雄的表情给齐夏指向了一个非常离谱的答案，这个答案让齐夏错愕了三秒。他整理了一下思绪，将桌子上的牌缓缓地挪到了桌子下方。

"哦？"地猴见到齐夏的动作，感觉颇为有趣，脸上的皱纹略微舒展了一下，他轻笑着问道，"怎么？"

齐夏也不知到底是什么原因，只是感觉地猴现在的状态很怪——他的状态像是打开了什么东西，甚至连心境都变化了。

"没什么。"齐夏回答道，"你要继续吗？"

"好啊。"地猴点点头，依然用手扣住自己的牌，"齐夏，不看牌，我再跟一颗。"

见到地猴如此自信，齐夏的心中莫名忐忑，他感觉这场游戏似乎回到了一开始的时候。他不知道地猴自信的原因到底是什么，是拿到的底牌，还是某种规则？

这个想法刚刚飘过脑海，齐夏便感觉有一阵迷雾侵袭了自己的大脑，这种挥散不去的感觉依然在脑海之中翻滚。他赶忙捏住右手的小拇指，随后狠狠一扭。一阵诡异的声音在房间内悄悄响起，像是碎掉的骨头再一次被打碎。

齐夏闷哼一声，将头深深地埋了下去，浑身都发起抖来，周围几人见到他的样子都吓了一跳。

"骗人仔……"乔家劲赶忙俯身查看他的情况。

齐夏狠狠地咬住牙齿，静静地等待大脑之中的迷雾散去，却总感觉迷雾降临得越来越频繁，并且越来越难以挥散。

"我没事……"

众人都向齐夏投来了担忧的目光，他现在看起来已经有些不妙了，他今天给人的感觉一直不太对，像是病了。

等了好一会儿，齐夏才慢慢抬起头来。

齐夏满头虚汗地说道："地猴，我加四颗道，你再跟四颗，敢吗？"

乔家劲发现齐夏的脸色一片苍白，不由得皱了皱眉。

地猴盯着齐夏的眼睛看了几秒，然后问道："开局一颗，第一轮一颗，现在你又加上四颗，我若没记错的话，这六颗是你全部的筹码了吧？"

"是。"齐夏有气无力地答应道，"我单独跟你下注我全部的筹码，你可以选择拒绝。"

"我没有拒绝的理由。"地猴再次拿出四颗道放在桌子上，表情依旧淡然。

看到地猴一副胸有成竹的样子，齐夏感觉自己应该输了。但为了搞清楚盒子变色和规则到底有什么联系，他只能赌一把。好在，其他人因为筹码不够只能被动出局，就算他输了，其他人还能保住一部分筹码。

齐夏低下头，将藏在桌面下的卡牌轻轻翻动了一下，是*大雪*。

"十一月初八？"齐夏皱起的眉头慢慢舒展开了。

他的明牌是*白露*，八月初八；公共牌是*春节*，正月初一。他现在手上的牌是四个一和三个八，是一个四条加三条。

齐夏没有想到自己盲赌一波，居然拿到了相当大的牌面。

他抬起头看了看地猴的表情。通过地猴的眼神和动作，齐夏能够感受到他内心异常平静，不知是真的胜券在握还是伪装得足够巧妙。地猴在查看完暗牌之后只是淡淡地重新用手扣上，抬起头和齐夏对视着。

齐夏掀开暗牌，白露、大雪搭配春节，牌面数字是三条八与四条一，按照德州扑克的规则，只有同花顺能大过四条，但之前齐夏已经分析过，不存在同花顺，所以能比四条一大的，只有可能是其他的四条。但这一局，地猴不可能拿到其他四条。

众人纷纷看向了地猴手中的暗牌，按照众人对这场游戏目前的了解来看，他的暗牌无论是什么都不可能大过齐夏。可地猴为什么这么自信地跟着加了四颗道？

在他们的注视之下，地猴翻开了自己的手牌——春分。

如此看来，地猴的手牌最后组成了一、一、一、二、二、三、六，确实比齐夏的小。可地猴从一开始便是一副胸有成竹、胜券在握的姿态，他到底在想什么？

"猴哥，玩砸了吧？"陈俊南仰着下巴幸灾乐祸道。

齐夏此时坐直身体，靠在了椅背上，伸手摸了摸下巴。

地猴没有说话，只是轻描淡写地环视了一下众人。见到众人都露出了不解的目光，他的嘴角微微扬了一下，轻声说道："各位，承让，这局我赢了。"

"你……赢了？"陈俊南第一个站起身来，仔仔细细地看了看地猴面前的牌。

"猴哥，恕小弟愚钝，您没看错牌吧？"陈俊南说道，"您这牌赢在哪儿了？赢在您这一脸尖嘴猴腮的表情上吗？"

齐夏也在快速地思索着各种可能性。这副牌大在哪里？

"肥马骝！"乔家劲一拍桌子也站起身，"你是不是输不起，故意骗我们的？"

"哦？"地猴冷笑一声，"我不懂。"

"三条怎么可能比四条大？"乔家劲说，"你是不是感觉自己要输了，直接宣布自己赢了？毕竟这是你的赌场，你说什么就是什么。"

"那真的很抱歉。"地猴将自己面前的牌推了出去，"游戏开始之前我就说过，不会出现谎报的情况。如果你们赢了我不认，那属于游戏违规，现在玄武就已经站在我身边了。"

地猴的话完全不像说谎。

齐夏也认为地猴不会在这个节骨眼忽然编造一个谎言出来，这样整场游戏都失去了意义。

地猴站起身，将每个人面前的筹码都拿走，这一局齐夏出了六颗道，郑英雄出一颗，其余四人各出了两颗，地猴在这一局便赢走了他们十五颗道。

现在齐夏已经输光，小程手中剩两颗道，郑英雄剩四颗，其他三人手中各剩三颗道。但齐夏并没有因为失去道而灰心，只是打量着地猴的牌，考虑着各种可能性。

"地猴……"齐夏将眼前的筹码全都推到地猴的眼前，表情有些深沉。

"别问，我不会说。"地猴说道，"但这样看来似乎有点不公平，也有点失去了赌局的乐趣。这样吧，齐夏……"

地猴慢慢向前凑了凑，将桌子上的筹码揽在自己怀中，沉声道："我给你一根救命稻草怎么样？"

"救命稻草？"

"你可以问我一个问题，但不能直接问规则，我会如实回答，接下来就看你自己的本事了。"

齐夏将手放到桌面下，死死抓住自己已经断裂的小指。距离游戏结束还有四局，接下来没有时间再让他们试错了，如果不能一次性地推导出规则，在座六人谁都活不了。

齐夏没了办法，却忽然想到了什么，他扭头看向了郑英雄。郑英雄也在此时如同有心电感应一般，转头和他对了个眼神。

郑英雄马上耸着鼻子，想要捕捉到一些感觉，可下一秒他的鼻子就喷出了鲜血。他立刻用手捂住了口鼻，鲜血顺着他的指缝流了出来。

"小弟弟！"甜甜赶忙将郑英雄拉到一边，伸手帮他按住鼻子，他也顺势仰起了头。可是这个举动让鼻血全部倒灌，瞬间让他咳嗽不止，桌子上也喷溅了星星血点。

郑英雄想到齐夏曾经告诉自己不能仰头，赶忙俯下身子伸手捏住了自己的鼻子。

看着齐夏一脸迷茫，陈俊南问："老齐，你是不是累了？"

"什么？"

"就是啊。"乔家劲也点点头，再次看了一眼陈俊南，"骗人仔，你累了就好好休息，把场子交给我们二人就可以了。"

陈俊南将双手都放在齐夏的肩膀上，轻声说道："老齐，你信不信小爷也有点脑子？"

齐夏听后微微一怔，说道："我很难相信，但也很难不信。"

"你大爷的……"陈俊南骂了一声,"小爷真是猜不透你是想夸我还是想损我……"

"哈哈!"乔家劲也上前拍了拍齐夏的后背,"放心吧骗人仔,我也可以给你露一手啊!"

"可……可是……"齐夏第一次感觉有点语塞。

"可是个屁啊可是。"陈俊南伸手指了指自己的太阳穴,"你知道的,老齐,小爷一旦动起脑子来,地猴就只能变成猴弟。"

说完他扭头看了看地猴,随即挑了一下眉头:"你说对吧?猴哥。"

地猴的表情十分谨慎,现在众人所说的每一句话,做的每一件事都有可能是一场骗局,所以他并没有答话。

"安啦。"乔家劲对齐夏说道,"你忘了我也照看过赌场?骗人仔,你就在旁边随意指点一下就好,接下来的事情交给我们。"

齐夏听后愣愣地点了点头,陈俊南也伸手将椅子拉了起来,然后扶着齐夏坐到上面。

"差不多了,接下来由小爷来动动脑子。"他回头给众人使了个眼色,然后走上前去查看了一下郑英雄的状态,"小孩……你没事吧?"

"我没事……"郑英雄捏着自己的鼻子,传出了浓浓的鼻音,"但是要小心……真的好臭!真的太危险了!!"

齐夏三人见识过郑英雄的能力,自然知道他说的好臭代表什么。这里要么有着非常强大的回响,要么就有一个天级在这里。可他们眼前坐着的人明明是地猴,首先生肖永不回响,其次他也根本不是天级。

众人重新坐在圆桌前,虽然这是一场不包含任何杀戮和搏斗的脑力游戏,但所有人的脸上都挂满了疲惫。

"齐夏,难道你也到此为止了?"地猴笑道。

齐夏面无表情地看向地猴,淡淡地开口说道:"要不是你们的顶头上司对我阴招尽出,我又何至于此?"

"开什么玩笑?"地猴冷哼一声,"你的意思难道是天猴怕我赢不过你,所以提前和你斗了一场吗?"

"天猴?"齐夏嘴角微微一扬,"真是抱歉,我之前还从没注意过有这号人。"

"那你大言不惭说什么顶头上司,你的谎话简直太……"地猴话还没说完，不由得愣了愣，"顶头？"

"顶头上司"四个字让地猴明显愣住了，他有些不敢相信齐夏口中的人是谁。

"天龙为什么不出来见我呢？"齐夏像是在和地猴说话，又像是隔空喊给天龙听，"使出这么多阴招对付我，难道是怕我一直赢下去吗？"

地猴的面色渐渐有了变化，他往前一探身，压低声音说道："齐夏！你知不知道你在说什么？！快闭嘴！"

"哈……"齐夏像是完全释然了，"地猴，你的表情还真是有意思……如果我这次没死的话，真想和你好好聊聊呢，我们继续赌局吧。"

"继续赌局？"地猴慢慢坐直了身体，"齐夏，你们已经要输了，连我唯一给你的机会你都要放弃了。"

"我没有放弃。"齐夏摇摇头，"我想到那个问题了。"

"哦？"地猴抬了下眉毛，眼神当中带着轻蔑，"你想到了？"

"没错。"齐夏点点头，虽然大脑中的迷雾没有散去，但只要给他足够多的时间，依然能够想明白这些问题。

"来吧。"地猴说道，"让我看看你到底有什么能耐。"

齐夏扫视了一下众人桌面上的牌，然后抬头问道："地猴，刚才这一局，场上第二大的是谁？"

"第二大？"

地猴眉头微蹙，感觉这个问题并没有违规，但也同样致命。

这等于众人直接用同样的牌面进行了一次游戏，并且第二次公布了答案，相当于省去了一局的时间。

地猴思索了一会儿，感觉当齐夏问出这个问题来的时候，就已经足够得到自己的尊重了。

"我可以告诉你。"地猴说道，"毕竟我不认为接下来的赌注能够让你们全部活着出去，就算剩下几局全胜都不行。"

"是吗？"齐夏点点头，"我们可以等着瞧。"

地猴看了看桌面上的牌，随后眯起眼睛嘴唇微动，好像经过了一套略微复杂的运算，最后伸出一根毛茸茸的手指，指向了小程。

"他是第二大。"

"哟嚯？"陈俊南一笑，"这小子第二大？"

齐夏立刻看了看小程面前的牌，他手上是小雪、冬至，加桌子中央的春节。这三张牌凑齐了五条一、一对二和一对三,却没有成为全场第一大,反而是第二大?

而地猴手中的牌是清明、春分、春节。

齐夏慢慢皱起眉头,这个情况实在是太奇怪了,一个荒谬的想法忽然在他脑海当中诞生——难道是温度吗?

可是温度这么模糊的概念如何确定谁大谁小?!

"不……应该不是温度这么简单。"

结合地猴至今为止所有的表现来看,他都不是一个非常聪明的人。齐夏依然保持自己之前的看法。

尽管地猴代表的是智力,但那也只是能够凌驾于普通人之上的智力。

方才郑英雄的种种表现都证明了一个诡异的问题——地猴身上或许真的有回响,所以他才能这么自信。

"规则不是变难了,仅仅是变化了……"齐夏心中暗道一声,"朔望月……越来越亮的盒子……"他扭头看向了木盒,思维似乎清晰了一些。

无论是从盒子的表象来看,还是从第四局这个时间段来看,这场朔望月都是在由朔变向望的过程,而现在满月了。在满月之时,规则发生了变化,所以规则一定会跟满月有关。

齐夏忽然扭头看向乔家劲。

"怎……怎么了?"乔家劲一愣,"吓我一跳啊骗人仔。"

"'拳头',除了德州扑克,还有什么常见的扑克赌局?"齐夏说道。

"二十一点!"乔家劲说。

"原来如此……"齐夏口中喃喃自语,"原来是这样……"

一道道挡在眼前的谜团全部驱散而开,真正的规则陡然浮出水面。

"什么原来是这样?"陈俊南一愣,"现在是哪样?"

齐夏刚要张嘴,却忽然想到了什么,于是顿了几秒,冲小程的方向仰了仰下巴:"让那个年轻人说出规则。"

"哦?"陈俊南扭头看了看小程,"哎哎!点你呢!"

"什么?"小程有些疑惑地抬起头。

"提示词是二十一点,你来将规则告诉大家。"齐夏捂着自己正在流血的额头,慢慢靠在了椅背上。

"我？"小程的眼睛微微瞪大，"二十一点？"

"你小子大学生吧？"陈俊南坏笑了一下，"快开动你聪明的小脑袋瓜想想啊！"

听到陈俊南的话，小程赶忙运转自己的大脑快速思索着。

"老乔，二十一点怎么玩的？"陈俊南小声问道。

"二十一点也叫黑杰克，说白了就是每个人手里的牌点数相加，最接近二十一的人获胜，只要你觉得自己的点数不够，就可以示意裁判继续发牌。"乔家劲说完之后又补充道，"只不过数字之和不能超过二十一点，否则就算爆掉。"

小程站起身看了看地猴的牌，又扭头看了看自己的牌。

"难道……原来如此，很简单的规则……只要把所有的数字相加就可以了！"

此时他眉头一扬，刚要说出自己的想法时，却忽然看到了乔家劲的牌面——中元、除夕、春节。

小程最开始的想法是将牌上的所有数字相加，最接近二十一点的人获胜。比如七夕的七月初七就视为十四，以此类推，超过二十一点的便判作输。可是乔家劲的牌：中元、除夕和春节，这它们的数字全部加起来恰好就是二十一，但他的牌没有赢下这一局。既然如此，这场游戏到底和二十一点有什么必然关系？

"等一下……"小程低头看了看自己的牌，又抬头仔细看了看地猴的牌，很快就发现了问题所在。他从未想过这场游戏竟然会这么简单同时又这么复杂。

齐夏所说过的话、桌子中央的越来越亮的木盒、朔望月、节气、节日所有的信息全都连在了一起。

铛！

一阵遥远的钟声传来，小程的思路也在这个瞬间豁然开朗。

这场游戏最难的点便在于第四局会改变规则，当桌子中央的盒子进入最亮的状态时，规则会悄然变化。此时参与者都会以为自己胜券在握，于是加大筹码，然后掉入地猴设计的第二轮陷阱。

"现在懂了吗？"齐夏在一旁沉声说道，"当你太过依靠身边的人而停止思考，就会显得比平时更弱。"

小程点点头，如果自己能够早点开动脑筋，说不定早就可以想明白这些问题。

"各位，我知道规则了。"小程抬起头来，眼神当中已经带上了几分自信。

这场游戏虽然沿用了二十一点的规则,但准确来说根本不能叫作二十一点,应该叫作十六点。

"现在我们正在经历满月,在满月之时,所有的点数已经不能单独计算了,而要看谁的点数和更接近满月,最接近满月的人最大。"小程伸手指向地猴的牌面,耐心给大家讲解道,"现在的规则要比刚才更复杂一点,要将所有的点数加在一起。"

"比如地猴这一次的牌是清明的三、六,春分的二、二、一,外加春节的一、一,这些数字相加总和为十六。"小程怕大家不明白,又解释道,"就像二十一点游戏时,二十不是最大的数,二十一才是,估计地猴沿用了'十五的月亮十六圆'这个说法,所以将十六定为这场游戏的封顶数字。所有的数字总合超过十六视为失败,达到十六视为最大。"

"本来我们是不能这么快知晓规则的,但刚才齐哥的一个问题直接将规则确定了。"

小程将自己的牌面推了上去。

"各位,我的牌分别是小雪,数字是一、〇、二、三;冬至,一、一、二、三;外加春节的一、一。这些数字加起来是十五。"小程一脸严肃地说道,"也幸亏了齐哥的这个问题,我们直接搞清楚了十五和十六谁在这场游戏当中最大。这便是满月时的规则。"

众人听后纷纷低下头看着自己的牌面,很快就发现小程说的果然正确。

甜甜手中的小寒是一、二、八,小满是四、二、一,再加上春节的一、一,加起来超过了十六。

郑英雄的手牌数字全部加起来是二十六,陈俊南的手牌数字加起来只有十三,而乔家劲的是二十一,齐夏的是二十八。

在这一局当中最接近胜利的人只有小程的十五。若不是地猴的手牌是十六,众人说不定还能再赢下一局。

"我丢……"乔家劲伸手挠了挠自己的头,感觉这场游戏已经越来越超出他所能适应的范围了,不仅要根据地猴最先给出的线索算出每一张牌的日期,还要将所有日期当中包含的数字一一相加。

虽说规则并不复杂,可是过多的运算让众人在进行游戏期间沉默无比,毕竟一个不留神就有可能算错自己的牌面。

齐夏此时按着自己的额头，扭头看向了小程，沉默了几秒之后，缓缓开口说道："这是全部的规则了吗？"

小程听后也看了齐夏一眼，却不知道对方何意，只能思索了一会儿说道："是的，我能想到的就这么多。"

齐夏微微点头，随后收回了目光。他知道小程遗漏了一条重要规则没有说明，不过，看小程的表情，应该是真的没有想到这条重要规则。但他并不准备告诉大家，因为当地猴听到小程遗漏了如此重要的规则时，自然会想办法在这层规则之上做文章，而他则可以反向利用地猴的心理，再次用骗术拿下下一局的胜利。

虽然地猴占据了天时地利人和，但他毕竟不是羊。

"既然你们明白了规则，咱们就快点开始吧。"地猴说完话之后扭头看向齐夏，"你现在已经一无所有了，真的有把握从我的场地走出去吗？"

齐夏听后慢慢扬起了嘴角，说道："地猴，你是赌徒，应该知道输到一无所有的人最可怕。"

"是吗？"地猴耸了耸肩，"输光了的人我见过很多，输光了放狠话的人我见过更多，你和他们有什么不同？"

齐夏听后只是伸手敲了敲桌面："我和他们唯一的区别，那就是我是我。"

"故弄玄虚。"

这一局洗牌的人轮到了陈俊南。

众人先是将目前的筹码简单分配了一下，郑英雄由于自己的状态不佳，只能暂且离开了赌桌，来到一旁休息，并且将他仅剩的四颗道转交给了齐夏。

陈俊南看了看大家的筹码，刚要开始洗牌时，一旁的小程又说话了。

"我退出。"

"嗯？"陈俊南一愣，"小伙子？不玩了？"

"虽然这样说有些不合适，但我手中只有两颗道了。"小程无奈地摇摇头，"本钱这么少，不如让给更厉害的人。"

说完他便将手中的小圆球丢给了齐夏，齐夏面无表情地伸手接住。

"我也退出。"甜甜果断说道，"我去照顾英雄弟弟。"

她将手上的三颗道也递给齐夏，众人瞟了一眼地猴，地猴并未反对。

"咦?怎么都不玩了?!"陈俊南和乔家劲互相看了一眼,有点没搞懂。

小程慢慢站起身,开口问道:"齐哥,你觉得我做得对吗?"

齐夏听后慢慢扬起了嘴角:"你比我想象中的聪明一些。"

小程和甜甜点了点头,拉着郑英雄到远处找了个位置坐下,二人一边想办法帮郑英雄止血,一边略带担忧地看向众人的赌局。

现在场上除了地猴之外,便只剩下齐夏、乔家劲和陈俊南了。

既然知道了明确的规则,场上的人自然越少越好。最理想的状态便是将所有的筹码都汇聚在一个人身上,然后和地猴进行一对一的对赌,这样仅存的一人会有非常多的本钱,能够在一局之内将筹码的规模提高数倍,也是真正的孤注一掷。

而之所以没有一开始采用这个战术,第一是为了保证七分之六的赢面,第二是为了用更多的牌面来搞清楚游戏规则。现在游戏规则基本定型,已经不需要太多的人参与游戏了。

每少一个人便少一颗门票,下注的人变少,相当于变相减少地猴的收入,但这同样也存在一个问题——人越少,赢面就会越小。虽然极大增加了每一场游戏的筹码数量,但输了的代价也会极其惨重。

"齐夏,你的队伍看起来不太团结。"地猴轻笑道,"这就支离破碎了吗?"

"不仅没有支离破碎,反而变得更团结了。"齐夏所指的自然是小程,他能够在这种时候退出,自然是已经将性命交给了齐夏。

齐夏赢,他就活。

齐夏输,他就死。

"老齐。"陈俊南扭头看了看齐夏,"你小子不会嫌我们俩在这儿碍事吧?"

"有点碍事。"齐夏面无表情地说道,"我现在清醒一点了,下一局你俩也走。"

"那可不行。"陈俊南和乔家劲同时露出了笑容。

"骗人仔,你应该知道的吧,我和俊男仔为什么到现在都不走?"

"是啊老齐,小爷可比你想的要局气[①]。"陈俊南坏笑了一下,

[①] 北京方言,形容为人仗义,说话办事守规矩。

"关键时刻我也能值点钱啊。"

齐夏慢慢皱起眉头,他当然知道这二人为什么要留下。他们不是不明白道理,而是准备随时将自己的性命押在这场赌局中。想要避免这种情况发生,只能让他们双双退出,可他们会听吗?

"老齐,你小子坐稳瞧好了。"陈俊南笑道,"小爷这儿可要上牌了。"

说完他便将桌子上所有的牌收在一起,放在手中捣鼓了起来。一场只有四个人的赌局拉开了帷幕。

在陈俊南洗完牌之后,众人纷纷拿了一颗道放在桌面上。可地猴没有第一时间宣布第五局开始,反而一直直勾勾地盯着陈俊南。

"怎么了猴哥?"陈俊南仰脸问道。

"你小子不老实,我不相信你洗的牌。"地猴回答道。

"您这说的是哪儿的话?就算您相信我,我也依然不老实。"

"肥马骝。"乔家劲也跟着说道,"轮着洗牌不是说好的吗?你这忽然之间要搞咩?"

"我也要洗牌。"地猴说道,"其他人洗牌我都信得过,但这小子不行。"

"好好好,小爷真是寒了心。"陈俊南站起身,将牌毫不客气地摔在地猴的面前,"您得着吧。①"

地猴拿起牌,重新打乱之后又洗了几次,其间乔家劲一直都在盯着他的双手看,看得他有些不自在。

"你看什么?"

"看马骝洗牌。"乔家劲愣愣地回答道,"你继续洗,不要在意我。"

地猴始终觉得眼前的男人有点奇怪,只能慢慢将手缩回来,把牌堆挪到了桌子下面,避开了乔家劲的视线。

"喂!"乔家劲轻喝了一声,"搞咩啊?!偷牌啊?!"

"呵。"地猴听后摇了摇头,"这副牌一共三十六张,要不我洗完你数数?"

只见地猴在桌子底下翻洗了半天,才将牌堆摆在桌子中央。

"三十六张,一张不少,要数数吗?"地猴问。

齐夏一直在一旁伸手扶着自己的额头,看起来状态不太好。

---

① 北京方言,意为"您拿着吧"。

乔家劲见状毫不客气，站起身之后将牌堆拿了过来，直接正面朝上翻看了一下。

确实是三十六张，牌面也没有什么问题。

"没问题的话……那第五局，开始。"

地猴用眼神示意陈俊南发牌，陈俊南也毫不客气，将牌面简单打乱了一下，直接掏出了一张社日拍在了桌子上。

"社日？"陈俊南稍微愣了一下，"老乔，社日是哪一天？"

"土地公生日，二月二啦。"乔家劲扭头说道，"我们二月二经常会拜土地公的，你们不拜吗？"

陈俊南有些尴尬地笑了笑："我们这儿二月二是龙抬头，正月里攒下的头发在这一天终于可以剪了。"

"啊？"乔家劲一愣，"内陆的理发也有讲究吗？"

"那可不是吗？"陈俊南耐心地解释道，"正月里不能剪头，剪头死舅舅的。必须要等到龙抬——"

"喂！"地猴伸手拍了一下桌子，"你俩有完没完？赶紧发牌。"

话被打断，陈俊南倒也没有在意，只是静静地回过头来，轻笑道："别急嘛猴哥，您舅舅还好吗？"

见到地猴不搭理自己，陈俊南随手摸起了一张牌，拍在自己的眼前。

"猴哥，我没看这张牌，都知道自己的赢面很大，要不要聊聊？"

地猴听后慢慢抬起头，和陈俊南对了下眼神，最终摇了摇头："别丢人现眼了，你的水平不到家，还是先看看牌吧。"

"哦？"陈俊南微笑一声，"要是我这张牌翻出来巨大无比，阁下又该如何应对？"

"那你不输了吗？"地猴皱着眉头说道，"你自己都已经搞明白规则了，超过十六就算爆掉，你要是摸到一张巨大无比的牌，现在就可以退出了。"

陈俊南听后一怔，发现地猴说得果然有点道理，每个人在摸到第一张手牌时就有失败的可能。可这样一来，这个游戏不是有个巨大的漏洞吗？

他慢慢看向了桌子中央的公共牌社日，感觉自己略微有了点思路。

"喂，你开不开牌？"地猴问道，"自己手中摸到的是明牌，你一直扣着算怎么回事?"

陈俊南回过神来看了一眼地猴,地猴一脸叫嚣,他自然也是满脸的不服。

"开就开,小爷吓不死你。"说完他便将自己的手牌翻过来,狠狠地拍在了桌面上。

众人看到这张牌都陷入了短暂的沉默。

立春。又是一张立春。

"哎哟……"陈俊南感觉自己有些闪到腰了,"怎么又是立春啊?你这副牌是三十六张立春吗?!"

"你要不要看看自己在说什么?"地猴干巴巴地笑道,"那副牌你们不仅看过,最后还重新洗了一次,这能怪谁?"

"立春就立春吧……"陈俊南挠了挠头,"总比爆掉好。"

陈俊南的牌面是立春的正月初六,加上二月二,两张牌的数字总和瞬间达到了十一。

"下次摸到的牌面数字总和不能超过五……"

陈俊南快速地在脑海当中盘算了一下,数字总和不超过五的牌,只剩春节了。

"坏了……"

"喂!"地猴有些忍无可忍了,"你发牌啊!"

"好好好。"陈俊南赶忙摸出一张牌,推到了乔家劲面前,"老乔,这局估计得交给你了。"

乔家劲有些忐忑地接过牌,随后翻手亮出了牌面——上巳。

乔家劲呆呆地开口问道:"俊男仔……上巳节是几月几号?"

"嗯?"陈俊南眨了眨眼,"我怎么知道?"

"三月三……"齐夏在一旁有气无力地说道,"'拳头',牌面很好。"

"哈?"乔家劲听到齐夏发话,这才放下心来,"三月三!我这牌面肯定没问题的。"

乔家劲听后大体计算了一下,三月三和二月二的数字加起来已经达到了十,下一次摸到的牌数字总和不能超过六。

接着,陈俊南在齐夏面前放下一张牌,齐夏慢慢举起了右手,翻动着牌面——元宵。

"正月十五……"齐夏看到这张牌后面如死灰。

这张牌总和是七点,和陈俊南一样,他的手牌加上桌面上的社日,牌面已经达到了十一。

现在唯一通往胜利的路,便是看看自己和陈俊南谁能够摸到春节,只要能够摸到春节,就还有一线胜利的希望。

可是运气往往就是这么作弄人,当陈俊南将地猴的手牌发过去的时候,地猴翻手一拍,那卡牌正是春节。

"哈哈哈!"地猴实在忍不住大笑出声,"真是不巧啊……两位,这张牌居然在我这里。"

陈俊南愣了半秒后抓起了地猴的牌:"对不起啊,牌没洗开,我再给您换一张。"

地猴也跟着一愣,赶忙伸手抓住了陈俊南的手腕:"喂!什么叫牌没洗开啊?!有你这么玩的吗?"

"明显就是没洗开啊!"陈俊南说道,"你刚才洗的什么破牌啊?!我连续拿立春,现在春节又洗到你那儿去了,我感觉这局不能算,直接重来吧。"

"你别太过分了!"地猴抓着陈俊南的手微微用力,"最后洗牌的人不是你们吗?我的忍耐是有限的。"

陈俊南被地猴抓住,稍微收敛了一些,只是回头看了看齐夏。齐夏也只是无奈地叹了口气,并没有做出指示。

这一局也不是完全没有胜利的路,只是概率非常渺茫。地猴的牌面现在加起来只有六点,比在场的任何人都安全。

"我加一颗。"乔家劲道,"肥马骝,曾经我最尊敬的人告诉过我,牌小能讲话,佢老豆①都没你大。"

"哈,你就为了这种话而下注吗?"

"当然,我三月初三都能讲话,说明你老豆都比我小嘅②。"乔家劲将一颗道扔在桌子上。

"歪理。"地猴说道。

"我跟。"齐夏也将一颗道扔在了桌面上。

地猴听到齐夏讲话,扫了一眼他的牌面:"你的牌面可是七点,不如现在退出吧。"

"不退出。"齐夏眼神有些迷离地说道,"你敢跟吗?"

地猴看了看齐夏的表情,沉思了几秒之后果断放下了一颗道。他现在看起来赢面最大,根本没有退缩的理由。

---

① 粤语,意为他的爸爸。
② 粤语中的语气助词。

当陈俊南也跟了一颗之后，乔家劲开始思考起继续加注的可能，但他思来想去都觉得自己的牌面很难大过地猴的，只能静等下一次机会了。其间他不断用余光看向齐夏，却发现齐夏的身形摇摇晃晃，似乎正在硬撑。

"俊男仔，先发牌吧。"乔家劲说道，"后面再考虑加注的事。"

"成。"陈俊南点点头，开始为每个人发放暗牌。

先是自己，随后是乔家劲、齐夏、地猴。

陈俊南将纸牌拿到手中，慢慢地掀开一角。

"小爷倒霉了一辈子，这次能不能让我走运一点啊？"

他慢慢翻动着卡牌，在边缘瞥见了一个撇。他有些疑惑地眨了眨眼，将二十四节气想了个遍，都没有想到哪个字是用撇来开头的。难道奇迹真的出现了？他面带欣喜地将牌面慢慢掀开，三秒之后，整个人露出了求死不得的表情。

重阳，九月初九。不算任何其他的牌，光是这一张牌他就爆掉了。

"小爷真是心服口服……"陈俊南努力地控制着自己的表情，努力不显出崩溃的神色。

接下来还能怎么办？现在已经不是能不能赢的问题了，而是继续赌下去必然会失败。既然如此他还能再做些什么？

过了几秒钟，陈俊南的嘴角慢慢扬了起来，他好像有些考虑得太多了……这一场赌局，他的目的从最一开始就不是赢。

"嗨——"

爽朗的声音再次划破寂静的赌场，让地猴慢慢皱起了眉头。

"又盖了帽儿了！"陈俊南大叫一声，"猴哥！这次我可真要跟你下注了！"

地猴听后不耐烦地看了陈俊南一眼，问道："你要下什么？"

陈俊南思索几秒，缓缓开口道："我能下注屁股的颜色吗？"

"什么？！"地猴的鼻子差点气歪，"你这是什么赌注？！"

"意思是小爷如果赢了，我以后就白里透红，你要是赢了，你就……至少像个人。"

地猴显然是真的生气了，他一拍桌子恶狠狠地指着陈俊南："你小子今天死定了，就算游戏结束我也不会放过你。"

"嘻，您放心，我估计活不到游戏结束。"陈俊南笑了笑。

"你……"

"怎么，这个不能赌吗？"陈俊南无奈地耸了耸肩，"要不你们先聊，我先听听呢？"

乔家劲将自己的手牌拿到面前，轻轻翻起看了看，随后扬起了眉头。

雨水！

他在心中快速计算了一下，雨水是正月二十一，即一二一，和他手中的上巳以及桌子中央的社日相加总和是十四。这个牌面不仅没有爆掉，反而具备一定的竞争力。只是地猴手中的牌相加不是十五或十六，这场他就已经赢下了。

乔家劲面无表情地将牌重新放好，然后扭头看了看齐夏，他想知道齐夏手中是什么牌面，也想知道自己能不能跟地猴孤注一掷。

可齐夏始终都没有看自己的牌，只是抬头不断盯着地猴手里的暗牌。

地猴将暗牌小心翼翼地拿起，看了看上面的文字，随后面无表情地放了下来。

几秒之后，他缓缓露出了一丝笑容："请问有人要加注吗？"

乔家劲知道已经箭在弦上，赶忙向齐夏投去了求助的目光，却发现齐夏的目光始终都没有离开地猴的卡牌。

"骗人仔……"乔家劲轻叫一声。

齐夏听后慢慢伸手拿起了自己的暗牌，将暗牌举到自己的眼前，确认牌面。

地猴饶有兴趣地看了齐夏一眼，并未说话。

齐夏慢慢调整了一下呼吸，说道："地猴，我给你一次认输的机会，你赢不了。"

乔家劲和陈俊南因为角度问题，始终看不见齐夏手中的牌面到底是什么，二人心中干着急，但什么也说不出来。

"我……认输？"地猴的嘴角慢慢扬了起来，随后渐渐地咧开，露出了发黄的牙齿，"哈哈哈哈哈哈！可笑啊，齐夏，太可笑了！"

齐夏眉头紧锁，牙齿也狠狠地咬在一起，过了很久，他才缓缓吐出几个字："哪里可笑？"

"我看不见那张牌，难道你也看不见吗？"地猴大笑一声，"你这是什么低劣的骗术？"

"低劣的……骗术？"

地猴将双手怀抱在胸前，挪动了一下肥胖的身体，让自己坐得更舒服了一些。

"齐夏，我看你真的是糊涂了，脑子不够用了吗？"他笑嘻嘻地问道，"你那张牌如果真的能够比我大，又怎么会威胁我让我认输？难道不应该诱骗我继续加注吗？"

"我……"齐夏的额头上全都是细汗，看起来情况确实有些不妙。

"真的太可笑了。"地猴不断地摇着头，"说什么是个骗子，结果却连连被我识破，你就靠这点伎俩在终焉之地行走吗？"

齐夏听到这句话，眼神像是死了，举着牌的手也失去了力气，慢慢垂了下来。他看起来非常疲劳，整个人不仅面色苍白，虚汗也已经把衣衫全都打湿了。

坐在一侧的乔家劲和陈俊南，趁着齐夏将手垂下来的时候，正巧看到了那张暗牌，是寒露。

"我的牌……很大……"齐夏就像是喃喃自语一般小声说道，"地猴……你会输的……"

"是，你的牌确实是很大。"地猴微微点了一下头，"它大到足够把你炸死。"

齐夏就像失了神，从口袋中慢慢掏出了一颗道放在桌上，随后沉声道："我要加注。"

"什么？"

此时不仅是陈俊南和乔家劲，甚至连地猴都有些蒙了。

"地猴……你敢不敢跟？"齐夏的声音非常小，地猴甚至都有些听不清，"我不可能会输给你的……"

"你真是个疯子……"地猴咬了咬牙，"我有什么不敢的？！"

地猴立刻将一颗道放在了桌子上，完全没有犹豫。

二人下注完毕，齐夏扭头看向了陈俊南和乔家劲，那眼神异常空洞。

"骗……骗人仔……你……"

"你们俩不要理他了。"地猴说道，"没看出来他已经彻底疯了吗？他手中八成是一副爆掉的牌，你俩现在退出的话还能留点本钱，说不定接下来的时间里还能东山再起。"

乔家劲和陈俊南自然知道地猴说得很有道理，现在退出才是最优的选择。

"陈俊南,你跟。"齐夏冷冷地说道。

"老……老齐……我只有一颗道了。"

齐夏听后微微眨了眨眼,然后又看向了乔家劲:"'拳头',你跟。"

"我……我也只有一颗……"乔家劲说道,"骗人仔,你是不是有点累了?要不我们……"

陈俊南苦笑一下,将桌面上的牌缓缓翻面,代表自己退出了这一局:"老乔,虽然不想承认,但我们可能要先挂了。"

"是吗?"

听到陈俊南的回答,乔家劲先是沉默几秒,随后露出了一脸释然的表情。毕竟大家都已经回响了,下一次醒来,大家又可以整整齐齐地坐在一起,这自然是件好事。

"哈。"乔家劲摇了摇头,轻声说道,"骗人仔,放心,我永远把你当兄弟。"

话音一落,他就将最后一颗道拍在了桌面上,表情像是在赴死。

"什么?"地猴有些不能理解乔家劲的做法,"你们这是彻底放弃了吗?!这种情况下你也选择跟注?!"

"你懂什么?"乔家劲笑道,"我就是想跟,不服你就打我。"

地猴的表情慢慢变得阴沉,看起来非常生气:"你们确定下完注了吗?"

"不……"

齐夏轻声打断了地猴的话,然后将五颗道一股脑地扔在了桌子上,随后用一双失去了光芒的眼睛直勾勾地盯着地猴,开口道:"我加五颗!"

"什么?"地猴有些不敢相信自己的耳朵。

"你真是个疯子……你知道自己在做什么吗?"地猴有些不可置信地说道。

"我当然知道,我说了,这一局我的牌很大,你必输无疑!"齐夏说道,"你不敢跟?"

地猴听后抿起了嘴唇,然后扭头看向了乔家劲。刚才乔家劲看到了齐夏的暗牌,还愿意将最后一颗道压上,证明齐夏的牌并没有爆掉。

思虑良久，地猴确认了自己的暗牌后，低头翻弄了一下，将五颗道撒在桌面上，然后看向乔家劲："你没有道了，是要压上你这条命吗？"

乔家劲思索了一会儿，然后露出了一丝笑容，眼神清澈无比。

"如果是骗人仔让我跟，就算我知道结局是死，也依然会跟。毕竟他已经让我多活了很久，现在每一天都是欠他的。"

地猴慢慢锁紧了眉头，眼神也变得复杂了起来，思索几秒，他缓缓开口："好，如果你们结束的话，那……那我可要加——"

"我继续加。"齐夏打断他的话说道，"地猴，我还有一颗道，不过我准备压上我这条命。"

"什么？"

"我是说……我要压上我这条命。"齐夏面无表情地说道，"我准备在这一局挣够我们六个人的买命钱，只是怕你不敢跟。"

齐夏的几句话说得地猴连连发寒。

一旁的乔家劲和陈俊南听到这句话也看向了齐夏，虽然他跟地猴都没有开牌，但看起来地猴似乎已经有些慌乱了。

"你跟不跟？"齐夏问道，"地猴，我压上我的命，你压六十颗道，敢不敢？"

地猴陷入了沉默。他慢慢张开了嘴，仿佛想说什么，但试了好几次又都咽了回去。

屋外腥臭的风缓缓钻进室内，将老旧灯泡吹动，人影摇摇晃晃。良久，地猴将自己的牌慢慢推了出去，轻声道："我认输。"

这接连的操作让陈俊南和乔家劲纷纷摸不着头脑，远处的甜甜三人也瞪大了眼睛。到底发生了什么？地猴居然直接在此认输了？

地猴将自己的暗牌慢慢翻了过来，是一张小满。小满的日期是四月二十一，加上春节、社日这两张牌，他的牌面总计十三点。

虽然齐夏和陈俊南的牌面爆掉了，可乔家劲的牌面有十四点。

场上所有人都陷入了长久的沉默。

"你是怎么敢的？明明拿了一手爆掉的牌，却敢赌上性命！"地猴先开口了。

齐夏如释重负，慢慢地靠到了座椅上。

"是你的表现让我逐渐相信了自己的判断。"齐夏沉重地眨着眼，缓缓说道，"我每次下注，你都会向乔家劲确认他是不是真的要跟注，如果只发生了一次，我姑且可以理解，可你一次次地确认，证明你对他有所忌惮，你害怕他没有退出。你小看了乔家劲对我的信任，只要他一直跟着我加注，你不管如何都是输。"

"我确实理解不了。"地猴苦笑一声，"我只知道赌桌上没有父子……但可以有兄弟吗？"

"对你来说，这张圆桌上面所发生的事情是赌局，可对我们剩下的人来说，这是没有任何退路的战场。"齐夏说道，"在赌局上可以不信任自己的兄弟，可在战场上不行。"

"没关系……就算你这一局赢下我八颗道又能怎么样？"地猴哑声说道，"接下来就是第六局了，两局过后你们要是拿不出六十颗道，你们会死的。"

"是啊。"齐夏点点头，"地猴，你比我想象中聪明一点，毕竟你这一局认输了。"

"什么？"

"我本想在这一局彻底赌上一切，一次性拿到六十颗道的。"齐夏无奈地摇了摇头，"可惜老赌徒就是老赌徒，就算你不知道哪里出现了问题，却依然拥有规避危险的嗅觉，你在这一局退出了，让自己规避了一场大败。"

"所以……你不准备再赌了？"地猴看了看齐夏面前的那些筹码，随后仰了仰下巴，"你的本钱还够，看起来也还算清醒，不准备再搏一搏吗？"

"我的本钱再够，也需要你能持续跟注。"齐夏苦笑一声，"可是这一局我杀招尽出，你却没有跟注到底，接下来你定然会对我有所防备，我无论怎么加注你都不会再跟了，所以我已经输了。"

"哦？"地猴听后也慢慢扬了下嘴角，"齐夏，你未免太小看我了，接下来……我怎么就不会再跟了呢？"

"你会跟？"齐夏反问道。

"当然。"地猴一脸自信地舔了舔自己的嘴唇，露出一副激战正酣的表情，"齐夏，现在我还有两张底牌没有显露给你，你认输未免太早了，能不能让我赢得尽兴一点？"

"两张底牌……"齐夏微微眯起了眼睛，那眼神像在看一个孩子，他慢慢地伸手扶住额头，"地猴，如果说你的两张底牌我全都知道了呢？"

听到这句话的地猴再度眯起眼睛，谨慎地盯着齐夏的双眼。

齐夏额头上流下的血液已经干涸了，此时看起来有些狰狞。

"齐夏，你一直给我一种很奇怪的感觉……"地猴说道，"因为你说出来的每一句话都太过离谱，我很难信。"

"哦？"

地猴话锋一转，又说道："可每当我选择不信，等待我的下场都不会太好。"

"所以你信了吗？"齐夏面无表情地问道，"你相信你的底牌都已经被我知道了吗？"

"不……正如同《狼来了》的故事一样。"地猴思索了一会儿说道，"我认为我终于能够摸清破解你谎言的套路了……"

"比如说？"

"我自认为连续破解了你的谎言两次，可惜最终都上当了。"地猴慢慢露出了一脸运筹帷幄的笑容，"所以这一次我依然选择破解你的谎言，我还是不相信，我不信你能够看透我的两张底牌。"

齐夏微皱眉头，什么话都没有说。

"所以你还敢和我继续赌吗？"地猴问道，"替你的队友们搏一搏活下去的机会。"

齐夏听后慢慢闭上眼睛，思索了几秒之后说道："可以，但这次我要一局定胜负。"

"一局定胜负？"

"这一局只有我自己。"齐夏又说道，"我们也不需要再拿什么道了，我直接押上我们六个人的命。"

"你不仅要一局定胜负，还要直接在这里把命押上？"地猴问道。

"没错。"齐夏说道，"这对你来说也很公平，毕竟我们现在的筹码也有二十多颗，一旦我赢了，积攒下来的道可以让三个人逃脱，你只能获得三条人命。"

"这对我怎么会公平呢？"地猴反问道，"你若是赌上六条人命，那我也需要押上自己的命。"

"当然不是。"齐夏摇摇头，"如果我赢了，你只需要补给我们足够活命的道就可以，我们六个人，一起拿命来换你的道，这还不公平吗？"

地猴仔细思索了一会儿，点点头："我答应。刚才我就说过了，你在说谎，你根本就不知道我的底牌是什么。"

"万一我没有说谎呢？"

"那就算我赌输了。"地猴皱眉说道，"愿赌服输。"

"好。"

"不过……"地猴慢慢抬起眼睛，"我有个条件。"

"条件？"齐夏皱了皱眉头，感觉事情有点不妙，"说来听听。"

"我本来是必赢的局，却甘愿做出这么大的让步，陪着你一局定胜负，规则我也需要重新说明一下。"

"怎么？你又要改变规则？"齐夏问道。

"当然不是。"地猴否认道，"我们就以满月的规则来进行最后一场赌局，但我需要先说好，平局算我赢。"

"平局？"齐夏运转着自己几近停止的大脑快速地思索了一下，"你是说……两个人点数相同的话就算你赢吗？"

"不仅是点数相同。"地猴摇摇头，"就算咱们俩同时爆掉了，那也算我赢。"

在旁边一直都没有说话的乔家劲和陈俊南听到这里终于坐不住了。

"猴哥，您这是不是有点得寸进尺了？"陈俊南说道，"您怎么不说摸了牌之后就算您赢呢？"

"哎！等一下啊！"乔家劲忽然想到了什么，伸手拦了拦陈俊南，"俊男仔，我们可能都误解了肥马骝的意思，他是说平局算他赢，如果不是平局的话，那都算骗人仔赢啊！"

"嗬——"陈俊南一拍脑门，"老乔，我最喜欢你的思路了！原来猴哥说的是这个意思啊！"

"怎么不是呢？！"乔家劲也说道，"骗人仔快跟他赌啊！你赢面很大啊！"

地猴双手捏着桌子，双眼中爆发出一阵寒意："这应该就是你们俩最后的挣扎了吧？毕竟这局之后你们就要死了。"

说完之后他扭头看了看齐夏，问道："你自己决定吧，是按照我说的规则进行这最终赌局，还是正常地赌完三局？"

如果想要众人一起存活下去，那按照正常的规则赌完三局，不仅每一局都需要极高的本钱，还需要非常好的运气，同时地猴也绝对不能主动认输,还必须让他每一局都拿出十颗以上的筹码,只要有一个条件没有达成,众人便一定会有人留在这里。

综合考虑过后,齐夏答应了地猴的条件:"我答应,按照满月的规则进行对赌,如果两人平局的话就算你赢。"

"哈哈!爽快!"地猴说道,"这一局咱们人手充足得很,你选个人帮咱俩发牌吧。"

齐夏思索了一会儿,身后不远处的甜甜忽然开口说话了:"我来吧。"

众人同时回头看向了她,只见甜甜完全没有在意,径直走到了圆桌旁边。

"我可以吗?"甜甜又问。

齐夏见状,缓缓地点了点头,然后看向了地猴。

"我的人里面只有她对赌博不了解,她来发牌的话你也放心吧?"

"当然,谁发我都放心啊。"

甜甜看着二人视死如归的眼神,小心翼翼地开始洗牌。所有人的性命都已经捆绑在了这一次的赌局上,任何闪失都不能出现。

齐夏慢慢站起身,然后侧脸看了看乔家劲和陈俊南,说道:"你们俩跟我来一下。"

说完他便头也不回地走向远处一张桌子旁,乔家劲和陈俊南见状也赶忙跟了上去。

地猴见到三个人在远处一个小桌子旁边慢慢坐了下来,随后齐夏嘴唇微动,用非常小的声音说着什么,而身旁两人的表情一阵阵变化,仿佛在听着什么极其不可思议的事情。

"所以明白了吗?"齐夏声音恢复正常,沉声问道。

"明……明白了……吧?"

乔家劲和陈俊南面面相觑,表情非常精彩。

"那我便开始这一局了。"齐夏说道,"让我们并肩作战吧。"

趁着甜甜洗牌的工夫,三个人怀着不同的表情坐到了圆桌旁边,但他们调整了位置,齐夏在中间,而乔家劲和陈俊南分别坐在他的两侧。

这个举动让地猴并不满意。

"我说……"地猴拍了拍桌子,"参与赌局的不是只有你自己吗？你身边这两个人是做什么？"

"我的助理。"齐夏不假思索地说道，"为了防止我晕倒，也为了防止我看不清牌。"

甜甜正在洗牌，她学着刚才地猴的样子，将牌分成两堆，随后将两堆牌互相插入，刚想重新捣鼓一下，却不知是因为紧张还是因为生疏，双手一抖，所有的牌瞬间散落在桌子上。众人同时循声看去，那一张张纸牌纷纷牌面向上，让人一览无余。

甜甜见状不妙，赶忙将所有的牌再次聚拢，随后将其背过来放在了桌面上，紧接着便要发牌。

"等下。"乔家劲皱着眉头伸出了手。

"怎么？"地猴质疑道，"你们的人洗牌，你们自己还信不过吗？"

"不管我信不信得过她。"乔家劲回答，"但你看了牌面，我要再洗。"

"哪有这种规矩？"地猴说道，"我们这次单独找了个荷官，不就是为了避免让我们洗牌吗？"

"我们可是六条人命啊肥马骝。"乔家劲一步也不退让，"六条人命挂在这里，难道连洗牌的资格都没有吗？"

"好，那你洗完了我也要洗。"地猴说道。

"这样玩是吧？好,猴哥,您洗完了我也洗。"陈俊南接着说道，"看我洗不死您。"

地猴耸耸肩，没有表示反对。

乔家劲则拿过牌来在手中洗了洗，其间地猴一直盯着他手中的牌看。

"肥马骝……我们那边的电影经常会有这种桥段，精通赌术的人只要盯着对方洗牌的手看，就能知道自己想要的牌是哪一张。"

"哦？"地猴点点头，"可你觉得现实中存在那样的赌术吗？"

"以防万一。"乔家劲说完之后便将牌堆放到桌子底下，声音很大地洗了起来，随后将牌堆拿起，递给了地猴。

地猴将牌堆拿在手中，横过来看了看侧面，确定对方没有做什么折痕之后象征性地洗了洗，随后将牌交给了陈俊南。

陈俊南也学着乔家劲的样子，将牌堆放在桌子底下，随意洗了洗，刚要将牌堆交给甜甜时，地猴再次拿起牌堆看了半天，确定对方真的没有做手脚，又重新洗了几次，这才让甜甜开始发牌。

不知道是不是陈俊南前期给地猴的压力太大了，现在地猴看着陈俊南那玩世不恭的表情就有些上火，以至根本静不下心。

甜甜沉下一口气，从牌堆最上方翻了一张牌出来，轻轻地放在了自己的面前——小雪。十月二十三。

齐夏完全没有在意桌子上的牌，像是马上就要昏倒。甜甜拿起了一张牌，犹豫了一会儿不知道该给谁。

陈俊南伸手扶着齐夏，对甜甜使了个眼色："虽说老齐不太舒服，但你还是先给猴哥吧，咱们尊老爱幼。"

甜甜听后点了点头，将牌发给了地猴。

地猴慢慢翻动了一下牌面，露出了上面的文字——雨水。

"一二一总共四点……"陈俊南摇晃了一下齐夏，"老齐，快醒醒，发牌了。"

齐夏勉强睁开眼睛，从甜甜的手中拿过了一张牌。他深吸一口气将牌面翻开，表情瞬间沉重了起来。是除夕。

陈俊南吓得刚要站起身来，却又想到了什么。虽然这张牌看起来很大，但仔细想想组成它的数字总和也只有六。

"老……老齐，你振作点啊，咱还没输。"陈俊南又摇晃了一下齐夏，"你要晕的话也先等我们死了再晕啊。"

齐夏象征性地点了点头。

由于这一局早在开始之前就已经将双方的赌注下好，所以无须中途下注，甜甜即将给二人发放暗牌。她像上一轮一样，将第一张牌交给了地猴，然后又轻轻拿起了一张牌递给齐夏。

齐夏看了看牌面，微微皱了下眉头，刚把这张牌放在桌面上，整个人便如同失去了意识一般一头栽了下去，正好栽到了暗牌上。

"我丢！"

"老齐！"

身旁两人赶忙将齐夏扶了起来，发现他的双眼已经快要完全无神了。而他额头上被木盒砸出的伤口经过这次撞击再度流出鲜血，在这张暗牌的背面印上了一朵狰狞的红花。

陈俊南见状感觉不妙，赶忙将那张暗牌拿在手中，放到桌子底下用力擦了擦背面的血，只可惜这副牌是哑光材质并不防水，血液已经渗进了牌里，根本擦不干净。

他赶忙从桌子底下将牌塞到了齐夏手中,然后再次伸手拍了拍齐夏:"老齐!醒醒!你快看这张牌!"

齐夏低头看了看这张牌,表情如同死灰。可他仿佛一直都在思索着什么,始终不肯将这张牌放到台面上。

"齐夏,怎么了?"地猴看了看自己的暗牌之后,缓缓地将牌放到了桌面上,随后说道,"你那张牌会让你赢吗?"

齐夏看着手里攥着的这张牌,头始终低垂着,牌面上龙飞凤舞的书法仿佛像是诡异的笑脸,让他开不了口。

"你说你知道了我的两张底牌,可你为什么什么都没有做呢?"地猴笑道,"这就是你的本事了?"

齐夏听到地猴的话,缓缓摇了摇头。

地猴见到齐夏的表情,神态更是嚣张:"你手里拿着一张重阳,到底要怎么赢我?!"

一旁的陈俊南和乔家劲听到地猴说话,同时低头看了看齐夏藏在桌子下面的那张暗牌,正是重阳。重阳节的日期是九月初九。

齐夏的暗牌重阳、明牌除夕和公共牌小雪,能拆出九、九、一、二、三、〇、一、〇、二、三,所有数字相加总和为三十点。

平局算输,爆掉也算输。

"红屁股猴,你是不是出老千?!"陈俊南狠狠地一拍桌子,"你怎么知道我们的牌是什么?!"

"俊男仔!"乔家劲赶忙在一旁跟他使着眼色,"不能讲啊!"

"坏了……"陈俊南一捂嘴,随后又想到了什么,"怎么就不能讲了?!这孙子出老千,他能知道我们的牌面啊!"

"哈哈哈哈!"地猴露出癫狂的笑容,随后说道,"说不定我只是猜的,你们中计了而已。怎么,还真是重阳啊?"

"猜个屁!"陈俊南恶狠狠地指着地猴,"小爷早就觉得你不对了!上一局小爷要诈你,你看了一眼我牌的背面就说我水平不够。老齐想要诈你,你看了一眼他的牌面就知道老齐在说谎。你是不是在牌的背面做了记号?!"

"哦?"地猴耸了耸肩,"那可能吗?如果我做了记号,以齐夏的水平能看不出来吗?"

"你……"

"这正是我的底牌啊。"

地猴说完这句话，眼睛当中冒出了一丝微不可见的闪光。那闪光像是天空之中划过的流星，稍纵即逝。

远处的郑英雄也在此时闷哼一声，好不容易止住的鼻血再一次喷涌而出。小程大惊失色，赶忙从自己的衣服上撕下一块碎布，堵住了郑英雄的鼻孔。

"你……"陈俊南慢慢站起了身，不可置信地盯着地猴的双眼，"你跟小爷整火眼金睛那一套？你真把自己当齐天大圣了？"

"我可听不懂。"地猴摇摇头，"我只是恰好、凑巧、一不小心能够看穿你们的牌而已，就这么简单。"

陈俊南的表情异常复杂，同时带着震惊、愤怒与不甘，憋了好久才憋出一句话。

"难道你的赌场里允许出老千吗？"

"这可能就是你不了解行情了。"地猴笑道，"十赌九诈，这世上哪个赌场是没有老千的？"

"什么？"

"这里最有意思的事，就是看众多赌徒想尽办法地出老千，只要水平过得去，没有被当众抓到，我都是默许的。"地猴说道，"如果现在你们能够看穿我的牌，或者偷走我的暗牌，只要没被我发现，我依然默许，只是你们做得到吗？"

铛！

地猴的话音刚落，远处忽然传来了一阵巨响无比的钟声。这钟声把地猴吓了一跳，他有些不解地看了看门外，然后又回头过来看了看眼前三人，却发现三人的眼神全都变化了。

陈俊南伸手捋了捋自己的头发，轻笑道："你终于上当了……"

"什么？"地猴愣愣地看向陈俊南，大脑瞬间堵塞了。

而齐夏也想说点什么，整个人却再一次向一侧倾倒，乔家劲伸手扶住了他。

"骗人仔，振作点，一切都跟你说的一样！"

齐夏用力睁开双眼，抬起头来望向地猴，那眼神当中带着一丝寒意。地猴瞬间感觉不妙，眼神中的微光一闪，目光穿透了桌面，直接看向了齐夏手中的手牌。那牌哪里是什么重阳？分明是中元！

"怎……怎么——"

"喂！"乔家劲忽然大喝一声，"肥马骝，别再出老千了！"

话音一落，地猴只见眼前一片光芒，自己的视线再也无法穿透桌子了。

见到这片闪光，乔家劲也微微一笑："虽然有点耍赖，但这次出老千的只能是我们。"

"是啊，猴哥。"陈俊南笑道，"这可是你亲口说的，这场赌局可以随意出老千，只要没被你发现破绽就行。"

地猴的脸上慢慢露出了一丝恐惧，他搞不明白现在是个什么情况。自己的"灵视"居然被破除了？

他皱着眉头快速思索着对策，试图用最短的时间让自己冷静下来。

"等会儿……等会儿……"地猴在心中不断劝导着自己，"我在害怕什么？仅仅是一张底牌被破除了而已……我还有第二张底牌。"

他在心里将刚才的事情快速地过了一遍，这才勉强让自己冷静下来。

就算对方能破除自己的"灵视"又怎么样？就算对方偷偷地换了牌又怎么样？那可是中元啊！齐夏的三张牌加起来总共有二十五点啊。

是了，这张中元足够送齐夏去死。

"地猴，我要加注。"齐夏幽幽的声音传来，瞬间打断了地猴的思路。

"什么？"

"我要继续加注。"齐夏说道，"你说过，只要我加注，你就会跟。"

这一句话让地猴刚刚建立起来的安全感霎时间土崩瓦解。

"你现在……要加注？"他嘴唇动着，感觉事情似乎依然在自己的掌控之外。

齐夏为什么要现在加注？

难道……齐夏不知道他刚才瞥到了那张中元吗？

"对……"地猴俯下身，伸出手用力地捏着自己的额头，仿佛这样可以让自己的大脑运转得更快一些，"没错，是虚张声势……他想逼退我！"

毕竟在这场游戏当中加注，除了可以赚到更多的道之外，还有一个重要用处，那就是劝对方认输。此时想要验证自己的想法到底正不正确,有一个最简单的方法——那就是听听齐夏要加什么赌注。

如果对方加的赌注一听就超乎正常人所能接受的范围,那他百分之百是在虚张声势。毕竟一般的赌注自己会直接跟注,起不到震慑效果。

"齐夏,你要加什么?"

齐夏深呼了一口气,缓缓说道:"这一局输掉的人,要替对方永远卖命,直到自己彻底消亡。"

"你疯了?"地猴呆呆地问道。

"我一直都不正常。"齐夏说道,"地猴,你跟不跟?"

"你知道永远卖命,直到消亡是什么概念吗?"地猴说道,"这种赌注怎么可能会有人跟?!"

齐夏慢慢伸出手,擦了擦额头上流出的鲜血,说道:"你如果觉得赌注不合理,可以退出。"

听到这句话,地猴感觉自己的大脑有些混乱了。

他慢慢靠在椅背上,肥胖的身躯微微颤动,心中只剩一个想法——齐夏这个人实在是太可怕了……和自己印象中的简直云泥之别。这一次见到齐夏,他本以为齐夏只是成长了一些,可现在想想这根本不叫成长,应该叫作进化。

在这种赌局上,太过离谱的筹码一旦拿出来,十有八九都是为了逼退对方,不仅如此,齐夏还直接用言语来劝告对方认输。简直是教科书级、一板一眼的虚张声势。可是以齐夏的水平会犯下这么低级的错误吗?

地猴感觉自己完全无从琢磨对方的心理,《狼来了》的故事在这场赌局之中上演了无数次,这一次又来到了做出选择的分岔口,他现在到底是信还是不信?

"我每一次都猜错了……"地猴心中暗道,"就算运气再差,也应该猜对一次了吧?"

想到这里,地猴慢慢抬起头,深深舒了口气,沉声说道:"齐夏,我现在给你一次机会,你现在主动认输,我可以只要两个人的命,你可以带着四个人走。"

这句话给齐夏点明了一条新的路,如果对方真的是在虚张声势,八成会答应这个请求,毕竟虚张声势如果失败了,六个人都会惨死在这里,而现在退出只需要留下两人。

可让地猴未料想到的是，齐夏果断摇了摇头，随后说道："我绝对不可能认输，要认输也是你认输。"

这道难题再一次回到了地猴手中，让他感觉头昏脑涨。他掀开了自己的暗牌，上面龙飞凤舞地写着"腊八"二字。

明明大家的手牌都是爆掉，齐夏到底在……短短几秒后，地猴的思路彻底打开了。难道他真的看透了自己的最后一张底牌吗？

"可就算他真的看透了那张底牌……我也不会输……"

经过了漫长的思想斗争之后，地猴抬起头来，轻声道："我跟。"

这两个字让齐夏慢慢张大了眼睛："你确定吗？"

"我确定。"地猴点点头，"我不认为你能赢过我，开牌之后你就需要生生世世为我卖命了。"

齐夏慢慢站起身，嘴巴刚刚张开，整个人忽然往右边陈俊南的身上倒了下去，陈俊南赶忙伸手扶住他。

"你大爷的老齐……你自己什么状态自己不知道吗？别站起来了啊。"

齐夏有气无力地点点头，然后坐下身，说道："地猴，你最好还是退出吧。"

"哈！"听到这句话的地猴似乎有了点底气，语气强硬地说道，"我不退出，我倒要看看……你手中的那张中元到底要怎么赢过我？！"

"你连这也知道了？"齐夏反问。

"齐夏，你要止步于此了。"

地猴伸手将自己的暗牌拿了起来，随后狠狠地摔在了桌子上，露出了它的牌面。

"腊八节……"齐夏苦笑一声，"我有些怀念家乡的腊八粥了，地猴，这局开牌之后，能请我的队友们吃点东西吗？"

"你是看不懂牌面吗？"地猴说道，"我手中的是腊八，你手中的是中元，咱们俩都爆掉了！"

"是吗？"

齐夏将一直攥在手里的暗牌慢慢放到了桌面上，随后伸手一翻，露出了牌面。这张牌既不是重阳也不是中元，而是一张更加诡异的牌——大雪，十一月初八。

看到这张牌，地猴先是一脸不解地瞪大眼睛，随后嘴唇微动，缓缓吐出了几个字："你……到底是怎么换的牌？"

"我可没有换牌。"齐夏说道，"我的牌一直都是这张。"

说完他就将这张牌翻了过来，给地猴展示了一下牌的背面。这背面有一朵血液染成的红花，又被人擦了无数遍，露出独一无二的痕迹。

"这……"地猴一直睁着一双干黄的眼睛，脸上挂满了不可置信的神色。

这一局仿佛一场梦，发生的所有事情都让他疑惑不已。

"就……就算你是大雪，那也是——八，你还是爆掉了！"地猴说道，"你剩下两张牌加起来十二点，这张牌十点，总共二十二点啊！"

地猴说完又往前推了推自己的牌："而我所有的牌加起来二十一点，游戏开始之前我就说过，两个人都爆掉的话算作你输！"

齐夏面无表情地摇了摇头，说道："地猴，我真希望这一次你能够主动退出，而不是露出这副胡搅蛮缠的姿态。"

"什么？"

"我说过了，你的两张底牌我全都看穿了，可你不信。"齐夏叹了口气，"而我刚才也劝过你，让你最好退出，你为什么就不能相信我一次呢？"

"你……"

地猴猛然站起身，浑身颤抖不已，现在他才终于相信齐夏老早就将一切都看穿了。

齐夏将除夕和大雪推了上去，淡然地说道："这两张牌加起来是十六点，这一次比大小，我不使用公共牌。"

齐夏的话如同一把巨大的战斧，顺着地猴的天灵盖一下子劈到了脚后跟，一股彻头彻尾的寒冷在地猴身上蔓延开来。

地猴如同被抽走了骨头，一脸失神地坐到座位上。

"不……不对……"地猴强打着精神，眼神慌乱地看向齐夏，"你绝对偷牌了……你……你出老千被我发现了……"

"不好意思。"齐夏摇摇头，"偷牌的不是我。"

话音一落，齐夏左手边的乔家劲和右手边的陈俊南同时掏出了一张卡牌，在手中晃了晃。

陈俊南手中的是重阳。乔家劲手中的是中元。

"猴儿哥，我俩偷的牌啊。"陈俊南说道，"可你要做什么？我俩没赌啊，也没用这张牌干啥，就是把牌拿在手里看了看。你们这场赌局一共就用到五张牌，我俩拿一张在手里不妨碍赌局吧？"

"是啊是啊。"乔家劲也点点头，"肥马骝你这牌做得很漂亮啊，我很想拿回去一张做纪念嘅，刚才一直拿着看呢。"

"你们放屁！"地猴狠狠地拍了一下桌子，"你们刚刚明明把牌递给了齐夏！我刚才亲眼……"

听到这句话，齐夏猛然站起来，用一双冰冷无比的眼睛直勾勾地看向地猴："你亲眼看到了？"

"我……我……"

"你是不是亲眼看到了？"

"你……"

"说啊！"齐夏瞬间瞪起双眼，那眼中带着癫狂，又含着一丝笑意，"地猴，说出来啊，到底是谁……抓到谁出老千了？"

齐夏的话几乎断绝了地猴所有的后路。地猴只能将已经到嘴边的话，狠狠地咽了下去。

是的，如果他没有看到那两张牌，他也根本不会落到如此下场。就算齐夏在中途换过牌，也并没有影响他最后的牌面，他一开始抽到的牌和最后亮出来的牌，统统都是大雪。

难道连那朵血液染成的红花，都是设计好的吗？何其可怕的一个人？

在这场游戏当中，到底谁才是猎物？

"你……"地猴的疑问太多，一时之间他居然不知道从哪里开始问。

"别灰心，地猴。我说过，你不是输在我说的某一句话上，而是输在我说的每一句话上。"

"所以你早就知道满月规则可以不使用公共牌……"

"当然。"齐夏点点头，"毕竟公共牌有直接爆掉的可能，当翻出来一张重阳时，所有人的牌面都会瞬间达到十八，游戏会判所有人为负，这不仅不符合你们生肖设计游戏的规则，也不能作为一场赌博的规则。"

地猴抿着嘴唇沉默不语。

"所以我大胆猜测了一下，就算翻出来的牌会爆掉，众人依旧需要继续，毕竟自己手中还有一张暗牌是众人所猜不到的，而这种规则就需要舍弃公共牌，毕竟在二十一点里，玩家的手牌足够大了之后，也会停止让裁判发牌。"齐夏说道，"本来我们是有概率直接猜到这个规则的，只可惜不知是好运还是霉运，这几局的公共牌全都很小，恰好绕开了这个规则。"

地猴伸手摸了摸自己的额头，轻声感叹道："真厉害啊……齐夏……"

他没有想到对方获胜所用的工具，居然是一张自己一直藏着的底牌。

"这你就服输了吗？"齐夏嘴角一扬，看了看甜甜，"甜甜，告诉地猴他输在哪里。"

甜甜听后也露出了一丝苦笑，随后摇摇头，说道："地猴……就连我这次来洗牌，应该也是齐夏设计好的。"

"什么？"

地猴忽然想到自己提议找一个人洗牌时，远处的甜甜忽然毛遂自荐，随后自己就输掉了这一局。

"刚才我在给英雄弟弟想办法止血，他却忽然拉住了我。"甜甜说道，"他告诉我，如果一会儿地猴要找人洗牌，我一定要争取到这个机会，随后将牌散落到桌子上。"

地猴从未想到齐夏的计策居然从这时候就开始了。

"一旦牌散落到桌子上，乔家劲就会提议要洗牌，你也不会反对，此时他便可以趁机顺走一张牌。"甜甜看了看地猴，又说，"你认为不会有人会光明正大地偷牌，所以最多只会检查一下有没有做记号，而不会一张一张去数牌的数量，随后陈俊南也可以顺走一张牌。"

地猴听到这句话，怅然地说道："费这么大的周章……就是为了混淆我的视线……"

"是啊猴哥。"陈俊南点点头，"您以为老齐每次晕倒，我俩真的是去扶他吗？我俩只是为了把牌递给他啊！为了让您这个火眼金睛好好看个够啊！"

地猴听后慢慢移动视线看了看眼前三人，知道自己不仅仅是输给了齐夏。那个叫作陈俊南的男人从一开始就在扰乱自己的心理，并且在最后关头让自己亲口说出了默许作弊，现在想想，他的每一句话、每一个动作都是有预谋的。而一旁那个花臂男人也同样不能小看，且不说他同样可以扰乱自己的心智，单单是他最后一句"别出老千"就让人琢磨不透，自己的"灵视"居然在这一句话的影响之下消失得无影无踪。再加上那边流鼻血的小孩、发牌的女孩，还有那个大学生……

回想这场游戏的各种细节，地猴露出了一丝苦笑。是了，在这场游戏中，还有谁不是骗子吗？他望着齐夏缓缓问道："所以你在这场游戏当中有说过实话吗？"

"有吧，还不少。"

齐夏扶着额头回答了一句，随后甜甜便来到他身边，掏出了一张纸巾递给了他。齐夏道谢之后拿着纸巾擦了擦自己染血的脸庞。

"现在赌局结束了……我还是很想问……"地猴皱眉说道，"齐夏，你到底想不想出去？"

听到这个问题，齐夏再一次露出了疑惑的表情。

"我到底为什么会不想出去呢？"齐夏也对地猴这句话感到好奇了，"这个问题有问两遍的必要吗？我若是不想出去，现在站在你面前又是为了什么？"

"所以你这句话没有说谎。"地猴看起来像是有些放心了，"齐夏，你最好不要让我心寒……否则我绝对会拉着所有人陪葬。"

"哦？"齐夏感觉大脑还是有些眩晕，居然一时半会儿没有明白地猴的意思。

"老齐……老齐你来一下。"

陈俊南伸手拍了拍齐夏的肩膀，随后将他扶起来，带到不远处的郑英雄身边坐下。

"怎么？"

陈俊南有一肚子话想说，尤其是在见到那个诡异的地鼠之后，他脑海之中的疑问简直满登登的，他缓缓开口道："老齐，我怀疑……你现在陷入了一个奇怪的旋涡里。"

"说具体点。"

陈俊南组织了一下语言，又说道："之前我们按照你的意思去怂恿生肖，现在这件事差不多了吧？"

齐夏听后面色严肃地点了点头。

"你觉得那些人靠得住吗？"陈俊南又问。

"你的意思是……"

"还记得在这场游戏开始之前,我告诉过你我来这里的原因吗?"陈俊南说道。

"你说是一个地鼠让你来的。"

"可你知道那个大耗子是怎么跟我说的吗?"陈俊南将声音尽量压低,在齐夏耳边说道,"他告诉我这只地猴是天龙的心腹啊……老齐……你小子不会知道这事吧?"

齐夏听后无奈地点了点头,这个说法和青龙的说法不谋而合。青龙当时拿出了一张地图,告诉齐夏这八个人都是天龙的心腹。

难道是"心腹"这个词有什么问题吗?

眼前的地猴无论怎么看都不太像是天龙的人,如果硬要说的话……他甚至更像是自己这边的人。毕竟在自己提到"天龙"两个字时,地猴没有像其他生肖一样叫嚣或是露出恐惧的神色,反而第一时间让自己闭上了嘴。

可为什么青龙和地鼠会用一样的说辞呢?

齐夏本以为青龙透露出来的应当是极其机密的信息,可一个平平无奇的地鼠居然也掌握着同样的情报。难道这八个人的信息在生肖里尽人皆知吗?

"陈俊南……你怎么看?"齐夏问道,"你觉得这些人,真的是心腹?"

陈俊南慢慢低下了头,地鼠所说的话也在此时不断地在耳边回响——"陈俊南,我才是和你来自同一个房间的队友"。

"老齐……你说为什么是八个人呢?"陈俊南面容有些复杂地抬起头,似乎有很多话想说。

"八个……"齐夏也慢慢眯起了眼睛。

"你说这八个人……会不会是你的——"

"停。"齐夏说道,"说到这里就可以了。"他伸手打断了陈俊南的话。但陈俊南知道,他已经能猜到自己所要说的全部内容了。

齐夏的眼神快速闪烁,他似乎正在接受这个复杂的信息。

一直都全员生存的房间……所有人匿藏的七年……漂泊在外的八个生肖,种种线索全都指向了一个不可思议的答案。

齐夏看了看地猴所在的方向,现在所有的问题便只能由地猴解开了,他必须马上找地猴问个清楚,毕竟接下来还有三个生肖要见……现在的时间每一分钟都格外珍贵。

他用力站起身，想去找地猴说句话，却忽然间感觉天旋地转。

这一次的眩晕比以往任何时候都要来得强烈，他只感觉眼前忽然之间漆黑无比，整个人失去了所有重心，四面八方的墙壁好像都冲着他飞了过来，他根本不知道往何处躲避。

恍惚间，他感觉好像有人伸手扶着他，可身体还是撞在了什么东西上。接着便是吵闹的惊呼声，他虽然能够听见他们在说话，却完全听不懂那些话的内容。

齐夏只感觉自己躺下了，躺在了一个很舒服的地方，身上的每一处血管都在慢慢舒张，大脑之中的眩晕感拉着整个人的身体不断下坠，坠入无底深渊。

到目前为止，可以公开的设定：

　　在天马时刻中，齐夏遇到了酷似余念安的燕知春，她和余念安是否存在关联，目前还不得而知。

　　许流年作为终焉之地的第三方势力，目的是想结束终焉之地的一切。她告诉齐夏她来自幽冥管理局，告诉他关于这里的秘密，然而这一举动惹怒了青龙。青龙降临告诉齐夏，大家之所以在这里无限循环，是因为七十年前齐夏做了一个错误的决定。

　　鼓动生肖造反的计划还在持续进行，但在齐夏确认哪几个地级生肖为自己的盟友的过程中，更多的谜团也涌现了出来。而天龙也在此时入侵了齐夏的梦境，告诉他，他心心念念的余念安其实一直都飘在天上……

《十日终焉·极道》正在加载中，敬请期待……

"我不知道你是什么立场，又到底是谁派来的人，但极道是我的信仰，我决不允许有任何人亵渎它。为了这个信仰我会做出任何事，如果你是什么想要调查我们或者瓦解我们的组织，请趁早打消这个念头。"

"可笑。说得你好像是全天下唯一一个极道一样，难道只有你为这两个字付出了一切吗？"

"既然如此，告诉我，极道的立场是什么？"